A ZONA DE INTERESSE

A marca FSC® é a garantia de que a madeira utilizada na fabricação do papel deste livro provém de florestas que foram gerenciadas de maneira ambientalmente correta, socialmente justa e economicamente viável, além de outras fontes de origem controlada.

MARTIN AMIS

A Zona de Interesse

Tradução
Donaldson Garschagen

Grafia atualizada segundo o Acordo Ortográfico da Língua Portuguesa de 1990, que entrou em vigor no Brasil em 2009.

Título original
The Zone of Interest

Capa
Kiko Farkas e Ana Lobo/ Máquina Estúdio

Foto de capa
© Bayerische Staatsbibliothek München/ Bildarchiv

Preparação
Ciça Caropreso

Revisão
Adriana Bairrada
Huendel Viana

Os personagens e as situações desta obra são reais apenas no universo da ficção; não se referem a pessoas e fatos concretos, e não emitem opinião sobre eles.

Dados Internacionais de Catalogação na Publicação (CIP)
(Câmara Brasileira do Livro, SP, Brasil)

Amis, Martin
A Zona de Interesse / Martin Amis : tradução Donaldson Garschagen— 1ª ed. — São Paulo : Companhia das Letras, 2015.

Título original : The Zone of Interest
ISBN 978-85-359-2582-1

1. Ficção inglesa I. Título.

15-02604 CDD-823

Índice para catálogo sistemático:
1. Ficção : Literatura inglesa 823

[2015]
Todos os direitos desta edição reservados à
EDITORA SCHWARCZ S.A.
Rua Bandeira Paulista, 702, cj. 32
04532-002 — São Paulo — SP
Telefone: (11) 3707-3500
Fax: (11) 3707-3501
www.companhiadasletras.com.br
www.blogdacompanhia.com.br

Para aqueles que sobreviveram e para os que não sobreviveram; à memória de Primo Levi (1919-87) e de Paul Celan (1920-70); e aos inumeráveis e importantes judeus, meios-judeus e ¼ judeus em meu passado e presente, principalmente minha sogra, Elizabeth, minhas filhas mais novas, Fernanda e Clio, e minha mulher, Isabel Fonseca.

Giremos todas, todas giremos
Nós três em roda desta caldeira.
E no seu bojo lancemos logo
Muitas entranhas envenenadas.
Sapo que embaixo da terra fria,
Trinta e um dias com as suas noites,
Guardaste todo o mortal veneno
Que este teu corpo viscoso exsuda,
Sê tu o que ferva, primeiramente,
Dentro do nosso vaso encantado. [...]

Carne de cobra que habita os charcos
Referva e coza nesta caldeira.
Olho arrancado de salamandra,
Das rãs as patas, língua de cão,
E de um morcego pelo das asas.
Bífida língua de uma serpente.
Asas de mocho, pé de sardão. [...]

Venham escamas de atro dragão.
Dente de lobo desça à caldeira.
Soro de múmia de feiticeira
E guelra e estômago de tubarão,
Do mar o grande devastador.
Pé de cicuta cortada à sombra.
De judeu torvo, blasfemador,
Fígado inteiro ponhamos nela.
E fel de bode, ramos de teixo
Sob um eclipse lunar cortado.
Nariz de turco, lábio de tártaro.
Dedo do filho de uma rameira

Que haja nascido na estercoleira
E estrangulado logo ao nascer.
E a este caldo visco e espesso
Juntemos logo para ferver
De um tigre as suas rubras entranhas [...]

Para abrandarmos tamanho fogo,
Ponhamos dentro sangue de mono.

Muito avancei no sangue. E, ora, retroceder
Tão penoso será quanto meu passo à frente.

Macbeth, tradução de Artur de Sales,
Clássicos Jackson, v. x, W. M. Jackson Inc.

Sumário

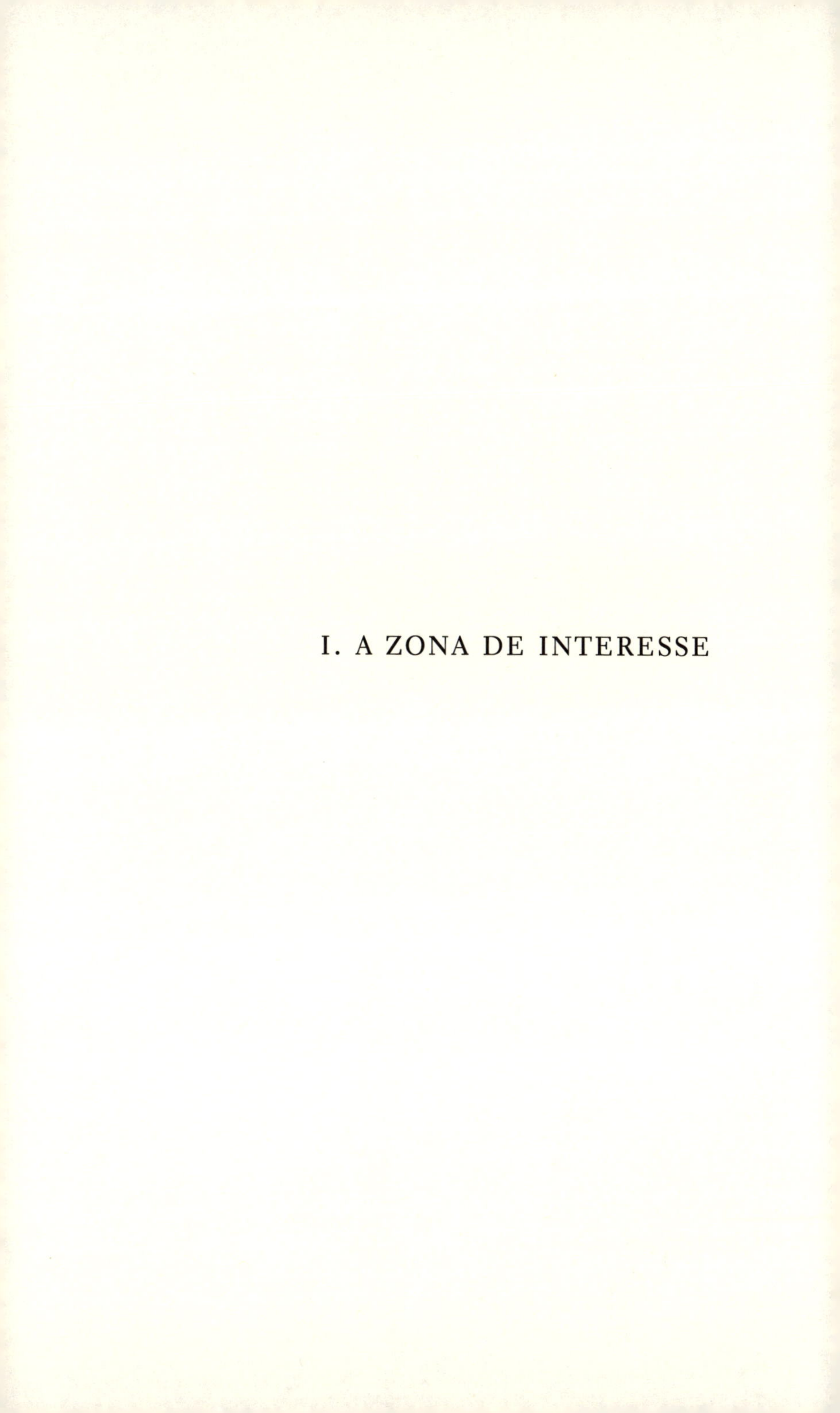

I. A ZONA DE INTERESSE

1. Thomsen: à primeira vista

Eu já tinha visto o clarão do raio antes. Já conhecera o raio e o trovão. Com uma experiência digna de inveja nessas questões, eu conhecia o aguaceiro — o aguaceiro e, depois, o sol e o arco-íris.

Ela voltava da Cidade Velha com as duas filhas, e já estavam bem dentro da Zona de Interesse. Mais adiante, esperando para recebê-las, estendia-se uma alameda de bordos, quase uma colunata, com os galhos e as folhas lobadas entrelaçadas no alto. A tarde de verão já ia avançada, com minúsculos mosquitos reluzentes... Minha caderneta estava aberta sobre um toco de árvore e a brisa a folheava, curiosa.

Alta e corpulenta, mas ágil, com um vestido branco pregueado que descia até os tornozelos e um chapéu de palha creme com uma fita preta, balançando uma bolsa de palha (as meninas, também de branco, usavam os mesmos chapéus e bolsas de palha), ela ora entrava, ora saía de espaços de luz castanha ou fulva. Ria, jogando a cabeça para trás, esticando o pescoço. Movendo-me em paralelo, eu a acompanhava com meu terno de tweed bem cortado, a prancheta e a caneta-tinteiro.

As três cruzaram o caminho da Academia de Hipismo. Com as filhas a rodeá-la, ela passou pelo moinho ornamental, pelo mastro do Primeiro de Maio, pelo patíbulo de três rodas, pelo cavalo de tiro preso frouxamente na bomba d'água de ferro, e continuou seu caminho.

Entrando no Kat Zet — no Kat Zet I.

Alguma coisa aconteceu à primeira vista. Raio, trovão, aguaceiro, sol, arco-íris — a meteorologia da primeira vista.

Seu nome era Hannah — Frau Hannah Doll.

No Clube dos Oficiais, sentado num sofá de crina, cercado por enfeites e gravuras de cavalos, e tomando uma imitação de café (café para cavalos), eu disse a Boris Eltz, meu amigo da vida inteira:

"Por um instante, me senti jovem de novo. Foi como o amor."

"Amor?"

"Eu disse *como* o amor. Não faça essa cara de choque. *Como* o amor. Uma sensação de inevitabilidade. Você sabe. Como o surgimento de um romance longo e maravilhoso. Amor romântico.

"Déjà-vu e a bobageira de sempre? Continue. Refresque-me a memória."

"Bem... Uma admiração sofrida. Sofrida. E sentimentos de humildade e desmerecimento. Como com você e Esther."

"Isso é inteiramente diferente", disse ele, erguendo um dedo na horizontal. "Foi uma coisa paternal. Você entenderá quando a conhecer."

"Está bem. Aí aquilo passou e eu... Eu comecei a imaginar como ela seria sem roupa."

"Aí está, viu só? Eu nunca imagino Esther sem roupa. Se isso acontecer, vou ficar horrorizado. Olho para o outro lado."

"E você ia olhar para o outro lado, Boris, se fosse Hannah Doll?"

" Hum. Quem diria que o Velho Bebum arranjaria uma pessoa tão qualificada."

"Eu sei. É inacreditável."

"O Velho *Bebum*. Mas pense. Que ele sempre foi bebum, eu sei, mas nem sempre foi velho."

"E as meninas, quantos anos elas têm?", perguntei. "Doze, treze? Ou seja, ela tem a nossa idade. Ou um pouco menos."

"E o Velho Bebum emprenhou a moça quando ela tinha quantos... dezoito?"

"Quando *ele* tinha a nossa idade."

"Certo. Acho que casar com ele foi perdoável", disse Boris, dando de ombros. "Dezoito. Mas ela não o deixou, não foi? Como explica isso?"

"Eu sei... É difícil..."

"Hum. Ela é muito alta para mim. Aliás, também é muito alta para o Velho Bebum."

E nos perguntamos mais uma vez: por que alguém traria a mulher e as filhas para cá? Para cá?

"Este ambiente é mais apropriado para homens", eu disse.

"Ah, não sei. Algumas mulheres não se importam. Algumas mulheres são iguais a homens. Pense na sua tia Gerda. Ela ia adorar isto aqui."

"Tia Gerda poderia aprovar em princípio", respondi. "Mas não ia adorar isto aqui."

"Você acha que Hannah vai adorar?"

"Tenho a impressão de que não."

"Não, não mesmo. Mas não se esqueça de que ela é a mulher de Paul Doll e ainda está com ele."

"Humm... Então talvez ela aceite bem isto", eu disse. "Espero que sim. Minha aparência *física se dá melhor com mulheres que adoram isto aqui.*"

"... *Nós* não adoramos isto aqui."

"Não. Mas temos um ao outro, graças a Deus. Não é pouca coisa."

"É verdade, meu querido. Você tem a mim e eu tenho você."

Boris, meu camarada de sempre — enfático, destemido, vistoso, como um pequeno César. Jardim de infância, infância, adolescência e, mais tarde, nossas férias de bicicleta na França, na Inglaterra, na Escócia e na Irlanda, nossa jornada de três meses de Munique a Reggio e, depois, até a Sicília. Só na idade adulta nossa amizade enfrentou dificuldades, quando a política — quando a história — se meteu em nossa vida. Ele disse: "Você... Você vai embora no Natal. Eu fico até junho. Por que não vou para a frente oriental?". Tomou um gole, fez cara feia e acendeu um cigarro. "Aliás, meu caro, suas chances são zero. *Onde*, por exemplo? Ela chama demais a atenção. Tenha cuidado. O Velho Bebum pode ser o Velho Bebum, mas também é o Comandante."

"Hum. Mesmo assim. Coisas mais estranhas já aconteceram."

"Coisas *muito* mais estranhas já aconteceram."

Isso. Porque naquela época todo mundo percebia o embuste, o cinismo sarcástico e a hipocrisia estonteante de todas as proibições. Eu disse:

"Tenho uma espécie de plano."

Boris suspirou e seu olhar se perdeu.

"Primeiro preciso receber notícias de tio Martin. Depois faço meu primeiro movimento. Peão na quarta casa da dama."

Depois de algum tempo, Boris disse: "Acho que esse peão está frito".

"Provavelmente. Mas não faz mal tentar, não é?"

Boris Eltz se despediu. Era esperado na estação. Um mês de escala de serviço era sua punição dentro de uma punição por mais uma briga de socos. A estação — o desembarque do trem, a seleção, depois o percurso pelo bosque de bétulas até o Chalezinho Pardo, no Kat Zet II.

"A parte mais sinistra é a seleção", disse Boris. "Você devia vir com a gente um dia. Pela experiência."

Almocei sozinho no Rancho dos Oficiais (meio galeto, pêssegos e pudim, sem vinho) e depois me dirigi à minha sala na Buna-Werke. Houve uma reunião de duas horas com Burckl e Seedig, para tratar principalmente do progresso lento dos galpões de produção de carbonetos. Mas também ficou claro que eu estava perdendo minha batalha da redistribuição da força de trabalho.

No fim da tarde, de volta a Kat Zet I, fui ao cubículo de Ilse Grese.

Ilse Grese adorava aquilo ali.

Bati de leve na porta metálica de vaivém e entrei.

Ainda muito jovem (ia fazer vinte anos no mês seguinte), Ilse estava sentada no meio da cama de armar, encurvada e de pernas cruzadas, lendo uma revista, e nem fez menção de desviar os olhos das páginas. Sua farda estava pendurada no prego da viga de metal, sob a qual passei, baixando a cabeça. Ela usava um roupão azul-escuro, de tecido fibroso, e meia cinzenta folgada.

"Ahá! Estou sentindo um cheiro de islandês. Estou sentindo um cheiro de otário."

Ilse me tratava — talvez tratasse assim todos os seus amigos homens — com uma indiferença zombeteira. Eu costumava tratá-la — e a todas as outras mulheres, pelo menos no começo — com um refinamento exagerado (eu tinha adotado esse estilo para compensar minha aparência física, que algumas, por algum tempo, consideravam intimidante. O cinturão e o coldre de Ilse estavam no chão, junto com seu chicote de couro de boi, enrolado como uma cobra magrela e adormecida.

Tirei o sapato. Ao me sentar e me ajeitar, apoiando-me na curva das costas dela, pendurei em seu ombro um amuleto de perfume importado num cordão folheado a ouro.

"É o otário islandês. O que ele quer?"

"Hum, Ilse, o estado do seu quarto. Você está sempre com uma aparência impecável no trabalho… isso não vou negar. Mas na esfera privada… E você sempre exige ordem e limpeza dos outros."

"O que é que o otário quer?"

"O que é que se quer?", perguntei. E prossegui, com pausas pensativas entre as frases. "O que se quer, Ilse, é que você me procure por volta das dez. Lá eu cobrirei você com conhaque, chocolate e presentes caros. Vou escutar você me falando dos seus altos e baixos mais recentes. Minha solidariedade e generosidade logo restaurarão seu senso de proporção. Isto porque senso de proporção, Ilse, é o que se sabe que, muito de vez em quando, lhe falta. Ou pelo menos é o que Boris me diz."

"… Boris não me quer mais."

"Um dia desses, ele estava cobrindo você de elogios. Posso ter uma conversa com ele, se quiser. Você vai me procurar, espero, às dez. Depois de conversarmos e de eu tratar você muito bem, haverá um interlúdio amoroso. É isso o que se quer."

Ilse continuou a ler. Era um artigo que defendia com

veemência, na verdade com raiva, a ideia de que as mulheres não deveriam em hipótese alguma depilar as pernas e as axilas.

Levantei-me. Ela olhou para mim. A boca larga e excepcionalmente ondulada e sinuosa, as órbitas oculares de uma mulher com três vezes a sua idade, a abundância e a energia do cabelo louro-escuro.

"Você é um otário."

"Passe lá às dez. Você vai?"

"Talvez sim", ela respondeu, virando a página. "Talvez não."

O estoque habitacional na Cidade Velha era tão precário que o pessoal da Buna teve de construir uma espécie de vila-dormitório nos subúrbios rurais a leste (a vila contava com uma escola primária e outra secundária, uma clínica, várias lojas, uma lanchonete e um bar, além de dezenas e dezenas de donas de casa desassossegadas). No entanto, logo encontrei um conjunto bem aceitável de quartos, mobiliados com mau gosto, no alto de uma ladeira íngreme perto da praça do mercado. Rua Dzilka, nº 9.

Um problema sério: havia camundongos nos meus cômodos. Depois que os proprietários foram desalojados, o local passara a ser usado como moradia do pessoal da construção por quase um ano, e a infestação se tornou crônica. Embora as criaturinhas não fossem vistas, eu ouvia constantemente o barulho que faziam em gretas e passagens, correndo, chiando, comendo, copulando...

Em sua segunda visita, minha senhoria, a jovem Agnes, trouxe-me um felino grande e macho, negro com manchas brancas, chamado Max, ou Maksik (pronuncia-se Macsich). Max era um famoso caçador de camundongos. Tudo o que eu precisava, disse Agnes, era de uma visita quinzenal de Max. Ele gostava de um pratinho de leite de vez em quando, mas não havia necessidade alguma de lhe dar qualquer alimento sólido.

Não tardou para que eu aprendesse a respeitar aquele hábil e discreto predador. Maksik parecia vestir-se a rigor: o traje de noite preto, colarinho branco perfeitamente triangular, polainas brancas. Quando se retesava e alongava as pernas dianteiras, as patas se abriam em leque, como margaridas. E toda vez que Agnes o tirava do chão e o levava consigo, Max, tendo passado o fim de semana comigo, deixava atrás de si o mais completo silêncio.

Nesse silêncio, preparei, ou, melhor dizendo, produzi para mim um banho quente (chaleira, panelas, baldes) e procurei ficar especialmente bem vestido e atraente para Ilse Grese. Arrumei numa mesa o conhaque e as guloseimas para ela, além de quatro pares lacrados de meia-calça (ela não gostava de meias comuns), e esperei, contemplando o antigo castelo ducal, negro como Max contra o céu do anoitecer.

Ilse foi pontual. Tudo que ela disse, e com ar levemente trocista e enorme languidez, assim que a porta se fechou, tudo que ela disse foi: "Depressa".

Até onde fui capaz de concluir, a mulher do Comandante, Hannah Doll, levava as filhas à escola e depois ia buscá-las, mas, afora isso, quase não saía de casa.

Ela não foi a nenhum dos dois *thés dansants* inaugurais; não foi ao coquetel organizado por Fritz Mobius no Departamento Político; e não foi à sessão de cinema em que foi exibida a comédia romântica *Um casal feliz*.

Em cada uma dessas ocasiões, Paul Doll não teve remédio senão comparecer. Fazia isso sempre com a mesma expressão no semblante: a de um homem que heroicamente dominava seu orgulho ferido. Tinha um jeito de juntar os lábios em bico, como se fosse assoviar, até que (ou assim parecia) alguma convenção burguesa o dominava, e a boca se recompunha.

Mobius perguntou: “Hannah não vem, Paul?”.

Aproximei-me mais.

“Indisposição”, disse Doll. “Você sabe como são essas coisas. O proverbial período do mês.”

“Ah, que pena.”

No entanto, *eu* a avistei muito bem, e por vários minutos, através da rala cerca viva na extremidade da área de esportes (parei de caminhar, fingindo consultar minha caderneta). Hannah estava no gramado, supervisionando um piquenique das duas filhas e de uma amiga delas — a filha dos Seedig, tive quase certeza. As coisas ainda estavam sendo tiradas da cesta de vime. Hannah não se acomodou com elas no tapete vermelho, mas de vez em quando se agachava, para logo se levantar de novo, com um movimento vigoroso dos quadris.

Talvez não no modo de se vestir, mas com certeza na silhueta (e sem que eu pudesse ver seu rosto), Hannah Doll se ajustava ao ideal nacional de feminilidade jovem: imperturbável, ar campestre, feita para a procriação e o trabalho pesado. Graças à minha aparência física, acumulei um amplo conhecimento carnal desse tipo. Eu já havia arregaçado e desfraldado muitos dirndls, o traje típico das tirolesas, como também tirado muitas calcinhas largonas e jogado por cima dos ombros muitos tamancos.

Eu? Eu tinha um metro e noventa. Cabelo de uma tonalidade branca de geada. O declive flamengo do nariz, a prega desdenhosa da boca, a combatividade do queixo, as articulações ortogonais da mandíbula pareciam rebitadas em seus lugares sob os arabescos mínimos das orelhas. Meus ombros eram retos e largos, o peito uma tábua, a cintura estreita; o pênis extensível, classicamente compactado em repouso (com um prepúcio pronunciado), as coxas sólidas como mastros talhados a machado, as patelas quadradas, as panturrilhas michelangianas, os pés só um pouco menos flexíveis e bem-feitos do que as mãos, grandes lâminas com tentáculos. Para arrematar a panóplia dessas atrações adequadas e convenientes, meus olhos árticos eram azul-cobalto.

Eu só precisava de uma palavra de tio Martin, uma ordem específica de tio Martin na capital — e eu agiria.

"Boa noite."

"Pois não?"

Na escadinha da *villa* cor de laranja, dei comigo diante de uma mulherzinha esquisita com roupas grossas de tricô (jaqueta e saia) e sapato com fivela brilhante.

"O dono da casa está?", perguntei. Eu sabia perfeitamente que Doll estava em outro lugar. Ele estava na estação, com os médicos, com Boris e muitos outros, para receber o Trem Especial 105 (havia a expectativa de que o Trem Especial 105 daria trabalho). "Sabe, tenho um assunto de alta prioridade..."

"Humilia?", disse uma voz. "O que é, Humilia?"

Um deslocamento de ar mais atrás, e lá estava ela, Hannah Doll, outra vez de branco, cintilando nas sombras. Humilia tossiu educadamente e se retirou.

"Madame, desculpe o incômodo", eu disse. "Sou Golo Thomsen. Prazer em conhecê-la."

Dedo por dedo, descalcei a luva de camurça e estendi a mão, que ela apertou. Ela disse:

"Golo?"

"Isso. Bem, foi minha primeira tentativa de dizer Angelus. Não me saí bem, como a senhora pode ver. Mas o nome pegou. Nossos erros nos perseguem a vida toda, a senhora não acha?"

"O que deseja, sr. Thomsen?"

"Sra. Doll, tenho um assunto urgente a tratar com o Comandante."

"Ahn..."

"Não quero ser dramático, mas a Chancelaria tomou uma decisão a respeito de uma questão que, segundo sei, preocupa o Comandante."

Ela continuou a me fitar, sem esconder que me avaliava.

"Eu vi o senhor uma vez", disse. "Eu me lembro, porque o senhor não estava fardado. O senhor usa farda? O que faz exatamente?"

"Trabalho na área de ligação", respondi, com uma leve reverência.

"Se for importante, acho melhor o senhor esperar. Não faço ideia de onde ele está." Ela deu de ombros. "O senhor aceita uma limonada?"

"Não... Por favor, não quero incomodá-la."

"Não é incômodo. Humilia?"

Estávamos agora de pé no clarão róseo da sala, com a sra. Doll de costas para a lareira e o sr. Thomsen diante da janela central, olhando para as torres de vigia do perímetro e para trechos da Cidade Velha a meia distância.

"Lindo. Isso é lindo. Por favor", eu disse, com um sorriso de desculpas. "A senhora guardaria um segredo?"

Seu olhar fixou-se em mim. Vista de perto, ela era mais meridional, de pele mais latina; e seus olhos tinham um tom castanho-escuro pouco patriótico, como caramelo úmido, com um lustre viscoso.

"Bem, eu guardo segredos", disse. "Quando quero."

"Ah, ótimo. O fato é que", eu disse, muito falsamente, "o fato é que me interesso muito por interiores, por mobiliário e decoração. A senhora vai entender por que tenho certa dificuldade para falar disso. Não é coisa muito masculina."

"É, creio que não."

"Então, foi ideia sua... as superfícies de mármore?"

Minha esperança era desviar a atenção dela e, ao mesmo tempo, fazê-la se movimentar. A partir daí, Hannah Doll pôs-se a falar, a fazer gestos, a ir de uma janela a outra, e tive a oportunidade de reunir mais informações. De fato, ela fora construída numa escala estupenda, num vasto empreendimento de coordenação estética. E a cabeça, o vão da boca, o vigor dos dentes e dos maxilares, o acabamento suave das faces... Tinha a cabeça quadrada, mas bem-feita, com os ossos curvando-se para o alto e para fora.

"E a varanda coberta?", perguntei.

"Era isso ou o..."

Humilia passou pela porta aberta com a bandeja, o jarro de pedra e dois pratos com bolinhos e biscoitos.

"Obrigada, Humilia."

Quando ficamos a sós de novo, perguntei a meia voz: "Sua empregada, sra. Doll. Por acaso ela é uma Testemunha?".

Hannah esperou até que alguma vibração doméstica, não detectável por mim, lhe permitisse dizer, em tom quase normal: "Ela é, sim. Eu não entendo essa gente. Ela tem um ar religioso, o senhor não acha?".

"Muitíssimo." O rosto de Humilia era de uma notável indefinição, indefinido no sexo e indefinido na idade (uma mescla nada harmônica de feminilidade e masculinidade, de juventude e velhice), mas, sob o tufo sólido da cabeleira que lembrava um maço de agrião, ela sorria com terrível autossuficiência. "São os óculos sem aro."

"Que idade o senhor crê que ela tem?"

"Ah... trinta e cinco?"

"Cinquenta. Acho que ela tem esse jeito porque pensa que nunca vai morrer."

"Humm. Bem, isso seria muito animador."

"E é tudo tão simples!" Ela se curvou, serviu a limonada e nos sentamos, Hannah no sofá estofado, eu nunca cadeira rústica de madeira. "Tudo que ela precisa fazer é assinar um documento, e acabou. Está livre."

"É. Apenas *abjurar*, como dizem."

"É, mas o senhor sabe... Humilia não poderia ser mais dedicada às duas meninas. E ela também tem um filho. Um menino de doze anos, que está sob os cuidados do Estado. E tudo o que ela precisa fazer é assinar um formulário e, com isso, ir buscá-lo. Mas ela não faz. Recusa-se."

"É uma coisa curiosa, não é? Ouvi dizer que eles *gostam* de sofrer." E me lembrei da descrição que Boris tinha feito de um dos Testemunhas sendo açoitado, preso a um poste... Mas eu não ia divertir Hannah com isso — com a maneira como o homem pedia que o castigassem mais. "Isso satisfaz a fé que eles têm."

"Imagine."

"Eles adoram."

Agora já eram quase sete horas, e a claridade rósea da sala caiu de repente e assim ficou. Eu já tinha colhido muitos sucessos importantes nessa fase do dia, muitos êxitos surpreendentes, quando o crepúsculo, ainda não obstado por lâmpada ou luminária, parece conferir uma licença impalpável — rumores de possibilidades estranhas e oníricas. Seria mesmo tão mal recebido se eu calmamente fosse ter com ela no sofá e, depois de alguns elogios sussurrados, pegasse sua mão e (dependendo de como isso fosse acolhido) encostasse de leve os lábios na base de seu pescoço? Seria?

"Meu marido", disse ela, e parou como que escutando.

As palavras pairaram no ar e, por um instante, fui sacudido por este lembrete: o fato cada vez mais desconcertante de que o marido dela era o Comandante. Mas me empenhei em continuar me mostrando sério e respeitoso.

"Meu marido acha que temos muito a aprender com eles", ela disse.

"Com as Testemunhas? O quê?"

"Ah, o senhor sabe", disse ela num tom neutro, quase sonolento. "A força da fé. A fé inabalável."

"As virtudes do fervor."

"É o que se espera de todos nós, não é?"

Recostei-me na cadeira e disse: "Pode-se entender por que seu marido admira o fervor deles. Mas e o pacifismo?".

"Não. Evidentemente, não." No mesmo tom de voz, ela prosseguiu: "Humilia não lava a farda nem limpa as botas dele. E ele não gosta nada disso".

"Sei. Aposto que não."

Nesse ponto, percebi o quanto a invocação do Comandante baixara o tom desse encontro muito promissor e, na verdade, docemente prazeroso. Por isso, apertei as mãos uma na outra, sem ruído, e disse:

"Seu jardim, sra. Doll. Podemos vê-lo? Acho que tenho outra confissão um tanto vergonhosa a fazer. Adoro flores."

Era um espaço dividido em dois: à direita, um salgueiro, que em parte encobria as edículas baixas e a pequena rede de caminhos e alas, onde, sem dúvida, as filhas gostavam de brincar e de se esconder; à esquerda, os belos canteiros, o gramado em faixas, a cerca branca — e, mais além, o Edifício do Monopólio em sua colina arenosa, e, depois dele, as primeiras manchas róseas do pôr do sol.

“Um paraíso. As tulipas estão maravilhosas.”

“São papoulas”, ela disse.

“Papoulas, claro. E aquelas lá, são o quê?”

Depois de mais alguns minutos disso, a sra. Doll, que ainda não sorrira em minha companhia, deu uma risada melodiosa de surpresa e disse:

“O senhor não entende *nada* de flores, não é? O senhor nem... Não entende nada de flores.”

“Eu *entendo* alguma coisa sobre flores”, respondi, talvez perigosamente encorajado. “E é uma coisa que muitos homens não sabem. Por que as mulheres gostam tanto de flores?”

“Vamos lá, diga.”

“Muito bem. As flores fazem as mulheres se sentir bonitas. Quando eu ofereço um buquê bem-feito a uma mulher, sei que ele a fará se sentir bonita.”

“Quem lhe disse isso?”

“Minha mãe. Que Deus a tenha.”

“Bem, ela estava certa. A mulher se sente uma estrela de cinema. Por dias.”

Num impulso, eu disse: “E isso deve ser motivo de orgulho para ela e para a senhora. E também para o bom conceito das flores e das mulheres”.

E Hannah me perguntou: “E o *senhor*? Guardaria um segredo?”.

“Com certeza.”

“Venha comigo.”

Existia, eu acreditava, um mundo oculto ao lado daquele que conhecíamos. Ele existia *in potentia*. Para ter acesso a ele, era necessário atravessar o véu ou a película do habitual e *agir*. Com passo apressado, Hannah Doll levou-me pelo caminho coberto de cinzas até a estufa, e a luz persistia, e seria tão estranho, de verdade, incentivá-la a entrar, apoiar-me nela e colher em minhas mãos abaixadas as dobras brancas de seu vestido. Seria? Ali no Kat Zet? Onde tudo era permitido?

Ela abriu a meia-porta de vidro e, sem entrar de todo, inclinou-se para a frente e remexeu num vaso de flores numa prateleira baixa... Para dizer a verdade, em minhas lides amatórias eu não tivera um só pensamento decente na cabeça durante sete ou oito anos (antes eu era meio romântico. Mas vou deixar para lá). E olhando Hannah curvar o corpo para a frente, com as nádegas tensionadas e uma de suas pernas fortes adiantada e a outra atrás, para se equilibrar, pensei: Seria uma *grande* trepada. Uma *grande* trepada, foi o que eu pensei.

A seguir, endireitando o corpo, ela se virou para mim e abriu a palma da mão. Mostrando o quê? Um maço amassado de Davidoffs: um maço de cinco. Restavam três.

"Quer um?"

"Não fumo cigarros", eu disse, tirando do bolso um isqueiro caro e uma lata de charutos suíços. Aproximando-me mais, friccionei a pedra e lhe estendi a chama, protegendo-a da brisa com a mão.

Esse pequeno ritual foi carregado de um significado sociossexual, pois morávamos num país, ela e eu, onde ele equivalia a um ato de conivência ilícita. Em bares e restaurantes, em hotéis, estações ferroviárias etc., havia cartazes que diziam PEDE-SE ÀS MULHERES NÃO FAZER USO DE TABACO; e nas ruas era dever de homens de certo tipo — muitos deles fumantes — censurar mulheres rebeldes e arrancar o cigarro de seus dedos e até de seus lábios.

"Eu sei que não deveria."

"Não dê ouvidos a eles, sra. Doll. Lembre o que disse nosso poeta: *Abstém-te, abstém-te. Essa é a eterna canção.*"

"Acho que isso ajuda um pouco", disse ela, "a aguentar o cheiro."

Esta última palavra ainda estava em sua língua, quando ouvimos um som, algo trazido pelo vento... Era um acorde débil, trêmulo, uma harmonia polifônica de horror e assombro humanos. Imobilizamo-nos, os olhos se esbugalhando na cabeça. Senti meu corpo se retesar, à espera de novos e maiores pânicos. No entanto, seguiu-se um silêncio estridente, como um mosquito zunindo no ouvido, acompanhado, meio minuto depois, do som de violinos num crescendo hesitante.

Não parecia existir a fala. Continuamos a fumar, com inalações silenciosas.

Hannah pôs as duas guimbas numa sacola de sementes vazia, que depois jogou no barril de lixo sem tampa.

"Qual é o pudim de que você mais gosta?"

"Ahh... Semolina", respondi.

"Semolina? Semolina é *horrível*. Que tal torta?"

"Torta é muito bom."

"O que você preferiria ser, cego ou surdo?"

"Cego, Paulette", respondi.

"Cego? Cego é *muito* pior. Surdo!"

"Cego, Sybil", eu disse. "As pessoas têm pena dos cegos, mas todo mundo *odeia* os surdos."

Achei que duas razões tinham feito eu me dar bem com as meninas: levar-lhes saquinhos de confeitos franceses e, principalmente, ter dissimulado minha surpresa ao saber que eram gêmeas. Não sendo idênticas, Sybil e Paulette eram apenas duas irmãs nascidas ao mesmo tempo. No entanto, não pareciam nem parentes distantes, pois Sybil tinha puxado à mãe, enquanto Paulette, bem mais baixa, já cumpria irremediavelmente a chocante promessa de seu nome.

"Mamãe", disse Paulette, "o que foi aquele barulho horrível?"

"Ah, só algumas pessoas passando o tempo. Elas fazem de conta que é a noite de Valpúrgis e tentam assustar umas às outras."

"Mamãe", perguntou Sybil, "como é que o papai sempre sabe se escovei os dentes ou não?"

"O quê?"

"Ele sempre acerta. E se eu pergunto como é que ele sabe, ele diz: *Papai sabe tudo*. Mas como é que ele sabe?"

"Ele só está brincando com você. Humilia, hoje é sexta-feira, mas vamos preparar logo o banho delas."

"Ah, mamãe! Não podemos ficar mais dez minutos com Bohdan, Torquil e Dov?"

"Cinco minutos. Deem boa-noite ao sr. Thomsen."

Bohdan era o jardineiro polonês (velho, alto e, claro, muito magro), Torquil era a tartaruga e Dov, acho, era um adolescente que ajudava Bohdan. Debaixo dos galhos do salgueiro, estavam as gêmeas acocoradas, Bohdan, outra ajudante (uma moça do lugar, chamada Bronislawa), Dov, e a pequena Humilia, a Testemunha...

Enquanto observávamos o grupo, Hannah disse: "Ele, Bohdan, era professor de zoologia. Em Cracóvia. Imagine. Ele morava lá. Agora está aqui".

"Hum. Sra. Doll, com que frequência vai à Cidade Velha?"

"Quase todos os dias da semana. Humilia às vezes faz isso, mas em geral eu levo e pego as meninas."

"Eu estou tentando melhorar os cômodos que aluguei lá, mas não sei bem o que fazer. Deve ser, creio, só uma questão de cortinas. Será que a senhora poderia um dia olhar e me dar sua opinião?"

Perfil com perfil. Agora, face a face.

Ela cruzou os braços e disse: "E como o senhor imagina que organizaríamos isso?".

"Não há muito o que organizar, não é? Seu marido jamais saberia."

Se cheguei a esse ponto foi porque a hora que eu tinha passado com Hannah me convencera de que uma mulher como ela não poderia ter afeto, nenhum mesmo, por um homem como ele. "A senhora pensaria no assunto?"

Ela me fitou por tempo suficiente para ver meu sorriso começar a azedar.

"Não. Sr. Thomsen, essa foi uma sugestão muito irrefletida... E o senhor não entende. Mesmo que pense que entende." Ela recuou. "Passe por aquela porta ali, se ainda deseja esperar. Por favor. O senhor poderá ler ali o *Observer* de quarta-feira."

"Obrigado, mas não. Agradeço sua hospitalidade, Hannah."

"De nada, sr. Thomsen."

"Eu a verei, não é, sra. Doll, no domingo? O Comandante teve a bondade de me convidar para o encontro semanal."

Ela cruzou os braços de novo e disse: "Nesse caso, imagino que o verei. Até breve".

"Até breve."

Com dedos trêmulos e impacientes, Paul Doll virou o decanter sobre a taça de conhaque. Bebeu, como se fosse para matar a sede, e serviu-se de novo. Virando a cabeça, ofereceu:

"Quer um pouco?"

"Se o senhor não se importa, major", respondi. "Ah! Muito obrigado."

"Então, eles decidiram. Sim ou não? Vou adivinhar. Sim."

"Por que o senhor tem tanta certeza?"

Ele deu alguns passos e se atirou na poltrona de couro, desabotoando a túnica com gestos bruscos.

"Porque isso vai me causar mais dificuldades. Ao que parece, esse é o princípio básico. Vamos causar mais dificuldades para Paul Doll."

"Como sempre, o senhor está certo. Eu me opus à ideia, mas vai acontecer. O Kat Zet III...", comecei.

Na cornija da lareira da sala de Doll, havia uma fotografia emoldurada, de talvez meio metro quadrado e acabamento profissional (o fotógrafo não era o Comandante: a foto era anterior à época de Doll). Uma Hannah muito jovem, de pé sob a luz, no centro do palco (*seria* mesmo um palco — um baile? um baile de máscaras? uma peça de teatro amadora?), num vestido de noite com faixa, aninhando um buquê de flores nos braços enluvados. Ela sorria, constrangida com o tamanho de seu próprio prazer. O vestido vaporoso era justo na cintura e expunha toda ela a meus olhos...

A foto era de treze ou catorze anos antes, e Hannah estava *muito* melhor agora.

Dizem que uma das mais aterrorizantes manifestações da natureza é um elefante macho em estado de *musth*. Filetes de um líquido nauseabundo fluem pelos dutos de suas têmporas e escorrem para os cantos da boca. Nessas ocasiões, o paquiderme escorna girafas e hipopótamos ou quebra a coluna dorsal de rinocerontes assustados. Assim é o *cio* do elefante macho.

A palavra *musth* veio, através do urdu, do persa *mast* ou *maest*, "embriagado". Era assim que eu me sentia: ébrio, tonto, alucinado.

Na manhã seguinte (um sábado), escapuli da Buna-Werke com uma maleta pesada e voltei à rua Dzilka, onde comecei a preparar o relatório semanal da construção. Dessa vez, claro, nesse informe constariam muitas estimativas para as novas instalações em Monowitz.

Às duas horas, recebi uma visita, e durante quarenta e cinco minutos dei toda a atenção a uma jovem chamada Loremarie Ballach. Esse encontro foi também uma despedida. Ela era casada com meu colega Peter Ballach (um metalúrgico cordial e competente). Loremarie não gostava dali, da mesma forma que o marido. A empresa tinha, enfim, autorizado a transferência dele para a sede.

"Não escreva", disse ela, enquanto se vestia. "Não até tudo acabar."

Segui com meu trabalho. Tanto de cimento, tanto de madeira, tanto de arame farpado. De vez em quando eu me dava conta de meu alívio, assim como de meu pesar, por Loremarie ter ido embora (e ter de ser substituída). Os mulherengos adúlteros tinham uma divisa: *Seduza a mulher e difame o marido*. Quando eu estava na cama com Loremarie, sempre tinha a sensação de um mal-estar sedimentado em relação a Peter — os lábios grossos dele, o riso estalado, o colete abotoado errado.

Isso não se aplicaria a Hannah Doll. O fato de Hannah ter se casado com o Comandante não era uma boa razão para eu estar apaixonado por ela, mas era uma boa razão para eu ir para a cama com ela. Continuei a trabalhar, somando, subtraindo, multiplicando, dividindo e ansiando por ouvir o barulho da bicicleta motorizada de Boris (com seu convidativo *sidecar*).

Por volta das oito e meia, levantei-me de minha mesa, pretendendo ir buscar uma garrafa de Sancerre na geladeira amarrada com corda.

Max — Maksik — estava sentado, ereto e ainda sobre as polainas brancas. Tinha sob custódia um pequenino camundongo, cinzento e empoeirado, que ele segurava com uma pata negligente. Ainda estremecendo de vida, o ratinho olhava para ele e parecia sorrir — parecia um sorriso de apreço. Logo toda a sua vitalidade se esvaiu enquanto Max olhava para outro lado. Seria a pressão das garras? Seria um medo mortal? Fosse o que fosse, Max estava se preparando para sua refeição.

Saí e desci a ladeira para a Stare Miasto. Vazia, como se submetida a toque de recolher.

O que estava dizendo o camundongo? Ele dizia: Tudo que posso oferecer, como atenuante, como prova de conciliação, é a totalidade, a perfeição da minha impotência.

O que estava dizendo o gato? Nada, naturalmente. Vítreo, deslumbrante, imperial, de outra ordem, de outro mundo.

Quando voltei aos meus cômodos, Max estava esticado no tapete do escritório. O ratinho havia sumido, devorado sem deixar traço, com rabo e tudo.

Naquela noite, sobre a imensidão negra da planície eurasiana, o céu se agarrou até muito tarde a seu anil e a seu violeta — a cor de um hematoma sob uma unha.

Era agosto de 1942.

2. Doll: a selektion

"Se Berlim mudar de ideia", disse meu interlocutor, "eu o avisarei. Durma bem, major." E se foi.

Como seria de esperar, aquele incidente medonho na estação tinha me deixado com uma dor de cabeça lancinante. Acabei de tomar 2 aspirinas (650 mg, 20.43) e sem dúvida vou me valer de um Phanodorm na hora de dormir. Nenhuma palavra de solicitude de Hannah, claro. Embora ela não pudesse deixar de ver que eu estava abaladíssimo, simplesmente se virou e saiu, de queixo meio empinado — como se, sob todos os aspectos, os problemas *dela* fossem maiores do que os meus...

Ah, o que está havendo, minha querida? Será que aquelas meninas desobedientes andaram lhe "dando trabalho"? Ou Bronislawa mais uma vez não esteve à altura de suas expectativas? Suas incríveis papoulas estão se recusando a florir? Ah, minha querida, ah... Ora, isso é quase trágico demais para suportar. Posso dar algumas sugestões, minha lindeza. Tente fazer alguma coisa pelo seu país, madame! Experimente lidar com putos depravados como Eikel e Prufer! Tente aplicar a Custódia Protetora a 30, 40, 50.000 pessoas!

Experimente, dama sensível, receber o Sonderzug 105...

Bem, não posso alegar que não fui avisado. Ou posso? Fui alertado, é verdade, mas para uma contingência bem diferente. Tensão aguda, seguida por alívio extremo — e depois, de novo, enorme pressão. Eu devia, agora, estar desfrutando de um momento de consolo. Mas o que tenho de enfrentar ao voltar para casa? *Mais* dificuldades.

Konzentrationslager 3, vejam só. Não é de admirar que minha cabeça esteja rachando!

Havia 2 telegramas. A comunicação oficial, vinda de Berlim, dizia:

25 JUNHO

BOURGET-DRANCY PART 01.00 CHEG COMPIEGNE 03.40 PART 04.40 CHEG LAON 06.45 PART 07.05 CHEG REIMS 08.07 PART 08.38 CHEG FRONTEIRA 14.11 PART 15.05

26 JUNHO

CHEGADA KZA (I) 19.03 FIM

A julgar por esse telegrama, eu tinha todos os motivos para esperar um transporte "tranquilo", uma vez que os evacuados teriam passado apenas 2 dias em trânsito. Sim, mas à 1ª comunicação seguia-se uma 2ª, vinda de Paris:

CARO COMANDANTE DOLL PT COMO VELHO AMIGO ACONSELHO CUIDADO EXTREMO EM RELAÇÃO TREM ESPECIAL 105 PT SEU TALENTO

SERÁ TESTADO AO MÁXIMO PT CORAGEM PT WALTHER PABST ENVIA SAUDAÇÕES DO SACRE COEUR FIM

Ora, ao longo dos anos eu tinha elaborado um princípio: *Falhou na preparação? Prepare-se para falhar!* Por isso tomei todas as medidas necessárias.

Agora eram 18.57. E estávamos a postos.

Ninguém pode dizer que eu não fazia uma bela figura na estação: peito estufado, punhos robustos colados nas perneiras da calça, as solas da bota separadas por pelo menos um metro. E vejam do que eu dispunha: tinha comigo meu número 2, Wolfram Prufer, 3 supervisores de mão de obra, 6 médicos e outros tantos desinfectadores, meu Sonderkommandofuhrer de confiança, Szmul, com sua equipe de 12 homens (dos quais 3 falavam francês), 8 Kapos mais a turma de lavagem com sua mangueira, além de uma tropa de choque completa, comandada pelo capitão Boris Eltz, com 96 soldados, reforçada por uma guarnição de 8 homens, armada com a metralhadora pesada, montada em tripé e alimentada por fita, e os 2 lança-chamas. Eu também tinha convocado (a) a Supervisora Sênior Grese e seu pelotão (Grese demonstra uma firmeza admirável com mulheres recalcitrantes) e (b) a "orquestra" atual — não a barafunda habitual de banjos, acordeões e *didgeridoos* australianos, e sim um septeto de violinistas de primeira linha, de Innsbruck.

(Eu *gosto* de números. Eles indicam lógica, exatidão e economia. Fico um tanto inseguro, às vezes, com "um" — se a palavra denota quantidade ou se está sendo usada como um... "pronome"? Mas o importante é a consistência. E eu *gosto* de números. Números, numerais, números inteiros. Algarismos!)

Muito devagar, 19.01 tornou-se 19.02. Sentíamos os zumbidos e tremores nos trilhos, e, quanto a mim, senti também uma onda de energia e vigor. Estávamos ali, imóveis por um momento, as figuras que esperavam no ramal, na extremidade de uma planície em aclive, que lembrava vastidão de uma estepe. Os trilhos chegavam até o horizonte, onde, por fim, o TE 105 se materializou em silêncio.

Aproximou-se. Calmamente, ergui meus binóculos potentes: o torso poderoso da locomotiva, com seu olho único, a chaminé bojuda. A partir de certo instante, o trem se inclinou de lado ao começar a subir.

"Vagões de passageiros", eu disse. Isso não era tão inusitado no caso das remessas vindas do lado ocidental. "Um momento", eu disse, "3 *classes*"... Os vagões passavam de lado, amarelos e cor de barro, *Première, Deuxième, Troisième — JEP, NORD, La Flèche d'Or*. O professor Zulz, chefe do nosso corpo médico, disse secamente:

"Três classes? Bem, nós sabemos como são os franceses. Fazem tudo com elegância."

"É a pura verdade, professor", respondi. "Até a forma como içam a bandeira branca tem um certo... um certo *je ne sais quoi*. Nicht?"

O bom doutor riu com prazer e disse: "Você é demais, Paul. *Touché*, meu Kommandant".

Ah, nós brincávamos e caíamos na risada como colegiais, mas não se enganem: estávamos prontos. Fiz um gesto com a mão direita para o capitão Eltz no momento em que os soldados — com ordens de não avançar — tomaram suas posições ao longo do desvio. O *Flecha Dourada* chegou, desacelerou e parou com um sonoro suspiro de ar comprimido.

Eles têm toda razão quando dizem que 1.000 por trem é a regra prática mais sensata (e que até 90% deles serão esquerdistas selecionados). Eu já começava a imaginar, entretanto, que as normas habituais seriam de pouca ajuda ali.

Os primeiros a desembarcar não foram as costumeiras formas pressurosas de soldados ou gendarmes fardados, e sim um contingente disperso de "comissários" de meia-idade e ar desnorteado (usavam braçadeiras brancas nas mangas dos ternos civis). A locomotiva emitiu outro arquejo de exaustão, e a isso seguiu-se um completo silêncio.

A porta de outro vagão se abriu. E quem desceu? Um menino de uns 8 ou 9 anos, vestido de marinheiro e com uma estranha calça boca de sino; em seguida, um cavalheiro idoso com sobretudo de astracã; e depois uma velha encarquilhada, curvada sobre o castão de pérola de uma bengala de marfim — tão curvada, de fato, que a bengala era alta demais para ela, obrigando-a a erguer o braço para manter a palma da mão no cabo reluzente. Nesse instante, as portas dos demais vagões se abriram e os outros passageiros desembarcaram.

Bem, a essa altura eu não continha o riso e balançava a cabeça, xingando em silêncio aquele velho lunático do Walli Pabst — com seu telegrama de "advertência" ele só pretendera, evidentemente, me pregar uma peça!

Lotação de 1.000? Ora, o trem trazia, mal e mal, umas 100 pessoas. Com relação à Selektion, quase todas tinham menos de 10 ou mais de 60 anos; e até os adultos jovens entre os recém-chegados já estavam, por assim dizer, selecionados.

Vejamos. Aquele homem de 30 anos ali tem o peito largo, é verdade, mas também pé torto. Aquela moça vigorosa ali tem uma saúde de ferro, sem dúvida, no entanto espera um bebê. De resto, coletes espinhais, bengalas brancas.

"Bem, professor, faça o seu trabalho", brinquei. "Um teste difícil para a sua capacidade de fazer prognósticos."

Zulz, é claro, me fitava, e seus olhos dançavam.

"Não tenho medo", disse ele. "Esculápio e Panaceia voam em meu socorro, *Conservarei imaculada minha vida e minha arte*. Que Paracelso seja o meu guia."

"Vou lhe dizer uma coisa. Volte ao Ka Be", sugeri, "e faça um pouco de seleção por lá. Ou jante mais cedo. Hoje vão servir pato."

"Ora, ora", disse ele, tirando o frasco de bebida do bolso. "Já que estamos aqui, é pôr mãos à obra. Quer um gole? A noite está linda. Vou lhe fazer companhia, se você permitir."

Ele dispensou os médicos mais jovens. Também dei ordens ao capitão Eltz e reduzi minhas forças, mantendo somente um pelotão de 12 homens, 6 Sonders, 3 Kapos, 2 desinfectadores (precaução sábia, como se viu), os 7 violinistas e a Supervisora Sênior Grese.

Nesse momento, a velhinha recurvada afastou-se dos demais, que caminhavam de um lado para o outro, e veio, claudicante, em nossa direção com uma rapidez desconcertante, como um caranguejo. Tremendo com uma fúria que não conseguia dominar, ela disse (num alemão bastante decente):

"É o senhor quem manda aqui?"

"Sim, madame."

"O senhor está ciente", disse ela, com a boca tremendo violentamente, "o senhor está *ciente* de que não havia um vagão-restaurante nesse trem?"

Não me atrevi a trocar olhares com Zulz. "Não havia um vagão-restaurante? Que horror!"

"Não havia nenhuma espécie de serviço. Nem na primeira classe!"

"Nem na primeira classe? Que absurdo."

"Tivemos de nos avir com a carne fria que trouxemos conosco. E quase ficamos sem água mineral!"

"Que despropósito."

"... Por que o senhor está rindo? O senhor está rindo. Por que isso?"

“Volte para onde estava, madame”, eu disse, colérico. “Supervisora Sênior Grese!”

Assim, enquanto as bagagens eram amontoadas perto dos carrinhos e os viajantes dispostos numa coluna organizada (com meus Sonders caminhando entre eles e murmurando “*Bienvenu, les enfants*”, “*Etes-vous fatigué, Monsieur, après vôtre voyage?*”), pus-me a pensar, bem-humorado, no velho Walther Pabst. Ele e eu tínhamos combatido juntos no Rossbach Freikorps. Que suadouro, que dureza impusemos às bichas vermelhas de Munique e Mecklenburg, no Ruhr e na Alta Silésia, nas terras bálticas da Letônia e Lituânia! E quantas vezes, durante os longos anos de prisão (depois de ajustarmos contas com o traidor Kadow no caso Schlageter, em 23), ficávamos acordados até tarde em nossa cela e, nos intervalos de partidas intermináveis de pôquer de duas cartas, discutíamos, à luz de velas, minúcias de filosofia!

Peguei o megafone e disse:

Saudações a todos. Quero dizer que não vou levá-los a um jardim de delícias. Vocês estão aqui para se recuperar e serão conduzidos a fazendas, onde farão um trabalho honesto em troca de um passadio honesto. Não vamos pedir demais àquele menininho ali, você aí de marinheiro, ou a esse cavalheiro, com o belo sobretudo de astracã. A cada um conforme seus talentos e sua capacidade. Estamos entendidos? Muito bem! Primeiro, todos serão levados à sauna, para um banho quente antes de se instalarem em seus quartos. Será um percurso breve através de um bosque de bétulas. Deixem suas malas aqui, por favor. Todos poderão pegá-las no centro de recepção. Imediatamente serão servidos chá e sanduíches de queijo e mais tarde haverá um delicioso cozido quente. Avante!

Com outro gesto de cortesia, passei o megafone ao capitão Eltz, que repetiu a essência de minhas palavras em francês. A seguir, de forma bastante natural, assim me pareceu, começamos a caminhar, sendo que a velhinha, como era de esperar, ficou na plataforma. A Supervisora Sênior Grese cuidaria dela da maneira apropriada.

E eu pensava: Por que não era sempre assim? E seria, se eu pudesse agir a meu modo. Um percurso reconfortante, seguido por uma recepção amistosa e digna. De fato, que necessidade tínhamos da barulheira com que as portas daqueles vagões se abriam, das luzes ofuscantes de arco voltaico, da gritaria terrível (“*Fora! Saiam! Depressa! Mais depressa! MAIS DEPRESSA!*”), dos cães, dos cassetetes, dos chicotes? E como o KL parecia um lugar civilizado quando o sol se punha, como era belo ver as bétulas a fulgir. Havia, é preciso dizer, o cheiro característico (e alguns recém-chegados já captavam esse cheiro com movimentos rápidos de cabeça), mas depois de um dia de aragens e alta pressão, mesmo isso não era nada de...

Lá vinha ele, aquele desgraçado e maldito *caminhão*, do tamanho de um veículo de mudanças, mas de aspecto sem dúvida nenhuma grosseiro, realmente sinistro, com as molas rangendo e o escapamento produzindo contraexplosões brutais, recoberto de ferrugem, a lona verde alcatroada subindo e descendo, o motorista de perfil com um toco de cigarro na boca e o braço tatuado para fora da janela da boleia. O caminhão freou com violência e derrapou, parando com um solavanco ao passar por cima dos trilhos, com um chiado das rodas. A seguir, inclinou-se assustadoramente para a esquerda, a aba lateral de lona subiu em direção ao céu e, pronto — durante nada menos que 2 ou 3 segundos —, mostrou com clareza sua carga.

A cena me era tão familiar quanto a chuva de primavera ou as folhas de outono: nada mais do que o refugo diário do KL1 sendo levado para o KL2. Mas é claro que nossos parisienses emitiram um sonoro uivo lamuriento — num reflexo, Zulz ergueu os antebraços como que afastando a visão, e até o capitão Eltz virou a cabeça na minha direção. A pane total do serviço de transporte esteve por um fio...

Uma pessoa não vai muito longe na área de Custódia Protetora se não souber pensar depressa e mostrar certa presença de espírito. Muitos outros Kommandants, atrevo-me a dizer, teriam permitido que a situação descambasse para alguma coisa sem dúvida desagradável. Entretanto, Paul Doll é pessoa de outra fibra. Com 1 movimento silencioso dei a ordem. Não a meus homens armados, ah, não: a meus músicos!

O breve interlúdio de transição foi, com efeito, muito duro, admito, já que os primeiros sons dos violinos não fizeram senão duplicar e reforçar aquele grito trêmulo e impotente. Depois, porém, a melodia se impôs. O caminhão imundo, com suas lonas balouçantes, se livrou dos trilhos e afastou-se pela curva da estrada e logo desapareceu de vista. E continuamos nossa marcha.

Aconteceu como eu havia pressentido instintivamente: nossos hóspedes *foram incapazes de absorver o que tinham visto*. Soube depois que eram internos de 2 instituições de luxo, um lar de idosos e um orfanato (ambos mantidos pelos mais abusados vigaristas de todos, os Rothschild). Nossos parisienses... O que eles sabiam de guetos, de pogroms, de razzia? O que sabiam da fúria nobre do povo?

Todos nós caminhávamos como que na ponta dos pés — sim, andávamos com extremo cuidado pelo bosque de bétulas, passando por troncos antigos e encanecidos...

O córtice meio solto das bétulas, o Chalezinho Pardo com sua cerca de estacas e os vasos de gerânios e cravos-da-índia, a sala em que tiravam a roupa, a câmara. Virei nos calcanhares com um floreio no instante em que Prufer deu o sinal. Eu sabia que todas as portas estavam aferrolhadas.

Agora as coisas melhoraram. A 2ª aspirina (650 mg; 22.43) está produzindo efeito, realizando seu trabalho de conforto, de ablução. Ela é realmente a proverbial "droga maravilhosa", e eu soube que nenhuma preparação patenteada já foi mais barata. Deus abençoe a IG Farben! (Lembrete: encomendar uma champanhe de *boa* qualidade para o domingo, dia 6, a fim de deleitar as Frauen Burckl e Seedig — e as Frauen Uhl e Zulz, para não falar da pobrezinha da Alisz Seisser. Imagino que, levando em conta quem ele é, vou ter de convidar Angelus Thomsen.) Acho também que aquele conhaque Martell, quando ingerido em quantidades generosas mas não insensatas, tem um efeito salutar. Além disso, a adstringência da bebida alivia a comichão insana das minhas gengivas.

Embora, como qualquer pessoa, eu aceite bem uma brincadeira, é claro que vou precisar ter uma conversa bem séria com Walther Pabst. Em termos financeiros, o TE 105 foi um desastre. Como vou justificar a mobilização de toda uma tropa de choque (com lança-chamas)? Como explicar o custo da utilização dispendiosa do Chalezinho Pardo, quando normalmente, para lidar com um carregamento tão reduzido, utilizaríamos o método empregado pela Supervisora Sênior Grese com a velhinha da bengala de marfim? O velho Walli, sem dúvida, vai alegar que se trata de "olho por olho": ele ainda está pensando naquela brincadeira, no quartel de Erfurt, com o bolo de carne e o penico.

Claro que isto é uma enorme chateação, ter de vigiar os tostões com tamanho rigor, como somos obrigados. Por exemplo, os trens. Se dinheiro não fosse problema, todos os transportados, no que me diz respeito, poderiam chegar aqui em beliches. Isso facilitaria nosso subterfúgio, ou, para quem preferir, nossa *ruse de guerre* (já que é *mesmo* uma guerra, não se enganem). É fascinante nossos amigos da França terem visto uma coisa que foram incapazes de absorver: isso é um lembrete do *radicalismo* cegante do KL — e uma homenagem a ele. Contudo, infelizmente, não se pode "enlouquecer" e sair gastando dinheiro a rodo como se ele "desse em árvores".

(NB. Não se usou um dedo sequer de gasolina, e isso deve ser visto como uma economia, ainda que secundária. Em geral, entendam, aqueles selecionados para a Direita vão a pé para o KL1, enquanto os selecionados para a Esquerda são levados ao KL2 pelos caminhões da Cruz Vermelha ou pelas ambulâncias. Mas como eu poderia persuadir aqueles Pariserinnen a entrar num veículo depois de terem visto aquele maldito caminhão? Uma poupança de quase nada, é verdade, mas cada moedinha ajuda. Nicht?)

"Entre!", gritei.

Era a biblista. Na bandeja forrada por uma toalhinha com borlas, havia uma taça de borgonha e um sanduíche de presunto, ora veja.

Eu disse: "Mas eu queria alguma coisa quente".

"Desculpe, senhor, só temos isso."

"Eu trabalho demais, você sabe..."

Com certa impertinência, Humilia começou a abrir espaço na mesa baixa diante da lareira. Devo confessar que para mim é um mistério que uma mulher de uma feiura tão trágica possa amar seu Criador. É desnecessário dizer que o que uma pessoa realmente deseja com um sanduíche de presunto é uma caneca espumante de cerveja. Somos obrigados a enfrentar essa porcaria francesa, quando o que queremos é um jarro decente de Kronenbourg ou Grolsch.

"Foi você quem preparou isso ou Frau Doll?"

"Frau Doll foi se deitar há uma hora, senhor."

"É mesmo? Outra garrafa de Martell. E nada mais."

E para completar, prevejo um sem-fim de complicações e despesas com a proposta de construção do KL3. Onde estão os materiais? Será que Dobler vai liberar as verbas necessárias? Ninguém está interessado nas dificuldades, ninguém se interessa pelas "condições objetivas". As programações de transportes que me pedem para aceitar, a cada mês, são bizarras. E, como se eu já não tivesse "problemas suficientes", quem me telefona, à meia-noite, senão Horst Blobel, de Berlim? A instrução que ele esboçou fez eu me afoguear e gelar. Por acaso ouvi direito? Não tenho como executar uma ordem dessas enquanto Hannah morar no KL. Santo Deus! Isso vai ser um pesadelo absoluto.

"Você é uma menina asseada", eu disse a Sybil. "Você escovou os dentes hoje."

"Como você sabe? É por causa do meu hálito?"

Eu adoro quando ela se mostra assim tão ofendida ou confusa, uma gracinha!

"Vati sabe tudo, Sybil. Você também andou tentando pentear o cabelo de um jeito diferente. Eu não sou bobo! Gosto quando *alguém* cuida um pouco da aparência. E não passa o dia inteiro com uma roupa velha qualquer."

"Posso ir agora, Vati?"

"Você está usando calcinha cor-de-rosa hoje."

"Não estou, não. É azul!"

Uma tática conveniente... errar de vez em quando.

"Prove", eu disse. "Ah! Até Homero cochila."

Existe um engano comum que quero expor logo, sem mais aquela: a ideia de que a Schutzstaffel, a Guarda Pretoriana do

Reich, compõe-se predominantemente de homens do Proletariat e da Kleinburgertum. Admito que isso pode ter sido verdadeiro sobre a SA, nos primeiros anos, mas nunca foi o caso da SS, cuja lista de membros parece ter sido tirada do *Almanach de Gotha*. Ah, *jawohl*: o arquiduque de Mecklenburg; os príncipes Waldeck, Von Hassen e Von Hohenzollern-Emden; os condes Bassewitz-Behr, Stachwitz e Von Rodden. Ora, aqui na Zona de Interesse, por algum tempo, tivemos até nosso próprio barão!

Os de sangue azul e também a *intelligentsia* — professores, advogados, empreendedores.

Eu só queria deixar isso claro logo de uma vez.

"A alvorada é às 3", disse Suitbert Seedig, "e a Buna fica a uma marcha de 90 minutos. Eles já estão exaustos antes de começar. Saem às 6 e voltam às 8. Carregando suas baixas. E me diga uma coisa, major. Como podemos conseguir algum trabalho deles?"

"Pois é, pois é", respondi. Também presentes, em meu amplo e bem equipado escritório no Edifício Administrativo Principal (o EAP), estavam Frithuric Burckl e Angelus Thomsen. "Mas, se me permitem, quem é que vai pagar por isso?"

"A Farben", disse Burckl. "O Vorstand concordou."

Diante disso, fiquei mais interessado.

"O senhor, meu Kommandant, só tem de fornecer prisioneiros e guardas", disse Seedig. "E é claro que a segurança em geral permanecerá em suas mãos. A Farben vai arcar com os custos de construção e as despesas correntes."

"Que coisa", comentei. "Uma empresa de renome mundial com seu próprio Konzentrationslager. Unerhort!"

"Nós também forneceremos a alimentação... Independentemente", disse Burckl. "Não haverá nada de idas e vindas com o KL1. Portanto, nada de tifo. Pelo menos é o que esperamos."

"Ah. Tifo. Esse é o problema, nicht? Ainda que a situação tenha melhorado, creio eu, com a substancial seleção de 29 de agosto."

"Continuam a morrer, a uma taxa de 1.000 por semana", disse Seedig.

"Hum. Uma pergunta. Vocês estão pensando em aumentar as rações?"

Seedig e Burckl se entreolharam intensamente. Estava claro que discordavam sobre essa questão. Burckl se remexeu na cadeira e disse:

"Bem, *eu* defendo um pequeno aumento. Digamos, de 20 por cento."

"De 20 por cento!"

"Isso mesmo, 20 por cento. Eles vão ganhar esse tanto de energia e durarão um pouco mais. Evidentemente."

Nesse ponto, Thomsen tomou a palavra. "Com todo respeito, sr. Burckl... Sua esfera é o comércio e o dr. Seedig é químico industrial. Não podemos nos atrever a perder de vista nosso objetivo complementar. Nosso objetivo político."

"Exatamente o que eu penso", eu disse. "E, a propósito, quanto a isso, o Reichsfuhrer-SS e eu estamos de pleno acordo." Bati a palma da mão no tampo da mesa. "Não vamos mimar ninguém aqui!"

"Amém, meu Kommandant", disse Thomsen. "Isto aqui não é um sanatório."

"Nada de mimos! O que eles pensam que isto aqui é? Um lar de idosos?"

O que é que encontro no lavatório do Clube dos Oficiais? Um exemplar do *Der Sturmer*. Já fazia algum tempo que essa publicação tinha sido banida do KL, por ordem minha. Com sua ênfase repugnante e histérica nas predações carnais dos homens judeus, entendo que o *Der Sturmer* causou muito mal ao antissemitismo sério. As pessoas precisam ver gráficos, diagramas, estatísticas, dados científicos — e não um cartum de página inteira mostrando Shylock (vamos chamá-lo assim) se babando todo em cima da Rapunzel. Não sou o único que pensa assim, de jeito nenhum. Essa é a política defendida pelo próprio Reichssicherheitshauptamt.

Em Dachau, onde comecei minha ascensão meteórica na hierarquia da custódia, foi posto na cantina dos prisioneiros um mostruário com *Der Sturmers*. Isso teve um efeito galvanizador nos elementos criminosos, e os casos de violência se tornaram frequentes. Nossos irmãos judeus se livravam das complicações à sua maneira típica, por meio de subornos, já que todos nadavam em ouro. Além disso, eram perseguidos principalmente por outros da mesma religião, em especial Eschen, o encarregado do Bloco deles.

Claro que os judeus tinham consciência de que a longo prazo esse pasquim imundo ajudava sua causa, em vez de prejudicá-la. Só digo mais uma coisa: é público e notório que o próprio editor do *Der Sturmer* é judeu e que também escreve os piores artigos incendiários publicados pelo semanário. É o que eu tinha a dizer.

Hannah fuma, vocês sabem. Oh, ja. Ah, yech. Achei um maço vazio de Davidoffs na gaveta em que ela guarda a roupa íntima. Se os criados derem com a língua nos dentes, logo vai se espalhar que eu não consigo disciplinar minha mulher. Angelus Thomsen é um sujeito estranho. É bastante normal, eu diria, mas seu jeito tem alguma coisa de abusado e constrangedor. Às vezes imagino que ele talvez seja homossexual (ainda que muito reprimido). Será que ele ao menos tem uma patente honorária ou tudo depende de suas "ligações"? Curioso, porque ninguém é mais detestado por todos e com mais intensidade do que a Eminência Parda. (Lembrete: o caminhão, de agora em diante, deverá fazer a rota mais longa, passando ao norte das Cabanas de Verão.) O conhaque acalma e atenua o desconforto das gengivas, mas também apresenta uma terceira propriedade: é afrodisíaco.

Ach, não há nada de errado com Hannah que os bons e velhos 15 centímetros não curem. Quando, depois um 1 ou 2 taças finais de Martell, me encaminho para o quarto, ela deve estar adequadamente preparada para o cumprimento de seu dever conjugal. Se por acaso eu topar com algum contrassenso, hei de simplesmente invocar aquele nome mágico: *Dieter Kruger!*

Porque sou um homem normal com necessidades normais.

Eu estava a meio caminho da porta, quando fui assaltado por um pensamento desagradável. Eu não vi o quadro geral referente ao Trem Especial 105. E deixei o Chalezinho Pardo, naquele anoitecer, sem ter dito especificamente a Wolfram Prufer que enterrasse as peças na Campina da Primavera. Será que ele cometeu a burrice de acionar um incinerador triplo da Topf & Söhne para lidar com um punhado de pirralhos e velhotes? Claro que não. Não. Não. Cabeças mais pensantes não teriam permitido isso. Prufer teria dado ouvidos a 1 dos mais experientes. Por exemplo, a Szmul.

Ah, Jesus, o que é que eu vou ter de aguentar? Se Horst Blobel falou sério, então a cambada toda terá de vir para cá, seja como for.

Vejo que é melhor eu pensar bem nisso. Vou dormir no quarto de vestir, *como sempre*, e cuidar de Hannah de manhã. Vai ser 1 daquelas em que você chega nelas enquanto estão quentes e sonolentas, e relaxa junto delas e dentro delas. Não vou mais tolerar nenhuma patacoada. E aí nós dois estaremos com um excelente estado de espírito para nossa reuniãozinha aqui na *villa*.

Porque eu sou um homem normal com necessidades normais. Eu sou *completamente normal.* Isso é o que ninguém parece entender.

Paul Doll é completamente normal.

3. Szmul: o Sonder

Ihr seit achzen johr alt, murmuramos, *und ihr hott a fach.*

Era uma vez um rei que incumbiu seu mago favorito de criar um espelho mágico. Esse espelho não mostrava o reflexo da pessoa, e sim sua alma — mostrava o que ela realmente era.

O mago não podia se ver nesse espelho sem desviar o olhar. O rei também não podia se ver nele. Nem os cortesãos. Uma arca cheia de objetos preciosos foi oferecida a qualquer cidadão desse país pacífico que fosse capaz de se ver no espelho por sessenta segundos sem virar o rosto. E ninguém conseguiu.

Creio que o KZ é esse espelho. O KZ é esse espelho, mas com uma diferença. Não se consegue desviar o olhar dele.

Formamos o Sonderkommando, o SK, o Grupo Especial, e somos os homens mais tristes do Lager. Na verdade, somos os homens mais tristes da história do mundo. E, entre todos esses homens tristíssimos, eu sou o mais triste. O que é uma verdade demonstrável, até mensurável. Eu sou, com certa vantagem, o Sonder mais experiente, com mais tempo de atividade — o mais *antigo*.

Além de sermos os homens mais tristes que já existiram, somos também os mais repulsivos. No entanto, nossa situação é paradoxal.

É difícil entender como podemos ser tão repulsivos se, incontestavelmente, não fazemos mal algum.

Alguém poderia argumentar que, no cômputo geral, fazemos até algum bem. Contudo, somos infinitamente repulsivos e também infinitamente tristes.

Quase todo o nosso trabalho é realizado entre os mortos, com tesouras pesadas, alicates e martelos, baldes de óleo queimado, colherões, trituradores.

Também nos movemos entre os vivos. Por isso, dizemos: "*Viens donc, petit marin. Accroche ton costume. Rappeles-toi le numéro. Tu es quatre-vingt trois!*". E dizemos: "*Faites un nœud avec les lacets, Monsieur. Je vais essayer de trouver un cintre pour vôtre manteau. Astrakhan! C'est toison d'agneaux, n'est-ce pas?*".

Depois de uma Aktion importante, normalmente recebemos uma medida de vodca ou schnapps, cinco cigarros e cem gramas de um embutido feito de toucinho, vitela e gordura de porco. Embora nem sempre estejamos sóbrios, nunca ficamos com fome nem sentimos frio, ao menos à noite. Dormimos na sala sobre o crematório desativado (perto do Edifício do Monopólio), onde são curados os sacos de cabelo.

Quando ainda estava conosco, meu amigo Adam, um filósofo, costumava dizer: *Não temos nem mesmo o consolo da inocência*. Eu não concordava e não concordo. Eu ainda alegaria não ter culpa.

Um *herói*, claro, *fugiria* e *contaria ao mundo*. Mas tenho a impressão de que o mundo já sabe há algum tempo. Como não saberia, tendo em vista a proporção disso?

Três razões, ou desculpas, persistem para continuarmos vivos: primeiro, dar testemunho; segundo, vingança mortal. Eu estou dando meu testemunho; no entanto, o espelho mágico não me mostra como assassino. Ou ainda não.

Em terceiro lugar, e mais importante, salvamos uma vida (ou a prolongamos) por transporte. Às vezes nenhuma, às vezes duas — ou seja, em média uma. E 0,01 por cento não é 0,00. Invariavelmente, são homens jovens. Isso tem de ser feito quando eles estão desembarcando do trem. Quando estão enfileirados para a seleção, já é tarde demais.

Ihr seit achzen johr alt, murmuramos, *und ihr hott a fach.*
Sie sind achtzehn Jahre alt, und Sie haben einen Handel.
Vous avez dix-huit ans, et vous avez un commerce.

Você tem dezoito anos e tem um emprego.

II. A ROTINA

1. Thomsen: protetores

Boris Eltz ia me contar a história do Trem Especial 105, e eu queria ouvi-la, mas antes lhe perguntei:

"Com quem você está no momento? Refresque a minha memória."

"Ah, com a cozinheira da Bunalândia e a garçonete de Katowitz. E também tenho esperança de vir a ter alguma coisa com Alisz Seisser. A viúva do sargento. Faz só uma semana que ele morreu, mas ela parece muito bem-disposta." Boris deu alguns detalhes. "O problema é que ela foi passar um ou dois dias em casa, em Hamburgo. Golo, eu já lhe fiz esta pergunta antes. Eu gosto de todo tipo de mulher, mas por que só me *interesso* pelas de classe baixa?"

"Não sei, meu caro. Isso não desmerece ninguém. Mas agora, por favor. O Sonderzug 105."

Ele entrelaçou os dedos atrás da nuca e seus lábios se abriram devagar. "Os franceses são engraçados, não são? Não concorda, Golo? A gente não se livra da ideia de que eles se acham os mestres do mundo. Em relação a refinamento, em relação a urbanidade. Uma nação de covardes e bajuladores... Mas mesmo assim se dão ares de ser melhores que todo mundo. Melhores do que nós, alemães grosseiros. Melhores até que os ingleses. E parte de nós aprova isso. Os franceses... Mesmo agora, quando eles estão completamente ferrados e sem ter para onde se voltar, ainda agimos assim."

Boris balançou a cabeça, como que tomado de um sincero espanto com a humanidade — com a humanidade e suas idiossincrasias.

"Essas coisas têm raízes profundas", eu disse. "Continue, Boris, por favor."

"Bem, eu constatei que estava aliviado... Aliviado, não, feliz e orgulhoso pelo ótimo aspecto da estação. Toda varrida e lavada. Não havia ninguém muito bêbado... Era bem cedo. E o pôr do sol estava uma maravilha. Até o mau cheiro tinha diminuído. O trem de passageiros chega, tudo muito festivo. Poderia estar vindo de Cannes ou Biarritz. As pessoas desembarcam sozinhas. Nada de chicotes ou cassetetes. Nada de vagões de gado cheios de sabe Deus o quê. O Velho Bebum faz seu discurso, eu traduzo, e lá vamos nós. Tudo muito civilizado. Mas a merda daquele caminhão veio chegando. Foi aí que se deu a inana.

"Por quê? O que havia nele?"

"Cadáveres. A cota diária de cadáveres. Sendo levados do Stammlager para a Campina da Primavera."

Ele disse que mais ou menos uma dúzia de cadáveres estava quase caindo pela traseira da caçamba; disse também que aquilo o fez imaginar uma tripulação de fantasmas vomitando sobre o costado de um navio.

"Com os braços balançando. E não era só um monte de cadáveres de velhos. Eram cadáveres de esfaimados. Cobertos de merda, de sujeira, de farrapos, de feridas, de sangueira e de furúnculos. Cadáveres arrebentados, de quarenta quilos.

"Hum... Desagradável."

"Nada que lembrasse o máximo da sofisticação", disse Boris. "Foi aí que começou a lamúria? Nós escutamos."

"Foi uma coisa espantosa de ver."

"Hum... E também de... ah, interpretar." Eu quis dizer que não se tratava apenas de um espetáculo, mas também de uma narrativa: aquilo contava uma longa história. "Uma coisa difícil demais para ser absorvida."

"Drogo Uhl acha que eles não fizeram isso. Absorver aquilo. Mas eu creio que eles só se *ruborizaram* por nós — se ruborizaram mortalmente por nós. Pelas nossas... *cochoneries*. Eu me refiro a um caminhão carregado de cadáveres de famintos. Tudo meio gauche e provinciano, não acha?"

"É possível. E bem capaz."

"Tão *insortable*. Vocês não podem nos convencer do que quiser."

Ilusoriamente baixinho e franzino, Boris era um coronel qualificado da Waffen-SS: a SS armada e combatente. Imaginava-se que a Waffen-SS tivesse menos restrições de hierarquia — que fosse mais quixotesca e espontânea — do que a Wehrmacht, organização em que fortes controvérsias percorriam de cima a baixo toda a cadeia de comando. Uma das controvérsias de Boris com seu superior, sobre a tática de combate (isso ocorreu em Voronej), transformou-se em luta corporal, da qual o jovem general de brigada saiu sem um dente na boca. Por isso Boris estava ali — *entre os austríacos*, como ele dizia com frequência (e rebaixado a capitão). Ainda tinha nove meses para cumprir ali.

"E como foi a seleção?", perguntei.

"Não houve seleção nenhuma. Eram todos candidatos certos ao gás."

"... Estou pensando: o que é que nós *não* fazemos com eles? Imagino que não os estupramos."

“Quase. Mas fazemos uma coisa pior do que isso. Você precisa aprender a ter algum respeito por seus novos colegas, Golo. Muito, *muito* pior. Pegamos os bonitinhos e fazemos experiências médicas com eles. Com seus órgãos de reprodução. Nós transformamos esses meninos em velhinhas. Depois a fome transforma essas velhinhas em velhinhos.”

“Você concorda que não poderíamos tratar essa gente pior?”, perguntei.

“Ah, não sei. Não os comemos.”

Pensei um pouco nisso. “É, mas eles não se importariam de ser comidos. A menos que fossem comidos vivos.”

“Não, mas fazemos com que eles comam uns aos outros. Eles se magoam com isso... Golo, quem é que, na Alemanha, *não* pensava que era preciso obrigar os judeus a abaixarem um pouco a crista? Mas isso é ridículo demais, se é! E você sabe o que é o pior nisso tudo? Sabe o que realmente me come por dentro?”

“Tenho impressão de que sim, Boris.”

“Pois é. Quantas divisões estamos desperdiçando na guerra? Existem milhares de campos. Milhares. Homens-horas, trens-horas, policiais-horas, combustíveis-horas. E estamos matando nossa mão de obra. E a guerra?”

“Exatamente. E a guerra?”

“Como é que tudo isso se liga com a guerra?... Ah, olhe, Golo. É aquela de cabelo curto e escuro lá no canto. É a Esther. Você já viu na vida alguma coisa com um *décimo* da beleza dela?”

Estávamos na salinha de Boris no térreo, de onde se tinha uma vista ampla e clara da Kalifornia. Essa Esther pertencia ao Aufraumungskommando, o Destacamento de Limpeza, uma de um grupo rotativo de duzentas ou trezentas garotas que trabalhavam numa área cheia de galpões — uma área do tamanho de um campo de futebol.

Boris ficou de pé e se espreguiçou. "Eu vim para salvá-la. Ela estava limpando escombros com as mãos no Monowitz. Aí um primo dela a contrabandeou para cá. Ela foi descoberta, é claro... porque não tinha cabelo nenhum. Como castigo, eles a mandaram para o Scheissekommando, mas eu intervim. Não é muito difícil. Aqui se rouba de um para subornar o outro."

"E por isso ela odeia você."

"Ela me odeia." Boris balançou a cabeça, chateado. "Bem, vou dar a ela um motivo para me odiar."

Ele bateu a caneta-tinteiro no vidro e continuou a fazer isso até Esther olhar para ele. Ela revirou os olhos longamente e voltou à curiosa tarefa a que se dedicava — espremer tubos de pasta de dentes num jarro rachado. Boris levantou-se, abriu a porta e acenou para ela.

"Srta. Kubis. Pegue um cartão-postal, por favor."

Quinze anos de idade, e sefardi, achei (cor de pele levantina), bem-feita e firme, além de atlética. Ela veio andando devagar e pesadamente para a sala. A lentidão de seus movimentos era quase satírica.

Boris disse: "Sente-se, por favor. Preciso de seu tcheco e de sua caligrafia juvenil". Depois sorriu e disse: "Esther, *por que* você me detesta desse jeito?".

Ela mexeu na manga da blusa.

"É por causa da minha farda?" Ele lhe entregou um lápis com a ponta bem-feita. "Pronta? *Querida mãe, vírgula. Minha amiga Esther está escrevendo para mim... porque machuquei a mão*. Como você vê, Golo, um relatório. *Enquanto colhia rosas, ponto*. Como vai a valquíria?"

"Vou vê-la esta noite. Ou pelo menos espero vê-la. O Velho Bebum vai dar um jantar para o pessoal da Farben."

"Você sabe que ela costuma cancelar os compromissos, foi o que me disseram. E vai ser uma chatice se ela não estiver lá. *Como descrever a vida no posto agrícola, ponto de interrogação.* Mas até agora você está satisfeito."

"Ah, estou. Emocionado. Cheguei a fazer uma espécie de avanço verbal e lhe dei meu endereço. De certa forma, eu preferia não ter feito isso, porque fico sempre achando que daí a pouco ela vai bater na minha porta. Não é o caso de dizer que ela ficou entusiasmada, isso não, mas me escutou até o fim."

"*O trabalho é bastante cansativo, vírgula.* Você não vai poder recebê-la em sua casa... Não com aquela vaca intrometida do andar térreo. *Mas eu adoro o campo e a vida ao ar livre, ponto.*"

"Seja como for. Ela é espetacular."

"É mesmo, mas muito volumosa. *As condições são mesmo bem decentes, vírgula.* Eu prefiro mulheres menores. Elas se esforçam mais. *Nossos quartos são simples mas confortáveis, abre parênteses.* E a gente pode sair com elas por aí. *E em outubro vão nos dar...* Você é maluco, você sabe."

"Por quê?"

"Ele. *E em outubro vão nos dar uns edredons magníficos. Para as noites que ficam mais frias, fecha parênteses, ponto e vírgula.* Ele. O Velho Bebum."

"Ele não é nada." E usei uma expressão em iídiche, pronunciando-a com cuidado suficiente para que o lápis da srta. Kubis se detivesse por um momento. "Ele é um *grubbe tuchus*. Um borra-botas. Ele é fraco."

"*A comida é simples, vírgula é verdade, vírgula mas saudável e abundante, ponto e vírgula.* O borra-botas é mau, Golo. *E tudo é de uma limpeza imaculada, ponto, parágrafo.* E ardiloso. Tem a astúcia dos fracos. *Banheiros de fazenda enormes*, sublinhe o *enormes*, por favor... *com banheiras amplas ponto, parágrafo. Limpeza, vírgula, limpeza, travessão. Você sabe como são esses alemães, ponto de exclamação.*" Boris deu um suspiro e disse com uma petulância de adolescente ou até mesmo de criança: "Srta. Kubis. *Por favor*, olhe para mim de vez em quando, para eu poder ver seu rosto!".

Fumando cigarrilhas e bebendo kir em taças cônicas, víamos a Kalifornia, que lembrava ao mesmo tempo, e numa escala gigantesca, uma loja de departamentos vazia e do tamanho de um quarteirão, um bazar de objetos usados, um salão de leilões, uma alfândega, uma feira de negócios, uma ágora, um mercado, souk, chowk — um centro de Achados e Perdidos em dimensão planetária.

Montes desordenados de mochilas, bolsas, malas, caixas e baús (estes últimos decorados com sedutoras etiquetas de viagem, a recordar postos de fronteira, cidades enevoadas), como uma imensa fogueira à espera da tocha. Uma pilha de cobertores da altura de sobradões de três andares: nenhuma princesa, por mais sensível que fosse, perceberia uma ervilha sob vinte, trinta mil espessuras. E por toda parte montes largos de panelas e caçarolas, escovas de cabelo, camisas, casacos, vestidos, lenços — e também relógios, óculos e toda sorte de próteses, perucas, dentaduras, aparelhos de surdez, botas cirúrgicas, coletes ortopédicos. O olhos chegavam por fim à pilha de sapatos infantis, ao morro esparramado de carrinhos de bebê, alguns apenas gamelas de madeira com rodas, outros objetos com cuidadosas curvas e contornos, carruagens para duquezinhos e duquezinhas.

"O que ela está fazendo lá, a sua Esther?", perguntei. "Não é uma coisa muito alemã, é? Para que serve um balde de pasta de dentes?"

"Ela está procurando pedras preciosas... Sabe como foi que ela conquistou meu coração, Golo? Eles a fizeram dançar para mim. Ela parecia um líquido. Quase não contive as lágrimas. Era meu aniversário e ela dançou para mim."

"Ah, foi. Parabéns, Boris."

"Obrigado. Antes tarde do que nunca."

"Como está se sentindo com trinta e dois anos?"

"Muito bem, acho. Até agora. Você vai saber como é já, já." Ele passou a língua nos lábios. "Você sabia que eles pagam as próprias passagens? Eles pagam para vir para cá, Golo. Não sei como foi no caso daqueles parisienses, mas a norma é..." Ele se curvou para afastar um fio de fumaça do olho. "A norma é uma passagem de terceira classe. Só ida. Meia passagem para crianças com menos de doze anos. Só ida." Boris se ergueu. "Bom, não é?"

"Pode-se dizer que sim."

"... Os judeus tinham que cair do cavalo. Isso foi feito em 1934. Mas isto... Isto é muito ridículo."

Suitbert e Romhilde Seedig estavam lá, Frithuric e Amalasand Burckl estavam lá, os Uhl — Drogo e Norberte — estavam lá, como também Baldemar e Trudel Zulz estavam lá... Eu... É claro que eu fui sozinho, mas me deram como companhia a jovem viúva Alisz Seisser (Orbart Seisser, o primeiro-sargento do regimento, tinha morrido poucos dias antes, numa cena de monstruosa violência e ignomínia, ali no Kat Zet).

E Paul e Hannah Doll estavam lá.

Foi o major quem abriu a porta de entrada. Recuou um passo e exclamou: "Ahá, uniforme de gala! E com uma patente, além do mais".

"Ela é nominal, Kommandant." Eu estava limpando os pés no capacho. "E não poderia ser mais modesta, não é?"

"A patente não indica com precisão a importância, Obersturmfuhrer. Valioso de verdade é o âmbito da jurisdição. Veja Fritz Mobius. Na escala hierárquica, ele ocupa um posto inferior ao seu... Ele é uma promessa que não se cumpriu. O âmbito da jurisdição é o que vale. Vamos, meu jovem. Não se preocupe com isso. Acidente de jardinagem. Levei um golpe e tanto no nariz."

Como resultado do acidente, Paul Doll tinha dois hematomas ao redor dos olhos.

"Isso não é nada", disse. "Eu sei o que é um ferimento de verdade, acho. O senhor devia ver meu estado na frente do Iraque em 1918. Fiquei em pedaços. E também não se preocupe com *elas*."

Ele se referia às filhas. Paulette e Sybil estavam sentadas no alto da escada, de camisola, de mãos dadas e chorando sem parar. "Que coisa, haja paciência. Elas caem no choro por qualquer bobagem. Mas onde estará a minha mulher?"

Eu tinha resolvido não fixar os olhos nela. Por isso, Hannah — grande, divinal e queimada de sol, com um vestido de noite de seda âmbar — foi quase de imediato enviada para os ermos da minha visão periférica... Eu sabia que diante de mim se estendia uma noite longa e sinuosa, mas ainda assim esperava obter algum progresso, mesmo que modesto. Meu plano consistia em introduzir e enfatizar determinado tema, e com isso tirar proveito de certa regra de atração. Talvez fosse uma regra de atração lastimável; mas quase sempre funcionava.

Seedig, magro e esguio, assim como Burckl, baixo e solene, estavam de terno; os demais homens ostentavam trajes de meia gala. Doll, com suas medalhas (Cruz de Ferro, Medalha de Prata por Ferimento e o Anel de Honra da SS), estava de costas para o fogo na lareira e com as pernas absurdamente afastadas, balançando nos calcanhares e, sim, de vez em quando erguendo uma das mãos e deixando-a, trêmula, sobre as crostas horrendas embaixo das sobrancelhas. Alisz Seisser vestia traje de luto, mas Norberte Uhl, Romhilde Seedig, Amalasand Burckl e Trudel Zulz resplandeciam com veludos e tafetás, como figuras de baralho — damas de ouro, damas de paus. Doll disse: "Thomsen, sirva-se. Vamos, entre na festa".

No aparador, havia muitas travessas com canapés (salmão defumado, salame, arenques em conserva), além de um bar com quatro ou cinco garrafas de champanhe pela metade. Fui na direção delas com os Uhl — Drogo, capitão de meia-idade, com físico de estivador, covinha no queixo e a barba por fazer, e Norberte, uma presença inquieta e encaracolada, com brincos enormes lembrando pinos de boliche, e um diadema dourado. Não trocamos muitas palavras, mas o suficiente para eu fazer duas descobertas surpreendentes: Norberte e Drogo tinham uma forte antipatia um pelo outro, e ambos já estavam bêbedos.

Aproximei-me de Frithuric Burckl e conversamos sobre trabalho por vinte minutos, ao fim dos quais Humilia entrou pela porta dupla, fez uma leve mesura e disse que o jantar seria servido em breve.

"Como estão as meninas?", perguntou Hannah. "Melhoraram?"

"Ainda estão muito zangadas, madame. Não sei mais o que fazer por elas. Não querem ser consoladas."

Humilia se afastou no momento em que Hannah passou depressa por ela, e, com uma expressão de desprazer, o Comandante a viu se afastar.

"Você vai se sentar *aqui*. E você *ali*."

Boris me avisara, com ar solene, que as mulheres sentariam juntas ou então jantariam separadamente na cozinha (talvez com as meninas e antes que o jantar fosse servido). Mas não, fomos distribuídos à mesa de acordo com a maneira coeducacional de praxe. Éramos doze à mesa circular, e se eu estava na posição das seis horas, Doll estava na das onze e Hannah na das duas horas (trançarmos os pés seria tecnicamente possível, mas, se eu tentasse isso, só a parte posterior da minha cabeça permaneceria na cadeira). Junto de mim estavam Norberte Uhl, de um lado, e Alisz Seisser de outro. Com lenços brancos em torno da testa, a criada Bronislawa e uma auxiliar, Albinka, acenderam o candelabro usando fósforos longos da época de Natal.

"Boa noite, senhoras. Boa noite, sra. Uhl. Boa noite, sra. Seisser", eu disse.

"Obrigada, senhor. Com certeza", disse Alisz.

A convenção local pedia que se conversasse com as mulheres durante a sopa; depois disso, assim que a conversa geral começasse, na verdade não se esperava ouvir a voz delas (elas se tornavam uma espécie de enchimento; viravam amortecedores). Norberte Uhl tinha o rosto corado e desapontado curvado sobre a toalha, e ria sozinha um riso baixo e rouco. Assim, sem dirigir o olhar para a posição das duas horas, eu me voltei para a das sete, para a das cinco e por fim passei a dar atenção à viúva.

"Fiquei muito contristado, sra. Seisser", comecei, "ao saber de sua perda."

"Sim, senhor. Obrigada."

Ela teria seus vinte e tantos anos, e possuía uma palidez interessante, com muitas pintas de nascença (o que passou uma sensação de continuidade quando, ao se sentar, ela levantou o véu negro cheio de salpicos). Boris não escondia a admiração que sentia por sua figura miúda e roliça (e naquela noite ela parecia fluida e alegre, apesar dos passos sepulcrais). Boris também tinha me contado, em tom de deboche, as últimas horas do primeiro-sargento.

"Uma perda irreparável", disse Alisz.

"Mas esta é uma época de grandes sacrifícios e..."

"É verdade, senhor. Muito obrigada."

Alisz Seisser não estava ali como amiga ou colega, mas como a viúva de um simples primeiro-sargento, e era evidente e aflitivo que estava constrangida. Eu queria, de maneira geral, fazê-la se sentir mais à vontade. Durante algum tempo procurei um atributo redentor, uma característica resgatadora — isso, um halo de prata na nuvem escura da ruína de Orbart. Ocorreu-me começar dizendo que, na hora da desventura dele, o Sturmscharfuhrer estava sob o efeito de um analgésico potente — uma dose forte, ainda que inteiramente recreativa, de morfina.

"Ele não estava se sentindo bem naquele dia", disse ela, mostrando os dentes felinos (brancos e finos como papel). "Não se sentia nada bem."

"Ahn. É um trabalho muito estressante."

"Ele me disse: 'Não estou num dos meus melhores dias, menina. Não estou mesmo'."

Antes de ir ao Krankenbau para pedir uma medicação, o sargento Seisser foi à Kalifornia furtar dinheiro suficiente para pagar por ela. Feito isso, voltou a seu posto no limite sul do Campo Feminino. Ao se aproximar da Loja da Batata (talvez com a esperança de conseguir ali um reanimador proveniente do alambique da casa), duas prisioneiras saíram de sua posição na fila e correram em direção à cerca (uma forma de suicídio espantosamente rara). Seisser levantou sua metralhadora e abriu fogo com decisão.

"Uma melancólica combinação de circunstâncias", comentei.

Isso porque Orbart, surpreendido pelo coice da arma (e sem dúvida também pela força da droga), recuou uns dois metros, cambaleando e ainda vomitando fogo, e caiu contra a cerca eletrificada.

"Uma tragédia", disse Alisz.

"Só se pode esperar, sra. Seisser, que o tempo..."

"Sim, senhor. O tempo cura todas as tristezas. Ou, pelo menos, é o que dizem."

Por fim as terrinas de sopa foram retiradas e serviram o prato principal, um espesso guisado de carne com molho de vinho.

Hannah tinha acabado de voltar à mesa, e Doll estava narrando a visita, ocorrida sete semanas antes, em meados de julho, do Reichsfuhrer-SS, Heinrich Himmler.

"Levei nosso convidado, um dos mais importantes que já nos visitaram, ao Posto de Criação de Coelhos, em Dwory. Recomendo que a senhora faça uma visita ao posto, Frau Seedig. Temos lá coelhos angorás, branquinhos e bem felpudos. Nós os criamos, como sabem, às centenas. Por causa da pele, nicht? Para aquecer as tripulações de nossos aviões em suas missões! Um dos bichinhos se chamava *Bola de Neve*", disse Doll, com a fisionomia assumindo aos poucos uma expressão marota. "Um bicho sem igual de bonito. E o médico prisioneiro, o que estou dizendo, o *veterinário* prisioneiro, tinha ensinado a ele muitas gracinhas." Doll franziu a testa, com ar de desagrado, mas depois sorriu, dolorido. "Bem, havia só uma gracinha. A principal. Bola de Neve se sentava sobre as patas traseiras, com as dianteiras fazendo assim... e suplicava, eles tinham ensinado Bola de Neve a suplicar!"

"E o nosso convidado achou graça?", perguntou o professor Zulz. (Zulz, coronel honorário da SS, tinha aquela característica sinistra de certos médicos, que parecem não ter idade.) "Ele se divertiu?"

"Ah, o Reichsfuhrer gostou para valer. Chegou a rir... e bater palmas! E toda a comitiva dele, vejam, fez o mesmo. Tudo isso para Bola de Neve. Que, aliás, pareceu meio alarmado, mas ficou ali, em atitude suplicante!"

É claro que, por causa da presença das senhoras, os homens procuravam não falar do esforço de guerra (e também não fazer referências a seu componente local — o avanço das obras da Buna-Werke). Durante o jantar, meus olhos nunca cruzaram exatamente com os de Hannah, mas nossos olhares de vez em quando passavam um pelo outro à luz das velas... Partindo do tema da criação natural de animais, a conversa passou para assuntos como ervas medicinais, a hibridização de vegetais, o mendelismo, as ideias polêmicas do agrônomo soviético Trofim Lysenko.

"Muito mais gente deveria saber", disse o professor Zulz, "que o Reichsfuhrer é muito competente na área da etnologia. Estou me referindo ao trabalho que ele realizou na Ahnenerbe."

"Com certeza", apoiou Doll. "Ele reuniu grandes equipes de antropólogos e arqueólogos."

"Além de peritos em runas, heraldistas e muitos outros especialistas."

"Cabe lembrar também as expedições à Mesopotâmia, aos Andes e ao Tibet."

"Competência", disse Zulz. "Cérebros. Foi por isso que dominamos a Europa. Lógica aplicada, tudo se resume a isso. Não há nenhum grande mistério. Uma coisa eu digo: fico a imaginar se já existiu uma liderança, uma cadeia de comando tão insigne como a nossa do ponto de vista intelectual."

"QI", disse Doll. "Capacidade mental. De fato, não há nenhum grande mistério."

"Ontem de manhã eu estava arrumando minha mesa", continuou Zulz, "e achei dois memorandos presos por um clipe.

Ouçam isto. Dos vinte e cinco líderes dos Einsatzgruppen na Polônia e na URSS que realizaram algum trabalho de valor, eu lhes digo: quinze são doutores. Agora, vejam a Conferência das Secretarias de Estado de janeiro. Dos quinze participantes? *Oito* doutores."

"Sobre o que foi essa conferência?", quis saber Suitbert Seedig.

"Em Berlim", disse o capitão Uhl. "Em Wannsee, perto do lago. Para ultimar..."

"Para ultimar as evacuações propostas", disse Doll, erguendo o queixo e fazendo seu biquinho, "para os territórios liberados na frente oriental."

"Hum. 'Do outro lado do rio Bug'", disse Drogo Uhl com desdém.

"Oito doutores", repetiu o professor Zulz. "Tudo bem, Heydrich, que descanse em paz, organizou e presidiu a conferência. Mas, com exceção dele, esses eram funcionários de nível secundário ou até terciário. Mesmo assim... Oito doutores. Capacidade profunda. É *assim* que são tomadas as decisões de excelência."

"Quem estava lá?", disse Doll, examinando as unhas. "Heydrich. E quem mais? Lange. Gestapo Muller. Eichmann — aquele competente chefe de estação. Com sua prancheta e seu apito."

"É isso mesmo que quero dizer, Paul. Capacidade intelectual em profundidade. Decisões de primeira linha de cima a baixo."

"Meu caro Baldemar, nada foi 'decidido' em Wannsee. Eles simplesmente oficializaram uma decisão tomada meses antes. E tomada no nível mais alto."

Havia chegado a hora de expor meu tema e enfatizá-lo. De acordo com o sistema político em vigor, em pouco tempo todos haviam se habituado à ideia de que onde havia sigilo começava o poder. Ora, o *poder corrompe*: isso não era uma metáfora. Contudo, por sorte (para mim), o *poder atrai* também não era uma metáfora; e minha proximidade com o poder me rendera muitas vantagens de ordem sexual. Em tempos de guerra, as mulheres, sobretudo, sentiam a atração gravitacional do poder; elas necessitavam de todos os seus amigos e admiradores, de todos os seus protetores. Eu disse, num tom ligeiramente provocador:

"Major, o senhor me permite dizer uma ou duas coisas que não são do conhecimento geral?"

Doll levantou o corpo um pouquinho da cadeira e respondeu: "Claro que sim. Por favor".

"Obrigado. A conferência foi uma espécie de experimento ou teste piloto. E o presidente anteviu sérias dificuldades. Mas foi um sucesso total e inesperado. Quando ela acabou, Heydrich, o Reichsprotektor Reinhard Heydrich, fumou um charuto e tomou uma taça de conhaque. No meio do dia. Heydrich, que só bebia sozinho, sempre. Um conhaque diante da lareira. Com Eichmann, o cobradorzinho de bilhetes, enroscado a seus pés."

"... O senhor estava lá?"

Dei de ombros, como se hesitasse. Ao mesmo tempo, inclinei o corpo para a frente e, experimentando, pus a mão entre os joelhos de Alisz Seisser. Os joelhos se fecharam, sua mão encontrou a minha e fiz mais uma descoberta. Além de seus outros problemas, Alisz estava mortalmente assustada. Todo seu corpo estremeceu. Doll perguntou:

"O senhor estava lá? Ou o encontro era de um nível muito baixo para o senhor?" Mastigou alguma coisa que tinha na boca e engoliu. "Sem dúvida, o senhor ouviu tudo isso do seu tio Martin." Os dois olhos negros percorreram a mesa. "Bormann", completou, com voz mais grave. "O Reichsleiter... Eu conheci seu tio Martin, Thomsen. Fomos companheiros na época da luta."

Isso me pegou de surpresa, mas eu disse: "Correto. Muitas vezes ele menciona o senhor e fala da amizade de vocês".

"Diga a ele que mando lembranças. E, ah, continue, por favor."

"Onde estávamos? Heydrich queria sondar o terreno. Para ver..."

"Se o senhor se refere às imediações do lago Wann, lá está gelado como quê."

"Suitbert, por favor", disse Doll. "Herr Thomsen."

"Sondar o terreno para verificar a resistência administrativa. A resistência ao que poderia parecer um plano um tanto ambicioso. O plano de aplicar nossa estratégia racial definitiva em toda a Europa."

"E?"

"Como eu disse, tudo correu com uma facilidade inesperada. Não houve resistência. Nenhuma."

"O que há de inesperado nisso?", perguntou Zulz.

"Bem, pense no âmbito, professor. A Espanha, a Inglaterra, Portugal, a Irlanda. E nos números envolvidos. Dez milhões. Talvez doze."

Nesse momento, a forma relaxada à minha esquerda, Norberte Uhl, deixou cair o garfo no prato e disse, meio enrolando as palavras: "Eles são só *judeus*".

Pôde-se ouvir a degustação e a ingestão dos civis (Burckl sugando regradamente o caldo na colher, Seedig lavando a boca com o vinho Nuits-St-Georges). Os demais tinham parado de mastigar; e senti que não era só eu que estava intensamente consciente de Drogo Uhl, cuja cabeça agora descrevia um oito enquanto a boca se abria. Ele se virou para Zulz com os dentes superiores à mostra e disse:

"Não, não vamos perder a calma, hem? Vamos ser indulgentes. Minha mulher não entende nada. *Só* judeus?"

"'Só' judeus", concordou Doll com tristeza (estava dobrando o guardanapo com um ar sagaz). "Uma observação meio enigmática, não acha, professor, já que o cerco deles pelo Reich agora está completo?"

"Realmente, muito enigmática."

"Não empreendemos esse plano com leviandade, madame. Acredito que sabemos o que estamos fazendo."

"É verdade", disse Zulz. "Veja, eles são perigosos, sra. Uhl, porque sempre entenderam um princípio biológico fundamental: pureza racial significa poder racial."

"Ninguém os pega em casamentos inter-raciais", disse Doll.
"Ah, não. Eles entenderam isso muito antes de nós."

"É isso que faz deles inimigos tão terríveis", disse Uhl. "E a crueldade. Meu Deus. Perdão, as senhoras não precisam escutar certas coisas, mas..."

"Eles esfolam nossos feridos."

"Metralham nossos hospitais de campanha."

"Torpedeiam nossos barcos salva-vidas."

"Eles..."

Olhei para Hannah. Seus lábios estavam comprimidos, e ela olhava com expressão fechada para as mãos — suas mãos de dedos longos, que ela vagarosamente trançava, entrelaçava e separava, como se os lavasse sob uma torneira.

"É uma cambada internacional e bastante antiga", disse Doll. "Agora temos a prova. Temos a documentação!"

"*Os protocolos dos sábios de Sião*", disse Uhl com fúria.

"Bem, Comandante", atalhei. "Na verdade algumas pessoas têm dúvidas sobre os *Protocolos*."

"Ah, elas duvidam", disse Doll. "Bem, então que leiam *Mein Kampf*, que trata dessa questão de forma brilhante. Não me lembro palavra por palavra, mas a essência é essa. Ah... O *Times* de Londres vive dizendo que esse documento é uma falsificação. Basta isso como prova de sua autenticidade... Devastador, nicht? Absolutamente irrefutável."

"Pois é. Gostem ou não, vão ter de engolir isso!", disse Zulz.

"Eles são sanguessugas", disse Trudel, a mulher de Zulz, franzindo o nariz.

"Posso falar?", perguntou Hannah.

Doll dirigiu-lhe seu olhar de salteador de estradas.

"Bem, essa é uma questão básica", disse ela. "Não há como evitá-la. Eu me refiro ao talento para o embuste. E para a avareza. Até uma criança vê isso." Ela tomou fôlego e prosseguiu. "Eles lhe prometem o mundo, são todos sorrisos, induzem você ao erro. E depois tiram tudo o que você tem."

Como eu iria imaginar isso? Um discurso desses era o que se poderia esperar de uma Hausfrau da SS. No entanto, essas palavras pareciam equívocas à luz das velas.

"... Isso é inegável, Hannah", disse Zulz com ar surpreso. A seguir, o rosto dele se iluminou. "Mas agora estamos tratando os judeus da mesma forma."

"Agora estamos dando o troco", disse Uhl.

"Estamos pagando aos judeus na mesma moeda", disse Doll. "Agora eles estão conhecendo o outro lado da vida. Não, sra. Uhl. Nós não empreendemos isso de forma inconsequente. Creio que sabemos o que estamos fazendo."

Enquanto as saladas, o queijo, as frutas, os bolinhos, o café, o porto e o schnapps eram levados de um a outro comensal, Hannah fez sua terceira visita ao andar de cima.

"Agora estão caindo como pinos de boliche. A gente quase se envergonha de pegar o dinheiro deles", disse Doll. Levantou a mão tumefata e contou nos dedos. "Sebastopol. Voronej. Kharkov. Rostov."

"Isso", disse Uhl, "e esperem até termos cruzado o Volga em nosso avanço. Já demos uma boa surra em Stalingrado com os bombardeios. Agora é só ir até lá e tomar conta."

"Meus amigos", disse Doll, referindo-se a Seedig, Burckl e a mim, "vocês bem poderiam arrumar as malas e ir para casa. Eu sei, ainda precisamos da borracha de vocês. Mas não precisamos mais de seus combustíveis, não com os campos de petróleo do Cáucaso à nossa disposição. E então? Você lhes deu umas boas palmadas?"

A pergunta de Doll era dirigida à sua mulher, que passava pela porta e saía das sombras para a luz instável das velas. Ela se sentou e disse:

"Estão dormindo."

"Louvado seja Deus e todos os seus anjos! Quanta *bobajada* idiota." Doll voltou a encarar todos à mesa e disse: "O judeo-bolchevismo será esmagado no fim do ano. Depois será a vez dos americanos."

"As Forças Armadas deles dão até pena", disse Uhl. "Dezesseis divisões. Mais ou menos o mesmo que a Bulgária. Quantos bombardeiros B-17? Dezenove. É piada."

"Eles estão utilizando caminhões para fazer manobras", disse Zulz, "com a palavra *Tanque* pintada dos dois lados."

"Os Estados Unidos não vão fazer nenhuma diferença", disse Uhl. "Nil. Não vamos nem sentir o polegar deles na balança."

Frithuric Burckl, que praticamente não falara até então, disse em voz baixa: "Não foi essa, de modo algum, nossa experiência na Grande Guerra. Assim que a economia começa a...".

"Ah, a propósito", eu disse. "O senhor sabia disso, major? Houve uma segunda conferência em Berlim naquele mesmo dia de janeiro. Presidida por Fritz Todt. Sobre armamentos, sobre como reestruturar a economia. Sobre como nos preparar para uma longa luta."

"Derrotismo!", disse Doll, rindo. "Wehrkraftzersetzung!"

"Nada disso, Comandante", eu disse, rindo também. "O Exército alemão. O Exército alemão é como uma força da natureza — irresistível. Mas precisa ser equipado e aprovisionado. O problema é mão de obra."

"Na medida em que eles esvaziam as fábricas", interpôs Burckl, "e transformam a maioria dos operários em soldados." Ele dobrou os braços e cruzou as pernas. "Em todas as campanhas de 1940, perdemos cem mil homens. Na Ostland, agora, estamos perdendo trinta mil por mês."

"Sessenta", eu disse. "Trinta é o número oficial. O certo é sessenta. Temos de ser realistas. O nacional-socialismo é lógica aplicada. Não encerra grandes mistérios, como já foi dito. Sendo assim, meu comandante, posso dar uma sugestão controversa?"

"Pois não. Exponha sua ideia."

"Dispomos de uma fonte de mão de obra inexplorada de vinte milhões de pessoas. Aqui no Reich."

"Onde?"

"Sentadas à sua esquerda e à sua direita, Comandante. Mulheres. Mão de obra feminina."

"Impossível", disse Doll com satisfação. "Mulheres e guerra? Isso contradiz frontalmente nossas mais prezadas convicções."

Zulz, Uhl e Seedig emitiram sussurros de aprovação.

"Eu sei", respondi. "Mas todos estão fazendo isso. Os anglo-saxões fazem isso. Os russos também."

"Mais um motivo para não fazermos", contrapôs Doll. "Você não vai transformar minha mulher numa Olga suarenta cavando trincheiras."

"Elas fazem mais do que cavar trincheiras, major. Aquela bateria antiaérea que deteve os panzers de Hube, ao norte de

Stalingrado, e que combateu até a morte, era guarnecida só de mulheres. Estudantes, moças..." Dei um último apertão na coxa de Alisz, em seguida ergui os braços e ri, dizendo: "Estou sendo muito temerário. Além disso, muitíssimo indiscreto. Peço que me perdoem. Meu querido tio Martin gosta de papear ao telefone, e no fim do dia estou tão cansado que aquela falação sai pelos meus ouvidos. Ou pela minha boca. E então, senhoras?"

"Então o quê?", perguntou Doll.

"Apoiem minha proposta."

Doll se pôs de pé. "Não respondam. Está na hora de tirarmos esse sujeito daqui. Não vou aceitar que esse 'intelectual' corrompa nossas mulheres! Bem. Na minha casa, são os cavalheiros que deixam a mesa depois do jantar. Não se dirigem ao Salon, e sim ao meu humilde Arbeitzimmer. Onde haverá conhaque, charutos e conversas *sérias* sobre a guerra. Senhores... por favor."

Lá fora, alguma coisa revestia a noite, uma coisa de que eu tinha ouvido falar, mas ainda não conhecia: a capacidade da Silésia de produzir invernos atrozes. E ainda era 3 de setembro. Parei nos degraus, sob a lanterna da cocheira, para abotoar o sobretudo até em cima.

No escritório desorganizado de Doll, todos os homens, exceto Burckl e eu, conversaram em voz muito alta sobre as maravilhas que os japoneses estavam fazendo no Pacífico (vitórias na Malaia, na Birmânia, na possessão britânica de Bornéu, em Hong Kong, em Cingapura, em Manila, na península de Bataan, nas ilhas Salomão, na Coreia e no oeste da China) e elogiaram a liderança dos comandantes Iida Shojiro, Homma Masahuru, Imamura Hitoshi e Itagaki Seishiro. Seguiu-se um interlúdio mais sereno, no qual anuímos sem ressalvas que os impérios esclerosados e as democracias matizadas do Ocidente não eram páreo para as ascendentes autocracias raciais do Eixo. A discussão voltou a se acalorar quando falaram dos países que seriam invadidos a seguir: a Turquia, a Pérsia, a Índia, a Austrália e, surpreendentemente, o Brasil...

Em dado momento, senti os olhos de Doll em mim. Depois de um silêncio repentino, ele disse:

"O senhor se parece um pouco com Heydrich, nicht? Há uma semelhança."

"O senhor não é o primeiro a notar, Comandante." Com exceção de Goring, que poderia ser um burguês saído de *Buddenbrooks*, e do ex-vendedor de champanhe e imitador de aristocratas, Ribbentrop (pessoa que a sociedade inglesa, durante o período absenteísta que ele passou em Londres como embaixador, apelidou de "Ariano Errante"), Reinhard Heydrich foi o único nazista de destaque que poderia passar por um teutão puro, sendo que os demais se caracterizavam pela costumeira mistura báltica-alpina-danubiana. "Heydrich vivia em tribunais, comprovando sua ascendência", eu disse. "Mas todos esses boatos, Hauptsturmfuhrer, são totalmente infundados."

Doll sorriu. "Bem, assim esperamos. Thomsen não aceita a morte prematura do Protektor." Elevando um pouco a voz, ele disse: "Winston Churchill está para renunciar. Não tem alternativa. Em favor de Eden, que é menos dominado pelos judeus. Vocês sabem que quando a Wehrmacht regressar com a vitória do Volga, e do que um dia foram Moscou e Leningrado, seus integrantes serão desarmados pela SS na fronteira. A partir daí, vamos..."

O telefone tocou. O telefone tocou às onze horas: era uma chamada combinada com antecedência, feita por uma das secretárias do Sekretar em Berlim (uma prestativa e antiga namorada minha). Todos na sala fizeram um silêncio solícito enquanto eu falava e ouvia.

“Obrigado, srta. Delmotte. Diga ao Reichsleiter que compreendo.” Desliguei. “Sinto muito, cavalheiros, mas terão de me dar licença. Um mensageiro está para chegar ao meu apartamento na Cidade Velha. Tenho de ir recebê-lo.”

“Os ímpios não têm descanso”, disse Doll.

“Nenhum”, respondi, inclinando a cabeça.

Na sala, Norberte Uhl jazia no sofá como um espantalho derrubado, cuidada por Amalasand Burckl. Alisz Seisser estava sentada, rígida, fitando uma mesinha baixa de madeira, na companhia de Trudel Zulz e Romhilde Seedig. Hannah Doll tinha subido, e não esperavam que ela voltasse. Sem me dirigir a ninguém em especial, comuniquei que iria sair, o que realmente fiz, parando por um minuto ou dois na passagem ao pé da escada. O trovão distante de um chuveiro aberto; o som leve e viscoso de pés descalços; o rangido escandalizado das tábuas do soalho.

No jardim na frente da casa, me virei e olhei para cima. Esperava ver Hannah nua ou seminua pela janela do andar superior, fitando-me com os lábios entreabertos (e aspirando, rouca, a fumaça de um Davidoff). Em relação a essa esperança, me desapontei. Nada senão as cortinas de pele ou couro puxadas, e a confiante luz retangular que vinha do interior. Por isso comecei a caminhar.

As lâmpadas de arco iam ficando para trás a intervalos de cem metros. Moscas negras e enormes formavam uma crosta na rede metálica que as envolvia. Além disso, um morcego cruzou a lente cremosa da lua. Do Clube dos Oficiais, como eu supunha, trazido pela acústica tortuosa do Kat Zet, vinha o som de uma balada de sucesso: “Diga até logo baixinho quando nos despedirmos". Mas também detectei passos atrás de mim e me virei de novo.

Aqui, quase de hora em hora a gente tinha a sensação de estar vivendo nos terrenos de um vasto mas superlotado hospício. Foi assim nesse momento. Uma criança de sexo indeterminado, com uma camisola que ia até o chão, caminhava depressa em minha direção — sim, depressa, demasiado depressa, todo mundo se movia depressa demais.

A pequena forma entrou numa área de luz. Era Humilia.

"Tome", disse, estendendo-me um envelope azul. "Madame mandou."

Em seguida ela também se virou e afastou-se rapidamente.

Lutei muito... Não aguento mais... Agora tenho de... Às vezes uma mulher... Meus seios doem quando eu... Encontre-me no... Eu o procurarei em seu...

Caminhei por vinte minutos com tais fantasias na cabeça — passando pelo limite externo da Zona de Interesse, depois seguindo pelas ruelas vazias da Cidade Velha até chegar à pracinha com a estátua cinzenta e o banco de ferro sob o poste de luz curvo. Ali me sentei e li.

"Adivinhe o que ela fez", disse o capitão Eltz. "Esther."

Boris tinha entrado no apartamento com sua chave e caminhava de um lado para o outro da minha salinha com um cigarro numa das mãos, mas nenhum copo de bebida na outra. Estava sóbrio, agitado e decidido.

"Sabe o cartão-postal? Será que ela endoidou?"

"Espere. O que foi?"

"Tudo aquilo que eu ditei sobre a boa comida, a limpeza e

as banheiras. Ela não escreveu nada daquilo." Tomado de indignação (contra a extensão e a objetividade da transgressão de Esther), Boris continuou: "Ela disse que nós dois éramos uma dupla de assassinos mentirosos! Desceu a detalhes sobre isso. Uma dupla de ratos ladrões, bruxos e devassos. Vampiros e ladrões de túmulos".

"E isso foi parar no Postzensurstelle."

"Claro. Num envelope com nossos nomes. O que ela pensou? Que eu fosse pôr aquilo direto numa caixa de correio?"

"E agora ela voltou a juntar Scheisse com uma tábua."

"*Não*, Golo. Isso é um *crime* federal. Sabotagem." Boris se inclinou para a frente. "Quando ela veio para o Kat Zet, ela disse uma coisa a si mesma. Ela me contou. Ela disse a si mesma: *Eu não* gosto *daqui e* não *vou morrer aqui*... E é *assim* que ela se comporta."

"Onde ela está agora?"

"Mandaram Esther para o Bunker 11. Meu primeiro pensamento foi: preciso levar um pouco de comida e água para ela. Esta noite. Mas agora estou achando que isso vai ser bom para ela. Passar uns dias lá. Ela precisa aprender."

"Tome uma bebida, Boris."

"Vou tomar."

"Schnapps? O que é que fazem com eles no Bunker 11?"

"Obrigado. Nada. Essa é a questão. Mobius diz o seguinte: deixamos a natureza seguir seu curso. E você não gostaria de ficar entregue ao curso da natureza, não é? Duas semanas é a média no caso de jovens." Boris levantou a cabeça. "Você parece deprimido, Golo. Hannah não quis saber de você?"

"Não, não. Continue. Esther. Como podemos tirá-la de lá?"

E fiz o esforço necessário, tentando me interessar por simples questões de vida e de morte.

2. Doll: o Projekt

Para ser bem sincero, estou meio irritado com estes hematomas nos olhos.

Não que eu me importe com a lesão propriamente dita, é escusado dizer. Minha ficha fala por si só, me arrisco a afirmar, no que se refere a resistência física. Na frente iraquiana, na última guerra (na qual, com 17 anos, e como o suboficial mais jovem de todo o Exército Imperial, eu, com toda naturalidade, gritava ordens para homens com o dobro da minha idade), lutei um dia inteiro, a noite toda, e, ja, outro dia inteiro com a rótula esquerda arrancada da perna e com o rosto e o escalpo rebentados por metralha, e ainda tive energia, naquela segunda madrugada, para meter a baioneta, na casamata que por fim dominamos, na barriga de soldados ingleses e indianos extraviados.

Foi no hospital de Wilhelma (uma vila alemã perto da estrada entre Jerusalém e Jafa), enquanto eu me recuperava de 3 ferimentos a bala sofridos na 2ª batalha do Jordão, que fui dominado pelo "encanto mágico" de um flerte descompromissado com outra paciente, a esguia e graciosa Waltraut. Ela estava recebendo tratamento para vários problemas psicológicos, principalmente depressão; e gosto de pensar que nossas sonhadoras efusões ajudaram a reparar as fissuras de sua mente, do mesmo modo como fecharam as cavidades da minha região lombar. Hoje, as lembranças daquela época são, predominantemente, lembranças de *sons*. E como são contrastantes — por um lado, os grunhidos e vômitos do combate corpo a corpo; por outro, os afagos e as carícias (com frequência acompanhados por gorjeios reais de aves em algum arvoredo ou pomar) do amor juvenil! Eu sou um romântico! Para mim, ser eu mesmo exige romance.

Não, o ruim dos olhos roxos é que eles prejudicam seriamente minha aura de autoridade infalível. E não penso apenas em quando estou no centro de comando, na estação ou lá nas covas. No dia do acidente, dei um brilhante jantar para o pessoal da Buna aqui na minha bela *villa*, e houve longos períodos em que mal consegui manter um ar de seriedade — eu me sentia como um pirata, um palhaço numa pantomima, um coala ou um guaxinim. Mal havíamos nos sentado à mesa, fiquei como que hipnotizado pelo meu reflexo na sopeira: uma mancha rosada em diagonal, com suas ameixas maduras dançando sob o cenho. Zulz e Uhl, tenho certeza, ficaram sorrindo um para o outro, e até Romhilde Seedig parecia estar reprimindo uma risada. Quando todos começaram a conversar, porém, eu revivi, conduzindo a conversa com a segurança costumeira (e pondo o sr. Angelus Thomsen direitinho em seu lugar).

Ora, se me sinto assim na minha casa, entre colegas e conhecidos e suas senhoras, como haveria de me comportar com pessoas gradas? E se o Gruppenfuhrer Blobel voltar? E se o Oberfuhrer Benzler, do Escritório Central de Segurança do Reich, resolver fazer uma súbita visita de inspeção? E se, Deus me livre e guarde, recebermos outra visita do Reichsfuhrer-SS? Ora, acho que eu não conseguiria manter a cabeça erguida nem diante do pequeno Fahrkartenkontrolleur, Obersturmbannfuhrer Eichmann...

Isso só aconteceu por culpa daquele jardineiro imbecil. Imaginem, se puderem, uma manhã domingueira com um tempo perfeito. Estou à mesa da nossa agradável salinha de café, e com um humor excelente depois de uma exaustiva "sessão", ainda que inconcludente, com minha cara-metade. Tomei o café da manhã carinhosamente preparado por Humilia (que havia saído para ir a alguma desgraceira de tabernáculo na Cidade Velha). Depois de dar cabo das minhas 5 salsichas (e tomar outras tantas canecas de café de verdade), eu me levantei e caminhei na direção das janelas francesas, pensando em fumar um cigarrinho tranquilo no jardim.

De costas para mim e com uma pá no ombro, Bohdan estava na trilha de cascalho, fitando com ar abobalhado a tartaruga, que roía uma folha de alface. Quando passei da grama para a trilha, ele se virou com aquela brusquidão típica dos palermas, e com isso a lâmina grossa da pá descreveu um rápido semicírculo no ar e me atingiu em cheio no nariz.

Quando enfim desceu a escada, Hannah lavou o local da contusão com água fria e suavemente comprimiu um naco de carne crua contra meu rosto com seus quentes Fingerspitzen...

E agora, já passada uma semana, meus olhos estão da cor de um sapo doente — um horrendo verde-amarelado.

"Impossível", disse Prufer (isso é bem do feitio dele).

Suspirei e respondi: "A ordem veio do Gruppenfuhrer Blobel. Ou seja, veio do Reichsfuhrer-ss. Entendeu, Hauptsturmfuhrer?".

"Impossível, Sturmbannfuhrer. Não pode ser feito."

Por absurdo que pareça, Prufer é meu Lagerfuhrer, portanto meu número 2. Wolfram Prufer, jovem (mal fez 30 anos), insossamente bem-apessoado (um rosto redondo e sem graça), desprovido de iniciativa e, de modo geral, um mandrião de marca. Há quem diga que a Zona de Interesse é um local de descarte de incompetentes de 2ª linha. E eu me disporia a concordar (se isso não depusesse contra mim mesmo).

"Desculpe-me, Prufer", eu disse, "mas desconheço a palavra *impossível*. Ela não faz parte do dicionário da SS. Nós nos elevamos acima das condições objetivas."

"Mas com que intenção, mein Kommandant?"

"Qual é a intenção? É a política, Prufer. Estamos apagando nossas pegadas. Já tivemos até de triturar e moer as cinzas. Em moinhos de ossos, nicht?"

"Perdão, Kommandant, mas tenho de perguntar de novo. Com que intenção? Isso só vai ter importância se perdermos, o que não vai acontecer. E quando vencermos, o que vai acontecer, isso não terá nenhuma importância."

Tenho de admitir que o mesmo pensamento já me ocorrera. "Ainda vai ser um *pouquinho* importante quando vencermos", argumentei. "A gente precisa pensar a longo prazo, Prufer. Uns chatos fazendo perguntas e metendo o nariz onde não são chamados."

"Ainda não percebi a intenção, Kommandant. Quero dizer, quando vencermos, vamos fazer muitas outras coisas como essa, não vamos? Os ciganos, os eslavos e assim por diante."

"Hum. É o que eu acho."

"Nesse caso, por que ficarmos cheios de dedos agora?" Prufer coçou a cabeça. "Quantas peças estão lá, Kommandant? Temos uma ideia, por mais vaga que seja?"

"Não. Mas são muitas." Levantei-me e me pus a caminhar

de um lado para o outro. "Como você sabe, Blobel é responsável pela limpeza de todo o território. Ach, ele não para de me apoquentar para conseguir mais Sonders. E o ritmo em que ele os consome! Eu perguntei: *Por que o senhor precisa se livrar de todos os Sonders depois de cada Aktion? Por que não os usa mais um pouco? Não pode? Eles não vão a lugar nenhum mesmo*. E por acaso ele me ouve?" Voltei para minha cadeira. "Muito bem, Hauptsturmfuhrer. Prove isto."

"O que é?"

"O que parece ser? Água. Você bebe a água daqui?"

"Nem pensar, Sturmbannfuhrer. Bebo água mineral engarrafada."

"Eu também. Prove esta. *Eu* tive de fazer isso. Vamos, prove... Estou dando uma ordem, Hauptsturmfuhrer. Vamos. Não precisa engolir."

Prufer pôs um pouco da água na boca e a deixou escorrer pelos dentes inferiores.

"Parece carne podre, não é mesmo? Respire fundo." Ofereci-lhe meu frasco de bebida. "Tome um gole disso. Pronto... Sabe, Prufer, fui convidado cordialmente, ontem, a uma reunião no Centro Cívico da Cidade Velha. Para conversar com uma delegação de representantes do lugar. Disseram que não há como beber a água, por mais fervida que seja. As peças começaram a fermentar, Hauptsturmfuhrer. O lençol d'água se rompeu. Não temos alternativa. O cheiro vai se tornar insuportável."

"O cheiro *vai* se tornar insuportável, meu Kommandant? O senhor não acha que já está insuportável?

"Pare de se *queixar*, Prufer. Queixas não vão nos ajudar em nada. Você só sabe se queixar. Não para de se queixar. Queixar, queixar, queixar, queixar."

Minhas palavras, percebi, repetiam as de Blobel — quando também eu, de início, reclamava. E, sem dúvida, as objeções de

Blobel serão censuradas por Himmler. E Prufer, da mesma forma, fará repreensões semelhantes diante das dúvidas de Erkel e Stroop. E assim por diante. O que temos na Schutzstaffel é uma cadeia de queixas. Uma câmara de eco de queixumes... Prufer e eu estávamos na minha sala no EAP. A sala tinha o teto baixo e era um tanto soturna (e meio bagunçada), mas eu me sentava a uma mesa cujas dimensões infundiam respeito.

"Por isso, é urgente", continuei. "E se trata de uma urgência objetiva, Prufer. Espero que você entenda isso."

Minha secretária, a pequena Minna, bateu à porta e entrou. Havia em sua voz um desnorteio autêntico quando ela disse: "Uma pessoa que diz se chamar 'Szmul' está lá fora, Kommandant. Diz que veio se encontrar com o senhor".

"Minna, diga a ele que fique onde está e espere."

"Sim, Kommandant."

"Temos algum café? Café de verdade?"

"Não, Kommandant."

"Szmul?" Prufer engoliu em seco, conteve a respiração e engoliu em seco de novo. "Szmul? O Sonderkommandofuhrer? Por que ele veio aqui, Sturmbannfuhrer?"

"É só isso, Hauptsturmfuhrer", eu disse. "Faça um reconhecimento das covas, junte os restos de óleo queimado e o metanol, se houver algum, e converse com Sapper Jensen sobre a física das piras."

"Obedeço, meu Kommandant."

Enquanto eu refletia, Minna entrou com duas braçadas de mensagens de teletipo e telegramas, memorandos e comunicados. Ela é uma jovem de boa figura e competente, ainda que demasiado flachbrustig (se bem que seu Arsch não tem defeito, e quem levantasse aquela saia justa teria... Não entendo bem por que escrevo assim. Não é de forma alguma o meu estilo). E, de qualquer modo, meus pensamentos estavam fixos em minha mulher. Hannah (eu conjecturava) permanecer aqui durante a Aktion em curso? Não. Nem as meninas, aliás. Acho que uma viagenzinha a Rosenheim está mais do que indicada. Sybil e Paulette podem se divertir bastante com aqueles 2 excêntricos razoavelmente inofensivos, seus avós maternos, em Abbey Timbers — as vigas de ébano, as galinhas, os desenhos engraçados de Karl, a culinária anárquica de Gudrun. Isso, os arrabaldes de Rosenheim. Um pouco de ar rural fará bem a todas elas. Além disso, com Hannah em seu atual "estado de espírito"...

Ach, quem dera minha mulher fosse fácil como a lânguida Waltraut! Waltraut, por onde andará você?

"Com que então, isso é um ser humano", eu disse no canteiro de obras. "Você está com uma aparência lamentável, Sonderkommandofuhrer."

Meus olhos? Meus olhos são como os de Cachinhos Dourados se comparados aos de Szmul, o Sonderkommandofuhrer. Os olhos dele sumiram, estão mortos, defuntos, extintos. Szmul tem olhos de Sonder.

"Veja seus olhos, homem."

Szmul deu de ombros e lançou um olhar furtivo para o pedaço de pão que ele tinha jogado no chão quando me aproximei.

"Depois de mim", eu disse, e por um momento meus pensamentos voaram. "Ouça, Sonder, nos próximos dias seu Gruppe vai crescer, se multiplicar por 10. Você vai ser o homem mais importante de todo o KL. Depois de mim, naturalmente. Venha."

No caminhão, enquanto seguíamos para nordeste, eu pensava com desprazer no Obersturmfuhrer Thomsen. Apesar de seu comportamento andrógino, ele é, pelo que dizem, um tremendo pegador de mulheres. Parece ser famoso nessa área. E também não respeita as pessoas em todo e qualquer sentido. Consta que engravidou 1 das filhas de Von Fritsch (isso *depois* do escândalo com o maricas); e eu soube por 2 fontes separadas que ele comeu até Oda Muller! Cristina Langer representa outra marca no cinto dele. Dizem que na realidade ele arranja mulheres para seu tio Martin — que facilita a ligação do Reichsleiter com M., aquela atriz. Corre até o boato de que ele cometeu a obra das trevas com sua própria tia Gerda (ou com o que sobrou dela depois de não sei quantos filhos, foram 8, 9?). Aqui no KL, como é bem sabido, Thomsen passou na cara um verdadeiro pelotão de Helferinnen, inclusive Ilse Grese (de qualquer modo, pessoa de moral bastante questionável). O amigo dele, o canalha do Boris Eltz, ao que parece não fica atrás. Mas ao menos Eltz é um guerreiro fantástico, e esses homens (isso se tornou, mais ou menos, a política oficial) precisam ter acesso ao amor com a mesma liberdade com que lutam. No caso de Thomsen, qual é a desculpa?

Na Palestina, a magrelinha da Waltraut me deu um exemplo que tenho seguido durante minha vida: sem um sentimento verdadeiro, a simples conjunção carnal — sejamos honestos — não passa de uma coisa bem sórdida. Com relação a isso, sei que não sou um soldado típico: eu jamais falaria sobre qualquer mulher com desrespeito; e detesto linguagem chula. Por isso fui poupado do mundo dos bordéis, com sua baixeza e imundície inimagináveis, e também da lubricidade "sofisticada" — o sapatinho elegante espremido pela bota de couro embaixo da mesa, a mão entrando sob saias na cozinha, o rebolado glúteo da rameira urbana, os olhos pintados, as axilas depiladas, as calcinhas rendadas, as meias pretas e a cinta também preta emoldurando a cremosidade das coxas... Tais coisas, muito obrigado, são de pouquíssimo interesse para este seu humilde criado, Paul Doll.

Não me surpreende que Thomsen trace Alisz Seisser. Ocorre-me uma imagem impressionante: o varapau de cabelo creme a se deleitar em cima daquele apetecível bolinho de groselha. No jantar daquela noite, ela parecia encantadora. Se for esse o caso, seria melhor ele se apressar, pois ela vai voltar para Hamburgo daqui a 1 ou 2 semanas. Esse é o período de nojo de Alisz, enquanto ela se recupera da perda do primeiro-sargento — a perda de Orbart, que abriu mão da vida para deter uma fugitiva no Campo Feminino. Isso conferiu nobreza ao semblante da viúva. Além disso, o preto é uma cor que cai bem em qualquer pessoa. E, como brincamos na minha *villa*, era como se os raios do sacrifício alemão prateassem com suavidade o traje de luto de Alisz (com aquele corpete justo). Aí está. Pronto. Romantismo: é preciso haver romantismo.

Quanto tempo Hannah imagina que poderá manter essa conduta?

Acreditem no que digo: não haverá restos de óleo queimado suficientes, e vou ter de ir a Katowicz e fazer *tudo de novo*.

“Pare aqui, Unterscharfuhrer. Aqui.”

“Sim, meu Kommandant.”

Eu não ia ao Setor 4IIIb(i) desde julho, quando acompanhei o Reichsfuhrer-SS em sua inspeção de dia inteiro. Enquanto eu descia da boleia do caminhão e Szmul saltava da carroceria-plataforma, percebi, contrafeito, que na verdade eu estava *escutando* a Campina da Primavera. Essa campina começava uns 10 metros depois do monte onde Prufer, Stroop e Erkel se achavam de pé e com as mãos no rosto — mas se podia ouvi-la. Sentia-se o cheiro, é claro; mas também se ouvia. Estalos, gorgolejos, silvos. Juntei-me aos demais e contemplei o campo aberto.

Fitei o campo aberto sem o menor vestígio de falso sentimentalismo. Vale repetir que sou um homem normal com sentimentos normais. Entretanto, às vezes, sou tentado por fraquezas humanas, e quando isso acontece eu simplesmente penso na Alemanha, assim como na confiança depositada em mim por seu Redentor — cuja visão, cujos ideais e aspirações partilho com ardor. Ser gentil com o judeu é ser cruel com a Alemanha. "Certo" e "errado", "bem" e "mal" — esses conceitos já tiveram sua época; agora estão extintos. Dentro da nova ordem, alguns atos têm resultados positivos, e outros têm resultados negativos. Apenas isso.

"Kommandant", disse Prufer, com 1 de suas carrancas que lhe dão um ar de responsabilidade, "em Culenhof, Blobel tentou explodi-los."

Virei-me, olhei para ele e disse através do lenço (todos nós cobríamos o nariz e a boca com lenço): "Tentou explodi-los para fazer o quê?".

"O senhor entende, livrar-se deles dessa maneira. Não deu certo, Kommandant."

"Bem, eu poderia ter previsto isso antes que ele começasse. Desde quando explodir coisas faz com que elas desapareçam?"

"Foi nisso que pensei assim que eles tentaram. Os fragmentos se espalharam por toda parte. Havia pedaços pendurados nas árvores."

"O que vocês fizeram?", perguntou Erkel.

"Os pedaços que conseguimos alcançar, nós recolhemos. Os dos galhos mais baixos."

"E os que estavam mais no alto?", perguntou Stroop.

"Deixamos lá mesmo", respondeu Prufer.

Fiquei olhando uma vasta superfície que ondulava como uma laguna na virada da maré, uma superfície pontilhada de gêiseres que eructavam e esguichavam; de vez em quando, torrões de turfa saltavam e reviravam no ar. Chamei Szmul com um grito.

* * *

Naquela noite, Paulette me surpreendeu em meu escritório. Eu estava numa poltrona estofada, relaxando com uma taça de conhaque e um charuto. Ela perguntou:

"Onde está Bohdan?"

"Você também, é? E esse vestido é um horror."

Ela fez uma pausa e perguntou: "Onde está Torquil?".

Torquil era a tartaruga (e vejam, eu disse "era". Nicht?). As meninas adoravam aquela tartaruga: diferentemente do furão, do lagarto e do coelho, a tartaruga não era capaz de correr e fugir.

Um pouco mais tarde, aproximei-me pé ante pé por trás de Sybil, enquanto ela fazia seu dever de casa na mesa da cozinha — e lhe dei um belo susto! Quando, rindo, a abracei e a beijei, ela pareceu recuar.

"Você está se afastando, Sybil."

"Não estou, não", disse ela. "É que vou fazer 13 anos em breve, papai. Essa é uma data importante para mim. E o senhor não..."

"Eu não o quê? Não. Continue."

"Não está cheirando bem", disse ela, com uma careta.

Diante disso, meu sangue começou realmente a ferver.

"Você sabe o que quer dizer *patriotismo*, Sybil?"

Ela virou a cabeça para o outro lado e disse: "Eu gosto de abraçar e beijar o senhor, papai, mas estou com outras coisas na cabeça".

Esperei um pouco antes de dizer: "Nesse caso, você é uma menina muito cruel".

E o que dizer de Szmul, o que dizer dos Sonders? Ach, mal consigo me obrigar a registrar isso. O fato é que não me canso de me assombrar com o abismo de miséria moral a que certos seres humanos se dispõem a descer...

Os Sonders executam suas tarefas medonhas com a mais crassa indiferença. Com correias de couro grosso, arrastam as peças da sala de banho para o Leichenkeller; com alicates e cinzéis, extraem os dentes obturados com ouro e, com tesourões, cortam o cabelo das mulheres; arrancam os brincos e as alianças; a seguir, empilham os corpos no carro da grua (6 ou 7 por consignação), que é levado para cima dos incineradores; por fim, moem as cinzas, e o pó resultante é transportado por caminhões e dispersado no rio Vístula. Fazem tudo isso, como já foi dito, com completa insensibilidade. Parece não se incomodarem nem um pouco com o fato de que as pessoas que eles manipulam desse modo são seus companheiros de raça, seus irmãos de sangue.

E os abutres do crematório em algum momento demonstram emoção? Ach yech: quando cumprimentam os evacuados na estação e os conduzem à sala onde se despem. Em outras palavras, só parecem estar vivos para a traição e a falsidade. *Em que o senhor trabalha?*, perguntam. *Ah, engenharia! Excelente. Precisamos sempre de engenheiros.* Ou então alguma coisa assim: *Ernst Khan... de Utrecht? Foi, ele e sua... Ah, é verdade, ele, a mulher e os filhos estiveram aqui durante 1 mês ou 2 e depois resolveram ir para o posto agrícola. O número 1, em Stanislavov.* Quando surge um problema, os Sonders estão mais do que dispostos a usar de violência. Levam todos os encrenqueiros a um suboficial próximo, que resolve a situação da maneira adequada.

Naturalmente, é do interesse de Szmul e dos outros que as coisas transcorram sem sobressaltos e depressa, pois estão impacientes para revistar as roupas deixadas e farejar alguma coisa para beber ou fumar. Ou para comer. Eles estão sempre comendo — sempre, os Sonders, comendo alguma coisa surrupiada da sala em que as peças se despiram (apesar das rações relativamente generosas a que têm direito). Sentam-se numa pilha de peças para tomar uma sopa; metem-se até os joelhos na campina mefítica enquanto mastigam uma fatia de presunto...

Impressiona-me que decidam permanecer, durar, dessa forma. E de fato eles tomam a decisão: alguns (não muitos) recusam-se categoricamente, apesar da óbvia consequência — pois também eles, agora, tornaram-se Geheimnisträger, portadores de segredos. Não que algum deles possa ter a esperança de prolongar essa existência ignóbil por mais de 2 ou 3 meses. Com relação a esse ponto, somos muito claros e francos: a tarefa inicial dos Sonders, afinal de contas, é a cremação de seus predecessores; portanto, chegará a vez deles. Szmul tem a dúbia distinção de ser o coveiro há mais tempo na função no KL — na realidade, creio que ele seja o mais antigo em todo o sistema de campos. Ele é, praticamente, um Proeminente (até os guardas lhe concedem um mínimo de respeito). Szmul continua. Mas sabe muito bem o que acontece a eles — o que acontece aos portadores de segredos.

Para mim, honra não é uma questão de vida ou morte: é muito mais importante do que isso. Os Sonders, é mais que óbvio, pensam de outra forma. Perdida a honra, o animal, ou até o mineral, querem perdurar. *Existir* é um hábito, um hábito que eles não conseguem abandonar. Ach, se fossem homens de verdade — no lugar deles, eu... Mas espere. A gente nunca está no lugar de alguém. E é verdade o que eles dizem aqui no KL: ninguém conhece a si mesmo. Quem é você? Você não sabe. Então você chega à Zona de Interesse e ela lhe diz quem você é.

Esperei até as meninas estarem ajeitadas para dormir, então saí para o jardim. Com um xale branco, Hannah estava de pé, braços cruzados no peito, junto da mesa de piquenique. Tomava uma taça de vinho tinto e fumava um Davidoff. Além dela, havia um crepúsculo salmão e uma massa de nuvens. Eu disse com naturalidade:

"Hannah, acho que vocês 3 deviam ir passar 1 semana ou 2 na casa de sua mãe."

"Onde está Bohdan?"

"Deus do céu. Pela 10ª vez, eles o transferiram." E eu não tinha tido nada a ver com isso, embora não me desagradasse vê-lo pelas costas. "Foi despachado para Stutthof. Ele e uns 200 outros."

"Onde está Torquil?"

"Pela 10ª vez, Torquil *morreu*. Bohdan a matou. Com a *pá*, Hannah, não se lembra?"

"Bohdan matou Torquil. É o que você diz."

"Isso! Por raiva, imagino. E por pânico. No outro campo, ele vai ter de começar de novo. Pode ser duro para ele."

"Duro em que sentido?"

"Bem, em Stutthof ele não vai ser jardineiro. Eles têm um regime diferente lá." Resolvi não dizer a Hannah que em Stutthof os recém-chegados iam logo levando 25 chibatadas. "Fui eu quem teve de limpar aquilo tudo. Torquil. E não foi nada bom de ver, posso lhe afirmar."

"Por que devemos ir para a casa da minha mãe?"

Resmunguei alguma coisa durante algum tempo, acabando por dizer que seria uma boa ideia.

"Vamos, qual é a razão verdadeira?", perguntou Hannah.

"Vou lhe dizer. Berlim aprovou um Projekt de emergência. As coisas vão ficar desagradáveis aqui por algum tempo. Só umas poucas semanas."

"Desagradáveis? É mesmo?", retrucou Hannah, sarcástica. "Para variar, não é? Desagradável em que sentido?"

"Não estou autorizado a revelar. Trabalho de guerra. Poderá ter um efeito nocivo sobre a qualidade do ar. Um momento, vou lhe trazer mais vinho."

Voltei um minuto depois com o vinho de Hannah e um copo grande de gim.

"Pense no assunto. Tenho certeza de que você vai entender que é o melhor a fazer. Ah, um belo céu. Está esfriando. Isso vai ajudar."

"Ajudar como?"

Tossi e disse: "Você sabe que amanhã à noite nós temos o evento teatral".

À meia-luz do crepúsculo, a ponta do cigarro dela, movendo-se de um lado para o outro, lembrava um vaga-lume.

"O espetáculo de gala de *As florestas cantam eternamente*", eu disse. Sorri. "Não faça cara feia, minha querida. Vamos, temos de manter as aparências! Ah, por que isso? Não fique emburrada. Olha que eu invoco o nome de Dieter Kruger. Mas você já demonstrou, não foi?, que não está mais muito interessada no destino dele."

"Ah, eu estou chateada. Você não me disse que Dieter passou por Stutthof? Você me disse que lá eles dão 25 chibatadas em quem chega."

"Eu disse? Bem, mas só no caso de prisioneiros muito suspeitos. Não vão fazer isso com *Bohdan*... *As florestas cantam eternamente* é uma história sobre a vida rural, Hannah." Tomei um gole grande da bebida adstringente e lavei a boca com ela. "Sobre a saudade da comunidade redentora. A comunidade orgânica, Hannah. Vai fazer você se lembrar de Abbey Timbers."

Nessa festa de aniversário, comemorávamos duas datas: (a) nossa decisiva vitória eleitoral em 14 de setembro de 1930; e (b) a histórica aprovação das Leis Raciais de Nuremberg, em 15 de setembro de 1935. Ou seja, uma dupla motivação para os festejos!

Depois de algumas bebidas no bar, Hannah e eu (o centro de atenção de todos os olhares) nos dirigimos a nossos assentos na primeira fila. As luzes diminuíram e a cortina rangeu em direção ao teto, mostrando uma camponesa atarracada, com ar tristonho, numa despensa vazia.

O tema de *As florestas cantam eternamente* era a situação de uma família numa propriedade rural durante o duro inverno que se seguiu ao Diktat de Versalhes. Uma das falas era *A geada matou os tubérculos, Otto* e outra, *Será que você não pode tirar o nariz desse livro?* Além dessas falas, não me lembro mais nada das *Florestas cantam eternamente*. Não que minha cabeça estivesse em branco. Pelo contrário, e foi uma coisa muito esquisita. Passei todo o tempo do espetáculo, 2½ horas, ocupado em calcular quanto tempo seria necessário (levando em conta o pé-direito alto da sala e as condições de umidade) para executar toda a plateia com gás, imaginando que roupas dos espectadores seriam aproveitadas e estimando a quantidade de cabelo e ouro odontológico que se poderia reunir...

Depois, durante a festa propriamente dita, comprimidos de Phanodorm ingeridos com alguns conhaques logo restauraram meu equilíbrio. Deixei Hannah com Norberte Uhl, Angelus Thomsen, Olbricht e Suzi Erkel enquanto trocava algumas palavras com Alisz Seisser. A coitada vai para Hamburgo no fim da semana. A primeira coisa de que ela vai cuidar lá: sua pensão. Por algum motivo, ela estava branca de medo.

"Vamos avançar de oeste para leste. Haverá outros 800 como você."

Szmul deu de ombros e tirou — é difícil acreditar — um punhado de azeitonas pretas do bolso da calça.

"Talvez 900. Diga uma coisa, Sonderkommandofuhrer. Você é casado?"

De cabeça baixa, ele respondeu: "Sou sim, senhor".

"Como é o nome dela?"

"Shulamith, senhor."

"E onde está essa 'Shulamith', Sonderkommandofuhrer?"

Não é de todo verdade que os abutres do vertedouro de cadáveres são destituídos de emoção humana. Com bastante frequência, no decorrer do trabalho que fazem, encontram uma pessoa a quem conheceram. O Sonder vê esses vizinhos, amigos ou parentes quando chegam ou quando saem, ou em ambas as ocasiões. Um dia, o 2º de Szmul, seu auxiliar, viu-se na sala de banho procurando dissipar os temores de um irmão, gêmeo idêntico. Não faz muito tempo, um certo Tadeusz, outro bom trabalhador, olhou para a extremidade de sua correia no Leichenkeller (eles usam essas correias para puxar as Stucke), e ali estava sua mulher; ele desmaiou, mas lhe deram um pouco de schnapps e um pedaço de salame, e 20 minutos depois ele estava de volta à faina com suas ferramentas.

"Diga, onde ela está?"

"Não sei, senhor."

"Ainda está em Litzmannstadt?"

"Não sei, senhor. Desculpe, senhor, mas já consertaram a escavadeira?"

"Esqueça a escavadeira. Aquilo não serve mais para nada."

"Sim, senhor."

"E as peças devem ser contadas com cuidado. Entendeu? Conte os crânios."

"Contar crânios não é bom, senhor." Ele se virou e cuspiu

o último caroço de azeitona. "Existe um método mais seguro, senhor."

"É mesmo? Diga uma coisa: quanto tempo isso vai levar?"

"Depende das chuvas, senhor. Não posso afirmar, mas calculo 2 ou 3 meses."

"2 ou 3 *meses*?"

Ele se virou para mim e vi que havia uma coisa diferente em seu rosto. Não eram os olhos (os olhos dele eram os habituais dos Sonders), e sim a boca. Naquele momento, ali na elevação, percebi que assim que aquele trabalho fosse concluído com sucesso seria preciso dar fim a Szmul mediante o emprego do método adequado.

Tendo colhido mais algumas informações sobre o meloso Herr Thomsen (no fundo, no fundo, acho que, apesar de sua fama, ele é *mesmo* "1 daqueles"). Sua mãe, meia-irmã de Bormann, bem mais velha, fez um casamento vantajoso, não foi? Casou-se com um banqueiro comercial — que também colecionava arte moderna do estilo mais degenerado. O molde não parece familiar — dinheiro, arte moderna? Fico pensando se esse "Thomsen" não terá sido, no passado, alguma coisa como "Tawmzen". Seja como for, o pai e a mãe morreram em 1929, num acidente de elevador em Nova York (moral da história: quem pisa naquela Sodoma judaica recebe sua "rica" recompensa!). Isso fez com que o filho único deles, esse príncipe de meia-tigela, fosse adotado extraoficialmente por seu tio Martin — o homem que controla a agenda do Redentor.

Eu precisei dar duro e suar sangue, precisei me matar de trabalhar para chegar aonde estou. No entanto, há pessoas que nascem com uma estrela na... Engraçado, eu estava prestes a usar a frase habitual, quando me ocorreu um aperfeiçoamento.

É perfeita para ele. Isso mesmo, Angelus Thomsen nasceu com um *Schwanz* na boca!

Nicht wahr?

Eu estava reclinado sobre a minha mesa, em casa, absorto em reflexões, quando ouvi passos. Eles se aproximaram e pararam. Não eram os passos de Hannah.

E eu estava pensando: sou uma pessoa entre a espada e a parede. Por um lado, o Escritório Superior de Administração Econômica está sempre me aporrinhando para que eu faça tudo o que puder para aumentar a força de trabalho (para as indústrias de munições); por outro, o Departamento Central de Segurança do Reich faz pressão para o descarte do maior número possível de evacuados, por motivos óbvios relacionados à defesa (já que os judeus constituem uma 5ª coluna de proporções intoleráveis). Passei a ponta dos dedos sobre a testa, numa espécie de continência reflexiva. E agora eu constatava (o teletipo estava diante de mim) que o idiota do Gerhard Student, do ESAE, propunha uma ideia brilhante: que todas as mães fisicamente capazes sejam postas para trabalhar na fábrica de botas de Chłemek até rebentarem! *Claro*, vou dizer a ele. *E você pode vir para a estação, a fim de tentar separá-las dos filhos*. Essas pessoas simplesmente não *pensam*.

"Quem estiver aí fora que entre", eu disse alto.

Por fim, alguém bateu à porta. Com uma expressão muito arrependida e perturbada, Humilia entrou.

"Vai ficar aí parada e tremendo", resmunguei (eu estava profundamente irritado), "ou tem alguma coisa a me dizer?"

"Minha consciência me angustia, senhor."

"Ah, é mesmo? Era só o que faltava. Mais essa agora. E daí?"

"Eu obedeci a Miss Hannah quando não devia."

Retruquei com toda a calma: "Quando não devia, *senhor*".

É o fogo, entendem?, é o fogo.

Como fazer corpos nus queimar, como fazer com que peguem fogo?

Começamos com recursos muito modestos, usando tábuas de madeira, e, na verdade, os resultados que vínhamos obtendo estavam muito ruins, mas foi aí que Szmul... Sabem, entendo como é que o Sonderkommandofuhrer leva uma vida tão regalada aqui. Foi ele quem fez uma série de sugestões que, por fim, foram fundamentais. Exponho-as a seguir, para futura referência:

1) Deve haver uma única pira.

2) A pira deve queimar continuamente, 24 horas por dia.

3) A gordura humana liquefeita deve ser utilizada para favorecer a combustão. Szmul criou as calhas de escoamento e as turmas de coleta de gordura, o que, ademais, resultou em substancial economia de gasolina. (Lembrete: destacar essa economia para Blobel *e Benzler*.)

Atualmente, só existe uma dificuldade técnica que enfrentamos de tempos em tempos. O fogo é tão quente que não se consegue chegar perto, nicht?

Agora vejam só esta, que é realmente impagável, que realmente "põe tudo no chinelo". De repente, o fone põe-se a tocar que é uma loucura: Lothar Fey, da Divisão de Defesa Aérea, queixando-se, furioso, vejam só, das nossas conflagrações noturnas! É de admirar que eu esteja perdendo o juízo?

Embora Humilia tenha julgado conveniente contar que minha mulher escreveu e enviou uma comunicação pessoal a um comprovado devasso, não pôde — ou não quis — informar-me seu teor. Isso destruiu minha concentração. É claro que todo o caso pode ser perfeitamente inocente. Inocente? *Como* isso pode ser inocente? Não nutro ilusões sobre a carnalidade histérica de que Hannah já se mostrou capaz, além disso é notório que assim que uma mulher afrouxa os laços sagrados da modéstia, mergulha rapidamente nas mais fantásticas depravações, agachando-se, chapinhando, espremendo-se, contorcendo-se…

Hannah bateu à porta e logo entrou, dizendo: "Mandou me chamar?".

"Mandei." Para ganhar tempo, eu disse: "Sabe, acho que não convém você ir a Abbey Timbers. Como o Projekt vai levar meses, você vai ter de se acostumar com ele".

"Eu não queria ir mesmo."

"Ah, é? Por quê? Por acaso você tem um Projekt pessoal?"

"Pode ser", ela respondeu, virando-se para sair.

Ergui as mãos e esfreguei os olhos. Esse ato espontâneo, que qualquer colegial cansado poderia ter feito ao se desobrigar do dever de casa, foi inteiramente indolor — pela primeira vez em não sei quanto tempo. No banheiro do andar de baixo, olhei-me no espelho. Ja, esses meus olhos castigados ainda estão ligeiramente injetados, além de sem vida e inchados, por eu viver no meio de muita fumaça e ir dormir tarde (e por causa dos trens, que não param de chegar). Mas não estão mais roxos.

Há as chamas e as exalações. Mesmo o ar mais limpo ondula e se agita. Não é?

Como um pedaço de gaze pulsando ao vento.

Orientados por Szmul, os Sonders improvisaram uma espécie de zigurate feito de trilhos curvos de trem. É do tamanho da catedral de Oldenberg.

O cenário se insere, imagino, no ápice do modernismo, mas

quando o contemplo da elevação fico pensando nas pirâmides do Egito, construídas por escravos. Usando as escadas largas e os guinchos, eles carregam a enorme treliça e depois se retiram para suas torres com rodas e alimentam o fogo, entendem, jogando as peças nele, às vezes com caçambas. Essas torres balançam como as máquinas de sítio medievais.

À noite, os trilhos fulgem, ao rubro. Mesmo fechando os olhos, fico vendo um gigantesco sapo negro com as veias iluminadas.

Uma comunicação recebida da Geheime Staatspolizei de Hamburgo: Alisz Seisser está de volta, mas regressa para nós em outra condição. Agora é uma evacuada.

O Sonderkommandofuhrer estava certo sobre a melhor maneira de contar. Não é computando os crânios. Quase todas as peças são despachadas pelo método-padrão do Genickschuss, porém com frequência de forma canhestra ou apressada, o que despedaça os crânios. Por isso eles não servem. O procedimento mais científico, criado por nós, consiste em contar os fêmures e dividir o número por 2. Nicht?

Em resposta à emergência doméstica, ativei a Kapo criminosa que mantenho na mina de carvão de Furstengrube.

3. Szmul: testemunha

Eu sentiria um consolo infinitesimal, acho, se pudesse me convencer de que há companheirismo — de que há comunhão humana, ou ao menos uma camaradagem respeitosa, no dormitório provisório em cima do crematório desativado.

Um número enorme de palavras são ditas, com certeza, e nossos diálogos são sempre sérios, articulados e morais.

"Ou você enlouquece nos dez primeiros minutos", diz-se com frequência, "ou se acostuma com a coisa." Pode-se argumentar que aqueles que se acostumam com a coisa na realidade enlouqueceram. E existe outro resultado possível: a pessoa não enlouquece nem se acostuma com a coisa.

Quando paramos de trabalhar, nós, aqueles que não se acostumaram nem enlouqueceram, nos reunimos e conversamos sem parar. No Kommando, enormemente expandido para a colaboração em curso, cerca de cinco por cento pertencem a essa categoria — digamos, quarenta homens. E, no dormitório, nos reunimos, meio afastados dos outros, em geral por volta do amanhecer, com nossa comida, nossa bebida e nossos cigarros, e conversamos. E gosto de pensar que há companheirismo entre nós.

Sinto que estamos tratando de juízos e alternativas que nunca foram discutidos antes, que nunca tiveram de ser discutidos — sinto que se alguém conhecesse cada minuto, cada hora, cada dia da história do homem, não encontraria nenhum exemplo, nenhum modelo, nenhum precedente.

Martyrer, mucednik, martelaar, meczonnik, martyr, mártir: em todas as línguas que conheço, a palavra vem do grego *mártur*, que significa *testemunha*. Nós, os Sonders, ou alguns de nós, damos testemunho. E essa questão, à diferença das demais questões, parece isenta de uma profunda ambiguidade. Ou assim pensávamos.

Josef, judeu tcheco de Brno, que já se foi, escreveu seu testemunho e o enterrou numa galocha de criança debaixo da sebe do jardim de Doll. Depois de muita altercação e de uma votação por levantamento de mãos, decidimos exumar (temporariamente) esse documento e nos inteirar de seu teor. Quanto a mim, fui contra, por instinto e, talvez, por superstição. E, do modo que as coisas estão, foi um dos episódios no Lager que eu menos me disporia a reviver.

Escrito em iídiche e em tinta preta, o manuscrito tinha oito páginas.

"*Uma menina de cinco anos*", comecei, "*levantou-se e*... Um momento. Acho que isso está um pouco confuso."

"Leia!", disse um dos homens. Outros o secundaram. "Só leia."

"*Uma menina de cinco anos levantou-se e tirou a roupa do irmão, que teria um ano. Um homem do Kommando chegou para pegar as roupas do menino. A menina gritou bem alto: 'Sai daqui, judeu assassino! Não ponhas a mão, que ressume sangue judeu, em meu belo irmão! Eu sou a mamãe dele e ele morrerá em meus braços, junto de mim'. Um menino de sete ou oito anos...*" Hesitei e engoli. "Devo continuar?"

"Não."

"Não. Sim. Continue."

"*Um menino de sete ou oito anos*", li, "*achava-se ao lado dela e assim falou: 'Ora, tu és judeu e conduzes essas preciosas crianças para o gás... só para que vivas? Será a tua vida, em meio ao bando de homicidas, realmente mais meritória que as de tantas vítimas judias?'.* [...] *Uma certa moça polonesa fez uma alocução brevíssima mas impetuosa na...*"

"Pare."

Muitos daqueles homens tinham lágrimas nos olhos — mas não lágrimas de tristeza ou de culpa.

"Pare. Ela 'fez uma alocução brevíssima mas impetuosa'. Está bem, ela fez isso. Pare."

"Pare, é mentira."

"O silêncio seria melhor do que isso. Pare."

"Pare. E não ponha isso de volta na terra. Destrua isso... sem ler. Pare."

Parei. E os homens se viraram, se afastaram e lentamente foram se deitar.

Eu conheci Josef, o farmacêutico de Brno, aqui no Lager e o considerava um homem sério... Eu sou um homem sério e estou escrevendo meu testemunho. Estou escrevendo *do mesmo modo*? Serei capaz de controlar a pena ou ele sairá... *do mesmo modo*? As intenções de Josef, tenho certeza, eram as melhores, até as mais elevadas; mas o que ele escreveu é uma inverdade. E impuro. Uma menina de cinco anos, um menino de oito: algum dia existiu uma criança com uma experiência tão monstruosa que lhe permitisse apreender a situação do Sonder?

Por alguns momentos, continuei a ler em silêncio, ou passei a vista pelo resto da página...

> Uma certa moça polonesa fez uma alocução brevíssima, mas impetuosa, na câmara de gás... Condenou os crimes e a opressão dos nazistas e encerrou com as seguintes palavras: "Não morreremos agora, a história de nossa nação há de nos imortalizar, nossa iniciativa e nosso espírito estão vivos e florescentes...". A seguir, os poloneses se ajoelharam e disseram solenemente uma certa oração, numa atitude que causou imensa impressão. Depois se ergueram e entoaram em coro o hino polonês, enquanto os judeus cantavam o "Hatikvah". O destino cruel e comum naquele local amaldiçoado fundiu as notas líricas das composições diversas num cântico indiviso. Expressavam assim seus últimos sentimentos com um fervor profundamente comovente, e suas esperanças e sua fé no futuro de suas...

Vou mentir? Terei de mentir? Entendo que eu seja repugnante. Mas o que *escrevo* precisa ser repugnante?

De qualquer forma, farei com que as páginas de Josef sejam devidamente reenterradas no mesmo lugar.

Às vezes, quando passo pela casa do Kommandant, vejo suas filhas a caminho da escola ou voltando de lá. De vez em quando a pequena governanta as acompanha, mas em geral quem faz isso é a mãe — uma mulher alta, de feições fortes, ainda jovem.

Ver a mulher de Doll me faz, naturalmente, pensar na minha.

Os judeus poloneses não estão vindo para o Lager em massa, ou ao menos ainda não, mas alguns acabam aqui depois de um trajeto sinuoso, como aconteceu comigo, e é claro que eu os procuro e os interrogo. Os judeus de Lublin foram para um campo de extermínio chamado Belzec; e muitos judeus de Varsóvia foram para um campo chamado Treblinka.

Em Łódź, o gueto ainda existe. Há três meses cheguei até a receber notícias de Shulamith: ela continua no sótão em cima da padaria. Amo minha mulher com todo o meu coração e lhe desejo toda a felicidade deste mundo, mas do jeito que as coisas vão, ficarei feliz se nunca mais voltar a vê-la.

Como contar a ela sobre as seleções e a sala onde as pessoas se despem? Como poderia lhe falar de Chełmno e do caso dos meninos calados?

Maček, o irmão de Shula, está em segurança na Hungria e prometeu buscar a irmã e levá-la para Budapeste. Tomara que isso aconteça. Amo minha mulher, mas fico feliz ao pensar que nunca mais a verei.

Ao amanhecer, discutimos a natureza extraterritorial do Lager, e tudo voltou ao normal no dormitório. Conversamos, nos chamamos pelo nome, gesticulamos, erguemos e baixamos a voz. Gosto de pensar que existe companheirismo entre nós. Entretanto, alguma coisa está faltando, e falta sempre. Uma coisa, que é intrínseca às relações humanas, acha-se ausente.

Os olhos. Quando se começa a trabalhar nesse grupo, a gente pensa: "Sou eu, sou só eu. Fico de cabeça baixa ou virada para o outro lado, porque não quero que ninguém veja meus olhos". Então, depois de algum tempo, a gente percebe que todos os Sonders fazem a mesma coisa: procuram esconder os olhos. E quem teria imaginado até que ponto é fundamental, nas relações humanas, ver os olhos? Pois é. Mas os olhos são as janelas da alma e, quando a alma se vai, os olhos também ficam sem função.

Será isso companheirismo? Ou volubilidade inevitável? Somos capazes de prestar atenção ao que os outros dizem? Ou mesmo de escutá-los?

Na pira, esta noite, duas bases da estrutura do guincho se partiram, e eu estava de gatinhas numa cavidade no meio das dunas, juntando seus pedaços, quando o jipe sem capota de Doll parou a uns trinta metros dali, na trilha de pedra britada. Depois de breves vistorias para um lado e para o outro, ele desceu do veículo (com o motor em marcha lenta) e veio na minha direção.

Doll estava com uma sandália grossa de couro e calção pardo, nada mais. Na mão esquerda tinha uma garrafa de vodca russa, com rótulo, pela metade, e na direita um chicote de couro de boi, que estalou de brincadeira. O pelo ruivo e esponjoso de seu peito estava pontilhado de gotas de suor que rebrilhavam no clarão opressivo do fogo. Tomou um gole e enxugou a boca.

"E então, grande guerreiro, como vão as coisas? Hum... Quero lhe agradecer por seus esforços, Sonderkommandofuhrer. Por sua iniciativa e dedicação à nossa causa comum. Sua atividade tem sido inestimável."

"Senhor."

"Mas, como você sabe, acho que já pegamos o jeito da coisa. É bem provável que possamos seguir em frente sem você."

Minha bolsa de ferramentas estava junto dos pés dele. Puxei--a para mim.

"Seus homens." Ele virou a garrafa na boca. "Seus homens. O que você acha que vai acontecer com eles quando a Aktion terminar? Você sabe?"

"Sei, sim, senhor."

"Por que você faz isso, Sonder?", ele perguntou com tristeza. "Por que não se revolta? Onde está o seu orgulho?"

Mais uma vez, o estalo do chicote — o salto dos cordões entrançados. Outra vez. Passou pela minha cabeça que Doll estava disciplinando sua própria arma: a ponta de metal fazia seu desatento salto rumo à liberdade, mas era submetida à disciplina com um imperioso movimento do pulso.

"Os homens ainda têm esperança, senhor", respondi.

"Esperança de quê?" O riso o fez ofegar por um instante. "De que mudemos de ideia de repente?"

"A esperança é um sentimento humano, senhor."

"Humano. Humano. E você, nobre guerreiro?"

Dentro da bolsa de lona, meus dedos se fecharam em torno do cabo do martelo. Da próxima vez que ele virar a cabeça para trás para beber, vou bater com força a unha do martelo na brancura nua do pé dele.

"Você tem uma vida boa, Geheimnistrager", disse ele sem emoção. "Porque se tornou indispensável. Todos nós conhecemos esse ardil. Como as fábricas em Litzmannstadt, nicht?" Ele tomou um trago que durou vários goles. "Olhe para mim. *Olhe* para mim. Com os olhos. *Olhe* para mim... Isso. É compreensível que isso seja difícil para você, Sonder."

Ele molhou as gengivas e cuspiu habilmente entre os dentes inferiores (o líquido saiu num esguicho firme, como que ejetado da boca de um peixe de cerâmica na fonte de uma praça).

"Tem medo de morrer. Mas não de matar. Vejo isso na firmeza de seus lábios. A boca mostra que você é um assassino. Pessoas assim têm suas utilidades. Até mais, Sonderkommando-fuhrer. Trabalhe bem pela Alemanha."

Fiquei vendo-o se afastar, um pouco torto (curioso como a embriaguez, ao menos no começo, torna as ideias e a fala de Doll mais fluentes). Geheimnistrager: portador de segredos. Segredos? Que segredos? Todo o condado tapa o nariz diante deles.

A serpente que mora no chicote de Doll é uma víbora, talvez, ou uma mamba, ou uma biúta. Quanto às cobras que vivem na fornalha de Doll, elas são pítons, boas ou sucuris, todas elas buscando vorazmente apresar algo sólido no céu noturno.

Existe companheirismo? Quando turmas de homens fortemente armados vêm ao crematório e um ou outro setor do grupo sabe que chegou a hora, os Sonders escolhidos despedem-se com um gesto, uma palavra ou um aceno — ou nem isso. Despedem-se de olhos no chão. E mais tarde, quando rezo o Kaddish por eles, já estão esquecidos.

Se existe medo da morte, nesse caso existe também amor à morte. É isso que incapacita os homens do Kommando — o amor à morte.

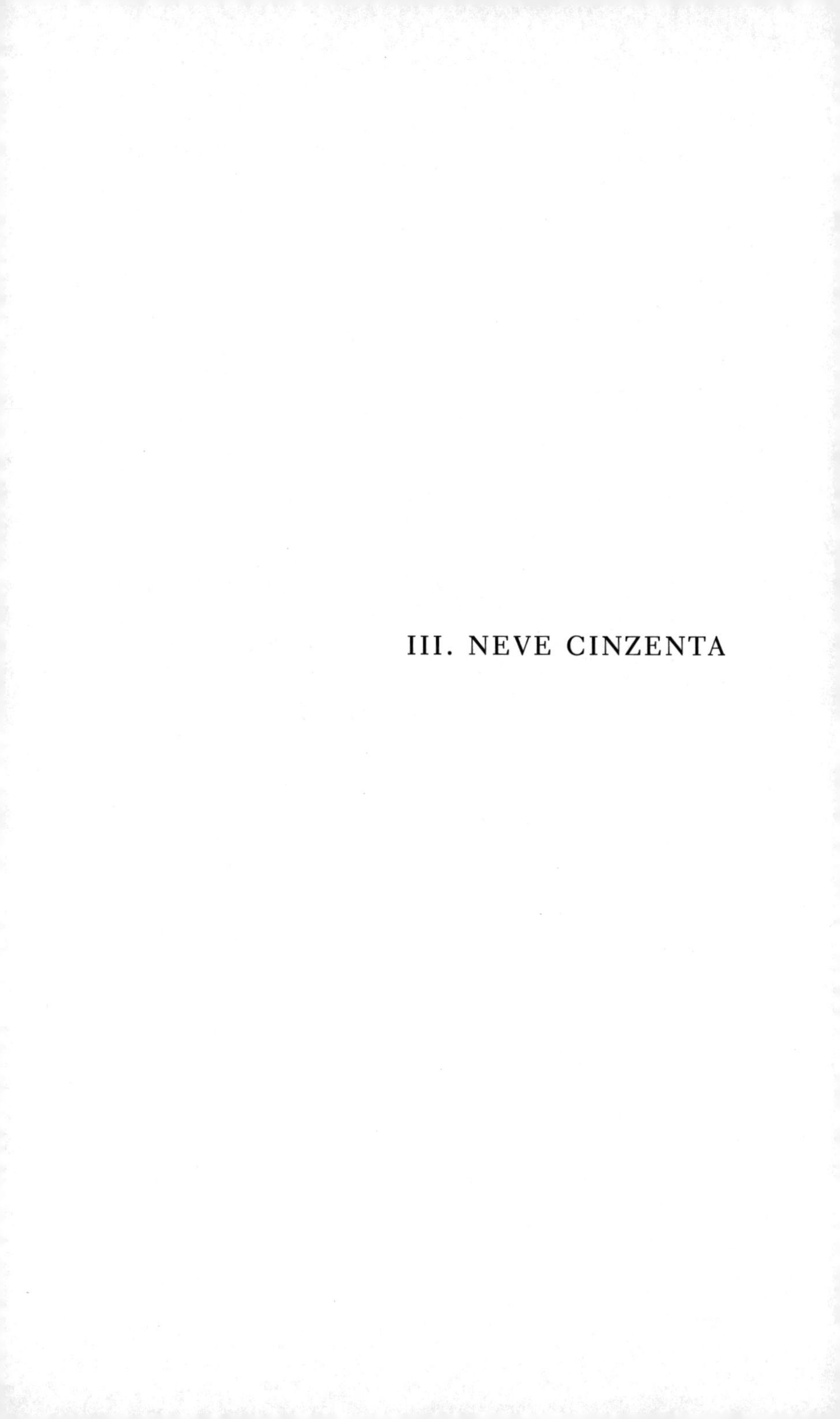

III. NEVE CINZENTA

1. Thomsen: descobrindo tudo

Herr Thomsen:

Desejo pedir-lhe um favor, se estiver a seu alcance. Lembra-se de Bohdan, o jardineiro? Eu soube que ele foi transferido arbitariamete para Stutthof.

Segundo me disseram também, ele se envolveu num incedete muito chocante, que teve como resultado a morte da pobre Torquil (a tartaruga), e isso me pareceu tão absurdamente incosistete, tão imposivel em relação a ele, que comecei a duvidar da verdade da historia que escutei. O nome dele é Professor Bohdan Szozeck. As meninas gostavam demais dele e é claro que estão desconsoladas por causa da tartaruginha, como creio que o senhor percebeu esta noite. Eu disse a elas que Torquil tinha só sumido. Elas pretedem acordar cedo amanhã para vascular o jardim.

Lamento incomoda-lo com isso, mas, para dizer a verdade, não há mais ninguém a quem eu possa recorer.

Todas as sextas-feiras posso ser encontrada junto da caixa de areia nas Cabanas de Verão, das quatro às cinco.

Obrigada. Atensiosamente, Hannah Doll.

P.S. Peço desculpas por erros de ortografia. Dizem que eu tenho um "problema". Mas eu acho que não sei mesmo é escrever. E é gosado porque a única coisa em que sempre me destaquei foi língaus. HD

Portanto, o bilhete não era de modo algum a convocação sonhadora ou o apelo desesperado pelo qual eu talvez bisonhamente ansiasse. Mas quando, um ou dois dias depois, mostrei-o a Boris, ele tentou me persuadir de que a nota era, a seu modo, um incentivo tranquilo.

"Faz muito tempo que ela perdeu a confiança no Velho Bebum. Isso é bom."

"Certo, mas o *atenciosamente*", respondi, com certa empáfia. "E também o *Herr Thomsen*. E o *não há mais ninguém a quem eu possa recorrer*."

"Bobo, essa é a melhor parte. Pense bem, Golo. Ela está dizendo que você é o único amigo dela. O único amigo no mundo inteiro."

Ainda resistindo um pouco, respondi: "Mas eu não quero ser amigo dela".

"Não, naturalmente. Você só quer... Paciência, Golo. A paciência impressiona as mulheres. Espere até a guerra acabar."

"Ah, claro. As guerras não observam as unidades, meu irmão." As unidades de tempo, lugar e ação. Com efeito, espere até a guerra acabar. Quem sabe o que vai restar? É isso."

Boris me fez uma gentileza, prometendo falar com o Líder de Bloco de Szozeck. Acrescentou: "Um P.S. adorável. E ela tem uma bela caligrafia. Sexy. Desinibida. Fluida".

E em minhas reflexões solitárias, com as palavras animadoras de Boris ainda frescas na memória, voltei a olhar a holografia de Hannah — os orbes luxuriosos de seus *és* e *ós*, aqueles *efes* e *gês* impudicamente estirados, aquela insistência inconsciente em se referir a mim.

Depois disso, porém, toda a questão ficou em compasso de espera por quase duas semanas. Boris foi enviado ao subcampo de Goleschau (com ordens de expurgar e revigorar a guarda sem autoridade). Antes de ir, ele tinha de tirar Esther do Bloco 11. Isso era prioritário, compreensivelmente, pois na ausência dele ela morreria de fome.

Como criminosa política, Esther encontrava-se sob a custódia da Gestapo. Por sorte, o incorruptível Fritz Mobius estava fora, de licença, e Jurgen Horder, seu substituto, achava-se no Pavilhão de Disenteria do Ka Be. Por isso, Boris falou com Michael Off, que, ele esperava, cobraria bem menos do que Jurgen Horder.

Por isso, ao ver Hannah no teatro no sábado à noite, só pude indicar por mímica minha impotência e dizer meio de lado, enquanto Horst Eikel gracejava muito alto com Norberte Uhl: "Na próxima sexta...". A princípio me senti estranhamente enfastiado (*As florestas cantam eternamente* era sobre uma família de caipiras meio mortos de fome e ferrenhamente anti-intelectuais do norte da Pomerânia), mas essa sensação passou bem depressa e de maneira repentina.

Várias forças físicas pareciam atuar em mim. De pé num grupo casual com Hannah, eu estava eletricamente consciente de sua magnitude e de seu perfume; ela se agigantava, como um Júpiter de gravitação erótica. Quando Doll a levou consigo, eu me sentia tão livre de amarras, e tão inflamado, que quase me comprimi na figura pálida, flácida e aterrorizada de Alisz Seisser, e mais tarde, deitado na cama de olhos abertos na escuridão, muito tempo se passou antes de eu por fim me decidir contra uma visita de surpresa a Ilse Grese.

Agora, tomando uma xícara de café sintético na sala de Frithuric Burckl, na Buna-Werke, eu tinha outra carta diante de mim. "Estimado senhor", ela começava. O remetente era o diretor de pessoal da Bayer, a empresa farmacêutica (subsidiária da IG Farben), e o destinatário era Paul Doll.

> O transporte de 150 mulheres chegou em boas condições. Não obstante, foi-nos impossível obter resultados conclusivos, pois todas morreram durante a série de experimentos. Gostaríamos que o senhor nos enviasse, por favor, outro grupo de mulheres, na mesma quantidade e ao mesmo preço.

Ergui os olhos e perguntei: "Quanto custam as mulheres?".

"Cento e setenta RM cada uma. Doll queria duzentos, mas a Bayer o forçou a aceitar cento e setenta."

"E o que a Bayer estava testando?"

"Um novo anestésico. Exageraram um pouco. Evidentemente." Burckl recostou-se na cadeira e cruzou os braços (cabelo preto tonsurado, óculos de aros grossos). "Eu lhe mostrei isso porque acho que é sinal... sinal de uma atitude errada."

"Errada, sr. Burckl?"

"Errada, sr. Thomsen. Todas as mulheres morreram ao mesmo tempo? Todas receberam a mesma dose? Essa é a explicação menos cretina. As mulheres morreram em grupos? Morreram uma a uma? A questão é que o pessoal da Bayer estava repetindo seus erros. E é isso que estamos fazendo."

"Que erros?"

"Vamos lá. Passei pelo canteiro de obras ontem, e uma das turmas de trabalho estava levando uma remessa de cabos para a subestação. Aí um dos homens caiu. Não deixou cair nada nem quebrou nada. Apenas caiu. Então o Kapo partiu para cima dele como se quisesse matá-lo, e um britânico do Stalag interveio. Daí a pouco um soldado se envolveu. O resultado líquido? O prisioneiro de guerra perdeu um olho, o Haftling levou um tiro na cabeça e o Kapo saiu com o maxilar quebrado. E foi preciso mais duas horas para que os cabos chegassem à subestação."

"E o que o senhor sugere?"

"Sr. Thomsen, tratar a força de trabalho como descartável é contraproducente ao extremo. Meu Deus, esses Kapos! Por que são tão *irritadiços*?"

"Bem, o que acontece é o seguinte", eu disse. "Se um Kapo não se envolve, na opinião do soldado ele perde a autoridade."

"Humm. Rações reduzidas e medidas assim."

"A situação é mais séria do que isso. Mais tarde, no mesmo dia, ele é morto a pancadas."

Burckl franziu a testa. "É mesmo?", disse, espantado. "Por quem? Pelos soldados da guarda?"

"Não. Pelos prisioneiros."

Burckl calou-se. Daí a pouco disse: "Pois é, isso só confirma o que eu estava dizendo. Há uma cadeia de violência... de que todos participam. Toda a atmosfera é psicótica. E isso não dá certo. Não estamos alcançando nosso objetivo. Estamos, sr. Thomsen?"

Nosso prazo se encerrava em meados do ano seguinte.

"Não sei", respondi. "Estamos seguindo como podemos."

"A Chancelaria está indo para cima da Vorstand. A Vorstand vem para cima de nós. E nós vamos... Meu Deus, olhe só para aquilo lá."

Olhei para aquilo lá. As figuras que chamaram minha atenção, como sempre (eu também tinha uma sala na Buna e passava muitas horas diante da janela), as figuras que chamavam minha atenção não eram os homens com roupas listradas, que faziam filas, ou corriam perfilados, ou se enredavam uns nos outros numa espécie de desordem de centopeias, movendo-se a uma velocidade contrária às leis da natureza, como figurantes de um filme mudo, movendo-se mais depressa do que permitiriam suas forças ou a compleição de cada um, como que obedecendo a uma manivela frenética girada por uma mão furiosa; as figuras que chamavam minha atenção não eram os Kapos que berravam com os prisioneiros, nem os soldados da SS que berravam com os Kapos, nem os capatazes da companhia que, de macacão, berravam com os soldados da SS. Não. Meus olhos se fixavam nas figuras de paletó e gravata, os projetistas, engenheiros e administradores de fábricas da IG Farben em Frankfurt, Leverkusen e Ludwigshafen, com cadernetas com capa de couro e trenas metálicas, amarelas e retráteis, caminhando com cuidado entre os corpos de feridos, de inconscientes e de mortos.

"Eu tenho uma proposta. Sei que é bastante radical, eu mesmo admito. O senhor poderia ao menos escutá-la?"

Ele ajeitou a pilha baixa de papéis diante de si e pegou sua caneta-tinteiro.

"Vamos examinar essa sugestão passo a passo. Diga-me, sr. Thomsen, quanto tempo... Qual é o período máximo que duram nossos trabalhadores?"

"Três meses", respondi, enfadado.

"Ou seja, a cada três meses temos de substituí-los por seus sucessores. É isso, não é?"

Ouviu-se lá fora uma salva de gritos inarticulados, seguidos por dois tiros de pistola e, em seguida, o ritmo familiar de chicotes.

Burckl recomeçou: "De quantas calorias um adulto, em condições de completo repouso, precisa diariamente?".

"Não sei."

"Duas mil e quinhentas. Em alguns guetos poloneses, são trezentas. Isso é uma execução a seco. No Stammlager, são oitocentas. E aqui são mil e cem, se tiverem sorte. Mil e cem, para trabalhos forçados. Num regime de mil e cem calorias diárias, eu lhe digo, um trabalhador braçal perde cerca de três quilos por semana. Faça seus cálculos. Sr. Thomsen, precisamos dar a eles um incentivo."

"E como pretende fazer isso? Eles estão aqui para morrer, sr. Burckl."

Ele apertou os olhos e perguntou: "O senhor já ouviu falar de Szmul?".

"Claro."

"Qual é o incentivo *dele*?"

Voltei a cruzar as pernas. O velho Frithuric começava a me impressionar.

"Por favor", ele disse. "Um experimento mental. Fazemos uma seleção e ficamos com um grupo de, digamos, dois mil e quinhentos trabalhadores. Paramos de bater neles. Paramos de obrigá-los a fazer tudo em dobro, unverzuglich, unverzuglich... essa corrida maluca e *terrível*. Passamos a alimentá-los e abrigá-los decentemente, dentro do razoável. E eles trabalharão. Como Szmul trabalha. E como colabora de forma eficiente." Burckl abriu as mãos, mostrando as palmas. "O incentivo é apenas a barriga cheia e o descanso à noite."

"O que o dr. Seedig diz?"

"Posso convencê-lo."

"E Doll?"

"Doll? Doll não é ninguém. Vai ser uma batalha bem difícil, mas acho que juntos, nós dois, Suitbert e eu, podemos convencer a Vorstand. Depois, o próprio Max Faust leva a questão lá para cima."

"Lá para cima. O senhor jamais vai convencer o Reichsfuhrer."

"Não me refiro ao Reichsfuhrer."

"Então, a quem? Não será decerto ao Reichsmarschall."

"Claro que não. Eu me refiro ao Reichsleiter."

O Reichsfuhrer era Himmler e o Reichsmarschall era Goring. O Reichsleiter era tio Martin.

"E então, sr. Thomsen?"

Em minha ponderada opinião, as mudanças que Burckl sugeria melhorariam o desempenho da Buna em duzentos ou trezentos por cento, talvez mais. Tossi polidamente (como se para alertá-lo da minha presença) e disse:

"Com todo o respeito. Creio que há coisas que o senhor não está levando em conta. Permita-me..."

Ouviu-se uma batida e o secretário de Burckl abriu a porta ligeiramente e por um momento, com um sorriso de desculpas. "Ele chegou, sr. Burckl."

"Scheisse." Burckl pôs-se de pé. "Pode me conceder uma hora na segunda-feira de manhã? Você não vai acreditar nisso, Thomsen... Eu mesmo mal consigo acreditar. Wolfram Prufer está me levando para caçar. *Na Rússia*. Veados."

Fora do perímetro da Buna-Werke, a uma distância de mais ou menos um quilômetro, ficavam os dois Kriegsgefangnisse britânicos. Entre eles abria-se uma cavernosa área de carga e descarga de veículos de transporte, cheia de tábuas e escadas, montes de tijolos e vigas de madeira. Vi ali um prisioneiro, um oficial corpulento com um sobretudo acolchoado e, o que mais chamava a atenção, com uma bota de couro. Descansava dissimuladamente, derreado de encontro a um carrinho de mão virado ao contrário. Eu já o vira várias vezes.

"*Rule Britannica*", gritei. "*Britain shall never never...*"*

"*Rule, Britannia. Britons never never never shall be slaves.*** *Mas olhe para mim agora.*"

"*Onde você foi capturado?*"

"*Na Líbia.*"

"*... Dizem que os ingleses adoram flores. Você gosta de flores?*"

"*As flores são bonitas. Mas eu não ligo muito para elas. É engraçado, porque eu estava pensado em woodbine.*"

"*Woodbine?*"

"*É o nome de uma flor. Um tipo de madressilva. É também uma marca de cigarro. Era nos cigarros que eu estava pensando.*"

"*Woodbine. Essa marca eu não conheço. Gosta de Senior Services?*"

"*Senior Service. Muito.*"

"*E de Players?*"

"*São bons também.*"

"*Seu nome?*"

"*Bullard. Capitão Roland Bullard. E você?*"

"*Thomsen. Tenente Angelus Thomsen. Espero que meu inglês não seja muito ruim.*"

"*Dá para entender.*"

"*Eu lhe trarei alguns Players ou Senior Service. Trarei ontem.*"

"*... Você já trouxe amanhã.*"

* "A Inglaterra nunca nunca..." (N. T.)
** "Os ingleses nunca nunca nunca serão escravos." (N. T.)

* * *

Caminhei mais dez minutos, me virei para trás e olhei. A Buna-Werke, do tamanho de uma cidade. Como Magnetigorsk, na URSS (uma cidade chamada Vela de Ignição). Estava destinada a se tornar a maior e mais avançada fábrica da Europa. Quando todo o projeto entrasse em operação, disse Burckl, consumiria mais eletricidade do que Berlim.

Para a liderança do Reich, a Buna não prometia somente borracha sintética ou óleo combustível sintético. Prometia autossuficiência; e a autossuficiência, haviam concluído, por sua vez decidiria a guerra.

Começo da noite na antessala do Clube dos Oficiais: sofás, poltronas e mesinhas saqueadas dos dez mil judeus e eslavos que expulsamos da Cidade Velha há dois anos, um belo armário de cozinha com garrafas de vinho e de destilados, ao lado de frutas e flores, criados-prisioneiros com batas brancas sobre suas roupas de tecido para colchões, vários tenentes e capitães ou nos primeiros estágios de intemperança ou nos estágios avançados de recuperação e um ruidoso contingente de Helferinnen e Supervisores Especiais, entre os quais Ilse Grese, com sua nova protegida, Hedwig, uma garota sardenta de quinze anos com as tranças cobertas pelo gorro.

Comia-se bem ali, como também no salão de jantar, e Boris estava diante de mim, em nossa mesa baixa para duas pessoas. Estávamos terminando a segunda rodada de aperitivos (vodca russa) e pedindo a terceira, enquanto decidíamos o que pedir de entrada (uma dúzia e meia de ostras para cada um).

Boris deu uma risadinha e perguntou: “Você ficou surpreso

por Ilse nos evitar? Eu não. *Tout s'explique*. Ela sempre disse *schnell*. 'Schnell.' Ela disse isso a você?".

"Disse. Sempre. 'Schnell.' Agora, vamos lá, Boris. Schnell."

"Bem, eis o que aconteceu. Eu sei que o velho professor não acharia graça nenhuma, mas foi mesmo muito gozado. O que aconteceu foi que Bohdan deu uma pancada no Velho Bebum com uma ferramenta de jardinagem. Foi por isso que ele ficou com os olhos roxos. Um acidente, mas, ainda assim..."

"Quem disse isso?"

"O Blockaltester de Bohdan. Que soube pelo assistente de Prufer. O assistente soube por Prufer. E Prufer soube pelo Velho Bebum."

"Muito bem. Quem disse isso foi o Velho Bebum. E o que foi feito de Bohdan?"

"Golo. Para que se dar ao trabalho de perguntar? Um Haftling não pode dar com uma pá na cabeça do Commandant e não sofrer consequências. Imagine se todo mundo soubesse disso. E há também, é claro, a vingançazinha. Você deve tirar uma lição disso. Não se meta com o Velho Bebum."

"Quanto tempo levou para virem pegá-lo? Bohdan."

"Na mesma noite. Ele foi enfiado no trem seguinte. E você não sabe o que aconteceu. Antes de sair do jardim, Bohdan fez a tartaruga das meninas virar uma pasta. Com a lâmina da pá."

"Por que ele fez isso?"

"Porque sabia que ia entrar bem."

"Não", eu disse. "Bohdan Szozeck era professor de zoologia. Parecia um velho poeta. De qualquer maneira, o que digo a Hannah, *no final das contas*?"

"Você mesmo poderia ter feito essa pesquisa. Vou lhe dizer a quem perguntar. Você nem vai ter de subornar essa mulher. Dê uns cigarros a ela e pronto."

"O que eu digo a Hannah?"

"Diga o que estou lhe dizendo. Diga que se trata da versão de Doll, mas que a única coisa de que você tem certeza é que o túmulo de Bohdan está no céu... Olhe só para Ilse. Meu Deus, a garotona dela deve ter a mesma idade de Esther."

"Como Esther está se comportando?", perguntei. "Como você tirou a menina de lá?"

"Aliás, meu caro, obrigado por se oferecer para ajudar, mas dinheiro não resolve mais nada. Já há dinheiro demais rodando por aqui. A situação lembra a Inflação. Por causa de todas as joias. No caso de Off, ofereci mil RM. O putinho queria dez. Eu já tinha dado quinhentos ao safado do Postzensurstelle. Por isso eu disse: *Solte a menina ou eu arrebento a sua cara aqui e agora*."

"Boris."

"Não me ocorreu outra coisa para dizer. O carro estava esperando."

Nós dois tínhamos os olhos em Ilse, que parecia estar ensinando Hedwig a dançar valsa.

"Bem", disse Boris, "lá se vai nossa trepada das sextas-feiras à noite em Berlim."

Isso era uma referência cifrada ao decreto recente que proibira o funcionamento das termas na capital do Reich nos dias de semana.

"Eu estou na lista negra dela."

"Ah, é?", eu disse. "Por quê?"

"É meio vergonhoso. Vamos deixar isso pra lá por enquanto. Era em Alisz Seisser que eu estava interessado... Sabe, Golo, hoje dei de cara com o fim de um Behandlung."

"Ah. Achei que você parecia... meio perturbado."

"O fim de um Behandlung. Você precisava ver a forma como eles ficam amontoados."

"Mais baixo, Boris."

"Amontoados em pé. Sardinenpackung, só que na vertical.

Sardinhas verticais. Uns pisando nos pés dos outros. Num bolo só. Com crianças pequenas e bebês na altura dos ombros dos adultos."

"Mais baixo."

"É uma questão de economia. O Zyklon B é mais barato do que balas. É só isso."

Na mesa ao lado, um rosto carnudo virou-se para nós e nos fitou.

Boris, é claro, devolveu o olhar. Perguntou em voz alta: "O que é? O *que é?*... Ah. É o mendigo alegre, não é? Parece que você está mijando dinheiro, não é?".

O rosto continuou nos olhando, mas logo se virou.

"Lembre-se, Golo", disse Boris mais baixo. "Com Hannah. Você é o único amigo dela. Vá por essa linha. Mas escute. Trate-a como um vinho. Deite essa moça."

"Ela não pode ir aonde eu moro", eu disse, "mas existe um hotelzinho atrás do castelo. Fica no fim de uma ruazinha. Um suborno enorme resolveria. Bem, os quartos não são perfeitos, mas são razoavelmente limpos. O Zotar."

"Golo."

"Eu sei, tudo depende dela."

O prato principal foi galeto com ervilhas frescas e batatas, acompanhado de um borgonha encorpado, seguido por pêssegos com creme e uma taça ou duas de champanhe sem gás. Depois, calvados com amêndoas e tangerinas. A essa altura, Boris e eu éramos os alemães mais sóbrios no clube, e ambos estávamos altíssimos.

"Um bocado só", disse Boris, sério. "Quantos prisioneiros temos aqui? Setenta mil? Noventa e cinco por cento deles cairiam mortos depois de um bocado só do que comemos esta noite."

"Também pensei nisso."

"Estou com vontade de bater em alguém."

"De novo, não, Boris. Não tão depressa."

"Estou impaciente, você vê. Quero ir para a frente oriental." Ele olhou em torno. "É isso, eu quero briga, e quero lutar com alguém bom de briga. Para durar mais."

"Você não vai conseguir desafiantes aqui. Não depois do que você fez com Troost."

"As coisas não são assim. Há sempre algum puto gordo que ouviu falar de mim e que de repente fica bravo. Aquele ali, por exemplo. O camponês perto da lareira."

Quando tínhamos doze anos, Boris e eu tivemos uma discussão que descambou para a luta corporal — e me surpreendi com a violenta paixão com que ele avançou sobre mim. Foi como ser atropelado por uma colheitadeira-trilhadeira desvairada e também, de alguma forma, convicta de sua justeza moral. A primeira coisa que me passou pela cabeça quando finalmente voltei a ficar de pé foi o seguinte: Boris sempre devia ter me odiado muito. Mas não era nada disso. Depois ele chorou, afagou meu ombro e ficou repetindo sem parar que sentia muitíssimo.

"Golo, eu tive uma espécie de ah, de anti-heureca em Goleschau. Ouvi dizer... Ouvi dizer que estavam matando pacientes psiquiátricos em Konigsberg. Por quê? Para liberar leitos. Para quem? Para todos os homens que haviam sofrido um colapso mental por terem matado mulheres e crianças na Polônia e na Rússia. E eu pensei: Humm, nem tudo está como devia no estado da Deutschland. Me dê licença por um momento, por favor."

"Claro."

Boris levantou-se da cadeira. "Sabe, Bohdan tinha certeza de que iriam buscá-lo. Ficou sentado junto da porta, à espera. Havia dado tudo o que possuía."

"Tudo o que possuía?"

"É. A tigela, a colher. Os trapos que enrolava nos pés. Golo, você está quase dormindo... Sonhe com Hannah", disse Boris. "E com os olhos roxos do Velho Bebum."

Dormitei por um ou dois minutos. Quando dei por mim e olhei em torno, Boris estava perto da lareira, escutando o que o camponês dizia, com os dentes à mostra e o queixo erguido.

Chegada a sexta-feira, pus-me a caminhar pelos morrotes de arbustos baixos e tortuosos, com suas ervas rasteiras que lembram uma cabeleira escura e crespa, como algas marinhas ressecadas pelo vento. Cada proeminência do terreno permite a visão de um novo trecho da paisagem, e o corpo anseia por divisar uma praia, um pedaço de litoral, ao menos um lago ou um rio ou mesmo um regato ou uma lagoa. Contudo, o que se descortinava era sempre a continuação da Silésia, a continuação da imensa planície eurasiana, que se estendia por doze fusos horários e prosseguia até o rio Amarelo e o mar Amarelo.

O terreno aplainou-se, levando ao que, no nordeste da Alemanha, seria uma bem-feitoria municipal na praça de uma cidadezinha de poucos recursos: dois balanços, um escorregador, uma gangorra, uma caixa de areia. Havia grupinhos de mulheres nos bancos, uma tentando ler um jornal agitado pelo vento, outra tricotando um xale amarelo, uma terceira tirando um sanduíche das divisões brancas e lustrosas de uma bolsa, e outra simplesmente olhando para o vazio enquanto o tempo passava — Hannah Doll, com as mãos abertas no colo, olhando para o vazio, olhando para o tempo. Mais além, como chalés espartanos, estavam as Cabanas de Verão.

"Boa tarde, madame", cumprimentei-a em voz alta. Ela se levantou, eu me aproximei e disse: "Não quero parecer teatral, mas fui seguido até aqui e estamos sendo observados. Pode crer no que digo". Forcei um sorriso. "Mostre-se à vontade. Onde estão suas meninas?"

Caminhei em direção ao gira-gira, que se movia lentamente. Trazidos de propósito para causar impressão — haveria quem assim pensasse —, eu tinha nos bolsos dois saquinhos de confeitos. Mas por ora teriam de ficar onde estavam. Perguntei: "Quando é que vocês fazem aniversário? Eu gostaria de dar alguma coisa a vocês. Quando é?".

"Faltam *anos*", disse Paulette.

"Eu já sei que nomes vou dar aos meus filhos", disse Sybil. "As gêmeas vão se chamar Mary e Magda. E o menino vai ser August."

"São nomes ótimos."

Afastei-me delas e senti que Hannah se aproximava.

"Consegue sentir a estação mudando, Frau Doll? Ah, o friozinho revigorante de fim de setembro. Eu juro que estamos sendo observados."

Ela assumiu uma expressão animada. "Observados? E não só pelas mulheres? Que coisa. O que tem a me dizer, Herr Thomsen?"

"Lamento muitíssimo lhe dar más notícias", eu disse, com todo jeito de pândega. "Mas Bohdan Szozeck não está mais entre nós."

Esperei que ela se sobressaltasse, mas na verdade sua reação foi mais parecida com um pulo, um espasmo ao mesmo tempo para cima e para a frente, e sua mão voou à boca. Em seguida, com um movimento súbito de cabeça ela se recuperou imediatamente e ergueu a voz, dizendo: "Paulette, meu amor, não empurre com tanta força".

"É para isso que serve a gangorra! Precisa ser assim!"

"Devagar!… Ele não foi para Stutthof?", perguntou ela, sorrindo.

Continuamos a sorrir, como podíamos, enquanto eu expunha a história que Boris Eltz tinha me contado: o incidente com a pá de jardinagem, a ordem inevitável a Prufer, a intervenção do Comando de Punição. Não falei nada sobre o gás, mas ela sabia.

"E a tartaruga?"

"Um gesto de despedida de Bohdan. É o que parece. Na verdade, essa versão foi de seu marido. Ela passou de boca em boca."

"O senhor acredita em tudo isso? De Bohdan?"

Dei de ombros, quase sem me mexer. "O medo da morte produz coisas estranhas."

"O senhor acredita em *alguma coisa* disso?"

"Veja o desenrolar da história. O fato não pode se espalhar. Um prisioneiro não pode fazer aquilo ao Comandante e continuar vivo."

"Fazer o que ao Comandante?"

"Ora. Machucá-lo, mesmo que por acidente. Bohdan o deixou de olhos roxos."

"Não foi Bohdan quem o deixou de olhos roxos." O sorriso melancólico dela mudou: alargou-se e retesou-se. "Quem o deixou de olhos roxos fui *eu*."

"*O que o senhor prefere?*", gritou Sybil da caixa de areia distante. "*Saber tudo ou não saber nada?*"

"*Não saber nada*", gritei de volta. "*Aí você se diverte descobrindo tudo.*"

Naquela mesma sexta-feira, no fim da tarde, caminhei pelas ruelas lamacentas do Kat Zet III. Financiado inteiramente pela IG Farben, o Kat Zet III tinha sido criado, com o zelo de um literalista, segundo o modelo do Kat Zet I e do Kat Zet II. Os mesmos holofotes e torres de vigia, o mesmo arame farpado e as cercas eletrificadas de alta tensão, as mesmas sirenes e forcas, os mesmos guardas armados, as mesmas celas de punição, o mesmo fosso de orquestra, o mesmo poste de açoites, o mesmo bordel, a mesma Krankenhaus e o mesmo necrotério.

Bohdan tivera um Pikkolo — essa era a denominação de Hannah. Uma palavra ambígua: diferentemente de um Piepl, termo que sem dúvida alguma designava um *veadinho*, um Pikkolo era, muitas vezes, apenas um companheiro jovem, um pupilo, alguém de quem o prisioneiro mais velho cuidava. No caso, tratava-se de um judeu alemão de quinze anos chamado Dov Cohn. Dov às vezes era visto no jardim de Doll (eu o vira de relance no dia da minha primeira visita). Hannah disse que Bohdan e Dov eram "muito próximos"... Tal como a Buna-Werke, o Kat Zet III ainda estava em construção, e na época só uma colônia de construtores se achava alojada ali. De acordo com o encarregado de registro na Seção da Força de Trabalho, Dov Cohn estava no Bloco 4(vi).

A essa altura, em parte por dedução, eu havia chegado ao que parecia ser a mais provável sequência de acontecimentos na manhã em questão: primeiro, houvera uma altercação séria entre marido e mulher, durante a qual Hannah desferira um golpe no rosto de Doll; no decorrer do dia, à medida que as contusões se juntavam e escureciam, Doll se deu conta de que precisava de uma explicação para sua desfiguração; em dado momento, talvez por algum gesto desajeitado, Bohdan atraiu a atenção de Doll, que inventa a história da pá e a transmite, junto com suas instruções, ao Lagerfuhrer Prufer, cujo auxiliar notifica o Comando de Punição... O único mistério que restava, até onde eu podia ver, era o destino da pobre Torquil.

Eu havia chegado ao Kat Zet III vindo da direção da Buna-Werke e tinha absoluta certeza de que não estava sendo seguido.

* * *

Bati com meu bastão na porta do Bloco, e ela se abriu: um celeiro do tamanho de duas quadras de tênis, contendo cento e quarenta e oito beliches com duas ou três camas superpostas, com duas ou três pessoas em cada cama. O calor de mil e cem ou mil e duzentos homens me atingiu como uma rajada.

"Blockaltester! Aqui!"

O chefe do bloco, um cinquentão bem fornido, saiu de seu quarto lateral e veio rápido na minha direção. Declarei um nome e um número e abanei a cabeça para o lado. A seguir voltei para a rua e soltei a respiração. Acendi um charuto, para fumigar as narinas. O cheiro no Bloco 4(vi) era diferente: não era a pura e simples putrefação da campina e da pira, tampouco o cheiro que as chaminés difundiam (cheiro de papelão com alguma coisa úmida e podre, o que, ademais, lembrava a quem o sentia, com seu vestígio de carvão, que os seres humanos tinham evoluído dos peixes). Não, tratava-se do medo provocado pela fome — os ácidos e gases da digestão interrompida, com um substrato de urina.

Ele, o garoto, surgiu, e não estava sozinho. Acompanhava-o um dos Kapos do bloco, com seu triângulo verde (que indicava um criminoso condenado), com os braços nus tatuados até a manga da camiseta, sendo seu cabelo eriçado uma simples continuação da barba por fazer que lhe circundava a boca.

"Quem é você?", perguntei.

O Kapo me olhou de cima a baixo. E quem era eu, aliás, com minha altura, meus gélidos olhos azuis, meus tweeds de latifundiário, minha braçadeira de Obersturmfuhrer?

"Nome."

"Stumpfegger. Senhor."

"Nos deixe a sós, Stumpfegger."

Ao se virar, ele ensaiou um gesto, levantando um braço por um instante, mas logo o deixou cair. Pareceu-me que ele queria passar uma mão de proprietário na lanugem negra da cabeça do garoto.

"Dov, vamos caminhar um pouco", eu disse, pesando as palavras. "Meu caro Dov Cohn, quero conversar com você sobre Bohdan Szozeck. Talvez você não possa me ajudar, mas não deve se recusar, se puder. Nenhum mal lhe advirá disso. E isso lhe renderá algum bem, quer você me ajude, quer não." Tirei do bolso um maço de Camels. "Pegue cinco." Quanto valiam cinco cigarros americanos? Cinco rações de pão, dez? "Guarde esses cinco em algum lugar."

Ao longo de vários passos, o garoto estivera a balançar a cabeça no mesmo ritmo, e comecei a ter quase certeza de que ele me daria a resposta que eu desejava. Paramos, sob as lâmpadas protegidas por telas. A noite tinha caído e o vento no céu negro crepitava de leve, anunciando chuva ou neve.

"Como foi que você acabou aqui? Relaxe. Coma um pouco disso antes."

Era uma barra de chocolate Hershey. O tempo se tornou mais lento... Com muito cuidado, Dov tirou o envoltório de celofane, fitou a barra por um instante e lambeu o doce escuro com reverência... Hannah tinha falado dos olhos de Dov: de um cinza-escuro brilhante e perfeitamente redondos, com pequeninos recessos sobre a linha do diâmetro. Olhos feitos para a inocência, e confirmados na inocência, porém agora pejados de experiência.

"Você é alemão. De onde?"

Com voz firme, mas que, vez por outra, saltava uma oitava, ele contou sua história. Era igual a tantas outras. Arrancado de uma casa judaica em Dresden, junto com toda a sua família, no outono de 41. Um mês no campo provisório de Theresienstadt;

o segundo transporte; a seleção à esquerda da mãe, quatro irmãs mais novas, três avós, duas tias e oito primos pequenos; a sobrevivência do pai e de dois tios durante os três meses habituais (cavando valas de drenagem); e então Dov se viu sozinho.

"E quem cuida de você? Stumpfegger?"

"Isso", ele respondeu, relutante. "Stumpfegger."

"E por algum tempo o professor Szozeck."

"Ele também, mas ele não está mais aqui."

"Sabe para onde ele foi?"

Depois de um momento de imobilidade, Dov se pôs a assentir com a cabeça de novo.

"Bohdan saiu do Stammlager e veio aqui dizer adeus. E para me avisar que não fosse à procura dele na *villa*. Depois voltou ao campo. Estava esperando. Tinha certeza de que viriam buscá-lo."

Dov sabia tudo.

Em sua última manhã, Bohdan Szozeck foi ao Ka Be (para mudar o curativo de uma infecção no joelho) e chegou ao jardim da casa de Doll mais tarde que de costume, por volta de nove e meia. Estava na estufa quando o Comandante, apertando o rosto com uma das mãos, saiu cambaleando, de pijama, pela porta de vidro da salinha do café da manhã. No começo (e nesse ponto senti um frio na nuca), Bohdan achou que Doll, balançando de um lado para o outro com seu pijama de listras azuis e brancas, fosse um *prisioneiro*: um Zugang (com o estômago ainda volumoso, as roupas ainda limpas), embriagado, furioso ou apenas muito desorientado. A seguir Doll deve ter visto a tartaruga, que avançava lentamente pelo gramado; pegou a pá e desferiu um golpe certeiro com a lâmina plana em sua carapaça.

"E ele caiu, senhor. No cascalho... caiu com força. De costas. A calça do pijama tinha baixado e fez com que ele tropeçasse. E ele caiu de costas."

"Doll viu o professor?", perguntei.

"Ele devia ter se escondido. Por que ele não se escondeu, senhor? Bohdan devia ter se escondido."

"O que ele fez?"

Com uma expressão suplicante, Dov disse: "Ele foi ajudar o Comandante a se levantar. E o levou para se sentar num banco na sombra. E foi buscar uma garrafa de água para ele. Depois o Comandante fez sinal para que ele fosse embora".

"Quer dizer...", refleti. "Bohdan sabia. Você disse que ele sabia que viriam buscá-lo."

"Naturlich. Selbstverstandlich."

"Por quê?"

Por tudo o que ele sabia, seus olhos saltavam das órbitas.

"Porque ele estava lá quando o Comandante mostrou fraqueza. Ele viu o Comandante chorar."

Regressamos, subindo o aclive suave da colina. Na metade do caminho para o bloco, dei-lhe o resto dos Camels e dez dólares americanos.

"Ponha essas coisas em algum lugar seguro."

"É claro", ele disse, quase indignado.

"Espere. Doll sabe que você era amigo de Bohdan?"

"Acho que não. Só fui ao jardim duas vezes."

"Está certo. Dov, você sabe que isso é segredo, não sabe?"

"Mas, senhor... Por favor. O que vou dizer a ele?"

"Ao Blockaltester?"

"*Ele* não liga. Não. O que vou dizer a Stumpfegger? Ele vai querer saber o que foi que conversamos."

"Diga a ele..." Eu devia ter pensado nisso, em algum nível,

porque tinha a resposta na ponta da língua. "Ontem, durante o dia inteiro, no Stammlager", respondi, "havia um homem em pé no corredor entre o arame farpado e a cerca. Um Kapo. Algemado. Tinha um cartaz pendurado no pescoço. Dizia *Tagesmutter. Kleinaugen*. Sabe o que isso quer dizer?"

Dov sabia.

"Diga a Stumpfegger que fui eu quem pôs esse homem lá. Diga que estou fazendo uma investigação ordenada por Berlim. Vai dizer isso a ele?"

Dov sorriu, me agradeceu e saiu andando no escuro.

E sumiu na neve. A primeira neve cinzenta do outono, neve cinzenta, da cor das cinzas, da cor dos olhos de Dov.

Tagesmutter. Kleinaugen. *Babá de criança. Pedófilo.*

A sensação era meio intermitente e assistemática, mas eu *estava* sendo seguido. Ser seguido era algo que me acontecia com frequência quando eu trabalhava na Inteligência Militar (a Abwehr), e a gente rapidamente desenvolvia um sexto sentido para perceber isso. Quem é seguido tem a sensação de que um cordão invisível o liga ao seguidor: dependendo da distância, a pessoa sente o cordão esticar ou se distender. Ele ficava mais tenso quando o seguido virava a cabeça para trás, e via, em seu encalço, um certo vulto ter um sobressalto ou enrijecer.

O homem que caminhava atrás de mim era um Haftling, com o uniforme de listas. Era um Kapo (condição só evidenciada pela circunferência da barriga), como Stumpfegger, mas usava dois triângulos, um verde e outro vermelho: além de criminoso, era preso político. Isso podia significar muita coisa ou quase nada. Talvez minha sombra fosse apenas um contumaz desrespeitador das normas de trânsito que, um dia, mostrara certo interesse pela democracia. Mas não achei que fosse o caso — ele tinha um ar sério e desagradável, um jeito de penitenciária.

Por que eu estava sendo seguido? Quem seria o mandante? Era sempre imprudente subestimar a paranoia da Geheime Staatspolizei (o que significava Mobius, Horder, Off etc.), mas ela jamais utilizaria um prisioneiro, quanto mais um preso político. E a única subversão que eu cometera até então tinha sido dar maus conselhos.

O senso comum apontava para Paul Doll. O fato de ter havido um contato ilícito entre Hannah e eu só era do conhecimento de quatro pessoas: os protagonistas, Boris Eltz e a Testemunha, Humilia. Apenas uma entre duas pessoas, portanto, poderia ter alertado o Comandante — e não era Boris.

No domingo, Hannah e eu assistiríamos a um recital de piano, seguido de um coquetel no Clube dos Oficiais, para comemorar a assinatura (com a Itália e o Japão) do Pacto Tripartite de 27 de setembro de 1940. Eu esperava poder dizer a ela que Humilia tinha se bandeado para o outro lado.

Mais promissor, porém, era que na segunda-feira, às cinco e meia, eu com certeza toparia com Hannah na Academia de Hipismo. Eu simularia interesse por aulas de hipismo, enquanto Hannah faria consultas sobre a compra ou o aluguel de um pônei: Paulette e Sybil estavam de olho num Shetlander de crina abundante chamado Meinrad. Mentalmente, eu arquitetava uma carta que seria difícil escrever. Nela eu diria que, por motivos de prudência, nossa amizade, ou fosse aquilo outra coisa, teria de acabar.

“Quantos veados você abateu?”

“Eu? Nenhum. Atirei para cima. É um esporte horroroso. Você vê um belo animal mordiscando uma flor, e o que você faz?

Acaba com ele com uma espingarda de dois canos." Burckl tirou os óculos, bafejou as lentes e limpou-as com o lenço amarrotado (o que fazia a cada três ou quatro minutos). "Um lugar bastante simpático. Havia até um hotel decente à beira do lago. Engana-se quem acha que só vai encontrar barracas e iurtas. Mas por que fui aceitar o convite? Wolfram Prufer. Jantei com ele duas vezes *à deux*. Um rapaz extremamente burro. Sr. Thomsen, o dr. Seedig me disse que não há acetato de etila. Não sei o que isso significa. O senhor sabe?"

"Sei. Não se pode fazer colorimetria. Nós temos o ácido acético. Mas não há álcool etílico."

Por algum tempo conversamos sobre a escassez ou a inexistência, na região, de álcool etílico. Depois abordamos o estado lamentável da usina de hidrogenação.

"Bem, diga isso a Berlim. Sr. Thomsen, o senhor pensou na minha proposta?"

"Pensei. As modificações que o senhor propõe são, aparentemente, bastante sensatas. Mas não levam em conta uma coisa, sr. Burckl. Estamos lidando, basicamente, com judeus."

Os grandes olhos castanhos de Burckl perderam todo o brilho.

"Eu lhe garanto", continuei, "que no gabinete do Reichsleiter não há nenhum desacordo sobre isso. Todo o escalão superior é unânime acerca desse ponto."

"Sim, sim."

"Vou resumir. E aqui cito as palavras textuais do Reichsfuhrer... Genética e constitucionalmente, o judeu é avesso a todo e qualquer trabalho. Há séculos, milênios, ele vive muito feliz, obrigado, à custa das nações pelas quais se espalha na diáspora. Trabalhar, dar duro, é atividade exclusiva do gentio ingênuo, enquanto o judeu, rindo às escondidas, engorda e enriquece. O trabalho físico simplesmente não está neles. O senhor já viu como eles fogem ao trabalho e à responsabilidade e se fingem de doentes. A única linguagem que eles entendem é a da força bruta."

"... Continue, homem."

"Quanto à ideia de aumentar a ração deles... Com toda a franqueza, isso é risível. Se pusermos uma refeição decente na barriga de um judeu, ele nem se mexe mais. Fica deitado pensando em leite e mel."

"Volto a dizer... Szmul."

"Szmul é uma falsa analogia, sr. Burckl. Szmul trabalha sem um objetivo previsível. Aqui na Buna, os judeus estão bem cientes de que no momento em que entrarmos em operação, a utilidade deles chegará ao fim. Por isso procuram nos retardar a todo instante."

Isso levou Burckl a fazer uma pausa. Disse em tom de queixa: "Até seis ou sete anos atrás, havia muitos judeus na Farben. E até na direção. Homens excelentes, de uma diligência incrível".

"Sabotadores. Todos eles nos sabotavam ou roubavam patentes para vender aos americanos. Isso é público e notório. Está documentado."

Do canteiro de obras veio uma série de gritos, inusitadamente penetrantes e prolongados.

"'Documentado'? Onde? Na Ahnenerbe? Isso me irrita, sr. Thomsen."

"E suas palavras me desconcertam, sr. Burckl. O senhor está se opondo a um dos princípios fundamentais da política do Partido."

"Produktive Vernichtung", disse Burckl, com fria resignação. "Entretanto, a Vernichtung *não é* produtiva, sr. Thomsen." Burckl olhou para o outro lado. "Eu sou um homem de empresa. Lidamos aqui com um povo que temos a oportunidade de explorar. A questão é como fazer isso de modo ergonômico. De uma forma ou de outra. Não vou precisar do seu tio Martin. Temos outro caminho para chegar à Chancelaria."

"Ah, sim?"

"Não é o Reichsleiter, nem o Reichsmarschall, nem o Reichsfuhrer. O próprio Reichskanzler quer uma reunião com uma delegação da IG... Sobre outro assunto bem diferente."

"Do que se trata?"

"Gás mortífero como arma. Sr. Thomsen, eu vou levar avante minhas reformas, na medida em que eu puder, sem o seu apoio." Ele não desviou os olhos de mim. "Sabe, nunca entendi o motivo de todo esse estardalhaço com os judeus. Em Berlim, eu nem conseguia distinguir um judeu de um ariano. Não me orgulho de dizer isso, mas fiquei bem aliviado quando impuseram o uso da estrela. De outra forma, como saber?... Vá em frente, me delate. Faça com que eu seja queimado na fogueira por heresia. Não. Não, é claro que não. Nunca vi um só bom motivo para toda essa confusão sobre os judeus."

Na sexta-feira, ao caminhar da Cidade Velha para o Kat Zet I, percebi que não estava sendo seguido. Por isso, virei para leste e fiz o percurso até as Cabanas de Verão, sem a menor expectativa de que teria companhia ali. Caía um chuvisco pegajoso, ralo e frio, com nuvens baixas e manchadas de fumaça; o parquinho achava-se deserto e os chalés, alagados, estavam fechados. Tudo correspondia ao meu estado de espírito e às minhas esperanças em relação a Hannah. Apressei os passos pela areia e pela vegetação raquítica.

"Bem, agora está tudo acabado", dissera Boris na noite anterior. "Golo, não há nada de que eu gostaria mais do que ver você pôr chifres no Velho Bebum. Mas isso sempre representou um perigo absurdo."

E quem dizia isso era um coronel da Waffen-SS (com três Cruzes de Ferro), um mulherengo de marca, que adorava todo tipo de perigo…

"Foi bom o caso da calça do pijama, não foi?"

"Foi. Muito. O marido tenta engambelar a mulher e leva uma bofetada na cara. E depois tropeça e cai no jardim com o pau para fora. Mas isso piora ainda mais as coisas, Golo. Ficam até turvas. O caldo engrossa demais."

"Talvez só uma vez no Hotel Zotar. Fui lá ver e o lugar não é tão sujo, e só tem um…"

"Não seja cretino, Golo. Escute. Tudo o que o Velho Bebum tem de ridículo… só o torna mais perigoso, não menos. E o poder dele é bem grande."

Ninguém desejaria um inimigo assim no universo dos campos de concentração, onde a pressão da morte estava em toda parte; tudo o que Doll precisaria fazer era um sinal na direção que escolhesse.

"Pense", disse Boris. "Você… Você provavelmente sobreviveria. Você é um membro da Nova Ordem. Mas… e ela?"

Apertando mais o casaco, continuei a andar. Realsexuellpolitik. Tudo vale no amor e na… Sim, e era só ver como a Alemanha a tratava. A mulher transgressora do Comandante não poderia contar com nenhuma ajuda das disposições das Convenções de Haia e de Genebra; seria uma Vernichtungskrieg — uma guerra de extermínio.

Cheguei a um bosque de bétulas mirradas, onde, por felicidade, o cheiro da decomposição natural suplantava o da atmosfera em geral. A decomposição natural, não adulterada, e não obra do homem; e um cheiro carregado de lembranças… Passado algum tempo, melancólico, arrastei meus pensamentos para Marlene Muthig, mulher de um petrologista da IG com quem eu sempre pilheriava na praça do mercado; para Lotte Burstinger, um recente acréscimo às fileiras das Helferinnen; e para a irmã mais velha de Agnes (a única solteira), Kzryztina.

Mais à frente, bem diante da cerca viva alta que marcava o limite da Zona, alguém tinha começado a erguer um pavilhão ou gazebo, e de repente se viu sem tempo e sem madeira. Um fundo de tabuado, duas paredes laterais de medidas distintas e metade de um teto. Parecia um abrigo na parada de um ônibus rural. Cheguei diante dele.

Janelas sem vidraças, um banco simples de madeira. E Hannah Doll, no canto, com um oleado azul estendido sobre o regaço.

E morta para o mundo.

A hora que se seguiu foi marcada por uma quietude intensa, mas nada monótona. A intervalos de alguns minutos, ela fazia um ar carrancudo, e as carrancas variavam (variedades de enigma e de dor); três ou quatro vezes suas narinas se dilataram com bocejos subliminares; uma lágrima, uma única, se formou, caiu e se dissolveu em sua face; e em certo momento um soluço infantil a sacudiu. Havia também o ritmo do sono, da respiração, o incremento de suaves inspirações. Isso era a vida movendo-se nela, isso era a prova, a prova reiterada da existência de Hannah...

Os olhos dela se abriram e ela olhou para mim com tão pouca perda de serenidade que senti que eu já estava lá, plenamente inserido em seu sonho. A boca se abriu em toda sua extensão e ela emitiu um som — como o som da maré de um mar distante.

"Was tun wir hier", ela disse, com firmeza e naturalidade (como se realmente quisesse saber), "mit diesen undenkbaren Leichenfresser?"

O que estamos fazendo aqui, ela perguntou, *com esses vampiros inconcebíveis?*

Ela se levantou e nos abraçamos. Não nos beijamos. Mesmo quando ela começou a chorar e ambos, provavelmente, estávamos pensando em como seria delicioso, não nos beijamos, não nos lábios. Mas eu sabia que estava naquele sonho.

"Dieter Kruger", ela por fim começou.

Fosse o que fosse, eu estava naquele sonho. E fosse o que fosse, ele teria de avançar.

Para onde agora? Para o quê?

2. Doll: Stucke

Se coisas miúdas podem ser comparadas com coisas grandes e se um gato pode erguer os olhos para um rei, nesse caso parece que eu, Paul Doll, como o Kommandant (o líder desse grande programa nacional de higiene aplicada), tenho certas afinidades com quem fuma em segredo!

Vejam só Hannah. Sim, ela serve muito bem, acredito, serve à perfeição, imagino, como exemplo de quem fuma escondido. E o que Hannah e eu podemos ter em comum?

Em 1º lugar, ela precisa descobrir um local isolado para a gratificação de sua necessidade "secreta". Em 2º, precisa desaparecer com os sinais: sempre existe a guimba, sem dúvida manchada por algum batom berrante, a bagana, a bituca (para ser absolutamente sincero, os cadáveres são o veneno da minha vida). Em 3º, ela se vê obrigada a enfrentar o cheiro, não só da fumaça como também de seu resíduo, que gruda nas roupas e, em especial, no cabelo (e, no caso dela, prejudica seu hálito, pois, enquanto o aroma de um charuto caro confere autoridade aos odores internos do Cavalheiro, o fedor de um Davidoff de vintém profana o perfume salutar da Dama). Em 4º lugar, e por último, se a honestidade for um conceito que ela ao menos reconhece, sem esperarmos que entenda, ela tem a obrigação de explicar a si própria a *compulsão* de fazer o que faz — tresandar a sarro e se sentir culpada como uma putinha vagabunda saindo, repugnante, de um embate extenuante numa tarde quente...

Aqui nós 2 nos separamos, e a analogia termina. Isso mesmo, nos separamos aqui.

Porque ela faz o que faz por improbidade e fraqueza. E eu faço o que faço por retidão e força indômita!

"Você está usando a maquiagem da sua mãe."

Sybil levou a mão, depressa, ao rosto.

"Você achou que tinha lavado a maquiagem toda, não foi? Mas eu ainda estou vendo restos de ruge. Ou você está corando?"

"Eu não fiz isso!"

"Não minta, Sybil. Você sabe por que as moças alemãs não devem usar cosméticos? É que isso afeta a moral delas. Elas começam a mentir. Como sua mãe."

"Que quer dizer com isso, Vati?"

"Você está feliz com o pônei? Melhor do que uma tartaruga velha e boba, nicht?"

Mesmo o mais ardoroso nacional-socialista, creio eu, seria obrigado a admitir que a tarefa que a SS impôs a si mesma em Kulmhof, em janeiro deste ano, constituiu um enorme risco. Yech, aquilo foi uma medida um tanto extremada, que beirou, talvez, o exagero — a Aktion que levou ao recrutamento e à indução do Sonder, Szmul. Até hoje, o incidente é um tanto quanto famoso; as pessoas acham que ela constitui uma rara curiosidade comportamental, quem sabe a 1ª de sua natureza. Informalmente, nós a chamamos de o caso dos meninos calados.

(Lembrete: a mulher de Szmul continua em Litzmannstadt. Descobrir onde.)

A propósito, se ainda existem alguns fantasistas que de alguma forma se solidarizam com nossos irmãos hebreus, eles deveriam examinar com cuidado — como fui obrigado a fazer (em Varsóvia, em maio passado) — os Bairros Judeus nas cidades da Polônia. Observar essa raça em massa, e entregue a si mesma, afugentará qualquer sentimentalismo humanitário, e também bastante pronunciado, como não é de espantar. Aparições de pesadelo, indigentes abjetos, homens e mulheres indistinguíveis uns dos outros superlotam as vias públicas coalhadas de cadáveres. (Como pai carinhoso, achei particularmente difícil aguentar a forma como negligenciam as crianças seminuas que gritam, suplicam, cantam, gemem e tremem, amarelas como pequeninos leprosos.) Em Varsóvia ocorre uma dúzia de novos casos de tifo todas as semanas, e do ½ milhão de judeus, cerca de 5-6.000 morrem todos os meses, tamanha é a apatia, a degeneração e, para ser bem franco, a ausência sequer de rudimentos de amor-próprio.

Para desanuviar, vou descrever um pequeno incidente com o qual eu e meu companheiro de viagem (Heinz Uebelhoer, um encantador "jovem turco" do gabinete do Reichsfuhrer-ss) demos um jeito de aliviar o clima pesado. Estávamos no cemitério judeu, conversando com o famoso cineasta Gottlob Hamm (ele estava fazendo um documentário para o Ministério da Propaganda), quando chegou um ônibus da Kraft durch Freude, e toda a Jugend desembarcou. Bem, Gottlob, Heinz e eu interrompemos o ofício fúnebre que estava em andamento para tirar algumas fotografias. Procuramos produzir algumas cenas mais artísticas: sabe como é, Judeu Idoso Contempla o Cadáver de uma Menina. Os colegiais da Força pela Alegria riam às gargalhadas (contudo, esses "instantâneos" infelizmente vieram à luz enquanto eu estava visitando Hannah em Abbey Timbers, e isso causou muita encrenca. Moral da história: nem todo mundo é abençoado com "senso de humor").

No entanto, no entanto... A mulher de Szmul está borboleteando pelas ruas de Litzmannstadt — ou "Łódź", como os poloneses chamam a cidade (pronunciando o nome como *Uudje*, ou alguma coisa assim).

Shulamith pode vir a ser necessária.

Acho que vou enviar uma comunicação ao chefe do Conselho Judeu de lá, cujo nome — onde foi que pus aquele relatório? — é "Chaim Rumkowski".

É claro que este otário aqui *teve de* ir a Katowice em busca de mais restos de óleo queimado. Fui lá (com 2 guardas) no meu Steyr 600 de 8 cilindros, a diesel, encabeçando um comboio de caminhões.

Terminado o negócio, tomei um chá da tarde na sala do nosso empreiteiro civil, 1 certo Helmut Adolzfurt, um Volksdeutscher de meia-idade (com seu pincenê e seu bico de viúva). Depois, como sempre, Adolzfurt trouxe uma garrafa e tomamos uns goles. De repente, ele disse o seguinte:

"Sturmbannfuhrer. O senhor sabe que mais ou menos das 6 da tarde até as 10 da noite, aqui na cidade, ninguém consegue engolir nada?"

"Mas por quê?"

"Porque a essa hora o vento vira e passa a soprar do sul. Por causa do cheiro, Sturmbannfuhrer. O cheiro vem do sul."

"Até aqui? Ah, impossível", respondi, com um riso despreocupado. "São 50 quilômetros."

"Essas janelas têm vidraças duplas. São 20 para as 7. Vamos lá fora. Por aqui, por favor."

Descemos a escada e saímos para um pátio (onde meus homens estavam quase terminando o trabalho). Perguntei em voz alta: "É *sempre* assim tão forte?".

"Há um mês estava pior. Agora melhorou um pouco porque está mais frio. Qual é a *causa* disso, Sturmbannfuhrer?"

"Bem, a verdade, Adolzfurt", respondi (porque estou acostumado a pensar depressa), "a verdade é que temos na estação agrícola uma criação de porcos bastante grande, e houve uma epidemia. De septicemia suína. Causada por vermes. Por isso não tivemos alternativa, entende, senão matar e incinerar. Nicht?"

"Todo mundo está comentando, Sturmbannfuhrer."

"Bem, então conte isso a todo mundo. Sobre a criação de porcos."

O último tanque de benzeno estava sendo posto num caminhão. Fiz um gesto, indicando aos motoristas que estávamos de saída. Logo depois, paguei os 1.800 zlotys, recebendo em seguida o recibo correspondente.

Na volta, enquanto os guardas cochilavam (eu mesmo, é claro, dirigia o veículo prestigioso), a todo instante eu desviava o carro para a margem da estrada, metia a cabeça para fora e procurava sentir o cheiro. Estava tão ruim como sempre, e só piorava cada vez mais...

Eu me sentia como se estivesse num desses sonhos asquerosos que todos nós temos de vez em quando — aqueles sonhos em que parece que nos transformamos num gêiser espumante de imundície quente, como uma estupenda descoberta de petróleo, e a sujeira não para de jorrar e se amontoar por toda parte, por maiores que sejam nossos esforços.

“Eles passaram 2 ou 3 minutos conversando, Herr Kommandant. No cercado atrás da fazenda.”

Ele se referia à escola de equitação. Meu Kapo, Steinke (um assassino trotskista na vida civil), se referia à escola de equitação — a Academia de Hipismo… Portanto, 2 encontros: nas Cabanas de Verão e na Academia de Hipismo. E agora 2 cartas.

“Você quer dizer a escola de hipismo. A Academia de Hipismo, Steinke. Jesus, isto aqui está um forno… Eles conversavam à vista de todo mundo?”

“Isso mesmo, Herr Kommandant. Havia muita gente por perto.”

“E você diz que eles só conversaram. Houve alguma passagem de documentos de uma mão para outra?”

“Documentos? Não, Herr Kommandant.”

“Material escrito?… Houve. Veja bem, você não está olhando com atenção suficiente, Steinke. Houve, *sim*, transferência de material escrito. Só que você não viu.”

“Eu perdi os dois de vista por alguns segundos, quando todos aqueles cavalos passaram, Herr Kommandant.”

“Certo. Bem, em escolas de equitação os cavalos passam”, eu disse. “Steinke, você viu os letreiros que os doidos usam aqui? Que dizem *dumm*? Ou então *Ich bin ein Kretin*? Acho que devemos encomendar 1 desses para você.” É, e aproveitando a oportunidade, 1 também para o Prufer. “Steinke, em escolas de equitação *existem* cavalos… Escute uma coisa. De agora em diante, não se preocupe com ele. Vigie só ela. Klar?

“Sim, Herr Kommandant.”

“Como foi que eles se cumprimentaram?”

“Com um aperto de mão.”

“Com um aperto de mão, Herr Kommandant. E como se despediram?”

“Com um aperto de mão, Herr Kommandant.”

Fomos para um canto quando um grupo de poloneses (implausivelmente sobrecarregados) passou por nós. Steinke e eu estávamos em 1 dos armazéns anexos ao curtume. É ali que ficam as quinquilharias dos evacuados antes de eles serem eliminados e usados como combustível, na fornalha do curtume — sapatos de papelão, bolsas de plástico, umas porcarias de uns carrinhos de bebê feitos de madeira, e assim por diante.

"Quanto tempo duraram os 2 apertos de mão?"

"O 2º foi mais longo do que o 1º, Herr Kommandant."

"Quanto tempo durou o 1º?"

Embora eu seja indiferente a todos os aspectos da "decoração de interiores", sempre soube usar bem uma caixa de ferramentas. Trabalhando sozinho na primavera deste ano, enquanto Hannah se demorava em Rosenheim, completei com êxito um projeto que eu acalentava: a instalação de um cofre na parede do quarto de vestir do 1º andar. É claro que posso usar o armário com chave do meu escritório (e sempre há a caixa-forte do EAP). Entretanto, a função desse cofre no andar de cima é bem diferente. Sua face visível, com fechaduras e alavancas, é pouco mais do que uma fachada. Ao abri-lo, o que se vê? Um espelho de duas faces que permite uma visão parcial do banheiro. A verdade é que com o passar dos anos, minha mulher se tornou um pouco tímida fisicamente, o que foi de lamentar, pois gosto de vê-la trajada como nasceu — como decerto é meu direito conjugal. Peguei esse "vidro especial" (e esse é o *mot juste*, nicht?) no Bloco 10, onde ele era empregado para aprimorar o monitoramento de certas pesquisas médicas. Uma placa estava sem uso e pensei: Epa, vou ficar com ela.

Bem, ontem Hannah tinha acabado de voltar da Academia de Hipismo (o pônei), e lá estava eu, em posição de sentido para o espetáculo da noite. Normalmente, Hannah abre as torneiras e em seguida se despe sem atentar muito para o que está fazendo. Enquanto ela espera a banheira encher, curvando-se repetidamente para verificar a temperatura da água — essa é a melhor parte (também vale a pena vê-la sair da água, embora ela tenha o hábito irritante de se enxugar junto do toalheiro térmico, que não fica à vista). Mas ontem não foi assim… Ela entrou, trancou a porta, se recostou nela, tirou o vestido pela cabeça e pegou na calcinha 3 folhas de papel azul-claro. Leu atentamente o que diziam; em seguida, leu-as pela 2ª vez; não satisfeita, leu-as de novo. Por um instante, pareceu devanear. Depois foi para a esquerda, rasgando a carta em pedacinhos; deu descarga na privada e, depois do intervalo necessário, deu uma nova descarga.

Enfrento agora o dever de registrar uma verdade desagradável. À medida que Hannah lia, seu rosto 1º revelou horror, a seguir uma concentração perplexa, até… Perto do fim, a cada vez, sua Hand livre tocava a Kehle, mas depois de algum tempo descia um pouco e parecia afagar a área do Brust (além disso, seus Schultern achavam-se tensos e voltados para dentro). Pode-se facilmente imaginar o que eu, como marido, senti ao ser confrontado com isso. E não ficou nisso. Apesar do fato óbvio de que ela estava excitada — apesar dos óbvios efeitos que os fluidos femininos tinham provocado nela (as umidades, as estimulações, os rebrilhos secretos) —, Hannah não teve a decência de tomar banho.

E desde então ela tem esta expressão no rosto. Satisfeita, serena: numa palavra, insuportavelmente orgulhosa. Ademais, está fisicamente florescente. Está com a expressão que tinha no 3º mês de gravidez. Cheia de força.

Mobius, da Politische Abteilung, considera que devemos fazer alguma coisa a respeito dos poloneses.

"Quantos poloneses?"

"Ainda não determinamos. Eu diria que na faixa de 250." Bateu na pasta que estava em sua mesa. "Um trabalho de envergadura."

"250." A quantidade não me pareceu grande — mas a essa altura eu me sentia quase demente com os números astronômicos que Szmul me transmitira na Campina. "É, parece mesmo bastante amplo."

"E de certa forma é culpa nossa."

"Como foi que você chegou a essa conclusão?"

"Aquelas coisas no curtume." Ele suspirou. "Um pouco de ingenuidade, não é?"

"Desculpe, meu caro, mas não estou entendendo."

"Todas aquelas miudezas que nunca deveriam ter saído da Kalifornia."

"Que miudezas?"

"Vamos, Paul... Acorde." A seguir ele disse com energia: "Aquelas porcarias produzidas pela pacificação da área em torno de *Lublin*. Roupas de camponeses. Chinelinhos. Rosários grosseiros. Missais".

"O que são missais?"

"Não sei ao certo. Estou apenas citando palavras do relatório de Erkel. Algum tipo de porcaria de livro de orações, acho. Eles são muito católicos lá. Você já viu o estado desses homens? É um escândalo. Como foi que deixamos isso acontecer?"

"Prufer."

"Prufer. Isso não pode esperar. Do jeito que a situação está, vai ser uma operação delicada. Eles não são judeus, Paul. Não são velhinhas e menininhos."

"Eles sabem, os poloneses?"

"Ainda não. Têm suas suspeitas, é claro. Mas não sabem."
"O que eles esperam que aconteça?"
"Que vão apenas ser dispersados. Mandados a um lugar ou outro. Mas é tarde demais para isso."
"Pois bem. Me passe a lista esta noite. Certo?"
"Zu befehl, mein Kommandant."

Detentor de 2 Cruzes de Ferro (2ª classe e 1ª), tenho plena certeza de minha virilidade, obrigado, e não preciso de gabolices nervosas sobre a força da minha libido. No que tange aos desejos carnais, como em tudo o mais, sou completamente normal.

A trágica frigidez de Hannah se revelou logo no começo do nosso casamento, pouco depois que a mandei a Schweinfurt para nossa lua de mel (antes disso eu tinha atribuído sua falta de receptividade, à medida que nossa intimidade crescia, a questões médicas, que não prevaleciam mais). Eu culpava Dieter Kruger. No entanto, confrontava o desafio à minha espera com o proverbial e autoconfiante otimismo da juventude (ou da relativa juventude, pois eu tinha 29 anos). Estava seguro de que, com o tempo, ela começaria a responder à minha delicadeza, à minha sensibilidade e à minha extraordinária paciência — um estoicismo fortalecido pela pureza do meu amor. No entanto, ocorreu outro fato.

Nós nos casamos no Natal de 28. Passada uma semana, depois de voltarmos às cercanias de Rosenheim, a intuição de Hannah foi oficialmente comprovada: ela estava com 6 semanas de gravidez. E isso mudou tudo. Entenda, sou adepto da doutrina exposta por aquele grande escritor e pensador russo, o conde de Tolstói, que, numa obra cujo título não recordo (tinha um nome alemão, o que despertou meu interesse… Ah, lembrei! "Kreutzer"!), exorta o abandono de toda atividade erótica não só nos meses de gestação *como também ao longo de todo o período de lactação*.

Os processos naturais de uma mulher não me deixam particularmente nauseado. Trata-se apenas de uma questão de princípio: reverência à nova vida, à formação inestimável e inviolável de um novo ser humano... Debatemos tudo isso de maneira muito franca, e Hannah, com um sorriso tristonho, logo aceitou a superioridade de meus argumentos. Paulette e Sybil nasceram no verão de 29, para nossa imensurável alegria! E a partir daí minha mulher passou a amamentar as gêmeas, o que durou 3½ anos.

É justo que eu diga que a atmosfera entre nós tornou-se cada vez mais tensa. Por isso, na época em que as relações conjugais deveriam enfim ser retomadas, na prática éramos — como dizer isto? — estranhos um para o outro. Aquela 1ª noite, apesar do jantar à luz de velas, das flores, da luz difusa, da música suave e de nos recolhermos cedo, aquela 1ª noite esteve longe de ser um sucesso. Depois de algumas dificuldades preludiais, eu estava por fim perfeitamente habilitado ao exercício do meu papel — Hannah, porém, mostrou-se incapaz de dominar sua tensão. Nada melhorou na noite seguinte, nem na outra, nem na terceira. Implorei-lhe que voltasse à sua medicação (ou ao menos a consultar o médico, para obter algum tipo de solução), mas em vão.

Era início de 1933. E a Revolução Gloriosa estava prestes a vir ao meu socorro. Perdoem-me se sorrio — do mesmo modo que Clio, a musa da história, deve ter sorrido ao saborear a ironia. Depois do Incêndio do Reichstag (27 de fevereiro) e da enorme quantidade de prisões que se seguiram, o próprio homem que havia trazido tal dissabor à minha alcova tornou-se a fonte de alívio erótico. Refiro-me ao amigo Kruger. Ach, mas essa é outra história.

Será de admirar que, entrementes, como um jovem saudável, com necessidades normais, eu tenha sido obrigado a satisfazê-las alhures?

Para começar, houve uma série de idílios líricos, quase edênicos, com várias...

Uma batida à porta.

“Entre”, eu disse. “Ah, Humilia.”

Com a lista de Mobius.

Já notou que, à noite, quando você estende a mão, meio dormindo, para ajeitar a coberta, muitas vezes percebe que precisa erguer o corpo para livrar-se dela? E isso parece exigir um enorme esforço. É algo grande, o corpo, uma coisa pesada, e é um corpo vivo, o meu corpo — tudo bem, encharcado de sono, mas estuante de vida, de vida!

“Uma manhã difícil, acho. Vamos, então, Sturmbannfuhrer?”

“É, é. Estou indo por caridade.”

“Está tudo bem, mein Kommandant?”

Juntei-me a Prufer no alpendre escorregadio. Havia uma neblina cinzenta, a que se somava a neve cinzenta e fraca, mas com flocos grandes. Limpei a garganta e perguntei: “Em que Bunker estamos? Eu esqueci”.

Stanislaw Stawiszynski, Tadeusz Dziedzic, Henryk Pileski... Na noite da véspera, enquanto repassava o “cardápio” de Mobius, de vez em quando eu conseguia associar um rosto a um nome. E me dei conta de que ao menos alguns daqueles homens eram trabalhadores verdadeiramente lendários, autênticos stakhanovistas, serrarias e rolos compressores humanos, que de tempos em tempos trabalhavam um mês inteiro na mina de carvão de Furstengrube e em seguida (depois de algumas semanas assentando dormentes ferroviários) voltavam para as minas... Sentado à minha mesa no escritório, massageando a testa sob a lâmpada, comecei a ter sérias dúvidas sobre a medida proposta por Mobius e, como resultado (e também de meus outros problemas), bebi demais, muito mais do que devia de Riesling, vodca, armagnac e, sobretudo, slivovitz, e só fui para a cama às 04.07.

Por isso eu me sentia esbagaçado quando, às 06.28, ocupei meu lugar no banco a uma mesa no subsolo do Bunker 3 (tijolos vermelhos, sem janelas). Também presentes, além de Prufer, Mobius e eu: 2 Agentes da Seção Política mais os capitães Drogo Uhl e Boris Eltz. Havia também um tradutor, dos quadros da Postzensurstelle, que Prufer dispensou: os poloneses, disse, eram todos "velhos conhecidos" e entendiam o alemão muito bem... Arrumando seus papéis, Mobius me disse tranquilamente que não previa complicações. Uhl começou a cantarolar baixinho, sem abrir a boca. Eltz acendeu um cigarro e reprimiu um bocejo. Depois de algum tempo, eu me recostei no banco e consegui dar um cochilo sereno, apesar da ressaca. Não devia ter tomado aquele Phanodorm às 05.05. Tudo que eu olhava parecia borrado e ondulado como um aquecedor emitindo calor.

Trazidos por 1 guarda armado (tudo bem, era o sargento Palitzsch, mas *1* guarda armado?), os poloneses, em colunas de 5, começaram a preencher o espaço. Eu mal conseguia acreditar nos meus sentidos. Esses Halftlinge tinham físico de urso ou gorila, com corpos e músculos que não pareciam caber nos uniformes listrados, os rostos largos estavam queimados e sorridentes (e até usavam sapato de verdade!). Pareciam exercer um efeito galvânico e carregado de *esprit* — como uma excepcional brigada motorizada de Waffen (e um setor do meu coração desejou, como era de se esperar, mas por pouco tempo, comandá-los em combate). O número deles não parava de crescer, em silêncio:

100, 200, 250, 300, e a eles se seguiu — dá para acreditar? — outro solista casual, o detestado "ex-polonês" e colaborador de longa data, o Lageraltester Bruno Brodniewitsch!

Mobius fechou a cara e assentiu com a cabeça. "Strammstehen!", disse, batendo sua pasta no tampo da mesa. "Primeiro, o Kommandant vai dizer algumas palavras."

Isso para mim foi novidade. Olhei para eles. Nós, oficiais, estávamos armados com nossas Lugers, é claro, e Palitzsch e Brodniewitsch tinham submetralhadoras no ombro. Mas eu sabia, com certeza, que, se aquele batalhão de brutamontes sentisse o cheiro do perigo — só precisavam de um tremor —, nenhum alemão sairia vivo dali.

"Obrigado, Untersturmfuhrer", eu disse, e voltei a pigarrear. "Homens, eu sei que vocês, sem dúvida, querem saber... Querem saber por que foram separados de seus vários Kommandos esta manhã. Ja, vocês não vão trabalhar hoje." Houve um vago murmúrio de satisfação e quase me antecipei e mencionei a ração dupla (com toda sinceridade, falar da ração dupla seria uma revelação involuntária da verdade). "Por isso, vocês vão almoçar e depois terão algum tempo livre. Muito bem, o Untersturmfuhrer Mobius explicará por quê."

"... Obrigado, Sturmbannfuhrer. Escutem, *poloneses*. Não vou dourar a pílula nem jogar areia nos olhos de ninguém."

Nesse ponto não tive como reprimir um sorriso meio constrangido. Isso porque Fritz Mobius era a encarnação consumada da Gestapo. Veja e escute, pensei comigo. Aí vem o subterfúgio. Ele vai ludibriar esse pessoal direitinho...

"Em algum momento desta tarde, provavelmente por volta das 5", ele disse, olhando para o relógio, "cada 1 de vocês será fuzilado."

Senti um gosto de vômito (e talvez tenha até soltado um

grito)... No entanto, a reação às palavras de Mobius foi o silêncio: o silêncio de 300 homens que tinham parado de respirar.

"É, isso mesmo. Estou falando a vocês como soldados", continuou Mobius em voz alta, "porque é isso que vocês são. Vocês fazem parte do Exército Territorial, todos vocês. E preciso lhes dizer por que é que vocês vêm atrasando o nosso progresso? Porque não conseguem convencer seu Centro de que o KZ é uma instituição ativa. Eles acham que todos vocês são imprestáveis. E quem há de acreditar que haja homens como vocês num lugar como este? Eu mesmo mal consigo acreditar."

O Untersturmfuhrer consultou sua pasta, enquanto o Hauptsturmfuhrer Eltz completava os 7 copos de água gasosa com uma mão hipnoticamente firme.

"Eu tremo só de pensar no que vocês andaram fazendo sem sofrer nenhuma consequência. Se escutassem o que vem de Varsóvia, apoiariam nossos princípios num piscar de olhos. Homens, a festa acabou. Vocês sabem muito bem o que vai acontecer se houver gracinhas ou palhaçadas esta tarde. Como me dei ao trabalho de lembrar a vocês ontem, temos os registros da paróquia. E vocês não vão querer que suas mães, seus pais e avós sejam metidos nos vagões de gado debaixo de cassetetes ou que suas mulheres, filhos e sobrinhos sejam assados no crematório. Ora, *vamos. Vocês sabem como nós somos.*"

O silêncio tornou-se mais profundo. Mobius molhou a língua e disse: "Tudo o que vocês podem fazer é morrer como soldados. Por isso, vamos manter a ordem. Mostrem-nos um pouco do orgulho e da coragem poloneses. E mostraremos a vocês um pouco do respeito alemão. Ah, e vocês terão a sua última ceia. Terão uma ração dupla de lavagem quente. Agora, *raus*! Hauptscharfuhrer? Por favor".

Às 22.07 daquela noite, fui obrigado a sair da cama para ouvir o relatório verbal de Prufer. Do Bunker 3, eu tinha ido diretamente ao Krankenbau, onde o professor Zulz me aplicou uma injeção de vitamina e 2 cc de cloropromazina, substância considerada antiemética e sedativa. O medicamento não impediu que eu praticamente vomitasse as tripas na salinha de recuperação, e eu tinha certeza de que cairia de borco na lama de neve se voltasse cambaleando para casa (pegar a condução do meio-dia estava fora de cogitação).

"Desculpe pelo roupão", eu disse a Wolfram Prufer. "Entre." Certo, eu tinha decidido que naquela noite não haveria nada de álcool, mas achei que Prufer merecia uns goles depois de um dia daqueles, e pareceria pouco viril não acompanhá-lo. "Ihr Gesundheit. Como foram as coisas?"

"Bastante bem, senhor."

No pátio do Bunker 3, uma pequena parcela do contingente polaco preferiu morrer lutando (uma barricada, logo demolida), mas os restantes, 291 homens, foram fuzilados pacificamente entre 17.10 e 17.45.

"Exemplar", disse Prufer, sem nenhuma expressão no rosto impassível. "Dessa maneira."

Voltei a encher nossos copos e continuamos a conversar, dispensando, pelo adiantado da hora, as formalidades habituais.

"Não ficou surpreso com Mobius ser... tão pouco sutil em sua fala?", perguntei. "Eu estava esperando alguma espécie de engodo. Sabe como é, algum tipo de ardil."

"O ardil aconteceu ontem. Mobius lhes disse que iriam aprender uma lição, e ameaçou deter os parentes deles se tentassem alguma coisa."

"O que há de artimanha nisso? É o que fazemos, não é?"

"Não, não é mais. Aparentemente, o trabalho não vale a pena, de forma que paramos de fazer isso. Fica muito caro ir atrás deles. Depois que todos foram despejados de suas casas, se espalharam. Além disso…"

Prufer começou a explicar que, de qualquer forma, grande parte dessas famílias já havia morrido em bombardeios, tiroteios, na forca, de fome ou de frio — ou tinham sido abatidas a tiro durante represálias em massa *anteriores*. "E as crianças que ele mencionou", continuou Prufer, "½ delas, todas as que serviam para alguma coisa, foram despachadas para o Reich e alemanizadas. Por isso, procurá-las não paga a pena."

"E aqueles homens?", perguntei. "Eles simplesmente…"

"Não houve problema nenhum. Eles tomaram a sopa e passaram 1 hora ou 2 escrevendo cartões-postais. Quando chegou a hora, muitos estavam cantando. Canções patrióticas. E como último gesto quase todos gritaram alguma coisa como *Viva a Polônia*. Só isso."

"*Viva a Polônia*. Essa é 1 boa."

Prufer esticou o pescoço e disse: "Quase demos outra mancada: era preciso fazer os corpos sumir antes que os colegas deles voltassem do trabalho. Cobrimos as carretas, mas é claro que não pudemos fazer nada em relação ao sangue. Não havia tempo. Os homens viram. A situação ficou tensa. Tensa mesmo, mein Kommandant. Mobius acha que talvez tenhamos de acabar com outra batelada. Repetir a história toda".

"… Bem. Como está seu irmão, Prufer?"

"O 1º ou o 2º?"

"O 1º, o de Stalingrado. Freiherr? Não. Irmfried."

Uma vez sozinho, entreguei-me a uma hora de exame de consciência, jogado na poltrona diante da lareira, com uma garrafa no colo. Lá estava eu, refleti, dando cabo de velhinhas e meninos pequenos, enquanto outros homens davam uma fulgurante mostra de coragem. Eu pensava, com admiração e inveja, claro, no Untersturmfuhrer. Confrontando daquela forma aqueles polacos enormes e dizendo com todo o sangue-frio: "*Ihr wisst wie wir sind*".

Vocês sabem como nós somos.

Isso é o nacional-socialismo!

E, vejam bem, dar fim a crianças e velhos exige outras forças e virtudes — fanatismo, severidade, radicalismo, implacabilidade, dureza, impiedade, frieza, und so weiter. Afinal de contas (como muitas vezes digo a mim mesmo), alguém tem de fazer isso — os judeus fariam a mesma coisa conosco se tivessem ½ chance, como todo mundo sabe. Eles tiveram o seu momento, em novembro de 1918, quando os aproveitadores da guerra, comprando barato e vendendo...

Pus-me de pé e saí andando até chegar à cozinha. Hannah estava encostada à mesa, comendo uma salada na tigela, com o garfo e a faca de madeira.

"Sabe de uma coisa?", eu disse, inspirando bem fundo. "Quero servir na linha de frente. Isso é a coisa certa. Estou ½ propenso a pedir transferência. Para a frente oriental. Onde, neste exato momento, Hannah, a história mundial está sendo escrita. E quero estar no centro dos acontecimentos, nicht? Estamos prestes a dar no judeo-bolchevismo a maior..."

"Dar em quem?"

"No judeo-bolchevismo. No Volga. Vamos dar a maior surra de todos os tempos no judeo-bolchevismo. Você ouviu o discurso? A cidade está praticamente nas nossas mãos. Stalingrado. Às margens do Volga, mulher. Às margens do Volga."

"Tão cedo", disse ela. "E você está bêbedo de novo."

"Na, talvez esteja. Para poder..." Estendi a mão até a jarra para pegar uma cebola em conserva. Mastigando com vigor, eu disse: "Sabe, minha querida, estive pensando. Andei pensando que devemos fazer qualquer coisa que pudermos pela coitada da Alisz Seisser. Ela voltou. Como confinada".

"Alisz Seisser? Por quê?"

"É ½, é ½, misterioso. Desculpe. Ela foi classificada como Asozial."

"O que significa isso?"

"Pode significar qualquer coisa. Vadiagem. Mendicância. Prostituição, Deus nos livre. Ou... uma transgressão relativamente secundária. Reclamar. Pintar as unhas dos pés."

"Pintar as unhas dos pés? Ahn, acho que faz muito sentido. Em tempo de guerra. Um golpe fatal contra o moral." Hannah levou um guardanapo à Mund e a Gesicht dela voltou ao normal. "Só que já estão batendo em retirada, pelo que me disseram."

"Quatsch! Quem disse?"

"Norberte Uhl. Que soube por Drogo. E por Suzi Erkel. Que soube por Olbricht... Está certo. O que podemos fazer por Alisz Seisser?"

No começo houve diversos namoricos intensamente líricos, quase edênicos, nas cercanias campestres da nossa fazenda bávara (alugada a parentes de Hannah) com várias jovens pastoras, ordenhadeiras e cavalariças (tudo começou durante o 2º trimestre da gravidez de Hannah. Com quanta frequência eu, com meu calção de couro e uma túnica bordada, saltava a vala dos carneiros, atravessava correndo as portas dos celeiros numa afogueada perseguição à minha beldade vernal, que, com um gritinho coquete e um meneio brincalhão das ancas linhosas e pondo-se de 4, se escafedia de gatinhas para nosso ninho secreto sob o palheiro! E quantas horas nos recreávamos no redil idílico atrás do galpão de tosquia, com Hansel tendo uma folha de grama entre os lábios risonhos e a cabeça sepultada no regaço de sua roliça e corada Gretel!

Então, em 32, Hannah e eu fomos inexoravelmente arrastados para Munique — a cidade dos meus sonhos e dos meus anelos.

No passado ficaram os rebanhos, os córregos, os banquinhos de ordenhar, as prímulas do campo, o tomilho silvestre e as moçoilas chorosas. Viajando a cada dia para o subúrbio de Dachau (onde eu começaria uma carreira e *tanto*) e chefiando uma família de 4 pessoas, ainda assim encontrei tempo para um relacionamento dedicado mas sensatíssimo com uma senhora de grande sofisticação chamada Xondra, que alugava um apartamento com serviços perto da Hauptbanhof. De um momento para o outro, ela se casou com um próspero penhorista de Ingolstadt, mas eu fiz outras amigas no mesmo edifício — com destaque para Pucci, Bubu e Marguerite, a de cabelo dourado. Mas tudo isso foi há muito tempo.

Aqui no KZ, e também durante a guerra, nunca cogitei qualquer tipo de "mau comportamento". Sinto que seria absolutamente impatriótico envolver-me com uma colega (como Ilse Grese) ou com a mulher de um colega (Berlim *não* acharia nada engraçado). E também raramente ocorre a tentação, pois pouquíssimas mulheres aqui menstruam ou têm pelo. Se bate o desespero... bem. O lugar em Katowice é sórdido demais, porém o melhor em Cracóvia, uma empresa alemã, é limpo como um anfiteatro cirúrgico. No entanto, eu não quis saber de nada disso desde a chegada de minha mulher. Ach, tenho sido o modelo, o ideal, o sonho...

Mas agora a situação mudou. Eu posso pagar na mesma moeda. Certo?

Temos realmente uma criação de porcos no KL (um anexo modesto à Estação Agrícola Doméstica). E Alisz Seisser é uma Tierpfleger — enfermeira veterinária. Seu uniforme é igual ao dos auxiliares no Haftlinge Krankenbau: uma túnica de linho branco com uma listra vermelha aplicada nas costas e uma listra vertical semelhante na calça. Depois de dar uma boa olhada, bati de leve na janela de sua sala, e ela saiu para falar comigo.

"Ah, obrigada, obrigada. Muito obrigada por ter vindo. É sempre bom ver o senhor, Herr Kommandant."

"Herr Kommandant? Paul, por favor", respondi, com uma risadinha amistosa. "Paul. Não... em nenhum momento deixei de pensar em você. Coitada. Deve ter sido difícil em Hamburgo. Você passou dificuldades? A questão da pensão não foi resolvida?"

"Não, não. Não houve nada disso. Eles me prenderam na estação, Paul. Assim que desci do trem."

"Que coisa estranha." Ela tinha no peito o triângulo preto do grupo classificado como Asozial. Nele fora costurada uma letra, o que em geral denotava o país de origem. "O que isso indica, seu país?", perguntei com um sorriso. "Zâmbia?"

"Zigeuner."

Dei um passo atrás.

"Bem, não posso dizer que eu não esperava aquilo", ela continuou, jovial. "Orbart sempre dizia: '*Se alguma coisa realmente lhe acontecer, menina, ou se você resolver me deixar*', quer dizer, brincando, '*aí você vai estar enrascada, meu amor*'. Sabe, avó sinti. E nós sabíamos que isso aparecia nos arquivos."

Isso foi uma surpresa, e das mais inconvenientes. Os ciganos tinham sido postos a trabalhar em funções desagradáveis e árduas desde meados dos anos 20, e é claro que o Escritório Central de Combate à Ameaça Cigana, do gabinete do Reichsfuhrer-SS, vinha funcionando havia bastante tempo (eu sabia que outro dia mesmo essas pessoas tinham sido privadas de seus bens e de todos os seus direitos). É claro que, num momento ou outro teríamos de atacar essa ameaça... Apesar de haver no KL2 um campo destinado a famílias ciganas (gente de circo, donos de dancings e coisas assim), eles eram classificados como confinados, tatuados (mas não rapados a navalha) e não figuravam nas listas de trabalhos forçados. Até onde eu tinha conhecimento, Alisz era a única Zigeuner Haftling em toda a Zona.

"Certo, certo. Mesmo assim vou fazer tudo o que eu puder por você, Alisz."

"Ah, eu sei disso, Paul. Quando me tiraram do Bloco Feminino, eu entendi que havia um dedo seu naquilo. O Bloco Feminino... é realmente o fim. Não tenho palavras para descrever aquilo."

"... Você parece muito bem, minha cara. O cabelo curto ficou bom para você. E esse é o número do seu telefone? Estou brincando. Nicht? Vamos dar uma boa olhada em você, Alisz. Humm. Essa roupa não ajuda muito nesta temperatura. Já lhe deram os 2 cobertores? Espero que sim. E você está recebendo a ração de Tierpfleger? Vire-se por um momento. Pelo menos você não perdeu peso."

Alisz podia ter uma Unterschenkel melhor, mas a Hinterteil é sensacional. Quanto ao resto, o Busen e que tais, é difícil dizer, mas com certeza não há nada a opor ao Sitzflache.

"Vou lhe dizer uma coisa, você está melhor aqui do que no Ka Be. Eu não ia querer você no Bloco do Tifo. Ou então na Disenteria, minha cara."

"É, aqui não é nada mau. Eu sou do interior. E os porcos são muito bonzinhos!"

"Eu espero, Alisz, que você tenha sempre na memória o exemplo sagrado do Sturmscharfuhrer. O seu Orbart. Ele deu a vida, Alisz, por suas convicções. O que mais pedir a um homem?"

Ela sorriu, corajosa. E mais uma vez, por um momento,

assumiu aquela expressão sagrada — a aura santa do martírio alemão. Enquanto abraçava a si mesma e, batendo os dentes, louvava seu marido canonizado, pensei em como era difícil avaliar o físico de uma mulher até ela tirar a roupa. O que quero dizer é que muita coisa pode dar errado. Nicht?

"Ouça, Alisz. Tenho um recado da minha mulher. Ela quer que você vá à *villa* no domingo."

"À *villa*?"

"Ah, isso pode provocar 1 reprovação, ou talvez 2. Mas eu sou o Kommandant e tenho uma desculpa pronta. O pônei das meninas. Ele está com sarna! Vá lá e passe a tarde conosco."

"Bem, Paul, se você diz que não tem problema..."

"Hannah quer lhe dar umas coisas de mulher." Ajeitei o sobretudo para me proteger do vento. "Venho pegar você de carro. O almoço será filé com batatas e verduras."

"Ah, vai ser ótimo!"

"Uma refeição decente. Ah, sim. E um demorado banho quente."

"Aahh, Paul, mal posso esperar."

"Então, até meio-dia, no domingo. Vá trabalhar, menina. Vá trabalhar."

Não vou mais à Campina com a mesma frequência de antes. Nem Szmul. Bem, ele às vezes dá uma olhada por volta da meia-noite, para ter certeza de que tudo está indo como deve, e depois volta a seus deveres como recepcionista. Atualmente, para falar com Szmul é preciso pegá-lo na estação.

O primeiro trem tinha sido recebido e resolvido, e o Sonder estava sentado numa mala, sob o fulgor de uma luz de arco voltaico, comendo um pedaço de queijo. Aproximei-me dele por trás, na diagonal, e disse:

"Por que você veio receber o primeiro transporte que chegou de Litzmannstasdt?"

Os músculos de sua boca pararam de trabalhar. "O 1º transporte era para indesejáveis, senhor. Eu era um indesejável, senhor."

"Indesejável? Um mestre-escola schnook como você? Ou talvez você ensine um pouco de educação física. Nicht?"

"Eu roubei um pouco de lenha, senhor. Para comprar nabos."

"... Para comprar nabos, *senhor*." Agora eu estava de pé diante dele, as pernas bem distanciadas uma da outra. "Para onde você pensa que estava sendo mandado? Para a Alemanha? Para trabalhar na Alemanha? Por que acreditaria nisso?"

"Porque trocaram meu dinheiro do gueto em Reichsmarks, senhor."

"... Aah. Sabidos, eles. Sua mulher não estava com você, estava, Sonder?"

"Não, senhor. Não foi incluída porque estava grávida, senhor."

"Não são muitas as crianças que nascem vivas no gueto, pelo que ouvi dizer. Você tem outros filhos?"

"Não, senhor."

"Quer dizer que ela não participou daquela Aktion meio deselegante em Kulmhof. *De pé*."

Szmul levantou-se, limpando as mãos engorduradas na calça sebenta.

"Você estava em Kulmhof. Em 'Chełmno', como sua gente chama o lugar. Você estava lá... Extraordinário. Nenhum judeu sai de Kulmhof. E imagino que livraram sua cara porque você fala alemão. Me diga. Você estava lá quando se deu o caso dos meninos calados?"

"Não, senhor."

"Pena... Ora, Sonder. Você sabe a quem eu me refiro como Chaim Rumkowski."

"Sei, sim, senhor. O Diretor, senhor."

"O Diretor. O rei do gueto. Entendo que ele é um figurão e tanto. Veja."

Tirei do bolso a carta que eu tinha recebido naquela manhã de "Łódź".

"O selo. É o retrato dele. Ele anda por lá numa carreta com rodas. Puxada por uma besta magra."

Szmul assentiu com um gesto de cabeça.

"Não sei se você vai viver tempo suficiente, Sonderkommandofuhrer, para recebê-lo aqui."

Szmul virou o rosto.

"Seus lábios. Estão sempre tensos e marcados. Até quando você come... Você pretende *matar* alguém, não é, Sonder? Você pretende matar alguém. Você quer me matar?" Tirei a Luger do coldre e encostei o cano em sua testa resistente. "Ah, não me mate, Sonder. Por favor, não me mate." O holofote se apagou com um estalo. "Quando chegar a sua hora, eu lhe direi exatamente o que fazer."

Na escuridão da noite, vimos o olho amarelo do 2º trem.

"Sabe", eu disse, "acho que devemos fazer uma programação especial no 9 de novembro."

O rosto redondo de Wolfram Prufer ficou atento, mas como que enfadado.

"Uma cerimônia adequada", prossegui, "com um belo discurso."

"Boa ideia, Sturmbannfuhrer. Onde? Na igreja?"

"Não." Cruzei os braços. Ele se referia à igreja de Santo André, na Cidade Velha. "Não. Ao ar livre", propus. "Afinal, *eles* fizeram o que fizeram ao ar livre, os Velhos Guerreiros..."

"Mas isso foi em Munique, que praticamente fica na Itália. Estamos no leste da Polônia, Sturmbannfuhrer. Até a igreja de Santo André parece uma geladeira."

"Ora, a diferença de latitude não é muito grande. De qualquer forma, vamos esquecer a neve. Montaremos alguns toldos. Junto da orquestra. Mais estimulante. Isso vai melhorar o moral. Sorri. "Seu irmão no Volga, Hauptsturmfuhrer. O Irmfried. Imagino que ele não preveja demasiadas dificuldades, não é?"

"Nenhuma, mein Kommandant. Derrota na Rússia é uma impossibilidade biológica."

Levantei as sobrancelhas. "Sabe, Prufer, essa sua colocação é excelente... Agora, o que usaremos como urnas?"

Na noite de domingo, compareci a um encontro na Cidade Velha, na Rathof Bierkeller (bastante reformada nos últimos meses, graças à freguesia da IG). Yech, basicamente era outra das "datas" da Farben — estávamos nos despedindo de Wolfgang Bolz, que regressaria para Frankfurt depois de sua estada conosco. Para ser franco, o clima estava bastante pesado, e tive dificuldade para conter meu bom humor (a visita de Alisz Seisser fora um absoluto sucesso).

De qualquer forma, eu estava conversando com 3 engenheiros de médio escalão (ou escutando-os), Richter, Rudiger e Wolz. Como sempre, a conversa girava em torno dos baixos níveis de dedicação (e dos lamentáveis níveis de eficiência) da força de trabalho da Buna e da rapidez com que eles se tornavam parte da maldição de toda a minha existência — as peças ou Stucke:

vingativamente volumosos, inflexivelmente pesados, sacos mefíticos ou bombas de fedor ansiosas por explodir.

"Os Haftlinge estão mesmo condenados, Kommandant. Por que eles têm de levar essas malditas coisas para o Stammlager?", perguntou Wolz.

"Porque o Leichekommando não pode vir pegá-los, senhor? De noite ou bem cedo de manhã?", disse Rudiger.

"Dizem que é para que possam proceder à chamada nominal, senhor. Mas será que o Leichekommando não pode lhes fornecer os números? Para que eles simplesmente façam as merdas desses cálculos?", perguntou Richter.

"É uma pena", admiti distraidamente.

"Eles estão sendo obrigados a carregá-los, pelo amor de Deus."

"Porque sempre faltam padiolas."

"E nunca há carrinhos de mão suficientes."

"Mais carrinhos de mão", intervim (já era hora de sair). "Bem observado."

Thomsen estava presente, próximo à saída — discorria sobre alguma coisa, desdenhoso, junto de Mobius e Seedig. Nossos olhares se cruzaram e ele me exibiu seus dentes femininos num sorriso ou num riso sarcástico. Depois recuou, receoso, e vi o medo brilhar em seus olhos brancos enquanto eu, resolutamente, abria caminho para fora.

19.51. Prufer, sem dúvida, ficaria feliz por me levar para casa de motocicleta. Entretanto, como a neve diminuíra e ainda estivesse bastante claro, preferi caminhar.

No período 1936-39 realizou-se em Munique um espetáculo anual, patrocinado e aprovado pelo Estado — a "Noite das Amazonas", como o chamaram (essa lembrança me ocorreu quando passei pelo local da sinagoga que explodimos há 2 anos): colunas de moças Reichdeutsche desfilavam a cavalo, desnudas até a cintura. Coreografada com bom gosto, a apresentação dessas donzelas encenava episódios históricos — celebrações do patrimônio cultural teutônico. Consta também que o próprio Redentor certa vez assistiu, tolerante, a um famoso balé com bailarinos nus na mesma cidade. Assim se comportam os alemães, vejam bem. O homem alemão exerce um controle total sobre seus desejos. Pode abordar uma mulher como um gênio lúbrico; por outro lado, quando a ocasião recomenda, ele se contenta em lhe dirigir um olhar cultivado — mas não sente nenhum impulso de tocá-la...

Fiz uma pausa ao entrar na Zona, firmando-me com alguns goles do frasco. Qualquer que seja a temperatura, aprecio uma longa caminhada. Isso foi resultado da minha criação, acho. Sou como Alisz. No fundo, um rapaz do interior.

Titten grandotes, como os da minha mulher, podem ser descritos como bonitos; Titten menores, como os de Waltraut e Xondra, podem ser definidos como "belos"; e Titten da categoria intermediária podem ser designados como... o quê? Titten "bonitelos"? Assim são os Titten de Alisz. "Bonitelos." E os Brustwarten dela são escuros e excitantes. E vejam em que humor brincalhão ela me pôs!

Vou olhar. Não vou tocar. As penalidades para Rassenschande, ainda que impostas de forma errática, podem ser bastante severas (incluindo decapitação) — mas, seja como for, Alisz nunca provocou em mim nada senão as emoções mais ternas e exaltadas. Penso nela como pensaria numa filha "crescida" — a ser protegida, prezada e humildemente respeitada.

Ao passar pelo antigo crematório e aproximar-me do portão do jardim, imaginei meu iminente encontro com Frau Doll e senti aquele calor gostoso de segurança que aquece e estimula quem está jogando pôquer de duas cartas (jogo muito mais complexo do que parece à 1ª vista): você olha em torno da mesa, estuda as cartas e se satisfaz com o fato matemático de que sua vitória está garantida. Ela não sabe que eu sei da missiva que ele lhe entregou. Vou deixá-la embasbacada e nervosa. Só quero ver a expressão de seu rosto.

Meinrad, o pônei, relinchou fraquinho enquanto eu subia os degraus de entrada.

Hannah estava no sofá diante da lareira, lendo *Vom Winde Verweht* para as gêmeas. Ninguém levantou o olhar quando me instalei no banco giratório.

"Ouça uma coisa, Sybil, e você também, Paulette", eu disse. "A mãe de vocês é uma mulher muito pecadora. Na verdade, pecadora demais."

"Não diga isso!"

"Uma mulher horrível."

"Ah, por que está dizendo isso, Vati?"

Lentamente, deixei minha expressão se fechar. "Vão para a cama, meninas."

Hannah bateu palmas. "Subam agora. Vou ver vocês em 5 minutos."

"3 minutos!"

"Prometo."

Enquanto elas se levantavam e começavam a se afastar, eu disse: "Ho ho. Ho ho ho. Acho que vai demorar um pouco mais do que *isso*".

À luz do fogo, os olhos de Hannah pareciam da cor e da textura de *crème brûlée*.

"Eu sei uma coisa que você não sabe", eu disse, mexendo o queixo, devagar, de um lado para o outro. "Eu sei uma coisa que você não sabe que eu sei. Ho ho. Ho ho ho. Eu sei que você não sabe que eu..."

"Você se refere a Herr Thomsen?", ela perguntou jovialmente.

Por um momento, admito, não consegui pensar em nada para dizer. "... Isso, Herr *Thomsen*. Vamos, Hannah, qual é o seu jogo? Escute. Se você não..."

"Do que você está falando? Não tenho nenhum motivo para vê-lo de novo. E lamentei, em primeiro lugar, tê-lo enganado. Ele se mostrou muito educado, mas deu para perceber que, de certa forma, ele fica ressentido com qualquer coisa que atrapalhe sua missão."

Mais uma vez demorou um pouco para eu dizer: "Ah, é mesmo? E que 'missão' é essa?".

"Ele tem obsessão pela Buna-Werke. Acha que a fábrica pode decidir a guerra."

"Bem, nisso ele não está errado." Cruzei os braços. "Não, espere. Não vá tão depressa, menina. A carta que você pediu que Humilia entregasse a ele. Foi, ah, foi, ela me falou disso. Está vendo, algumas pessoas sabem o que é moralidade. Aquela carta. Você pode ter a bondade de me informar qual era o conteúdo dela?"

"Não vejo por que não. Eu pedi a ele que se encontrasse comigo nas Cabanas de Verão. Na área de recreação. Onde, com relutância, ele concordou em descobrir informações sobre Dieter Kruger para mim. Finalmente eu tive a oportunidade de pedir ajuda a uma pessoa de alta posição. Uma pessoa de fato importante."

Fiquei de pé de repente, batendo a cabeça meio de lado na cornija da lareira.

"Comporte-se com educação quando falar comigo, moça!"

Daí a um instante a cabeça dela baixou, num gesto de arrependimento. Mas eu não estava gostando nem 1 pouco do rumo da conversa.

"E a 2ª carta... A que ele lhe entregou na escola de hipismo?"

"Aquela foi a resposta dele, é claro. O relatório completo."

3 minutos depois, Hannah disse:

"Não vou lhe contar. Está entendendo? Não vou lhe contar. Agora, com sua licença, vou cumprir o que prometi às meninas."

E com isso ela deixou a sala de nariz empinado... Não. Nossa conversinha não tinha saído como eu havia planejado, de forma alguma. Por um momento fiquei olhando as chamas já enfraquecidas da lareira. Depois peguei uma garrafa de alguma coisa e fui refletir um pouco em meu "covil".

Acordei em dado instante com o rosto completamente entorpecido — queixo, lábios, faces. Como se eu estivesse empapado de novocaína. Rolei o corpo para sair do divã e fiquei com a cabeça metida entre os joelhos por 1 hora e ½. Não adiantou. Fiquei pensando que se uma moça ou mulher beijasse minhas bochechas dormentes ou meus lábios dormentes eu não sentiria nada.

Como uma perna morta ou um braço morto. Um rosto morto.

3. Szmul: respire fundo

Além de tudo, debocham de nós, o que não é nada gentil, por assim dizer. Debocham e nos desrespeitam. Há uma Estrela de Davi no teto da câmara hermética. Os trapos que nos dão para atar nos pés são retalhos de xales de oração. A pavimentação da Rota de Trânsito IV, a estrada de rodagem de Przemsyl a Tarnopol, construída com trabalho escravo, foi assentada sobre uma base de brita feita de pedras das sinagogas e lápides de cemitérios judeus. Para completar, existe o "Calendário Goebbels": nenhum dia santificado passa sem uma Aktion. As "medidas" mais drásticas são reservadas para o Yom Kippur e o Rosh Hashaná — nossos Dias de Reverência.

O ato de comer. Creio que posso explicar o ato de comer.

Dos cinco sentidos, o paladar é o único que nós, os Sonders, podemos em parte controlar. Os outros estão arruinados e mortos. O tato é estranho. Eu carrego, arrasto, empurro e agarro — faço essas coisas a noite toda. Mas a sensação de conexão não existe mais. É como se eu fosse um homem com próteses no lugar das mãos — um homem com mãos falsas.

E quando se leva em conta o que vemos, o que ouvimos e os cheiros que sentimos, não há como negar que precisamos desesperadamente controlar os gostos que sentimos. Qual seria, na ausência de alimento, o gosto na boca de cada um de nós? Assim que engolimos e o alimento desaparece, ele vem, ele volta: o gosto da nossa derrota, o gosto da amargura.

Refiro-me ao gosto da nossa derrota na guerra contra os judeus. Em todos os sentidos concebíveis, essa guerra é *unilateral*. Não a esperávamos, e por muito tempo fitamos com verdadeira incredulidade a fúria inacreditável da Terceira Alemanha.

Houve um transporte, proveniente de Theresienstadt, que incluiu um bom número de poloneses. Durante uma demora de três horas, causada pelo não comparecimento dos Disinfecktoren, fiquei conversando com a família de um engenheiro industrial de meia-idade (que tinha sido membro do Conselho Judaico em Lublin). Eu estava tranquilizando a filha e os netos dele a respeito da alimentação farta e dos alojamentos confortáveis aqui no KZ, quando o homem, confiante, me chama de lado e me conta uma história estranha e terrível sobre os acontecimentos recentes em Łódź. Acaba sendo uma história sobre o poder da fome.

No dia 4 de setembro, uma multidão enorme se concentrou na Praça do Corpo de Bombeiros. Chorando, Rumkowski revelou a mais recente exigência dos alemães: a entrega, para deportação, de todos os adultos acima de sessenta e cinco anos e de todas as crianças abaixo de dez. No dia seguinte, os velhos iriam embora, as crianças partiriam...

"É provável que eles estejam bem", consigo dizer. "Vocês também vão ficar bem. Olhem para mim. Pareço passar fome?"

No entanto, havia mais coisas, é claro. Naquela mesma tarde, as pessoas ficaram sabendo que uma carga de batatas estava para ser distribuída. Uma onda de euforia percorreu as ruas do gueto. Agora o foco das conversas e do pensamento de todos não era mais o desaparecimento dos adultos com mais de sessenta e cinco anos e das crianças com menos de dez, e sim as batatas.

"Não me mate, mate outra pessoa", Doll acha cada vez mais engraçado dizer essas palavras. "Não sou um monstro. Não torturo pessoas pelo prazer de torturá-las. Mate um monstro, Sonderkommandofuhrer. Mate Palitzsch. Mate Brodniewitsch. Mate um monstro."

Às vezes, ele diz (e percebo, mesmo em tudo isso, que sua dicção ainda consegue me ferir): "Mate alguém que tenha poder. Eu nada sou. Não sou poderoso. Eu, poderoso? Não. Eu sou um dente da engrenagem de uma máquina gigantesca. Sou lixo. Não passo de um ninguém. Sou um merda.

"Por que não espera a próxima visita do Reichsfuhrer? Se você não puder pegá-lo, tente Mobius. A patente dele é inferior à minha, mas ele tem muito mais poder. Ou o Standartenfuhrer Blobel. Ou Odilo Globocnik, na próxima vez que ele vier aqui.

"Mas não mate Paul Doll... Ainda que tenha toda a liberdade para tentar, é claro. Doll não é nada. É um merda. Não passa de um ninguém."

O pensamento que acho mais difícil evitar é o de voltar para casa e viver com minha mulher. Consigo evitar esse pensamento só mais ou menos. Mas não consigo evitar o sonho.

No sonho, entro na cozinha e ela gira na cadeira, dizendo: "Você voltou. O que aconteceu?". E quando começo a contar minha história, ela escuta algum tempo e logo vira de costas, balançando a cabeça. E não me dá mais atenção. Até parece que eu contei a ela sobre meus primeiros trinta dias no Lager (tempo que passei examinando os orifícios corporais dos que tinham acabado de morrer, colaborando com a procura que os alemães faziam de valores ou objetos de valor. Até parece que contei a ela fatos da época do caso dos meninos calados.

Isso é tudo, mas o sonho é insuportável, e o sonho sabe disso, e humanamente me concede a capacidade de despertar dele. Mas agora me vejo de pé no instante em que ele começa. Aí pulo da cama e começo a caminhar, por mais cansado que esteja, porque sinto medo de voltar a dormir.

Esta manhã, em mais um dos nossos debates entre companheiros, voltamos à questão do *paliativismo*. Eis algumas coisas que foram ditas:

"Em qualquer oportunidade, a cada transporte, deveríamos semear o pânico. Em qualquer oportunidade. Todos nós deveríamos percorrer a estação falando baixinho sobre os assassinatos."

"Inútil? Não, não é inútil. Isso haveria de *retardá-los*. Consumiria os nervos deles. Os *Szwaby*, os *Zabójcy*... eles são mortais."

Quem lhes fala — como noventa por cento dos judeus no Sonderkommando — tornou-se ateu cerca de meia hora depois de começar a trabalhar. No entanto, certos princípios perduram. Diferentemente dos demais monoteísmos, o judaísmo não crê que o Diabo assume a forma humana. Todos são mortais. Mas essa é outra doutrina da qual começo a duvidar. O alemão não é um ser sobrenatural, entretanto também não é humano. Ele não é o Diabo. É a Morte.

"Eles são mortais. Eles também tremem. Mas quando há pânico. Pesadelo!"

"*Ótimo*. É assim que deve ser."

"Para que piorar as coisas para a nossa gente? Por que piorar os últimos minutos deles?"

"Não são seus últimos minutos. Eles passam os últimos minutos comprimidos uns contra os outros, morrendo. E são quinze. Quinze minutos."

"Eles vão morrer de qualquer maneira. Queremos que isso tenha um custo para o *szwaby*."

Outro diz: "O fato é que *não* semeamos o pânico. Semeamos? Sorrimos e mentimos. Porque somos seres humanos".

Outro diz: "Mentimos porque se houver pânico seremos mortos mais depressa".

Outro diz: "Mentimos para salvar nossa pele nojenta".

E eu digo: "*Ihr seit achzen johr alt, und ihr hott a fach*. É apenas isso. É isso e nada mais".

Sem camisa e usando a máscara contra gás, Doll parece uma mosca gorda e peluda (uma mosca que se aproxima do fim de seu ciclo de vida). Além disso, o som que ele emite também lembra o de uma mosca, ao repetir o número que eu lhe dei: um chiado gemido. Ele me pergunta outra coisa.

"Não entendo o que está dizendo, senhor."

Estamos no "ossuário", uma ampla concavidade para a qual soprava o vento que vinha da pira. Eu estava contando quadris queimados antes que fossem passados para as turmas de trituração.

"Ainda não consigo ouvi-lo, senhor."

Ele faz um movimento brusco de cabeça e eu o sigo escarpa acima.

Ao chegarmos ao terreno plano, ele destapa a boca com um arquejo e diz: "Devemos estar quase lá, nicht?".

"Com certeza já passamos da metade do caminho, senhor."

"Da *metade*?"

A pira fica a sessenta metros de onde estamos, e o calor, apesar de ainda intenso, é atenuado pelo frio do outono.

"Bem, continue com a bosta desse trabalho... Eu sei o que está preocupando você. Não tenha medo, herói. Quando tivermos acabado aqui, vai ser o fim do grupo todo. Mas você e os cinquenta melhores de sua turma vão continuar vivinhos e orgulhosos."

"Quais cinquenta, senhor?"

"Ah, você escolhe."

"Eu seleciono, senhor?"

"Isso, você seleciona. Vamos, você já viu isso ser feito mil vezes. Selecionar... Sabe, Sonder, nunca senti nenhum ódio especial pelos judeus. É evidente que alguma coisa precisava ser feita em relação a eles. Mas eu teria ficado satisfeito com a solução de Madagascar. Ou com a esterilização de todos vocês. Como foi feito com os Bastardos da Renânia, nicht? Os filhos ilegítimos dos Araber und Neger franceses. Nicht? Sem matanças. Só cortes. Mas vocês... Já estão esterilizados, ne? Já perderam aquilo que os tornava homens."

"Senhor."

"Não fui eu que decidi tudo isso."

"Não, senhor."

"Eu só disse zu Befehl, zu Befehl. Eu só disse ja, ja, yech, ja. Sie wissen doch, nicht? Berlim decidiu. Berlim."

"Sim, senhor."

"... Você conhece aquele varapau de cabelo branco que está sempre à paisana? Você já deve ter ouvido falar de Thomsen, Sonder. Thomsen é sobrinho de Martin Bormann — o Reichsleiter, o Sekretar. Thomsen é Berlim." Doll ri e diz: "Portanto, mate Berlim. Mate Berlim. Antes que Berlim mate você". Ele ri de novo. "Mate Berlim."

Assim que começa a voltar para o jipe, Doll se vira e diz:

"Você vai continuar a viver, Sonder". Ri novamente. "Sou muito amigo da autoridade certa em Litzmannstadt. Talvez eu consiga providenciar um reencontro. De você com ah, 'Shulamith'. Ela não tem vitamina P suficiente, Sonder. *Protektsye*, nicht?

"Ela ainda está lá, você sabe. No sótão em cima da padaria. Ela ainda está lá. Mas onde está a vitamina P dela?"

Certa manhã, eu estava no caminho que passa diante do jardim do Kommandant, e vejo Frau Doll saindo com as filhas para a escola. Ela olhou na minha direção e me disse uma coisa extraordinária. Aquilo provocou em mim um sobressalto, como se entrasse fumaça nos meus olhos. Cinco minutos depois, de pé e curvado atrás da sala de guarda principal, consegui derramar lágrimas pela primeira vez desde Chełmno.

"Guten Tag", ela disse.

O impulso de matar é como o macaréu que entra por uma foz rio acima, uma onda alta que avança contra a corrente. Contra o fluxo do que eu sou ou fui. Uma parte de mim tem esperança de que o impulso continue lá até o fim.

Mas se eu for mandado para o gás (na verdade, é provável que eu chame atenção demais para isso, e vão simplesmente me levar a um canto para o tiro na nuca, mas vamos imaginar que não seja assim), se eu for mandado para o gás, vou me meter no meio deles.

Vou avançar entre eles e dizer ao ancião com o casacão de astracã: "Fique o mais perto possível do buraco com a tela, senhor".

E dizer ao menino com roupa de marinheiro: "Respire fundo, meu filho".

IV. NEVE PARDA

1. Thomsen: um toque na velha ferida

Era uma ave grande e doente, creio que um papagaio grande... Era uma ave grande e doente que voejava sobre o carvalho que ficava depois do andaime no gramado bem cuidado (aparado em listras) diante da Appellplatz da Farben Kat Zet.

Ela voejava ali qualquer que fosse o tempo, uma ave meio acastanhada, amarelada, da cor dos olhos lenitivos do Comandante; e nunca parecia utilizar as asas. Só ficava balançando ali. Só pendendo.

Eu sabia que uma ave podia fazer isso, se encontrasse uma feliz confluência de correntes, de térmicas ascendentes. Mas a ave doente fazia aquilo o dia inteiro. Talvez a noite toda também.

Será que ela *gostaria* de voar mais alto?, eu pensava. Às vezes o vento batia sob suas asas, elas se moviam, e se percebia um esforço, tinha-se a impressão de escutar um gemido distante de aspiração. No entanto, a ave não subia. Estava apenas no alto; ela não voava.

De vez em quando, caía bruscamente três ou quatro metros, atirando-se para baixo, como que puxada por um cordão. Parecia inorgânica, artificial — na verdade, parecia um *papagaio* dirigido pela mão inexperiente de um menino.

Talvez estivesse louco, esse desajeitado predador do ar. Talvez estivesse morrendo. Às vezes passava a impressão de não ser uma ave, e sim um peixe, uma raia a flutuar, afogando-se no oceano do céu.

Eu entendia a ave, eu a absorvi, guardei-a dentro de mim.

Eis a carta que entreguei a Hannah na escola de hipismo.

Cara Hanna,

Os fatos me obrigam a começar com mais notícias ruins. O Pikkolo do professor Szozeck, Dov Cohn, também foi "transferido" (junto com um Kapo chamado Stumpfegger, que zelava por ele e talvez fosse seu confidente). E isso seis semanas depois do ocorrido. O fato é particularmente difícil de aceitar, porque achei (você também não achou?) que Dov estava muito bem equipado para sobreviver.

Depois do que você me contou sobre as circunstâncias de seu casamento, não sinto mais necessidade de ter por seu marido nem sequer o respeito mínimo devido ao pai de Paulette e Sybil. Ele é o que é e está ficando pior. Se achou que tinha o direito de eliminar três pessoas, uma delas uma criança, por causa de um único incidente capaz de comprometer seu prestígio, que na realidade foi um ato de bondade... bem. Eu conto com um certo grau de proteção, por causa de meu tio. Você não conta com nenhum. Por isso é urgentemente necessário que "normalizemos", eu e você, retroativamente, nossas relações passadas. Como um Referendar qualificado, refleti bastante sobre todo o caso, e aqui vai a versão, bem como a sequência, que, a meu ver, devemos adotar. Ela pode parecer complicada, mas na verdade é muito simples. O fundamental é a sua certeza de que Doll não tem mais conhecimento da situação ou do paradeiro de Dieter Krueger.

Agora, memorize o que segue.

Na carta trazida por Humilia, você me pediu que eu lhe fizesse um favor e disse que poderia ser encontrada às sextas-feiras nas Cabanas de Verão. Em nosso encontro ali, concordei em fazer investigações sobre DK — com relutância, porque (é claro) resisto a qualquer coisa que desvie a atenção de minha missão sagrada na Buna-Werke.

Esta segunda comunicação, que você tem nas mãos, é meu informe. Doll sabe da primeira carta e é provável que saiba da segunda (repito, fomos observados). Se ele começar a questioná-la, diga logo a verdade, livremente. E quando ele lhe perguntar o que eu descobri, você deverá declarar que não vai lhe contar. Agora vou procurar me informar sobre DK (seu marido, sem dúvida, fará o mesmo).

Daqui em diante não poderemos mais nos ver, a não ser em público, e não haverá mais cartas. Devo dizer que estou profundamente preocupado com o que você propõe para o seu lado da situação: seu plano, por assim dizer, para a frente doméstica. Do jeito que estão as coisas, Doll não terá motivo para agredi-la, mas, se o plano que você imagina der certo, ele não precisará de motivo. Mas você parece decidida, e a decisão é sua.

Agora quero lhe dizer uma coisa de coração.

A carta prosseguia por mais duas páginas.

O plano de Hannah, é preciso dizer, consistia em fazer de tudo a seu alcance para apressar o desmoronamento psicológico do Comandante.

"Tire essa expressão do rosto, Golo. Ela é simplesmente repulsiva."

"O quê?"

"O sorriso meigo. De adolescente altruísta... Eu entendo. Quer dizer que houve algum tipo de avanço, é isso. É por isso que você não abre o bico comigo."

Eu estava na cozinha, preparando o café da manhã. Boris tinha passado a noite na minha casa (debaixo de um monte de cortinas velhas no chão da sala) e agora estava agachado, reavivando o fogo, usando páginas amassadas do *The Racial Observer* e *The Stormer*. Lá fora, o inflexível mau tempo de outubro seguia em sua quarta semana, com nuvens baixas e pesadas, chuva constante e névoa úmida, e no chão um lamaçal interminável de lodo pardo-púrpura.

Referindo-se a *The Stormer* (um pasquim difamador e propagador de ódio, dirigido por Julius Streicher, o Gauleiter da Francônia que abusava de crianças), Boris perguntou: "Por que você assina essa bosta de revista? 'Judeu idoso droga adolescente loura.' Os oficiais não devem ler *The Stormer* no campo. É uma ordem pessoal do Velho Bebum. Viu como ele é refinado? E então, Golo?".

"Não se preocupe. Não vou pôr um dedo nela aqui. Nem pensar."

"O Hotel Zotar e tudo o mais?"

"Nem pensar." Perguntei quantos ovos ele queria, e como (seis, estrelados). "Nada clandestino. Só a verei em público."

" Você vai vê-la no dia 9, é claro."

"Nove? Ah, sim, no dia 9. Por que será que fazem tanta questão de continuar a comemorar o 9 de novembro?"

"Eu sei. Seria de imaginar que matassem quem se atrevesse a se referir a ele."

"Eu sei. Mas eles insistem nisso. Doll e os poloneses, Boris."

"O Bunker 3?" Boris riu, feliz, e disse: "Ah, Golo, o estado daquele bobo alegre. Meu Deus. Com aquela ressaca e de olhos vidrados. E as mãos trêmulas".

"Nem todo mundo é corajoso, meu caro."

"É verdade, Golo. Café excelente, esse. Hum, os poloneses. Bem, até eu achei aquilo meio exibicionista demais. Dizer a trezentos brutamontes de circo que eles estão prestes a ir para o beleléu."

"Ainda assim você achou..."

"Que Mobius tinha feito o necessário. O que ele fez. Mas Doll! Não devemos ser mesquinhos, Golo. Vamos dizer apenas que Doll estava se cagando de medo."

"E que todo mundo percebeu isso."

"Ele soltou um gemido e meio que agitou os braços no ar. Assim. Mobius disse: *Comandante!* E o hálito de Doll cheirava a vômito."

"Ainda assim." Voltei a encher nossas xícaras, acrescentando os três cubinhos de açúcar na de Boris e mexendo. "Ainda assim, você ajudou a fazer aquilo."

"Eles eram integrantes do Exército Territorial. Foi a primeira ordem sensata que escutei em meses... Hum... Mas eles souberam morrer. De peito estufado e cabeça erguida."

Comemos em silêncio.

"Ah, pare com isso, Golo. Esse olhar."

"Tenha paciência com este seu velho amigo", eu disse. Não vou fazer isso com frequência. A maior parte do tempo para mim é de agonia."

"Por quê? A espera? Por quê?"

"Estar aqui. Este não é... Este não é um lugar para sentimentos delicados, Boris." É, pensei. Antes eu me sentia entorpecido; agora estou em carne viva. "Por estar aqui."

"Humm. Aqui."

Depois de refletir um pouco, eu disse: "Vou fazer um voto de silêncio sobre Hannah. Mas antes disso só quero que você... Estou apaixonado".

Os ombros de Boris derrearam. "Ah, *não*."

Juntei os pratos e os talheres. "Tudo bem, eu concordo, meu irmão. É difícil imaginar que isso acabe bem. Pronto. Agora chega."

Fomos fumar no outro cômodo. Recém-chegado, Maksik, o ilustre caçador de camundongos, com a barriga a um dedo do chão, fuçava em torno das prateleiras baixas da cozinha. De repente, sentou-se e, tomado de uma irritação furiosa, usou uma das patas traseiras para coçar a orelha com violência.

"Ela não é má, não é..." Boris se referia a Agnes. "Ah, e Esther... Esther agora está bem, por falar nisso. Fiz com que ela saísse da turma da veterinária", ele disse, com um toque de convencimento, eu achei. "Trabalhava demais ao ar livre. Ah, e vi Alisz Seisser. Você soube?"

"Soube. Roma ou sinti?"

"Alisz é sinti", ele respondeu, melancólico. "Tão boazinha."

"Então, ela também nem pensar."

"Hum. Se você der uma bicota no rosto de Alisz, estará infringindo a lei. A Lei, Golo, da Proteção do Sangue Alemão."

"E a Honra Alemã, Boris. Qual é a pena para isso?"

"Depende de quem você é. Normalmente está tudo bem, desde que você seja ariano. E se for homem, claro. Mas eu estou em liberdade condicional." Boris comprimiu o lábio inferior com os dentes. "Eles seriam bem capazes de me dar mais um ano aqui. Ah, as notícias que chegam do Egito são boas, não é?"

"Humm." Tratava-se da derrota de Rommel, o mais competente comandante militar da Alemanha, diante dos ingleses em

El Alamein. "E por que é que todo mundo se calou sobre Stalingrado?"

Boris examinou a cinza de seu cigarro. "Eu tenho me lembrado mais do passado, e fazia muito tempo que isso não acontecia. Agora mesmo estou me lembrando dele."

"Todos nós."

Era uma terça-feira. Naquela tarde, às quatro, Hannah saiu pelas portas de vidro da salinha do café e deu uma caminhada de cinco minutos pelo jardim — debaixo de uma sombrinha e envolta num casaco sem capuz. Não olhou para onde ela sabia que eu estava — no Edifício do Monopólio, onde eles guardavam todos os uniformes, botas, cintos...

Paul Doll não foi seu primeiro amante.

Em 1928, Hannah tinha acabado de se matricular na Universidade de Rosenheim, no sul da Baviera (francês e inglês); Dieter Kruger fazia parte do corpo docente (Marx e Engels). Com duas amigas, ela começou a assistir a um ciclo de palestras que ele estava dando — pela simples razão de *ele ser bonito demais. Todas estávamos loucas por ele*. Um dia ele a chamou em particular e perguntou se a causa comunista a entusiasmava. Ela mentiu que sim. Ele então a convidou para participar das reuniões semanais que ele presidia na sala dos fundos de uma Kaffeehaus no centro da cidade. Esse era o Grupo. Soube-se, assim, que o vistoso Kruger era não apenas um acadêmico, mas também um militante — e, além de ser professor, atuava também como combatente (havia batalhas contínuas, com armas de fogo e até granadas: o Roter Frontkampferbund contra diversas facções de direita, entre as quais o NSDAP, o Partido Nacional-Socialista dos Trabalhadores Alemães. Ele e Hannah começaram um caso e foram mais ou menos morar juntos (a situação era chamada de *ocupar cômodos adjacentes*). Kruger tinha trinta e quatro anos; Hannah, dezoito.

Ele a deixou seis meses depois.

Achei que ele não queria mais ir para a cama comigo, disse ela no gazebo, na fronteira da Zona, *mas isso não parecia ser verdade. Ele continuou voltando, sabe como é, só para passar a noite. Ou então pedia que eu fosse ficar com ele. Ele dizia*: Sabe qual é o problema? Você não é suficientemente de esquerda. *E eu não era mesmo. Eu não acreditava naquilo. Eu não gostava da Utopia. E ele ficou bravo quando dei para dormir nas reuniões do Grupo.*

Paul Doll também pertencia ao Grupo. Isso não me surpreendeu. Naquela época havia milhares de homens que iam e vinham do fascismo para o comunismo sem sequer um olhar para o liberalismo. Ela continuou:

Aí Dieter levou uma surra muito feia de uma turma de camisas-pardas. Isso fez com que ele se tornasse ainda mais duro. Disse que era "inconcebível" que uma pessoa como ele estivesse com uma mulher que não abraçava de verdade a fé. E se foi para sempre... Eu fiquei num estado lamentável. *Passei por um sério colapso nervoso. Cheguei a tentar me matar. Pulsos.* E ela me mostrou as cicatrizes brancas, que cruzavam as veias azuis. *Foi Paul quem me achou e me levou para o hospital. Paul se mostrou muito carinhoso comigo nessa época...*

Perguntei, curioso, pelos pais dela.

Você conhece uma flor chamada dama-nua? Ela tem esse nome porque emerge da terra muito depois que as folhas da planta já morreram. Bem, eu fui como essa flor. Tenho dois irmãos e duas irmãs, uma geração mais velhos do que eu. Mamãe e papai são ótimos, mas pararam de ser pais. Só se interessavam pelo esperanto e por filosofia. Só se importavam com Ludwig Zamenhof e Rudolf Steiner.

Paul cuidava de mim e me dava os remédios. Meus sedativos. Não devo inventar desculpas para mim, mas tudo aquilo foi como um sonho horrível. Em seguida fiquei sabendo que estava grávida. E logo depois disso, me casei...

Em março de 1933, é claro, depois do Incêndio do Reichstag (fevereiro de 1927), quatro mil esquerdistas de destaque foram presos, torturados e encarcerados, e um deles era Dieter Kruger.

Dieter Kruger foi mandado para Dachau, e, logo no início, um de seus carcereiros era o cabo Doll.

Pus de lado minha indecisão e, depois de uma ou duas falsas partidas, fiz contato (por teletipo e, mais adiante, por telefone) com um velho amigo de meu pai em Berlim, Konrad Peters, do SD — o Sicherheitsdienst Reichsfuhrer-SS, ou Serviço de Informações do Partido. Peters tinha sido professor de história moderna em Humboldt; agora ajudava a acompanhar os inimigos do nacional-socialismo (especializando-se, por ironia, nos maçons).

"Pode falar livremente, Thomsen", disse ele. "Esta linha é protegida."

"É muita bondade sua me atender, senhor."

"O prazer é meu por poder ajudar. Saudades de Max e Anna."

Ambos nos calamos por um momento. A seguir eu disse:

"Preso em Munique em 1º de março. Mandado para Dachau em 23 de março."

"Ah... Na primeira leva. Sob ordens de Wackerle. Isso deve ter sido uma satisfação."

"Wackerle, senhor? Não era Eicke?"

"Não. Nessa época Eicke ainda estava no asilo de dementes em Wurzburg. Aí Himmler o tirou de lá e fez com que fosse declarado são. Na verdade, a situação estava pior no tempo de Wackerle."

Ainda que muito mais exaltado, Konrad Peters era como eu. Éramos Mitlaufer. Íamos em frente juntos, nós *íamos em frente juntos*, fazendo todo o possível para arrastar os pés, desgastar os tapetes e arranhar os tacos, mas íamos em frente juntos. Havia centenas de milhares como nós, talvez milhões como nós.

Eu disse: "Transferido para a Penitenciária de Brandemburgo em setembro. É tudo o que tenho".

"Preciso de um dia ou dois. Não é parente, é?"

"Não, senhor."

"Fico aliviado. Só amigo, então."

"Não, senhor."

No começo de novembro, a mudança na ergonomia da Buna-Werke se tornara visível: um acentuado relaxamento do ritmo (particularmente perceptível no canteiro de obras) e uma pronunciada intensificação do progresso. Em consequência disso, marquei uma reunião com o chefe do Politische Abteilung, Fritz Mobius.

"Ele estará livre em mais ou menos meia hora", disse Jurgen Horder (cerca de trinta anos, estatura mediana, cabelo grisalho liso e longo, quase romântico). "Vai ao evento na segunda-feira? Eu não fui convidado."

"Oficiais", respondi, "e suas esposas. Presença obrigatória. Seu chefe o representará."

"Sorte dele. Vai estar mais frio do que teta de bruxa."

Estávamos no pavimento térreo do Bunker 13, um dos muitos prédios de três andares e tijolos cinzentos do Stammlager. As poucas janelas estavam cobertas por tábuas, portanto o lugar passava a sensação de esconderijo, de vedação (bem como se notava ali a estranha acústica de todas as construções do Kat Zet). Nos dez primeiros minutos ouvi, vindo dos porões, uma sucessão de gritos de dor que se formavam devagar e irrompiam devagar. Seguiu-se então um prolongado silêncio, e depois o som de uma bota em degraus empoeirados ou cobertos de brita. Michael Off entrou na sala, enxugando as mãos numa toalhinha de chá (com uma camiseta creme, ele parecia o rapaz do parque de diversões itinerante que sincronizava os carrinhos de bate-bate). Cumprimentando-me com um gesto de cabeça, ele me fitou enquanto parecia contar os dentes com a língua, primeiro os inferiores, depois os superiores. Pegou um maço de Davidoffs na estante e voltou a descer para o porão. Logo depois recomeçaram os gritos que se formavam devagar e irrompiam devagar.

"Bom dia. Sente-se, por favor. Em que posso ajudá-lo?"

"Espero que possa me ajudar, Herr Mobius. O que desejo dizer é um pouco embaraçoso."

Mobius fora um burocrata lotado na sede da Polícia Secreta do Estado, a Gestapa — não confundir com a Gestapo (hoje Polícia Secreta do Estado), nem com a Sipo (Polícia de Segurança), nem com a Cripo (Polícia Criminal), nem com a Orpo (Polícia da Ordem), nem com a Schupo (Polícia de Proteção), nem com a Teno (Polícia Auxiliar), nem com a Geheime Feldpolizei (Polícia Secreta de Campo), nem com a Gemeindepolizei (Polícia Municipal), nem com a Abwehrpolizei (Polícia de Contraespionagem), nem com a Bereitschaftpolizei (Polícia do Partido), nem com a Kasernierte Polizei (Polícia dos Quartéis), nem com a Grenzpolizei (Polícia da Fronteira), nem com a Ortspolizei (Polícia Local), nem com a Gendarmerie (Polícia Rural). Mobius tivera sucesso em seu setor de policiamento de empresas porque mostrara talento para a crueldade, um talento amplamente discutido, mesmo aqui.

"Tudo tem avançado bem na Buna-Werke? O senhor está vencendo? Precisamos daquela buna."

"Vai tudo bem. Engraçado, não é? Borracha... É como rolamentos. Não se pode fazer uma guerra sem ela."

"Isso, Herr Thomsen. O que parece ser o problema?"

Quase completamente calvo, com alguns restos de cabelo preto e liso penteados em torno das orelhas e estendendo-se até a nuca, olhos escuros, nariz forte, boca bem-feita, ele parecia um professor universitário simpático e inteligente. Ao mesmo tempo, a novidade mais polêmica de Mobius era ele utilizar, nos interrogatórios, um médico experiente, o professor Entress, do Instituto de Higiene.

"Isso é constrangedor, Untersturmfuhrer. E um pouco desagradável."

"Nem sempre é com prazer que cumprimos o dever, Obersturmfuhrer."

A última palavra foi pronunciada com certo desdém. (Isso porque virou moda, na polícia secreta, desprezar os títulos, patentes e outros símbolos exteriores de poder. Segredo, acobertamento eram poder, eles sabiam.) Eu disse:

"Por favor, considere tudo isso exploratório. Mas não vejo forma de contornar a questão."

Mobius encolheu um ombro e disse: "Continue".

"Na Buna o progresso tem sido contínuo, e vamos concluir a obra, ainda que com um pouco de atraso no cronograma. Desde que continuemos a usar os métodos estabelecidos." Expirei o ar pelo nariz. "Frithuric Burckl."

"O financista", disse Mobius.

"Se ele tivesse se limitado a uma observação de passagem, eu não daria maior importância, mas ele insiste na mesma coisa.

Parece ter algumas ideias muito especiais sobre nossos... ah... palermas do mar Vermelho... Às vezes me pergunto se ele tem noção, mesmo que remota, dos ideais do nacional-socialismo. Do equilíbrio delicado de nossos inseparáveis objetivos gêmeos."

"Kreativ Vernichtung. O postulado de todas as revoluções. Kreativ Vernichtung."

"Isso. Agora, ouça o seguinte. Burckl diz que os judeus são *bons trabalhadores*, veja só, desde que os tratemos com consideração. E diz que trabalhariam até melhor de barriga cheia."

"Maluquice."

"Implorei a ele que tivesse bom senso. Mas o homem é infenso a argumentos racionais."

"Diga-me uma coisa: quais são as consequências objetivas?"

"Inteiramente previsíveis. A clássica erosão da cadeia de comando. Burckl não aguilhoa os capatazes, os capatazes não amedrontam os guardas, os guardas não intimidam os Kapos e os Kapos não ameaçam os Haftlinge. O resultado é o surgimento de uma espécie de deterioração. Precisamos de alguém que..."

Mobius pegou a caneta-tinteiro. "Continue. Mais detalhes, por favor. O senhor está tomando a medida certa, Herr Thomsen. Continue."

Caminhando com razoável firmeza mas inacreditável lentidão, com passadas entre marcha de desfile e passo de ganso, e com o pescoço virado para trás como se estivesse acompanhando o voo de um avião distante, Paul Doll percorreu o corredor entre as duas metades da plateia de pé e subiu a escadinha que levava ao palco baixo. A temperatura era de catorze graus Celsius negativos, e a neve, que a pira e as chaminés tingiam de pardo, caía com determinação. Olhei à direita, para Boris, e depois à esquerda, mais longe, para Hannah. Todos vestíamos agasalhos sobre agasalhos, da largura de colchões, como vagabundos experientes numa gélida cidade do norte.

Doll se deteve diante de uma tribuna da qual pendia uma bandeira. Atrás dele, dispostas em tábuas, catorze coroas de flores apoiavam-se em outras tantas "urnas" (vasos enegrecidos com alcatrão), que chamejavam debilmente. O Comandante esticou os lábios e fez uma pausa. Por um instante, foi como se ele nos tivesse reunido ali, naquele meio-dia sombrio, para vê-lo assoviar... Contudo, meteu a mão no interior de seu sobretudo grosso de lã e de lá tirou um maço de folhas datilografadas de um volume nada auspicioso. O céu plúmbeo clareou um pouco. Doll olhou para fora e disse bem alto:

"Jawohl... Oxalá o firmamento escurecesse. Jawohl. Oxalá o céu despejasse sua carga no chão. Nesta data, o Dia Nacional de Luto!... Nove de novembro, amigos. Nove de novembro."

Embora todos soubessem que Doll não estava totalmente sóbrio, ele parecia, por enquanto, ter bebido com certo cuidado. Aquelas doses judiciosas o tinham tornado expansivo (e conferido mais corpo à sua voz), e seus dentes já não batiam uns nos outros. A seguir, ele tirou de uma prateleira sob o tampo de madeira da tribuna um copo grande com um líquido incolor, do qual se desprendeu um leve vapor quando o levou aos lábios.

"Yech, 9 de novembro. Um dia santificado, por três motivos, para este... para este nosso movimento irresistível... Em 9 de novembro de 1918, 1918, os judeus aproveitadores da guerra, na maior de suas trapaças, efetivamente leiloaram nossa pátria amada para seus correligionários da Wall Street, do Banco da Inglaterra e da Bolsa... Em 9 de novembro de 1938, 1938, depois do covarde assassinato do nosso embaixador em Paris, cometido por um homem com o interessante nome de... ah, 'Herschel Grynszpan'? — a Reichskristallnacht! A Reichskristallnacht, quando o povo alemão, depois de anos de insuportáveis provocações, levantou-se espontaneamente em sua simples busca de justiça… No entanto, eu quero lhes falar sobre o 9 de novembro de 1923, 1923. A data em que celebramos o Dia Nacional de Luto."

Boris me cutucou com seu cotovelo todo acolchoado. O dia 9 de novembro de 1923 assistiu à debacle ridícula do Putsch da Cervejaria, na Baviera. Nessa data, uma chusma de cerca de mil e novecentos discursadores e vadios, maníacos e punguistas, milicianos raivosos, camponeses sedentos de poder, seminaristas desencantados e lojistas arruinados (de todos os tipos e pendores, de todas as idades, todos armados e de uniforme pardo mal-ajambrado, pelo qual cada um pagou dois bilhões de marcos, que naquele dia valiam três dólares e quatro ou cinco centavos), essa chusma reuniu-se na Burgerbraukeller, ou em torno dela, perto da Odeonplatz, em Munique. Na hora marcada, conduzidos por um triunvirato de celebridades excêntricas (Erich von Ludendorff, o ditador militar no período 1916-18; Hermann Goring, ás da Luftwaffe ao estilo Biggles; e, na liderança, o irascível cabo austríaco que chefiava o Partido Nacional-Socialista dos Trabalhadores Alemães) emergido do subsolo, eles começaram a caminhar em direção ao Feldherrhalle. Essa seria a primeira etapa da marcha revolucionária para Berlim.

"E para lá avançaram", disse Doll, "sérios mas felizes, resolutos mas serenos, risonhos mas invadidos de uma lacrimosa emoção à medida que mais e mais se motivavam com os brados de alegria da multidão. Diante deles resplandecia o exemplo inspirador de Mussolini em sua marcha triunfal para Roma! Ainda gracejando, ainda cantando — ja, mesmo quando zombavam e cuspiam contra as carabinas em riste da Polícia do Estado Republicano!… Um tiro, uma rajada, uma fuzilaria! O general Ludendorff avançou, abrindo caminho à força, tremendo de justa cólera. Goring caiu, gravemente ferido na perna. E o Redentor, o futuro Reichskanzler? Ach, a despeito dos dois braços quebrados, enfrentou as balas para carregar uma criança perdida a um local seguro!... E quando o odor acre da cordite enfim se dissipou, catorze homens, catorze irmãos, catorze guerreiros-poetas jaziam na poeira!... Catorze viúvas. Catorze viúvas e seis dezenas de crianças sem pais. Jawohl, são eles que homenageamos aqui neste dia. O sacrifício alemão. Eles sacrificaram a vida para que tivéssemos esperança — a esperança de renascimento e a promessa de um tempo mais brilhante."

A neve parda que já vinha raleando havia bastante tempo cessou de forma súbita e silenciosa. Doll ergueu os olhos e sorriu para o céu, agradecido. A seguir, no espaço de alguns batimentos cardíacos, ele como que hesitou, fatigou-se, fatigou-se e envelheceu; pendeu de repente para a frente e abraçou-se à tribuna.

"... E agora eu desdobro... esta bandeira sagrada... a nossa Bandeira de Sangue." Ergueu-a para que todos a vissem. "Simbolicamente manchada... de Rotwein... Trans, ah, transubstanciação. Como a Eucaristia, nicht?"

Virei-me para a esquerda de novo — entrando em desastroso contato com os olhos de Hannah. Ela voltou a firmar a vista para a frente, com a mitene apertada no nariz. Durante algum tempo, lutei com esforço contra a pressão no peito, tentando não acompanhar a voz de Doll, que discorria sobre medalhas, sinetes, cotas de armas, broches, tochas, cânticos, juras, promessas, ritos, clãs, criptas, santuários...

Por fim, estiquei o pescoço. Doll, cujo rosto lembrava agora um morango gigante e sujo, aproximava-se do fim.

"Pode um homem chorar?", perguntou. "Oh, ja, ja! Ach, de vez em quando, deve! De quando em quando, não pode deixar de... Todos aqui me veem secar as lágrimas. Lágrimas de pesar. Lágrimas de orgulho. Quando beijo esta bandeira, marcada pelo sangue dos nossos heróis... Como agora. Daqui a pouco todos juntarão sua voz à minha... para cantarmos 'Das Horst Wessel

Lied' e 'Ich Hatt Einen Kameraden'. No entanto, antes disso... faremos três minutos de silêncio para... cada um dos nossos mártires perdidos. Para cada um dos *Velhos* Guerreiros, pelos *caídos*. Ach, ao pôr do sol e também ao amanhecer nós nos lembraremos deles. Para sempre, para sempre, eles viverão.

"Um... Claus Schmitz."

E depois de dez ou doze segundos começou a nevasca em diagonal, acompanhada de uma chuva de granizo.

Seguiu-se um almoço no Clube dos Oficiais, em que a embriaguez se manifestou rapidamente e em grau máximo, e depois da primeira meia hora (quando Doll estava estendido num sofá macio, nos fundos), mergulhei numa espécie de sonho melífluo de paz e gratidão; algumas pessoas dançavam ao som de um gramofone, e embora ela e eu nos mantivéssemos distantes, eu sentia que estávamos intensa e continuamente conscientes um do outro, e era difícil não nos submetermos a pressões de uma espécie diferente, pressões diferentes no peito, era difícil não rir, e também era difícil não ter um ataque diante das canções de amor ingênuas e piegas (de operetas sentimentais), "Wer Wird denn Weinen, Wenn Man Auseinandergeht?" e "Sag' zum Abschied leise Servus".

"Quem vai chorar quando nos separarmos?" "Diga até logo baixinho quando nos despedirmos."

Passados dez dias, Konrad Peters me telefonou de Berlim.

"Lamento, Thomsen, mas vai demorar mais do que imaginei. O clima em torno desse caso... está diferente. Há uma certa, ah... opacidade. E um silêncio absoluto."

"Estive pensando", eu disse. "Por acaso existe a possibilidade de ele ter sido convocado, senhor? Eles começaram a esvaziar as prisões?"

"Isso está acontecendo, mas não estão convocando políticos. Só criminosos. Seu homem continuaria a ser considerado, ah, unwurdig... Vou continuar a busca. Meu palpite é que ele seja um triângulo vermelho em algum lugar. Em algum lugar esquisito... Você sabe, como Croácia."

Por motivos que poderiam parecer mais transparentes do que realmente eram, eu tinha má vontade com Dieter Kruger. Sentia desprezo pelo que ele representava — e esse era um desprezo partilhado, havia muito, por todos os alemães de espírito aberto. Ele personificava a rendição nacional de março de 1933. Kremlinistas obedientes como Kruger (que *sempre insistiam*, dizia Hannah, *que os sociais-democratas eram tão ruins quanto os fascistas*) cuidavam para que não houvesse unidade alguma, nem força, na esquerda. Tudo parecia ter sido calibrado por dedos malignos, mas artísticos. Por anos os comunistas tinham feito o possível e bazofiado bastante (sua "prontidão"), para conferir uma aura de legitimidade à sua própria supressão imediata; e depois do Incêndio do Reichstag e da aprovação, na manhã seguinte, do Decreto sobre a Proteção do Povo e do Estado, os direitos civis e o império da lei tornaram-se coisas do passado. E o que fizeram os comunistas? Descerraram os punhos erguidos e deram acenos frouxos de adeus.

Contudo, esses pensamentos levavam a outros pensamentos. Por exemplo, por que eu me sentia como uma ave doente, incapaz de voar, incapaz de ascender?

Pouco tempo antes, tio Martin tinha me contado uma história sobre Reinhard Heydrich — o paladino louro cujo destino seria morrer lentamente no banco de um carro (a bomba dos assassinos tinha metido couro e crina de cavalo em seu diafragma e baço). Uma noite, depois de passar longas horas bebendo sozinho, o Reichsprotektor da Boêmia e da Morávia — "o Açougueiro de Praga" — subiu a escada e viu-se refletido no grande espelho do banheiro. Tirou o revólver do coldre e disparou dois tiros no espelho, dizendo: *Por fim te peguei, canalha...*

A verdade é que eu tinha outra razão para não gostar de Dieter Kruger. Por mais que ele tivesse ou não tivesse sido isso ou aquilo (presunçoso, predatório, abusado, impiedoso, equivocado), Kruger era capaz de se portar com coragem.

Hannah o amara. E ele era valente.

Aquilo não podia mais ser protelado. No último dia de novembro, circulei pelo canteiro de obras da Buna-Werke até ver a forma rotunda do capitão Roland Bullard. Retraí-me e, dissimuladamente, o segui, atento, até uma das cabanas da ferramentaria entre os Stalags. Ele dispôs os componentes de um ferro de soldar sobre uma fronha.

"*Players*", eu disse. "*Senior Services. E... Woodbines.*"

"*Woodbine!... Não são os mais caros, mas são os melhores. É muita gentileza sua, Mr. Thomsen. Obrigado.*"

"*Rule Britannia. Fiz algumas pesquisas. Ouça. 'The nations, not so blest as thee,/ Must, in their turn, to tyrants fall,/ While thou shalt flourish great and free:/ The dread and envy of them all.'*"* Perguntei: "*Nos compreendemos?*".

Ele me avaliou, examinou-me pela segunda vez, e sua cabeça meio cúbica inclinou-se numa mesura.

* Estrofe da canção patriótica "Rule, Britannia": "Britannia, as nações menos dotadas que tu hão de, sucessivamente, cair sob o jugo de tiranos, enquanto tu florescerás forte e livre: o temor e a inveja de todas elas". (N. T.)

"Capitão Bullard, estive espreitando o senhor. Amanhã eu... Ontem vi o senhor dobrando as lâminas do ventilador de refrigeração no Polimerisations-Buro. E gostei daquilo."

"O senhor gostou daquilo?"

"Sim. Existem outros como o senhor?"

"... Existem. Outros duzentos."

"Veja. Por razões que não nos interessam, estou totalmente cheio do Terceiro Reino. Dizem que eles vão durar mil anos. E não queremos os putos aqui até..."

"Até 2933. Não. Não queremos."

"O senhor precisa informações? Eu posso dar ajuda?"

"Com certeza."

"Então nos compreendemos?"

Ele acendeu um Woodbine e disse: "Ouça. *'Thee, haughty tyrants ne'er shall tame; All their attempts to bend thee down Will but arouse thy generous flame, But work their woe and thy renown.' Sim, Mr. Thomsen. Nos entendemos."**

Sucedeu que eu veria Hannah, bem de perto, mais uma vez antes de viajar para Berlim — por ocasião do Dezember Konzert (programado para o dia 19). Só me dei conta disso no momento em que Boris me pegou pelo braço, quando estávamos atravessando o campo de exercícios do Stammlager, e disse com orgulho (e com presunção):

"Rápido. Por aqui."

Ele me conduziu para um vasto e inesperado terreno entre o Campo Feminino e o perímetro exterior. No momento em que

* "A ti, tiranos arrogantes nunca domarão; toda tentativa de subjugar-te somente atiçará tuas chamas generosas, levará à ruína deles e aumentará teu renome." (N. T.)

começamos a atravessá-lo, ele disse com um suspiro: "Isto foi há algum tempo. Tive uma briga feia com Ilse. Na cama".

"Que tristeza."

"Hum. E a consequência disso é que Esther está sendo perseguida não só por Ilse como também por aquela putinha dela, Hedwig."

"Como foi a briga feia?"

"Não muito honrosa." A cabeça de Boris balançou de um lado para o outro. "Naquele dia eu tinha visto Ilse usar o chicote. E acho que aquilo afetou meu estado de espírito... E brochei."

"Humm. E isso se nota", comentei.

"E não foi só isso. Eu disse a ela: *Pois é, Ilse, essa é a melhor forma de torturar um homem na cama. Você nem precisa do seu chicote. É só fazer com que ele broche.*"

"... Você acha que Hedwig pode representar um perigo real para Esther?"

"Na verdade, não. É só Ilse. Elas também gostam de Esther, que diz que isso para ela é o pior de tudo. O grande problema é Ilse. Agora, silêncio. Veja."

Aproximamo-nos de uma construção do tamanho de um armazém de porto, com madeira nova nos quatro lados, cujo telhado empapado de piche parecia babar. Nossos pés pisavam na lama congelada, mas o céu estava azul e cheio de imensas nuvens ebúrneas em que ondulavam músculos poderosos.

"Ah", arquejou Boris ao olhar pela janela alta. "Um soneto. Uma rosa."

Precisei de vários segundos para que minha vista vencesse os grânulos que cobriam a vidraça e depois se ajustassem às faixas de luz. No amplo interior do prédio, enfileiravam-se beliches e equipamentos, amontoados e semicobertos por lonas. Daí a pouco vi Esther.

"Ela está recebendo ração tripla. É preciso cuidar bem dela... É a grande estrela."

Dirigida por Ilse Grese, que vestia um traje completo de Aufseherin (capa, camisa branca e gravata preta, saia longa, bota, cinto com fivela em relevo bem apertado e com o chicote preso nele), Esther, na companhia de cinco, não, seis, não, sete outras Haftlinge, além de Hedwig, organizava o que parecia ser uma valsa lenta.

"Ilse leva isso muito a sério, Golo. Depois da nossa trepada de sexta-feira à noite em Berlim, ela se considera atraída pela alta cultura." Daí a pouco, Boris disse: "Tudo depende do número principal. E se ela deixar Ilse mal...".

Observei. Os movimentos de Esther eram relutantes mas fluidos, embora a contragosto; durante uma pausa, ela se pôs na ponta dos pés (descalça) e fez um círculo perfeito com os braços ao juntar as mãos acima da cabeça.

"Ela estudou balé?", sussurrei.

"A mãe dela fazia parte do corpo de baile. Praga."

"O que aconteceu à mãe dela?"

"Nós a matamos. Não aqui. Lá. Nas retaliações pela morte de Heydrich... Você acha que ela vai se portar direito na apresentação? Será tentador para ela fazer tudo errado. Diante daquele monte de SS. Veja."

A valsa lenta tinha recomeçado, tendo Esther como *prima ballerina*.

"Ela nasceu..." Boris ergueu a mão e apontou para os cumes de gelo dos Altos Tatras, a sudoeste. "Ela nasceu e foi criada lá... Por dez anos... Olhe para ela. Olhe para elas... Golo, veja essas mocinhas dançando com seus uniformes listrados."

Previsivelmente, mas com inesperada crueza, o tema Dieter Kruger impôs a mim uma pergunta.

Eu tinha acabado de me despedir de Frithuric Burckl e de ser apresentado a seu substituto (um Velho Guerreiro, e um Velho Guerreiro chamado Rupprecht Strunck), quando recebi o telefonema de Peters.

"Ouça", disse ele. "Transferido da Penitenciária de Brandemburgo para a Prisão Estatal de Leipzig no Dia de Natal de 33. Só ele. Num Steyr 220. Depois disso, a trilha esfria."

"Por que o Dienstwagen, senhor?"

"Ah, acredito que essa história chega bem alto. No meu entender, só há duas possibilidades. Com certeza, ele não foi libertado. Portanto, ou ele *fugiu*, mais tarde... e em circunstâncias bastante complicadas. Ou foi tirado de onde estava para tratamento especial. Tratamento muito especial."

"Para ser morto."

"Ah. Pelo menos."

Com isso, a pergunta formulava-se claramente.

Eu queria o destemido Kruger solto, talvez dirigindo ousadamente uma facção da resistência, escondendo-se, planejando, arriscando a pele — com sua bela aparência abrutalhada granjeando mais e mais honra e nobreza?

Ou desejava sua existência reduzida a um ou dois tênues ecos numa Horrorzelle manchada de sangue, um punhado de cinzas e um nome rabiscado ou assinado nos registros de um quartel?

E então? O quê?

Às quatro horas, ela saiu pelas portas de vidro da sala do café para o jardim...

Do jeito que estão as coisas, Doll não tem motivo algum para agredir você, mas se o seu plano der certo, ele não precisará de motivo.

Agora, quero lhe dizer uma coisa de coração. Pode parar de memorizar. Talvez deva começar a esquecer. E se já não me olha com muito carinho, talvez possa simplesmente saltar para o último parágrafo (catorze palavras).

Depois que elegemos para a Chancelaria um conhecido assassino político que muitas vezes espumava pela boca ao falar em público, um homem quase visivelmente revestido de sangue e lodo, e à medida que o escárnio grosseiro se instalou na vida de todos, exceto dos loucos, fugiram de mim a emoção, a sensibilidade e a delicadeza, e adquiri o hábito de dizer a mim mesmo quase todos os dias: "Deixe isso para lá. Deixe para lá. Como? Deixar isso para lá? Isso, deixe para lá. Até *isso*? É, isso também. Deixe para lá. Ah, deixe para lá". Esse processo interno foi captado admiravelmente bem, em oito sílabas, pelo poeta inglês Auden (mais ou menos em 1920):

Dizendo ai!
Menos e menos.

Naquele gazebo ou pavilhão semiconstruído, enquanto eu via você dormindo durante aqueles sessenta ou setenta minutos, senti uma coisa acontecer nas fontes de meu ser. Tudo o que eu havia posto à parte ou abandonado apresentou-se a mim. E vi, detestando-me, até que ponto permitira que meu coração se conspurcasse e encolhesse.

Quando você enfim abriu os olhos, eu estava experimentando uma coisa semelhante à esperança.

E agora eu me sinto recomeçando, e começando do nada. Sou acossado perpetuamente por primeiros princípios, como uma criança ou um neurótico, ou como os poetas medíocres em novelas baratas. Entretanto, e disto tenho certeza, esse *é* o estado de espírito do artista, que se opõe diametralmente ao que chamamos de *aceitar como natural*. Por que a mão tem cinco dedos? O que é um sapato feminino? Por que as formigas, por que os sóis? Então eu olho, com decisiva incredulidade, para os bonecos e as bonecas palito de cabeça imensa, em fileiras de cinco, correndo de volta à escravidão enquanto a orquestra toca. Alguma coisa como esperança — até alguma coisa como amor. E amor, o que é *isso*?

Tudo o que você faz e diz me anima, me entusiasma e me toca. Acho você incompreensivelmente bonita. Simplesmente não posso evitar de em sonhos beijar sua boca, seu pescoço, sua garganta, seus ombros e o sulco que há entre seus seios. A mulher que eu beijo não pertence a este mundo e a este tempo. Ela vive no futuro e em outro lugar.

O poema se intitula "Os exilados" (não somos nós, os sãos, não somos nós exilados *internos*, todos nós?). Ele termina assim:

Luz de gás em loja,
O destino de navios
E o vento da maré
Tocam na velha ferida.

Até que nossos nervos se entorpecem e o agora deles é um tempo
Tardio demais para o amor e para a mentira

Pois nos habituamos, enfim,
A ter perdido,
Aceitando a privação,
A sombra da morte.

E a isso reagimos com um enfático *Não*.

Eu me sentiria infinitamente tranquilo se, uma vez por semana, nas terças-feiras, digamos, você saísse de casa para uma caminhada de cinco minutos por seu jardim. Eu verei você do prédio no alto da colina e saberei que você está bem (e que está caminhando ali para mim).

Um grande vazio se abre adiante — meu um, dois, ou talvez três meses no Reich, mas tenho o que tenho, e o guardarei comigo.

Quando os pósteros voltarem o olhar para os nacional-socialistas, hão de considerá-los tão exóticos e improváveis quanto os carnívoros pré-históricos (será que existiram mesmo, o velociraptor, o tiranossauro?). Não humanos e também não mamíferos. Eles não são mamíferos. Mamíferos, com seu sangue quente e sua viviparidade.

Agora, é claro, destrua esta carta, de modo que não possa ser recuperada. GT.

"Esther vai fazer feio esta noite, e de propósito. Ah, tem mais. A guerra está perdida."

"... *Boris!*"

"Ah, vamos. Não me refiro apenas ao Sexto Exército. Refiro-me a tudo. Perdida."

Servi-lhe um schnapps. Ele fez um gesto indicando que não queria. No Volga, as tropas de Friedrich Paulus estavam cercadas (e congeladas, além de famintas). E os blindados de Manstein, que, enviados para socorrê-las, tinham partido havia três semanas, ainda não haviam enfrentado Zhukov.

"A guerra está perdida, Esther vai falhar. Pronto. Ponha um pouco de perfume atrás das orelhas."

"O quê? Que é isso? Eau des Dieux..."

"Umas gotas de perfume podem fazer muita diferença, Golo. Num homem de excepcional virilidade. Atrás das orelhas. Não seja tímido. Isso. Pronto."

Estávamos em seu apartamentinho apertado no Fuhrerheim, pondo-nos elegantes e perfumados para o Dezember Konzert em Furstengrube. Tendo ainda de cumprir cinco meses de seu rebaixamento de um ano, Boris vestia o uniforme de gala de coronel. Um coronel pleno, sênior, da *ativa* na Waffen-ss. E naquela noite Boris quase levitava, tamanha era sua tensão.

"Aquela foi uma ideia muito idiota", disse ele. "Invadir a Rússia."

"Ah, então você mudou de opinião, é?"

"Humm. Admito que na época fui favorável. Como você sabe. Bem, fui tomado de certa exaltação depois da França. Como todo mundo. Ninguém podia recusar nada a ele depois da França. Por isso o cabo disse: 'Agora vamos invadir a Rússia', e os generais pensaram: 'Parece maluquice, mas a França também parecia. Dane-se, ele é o homem do nosso destino. E já que vamos estar lá, podemos levar adiante, também lá, o sonho dele sobre os judeus'."

"Isso. O maior gênio militar de todos os tempos. Essas foram as suas palavras."

"A França, Golo. Esmagada em trinta e nove dias. Na verdade, em quatro dias. *Muito* melhor do que Moltke. A *França*."

Boris era meu irmão de sangue, e a ligação entre nós ultrapassava os limites da memória humana (nos conhecemos, pelo que sei, quando tínhamos um ano). No entanto, houve várias lacunas ao longo do caminho. Para mim fora impossível ficar perto dele nos meses que se seguiram à tomada do poder: em 1933 só duas pessoas na Alemanha desejavam visceralmente a guerra mundial — Boris Eltz era uma delas. Depois veio aquele *froideur* entre a invasão da Polônia e o duro revés às portas de Moscou em dezembro de 41. E nossas opiniões continuaram em desacordo. Boris era ainda um nacionalista fanático — mesmo que a nação em causa fosse a Alemanha nazista. E se soubesse o que eu estava tramando com Roland Bullard, não hesitaria em sacar sua Luger e me atingir mortalmente.

"Aquilo ainda parecia viável em fins de setembro. A Vernichtungskrieg, Golo, não é, na realidade, a minha menina dos olhos, mas parecia estar dando conta do recado... Mas invadir a Rússia foi uma ideia muito idiota. Um passo em falso."

Ele quis se ver melhor no espelho da parede acima da pia. Virando o corpo para trás num ângulo ridículo, ajeitou o cabelo cor de chumbo com uma escova em cada mão.

"Você acha muito errado", perguntou, "uma pessoa *adorar* se ver no espelho?... Eu sei que é crime dizer isto, mas nós perdemos, Golo."

"Tudo bem, você está ótimo."

"Meu Deus, qualquer pessoa poderia ter calculado isso num abrir e fechar de olhos. Uma guerra em duas frentes? Numa delas, a URSS. Na outra, os EUA. Mais o Império Britânico. Meu Deus, estava claro como água. Dezembro de 41."

"Novembro de 41. Eu nunca lhe contei isto, Boris, mas eles fizeram cálculos rápidos em novembro de 41. O pessoal dos armamentos. E disseram a ele que ele não conseguiria vencer."

Boris sacudiu a cabeça com uma espécie de admiração. "Ele não pode vencer a Rússia. E aí, o que ele faz? Declara guerra aos Estados Unidos. Não se trata de um regime criminoso, meu caro. Trata-se de um regime criminosamente insano. E estamos perdendo."

"*Ainda* não existe uma segunda frente", eu disse, inquieto. "E os Aliados podem romper com Moscou. E não se esqueça, Boris, de que estamos fabricando armas fantásticas."

"Eles também. Com nossos cientistas. Vou lhe dar uma liçãozinha de guerra, Golo. Regra número um: nunca invada a

Rússia. Está certo, matamos cinco milhões de russos, capturamos cinco milhões e matamos de fome outros trinta milhões. Isso ainda deixa cento e vinte e cinco milhões."

"Acalme-se, Boris. Beba um pouco. Você está sóbrio demais."

"Só depois. Ouça. Mesmo que se arrase Leningrado e Moscou, e daí? Haverá uma rebelião eterna e infernal ao longo dos Urais. Como é que se pacifica a Sibéria? Que é do tamanho de oito Europas?"

"Mas fizemos isso da última vez... Invadimos a Rússia."

"Não dá para comparar. Aquela foi uma guerra de salão contra um regime agonizante. Agora é uma guerra de pilhagem e mortandade. Entenda, Golo, o Exército Vermelho hoje é somente a vanguarda. Todos os russos vão lutar, além de todas as mulheres, todas as crianças... Até outubro, até Kiev, eu pensava que a guerra de extermínio estivesse ganhando... Achava que o massacre faria o impossível." Boris passou a mão no rosto, pensativo. "Achei que a noite estivesse vencendo, Golo. Achei que a noite venceria *mesmo*, e depois veríamos."

"Boris, é loucura você não querer beber...", eu disse. "Bem, vou tomar mais um dedo ou dois, se me permite."

Ele me avaliou com um ar amistosamente sarcástico. "Hum. Você não vê a hora de respirar o mesmo ar que Hannah... Tire essa expressão da cara, Golo."

"Eu só faço esta cara quando estou com você."

"Então só a faça quando estiver sozinho. Como eu já lhe disse, essa cara é mais do que repulsiva."

Seguimos apressadamente pela rua da Cerejeira, com nossos pesados sobretudos, em direção ao galpão dos veículos. Mais ou menos na metade do caminho, estavam sendo testados os novos crematórios Topf, o I e o II (em breve haveria o III e o IV). Como é que as chamas conseguiam subir por aquelas chaminés gigantescas e se esparramar pelo céu negro?

"Um observador hostil talvez achasse tudo isso meio repreensível", disse Boris, com os dentes batendo em espasmos breves.

"É verdade. Talvez falasse muito mal disso."

"Ah, vamos ter de lutar como demônios agora. Vamos precisar de toda justiça de vencedores que pudermos conseguir. E eles me mantêm aqui, apodrecendo com as porras desses vienenses."

A rua da Cerejeira se bifurcava e viramos à esquerda na rua do Campo.

"Prepare-se, Golo. Esther Kubis. Hoje à tarde preguei a ela um longo sermão. Ela me ouviu com atenção e por fim disse: *Vou castigar você esta noite*. Por quê, Esther, por quê?

"Os olhos dela são muito intransigentes. E ela tem mesmo motivos de queixa."

"Você sabe o que vai acontecer, não sabe, se ela resolver dar vexame? Meia hora depois, Ilse Grese vai matar essa menina de açoites. É isso."

Olhei para o *sidecar* coberto e me preparei para uma meia hora gelada e ensurdecedora ... *A guerra está perdida*. Por um momento, essas palavras tinham me dado náusea, porque na semana anterior eu fora testemunha, na Buna, das inovações ferozes de Rupprecht Strunck. Agora, entretanto, me firmei. Realmente, era preciso ir muito longe, hiperconsumar e superabundar — fazer qualquer coisa, qualquer coisa e tudo o mais para garantir que a noite não vencesse.

"Suba logo para este troço", disse Boris sentando-se no selim da motocicleta. Antes de prender os óculos de proteção, lançou um último olhar para a chaminé, para aquele arranha-céu chamejante. "Tudo foi a França. Nada disso estaria acontecendo se não fosse a França. Tudo foi a França."

O subcampo de Furstengrube era famoso, naquela área, não só pela letalidade contraproducente de suas minas de carvão (nas quais o escravo comum durava menos de um mês) como também pela respeitável capacidade de seu teatro (comparada com a do teatrinho improvisado do Kat Zet I). Era uma rotunda de tijolos vermelhos e ar eclesiástico com uma cúpula negra e baixa, requisitada à cidade no verão de 1940, para nosso uso exclusivo.

Ficamos por algum tempo no pátio, entre oficiais, suboficiais, soldados, químicos, arquitetos, engenheiros (todos nós emitindo pela boca colunas de vapor de um metro), e aos poucos fomos subindo a escada e transpondo o portal de carvalho. Lá dentro, a luz suave e avermelhada tinha o brilho baço de gaze e seda velha, o que me lançou de chofre numa espécie de cascata de recordações — fotografias de manhãs de domingo em Berlim (eu e Boris, de olhos acesos e inocentes, agarrados a nossos doces), montagens amadoras de teatro em prefeituras enfeitadas, sessões de namoro de lábios inchados que duravam todo o tempo de programas duplos (mais o jornal) nos assentos dos fundos de cinemas provincianos...

Deixei nossos sobretudos no foyer e, ao reencontrar Boris no zum-zum da sala de espetáculos, ele estava curvado sobre Ilse Grese, que se instalara perto do centro da primeira fila. Ao me aproximar, ouvi-o dizer, malicioso:

"Todo mundo sabe o, ah, apelido que você tem aqui, Ilse. Sinto muito, mas acho esse nome meio impróprio. *Metade* dele está certa. Certíssima." Boris virou-se para mim e disse: "Sabe como ela é chamada? A Besta Bela".

Percebi que eu olhava para Ilse com todo o frescor da descoberta: as pernas fortes plantadas como as de um homem, o tronco robusto num uniforme de sarja preta enfeitado com signos e símbolos — um relâmpago, uma águia, uma cruz quebrada. E eu havia beijado aqueles lábios ondulados, tinha procurado lisonjear o vazio daqueles olhos insondáveis...

"Que metade, Hauptsturmfuhrer?", ela perguntou, séria.

"Ora, o adjetivo, claro. O substantivo eu rejeito, muito zangado. Sabe, Ilse, eu seria capaz de jurar, perante um tribunal, que você é basicamente humana."

A luz de um refletor dançava sobre a cortina de veludo azul. "O teatro está enchendo", observei.

"Um minuto", disse Boris. "Ilse, um investigador de Berlim que está aqui me disse que você lançou seus cães contra uma moça grega na floresta só porque ela se perdeu e dormiu numa ravina. Sabe o que eu fiz? Ri na cara dele. '*Ilse não*', eu disse. '*Não a minha Ilse*. Boa noite, Oberaufseherin.'"

Uma estridente sineta elétrica soou à distância quando o Comandante e sua mulher entraram. Ele também vestia uniforme de gala, e ela usava um... Mas Hannah já estava na penumbra, e logo se perdeu na escuridão.

Primeiro, o pequeno conjunto de câmara improvisado (dois violinos, violão, flauta, bandolim, acordeão) e um extenso pot-pourri planejado para falar ao lado mais afável do coração pretoriano (o primeiro Strauss, Peter Kreuder, Franz von Suppé). O palco iluminou-se, escureceu e os atores se reagruparam. Luzes. Seguiu-se uma opereta de uma hora, baseada em *Os sofrimentos do jovem Werther*, o romance de Goethe tão desconsolado que causou uma avalanche de suicídios não só na Alemanha como em toda a Europa: a mocinha órfã, o herói desorientado numa aldeia bucólica, o amor sem esperança (ela está noiva de outro), o ferimento causado pelo tiro de pistola, a morte lenta...

Cortina, aplausos judiciosos e silêncio.

Um sargento da SS com menos de vinte anos, alto, magro, louro, pálido e sem queixo subiu num pequeno praticável iluminado e durante os quarenta e cinco minutos seguintes recitou versos de cor, o rosto e a voz reencenando com expressões severas ou alegres todas as emoções que os poetas tinham de fato dominado e formalizado. Enquanto ele falava, eu ouvia muitos sons de baques, de rodas e de sussurros vindos da coxia (assim como a agitação e os reclamos de Boris). Os escritores escolhidos pelo Unterscharfuhrer eram Schiller, Holderlin e, de forma bizarra e ignorante, Heinrich Heine. Ignorância compartilhada pelos espectadores; os aplausos, quando soaram, foram escassos e desanimados, mas não por Heine ser judeu.

Durante o breve intervalo, Paul Doll passeou pelo teatro dando a impressão de estar sóbrio, mas curiosamente bamboleante, com a cabeça para trás, os lábios para a frente e o nariz se contraindo, repreensivo, como que investigando um cheiro...

As luzes diminuíram, a plateia parou de sussurrar (e começou a tossir) e a cortina subiu devagar.

Com a voz seca e infantil, Boris disse: "Lá está Esther, finalmente...".

Era o ato central de um balé que eu já tinha visto, *Coppelia* (música de Delibes).

A oficina bem montada de um mago: rolos de pergaminhos, poções, varinhas de condão, vassouras (e os dois violinistas, vestidos de palhaço, um em cada canto). O idoso dr. Coppelius —

representado com contida agilidade por Hedwig, de sobrecasaca e peruca — preparava-se para insuflar vida em sua boneca do tamanho de uma pessoa. Cercada por bonecos e manequins menores (semicompletos ou parcialmente desmembrados), Esther estava rígida numa cadeira. Imaculada em um tutu, malha branca coberta de lantejoulas e chinelo cor-de-rosa, lendo um livro (de ponta-cabeça, o que Coppelius corrigiu). Tinha os olhos voltados para baixo, sem nada ver.

Em dado momento, o mágico começou a lançar seu sortilégio, com movimentos largos e rápidos das mãos, como se tentasse secá-las... Nada aconteceu. Ele tentou de novo, outra vez, e mais uma vez. De repente, a boneca estremeceu; muito de repente, ficou em pé de um salto e jogou o livro para um lado. Piscando, sacudindo os ombros convulsivamente e batendo os pés no chão com ruído (e com frequência caindo para trás, como uma tábua, nos braços de Hedwig), Esther se movia desajeitadamente pelo palco: um milagre da descoordenação, ora fluente, ora robótica, com cada membro odiando os demais. E de uma forma cômica e dolorosamente feia. Os violinos não paravam de incitá-la e persuadi-la, mas ela continuava a esmorecer e tropeçar.

Provavelmente ninguém foi capaz de dizer quanto tempo aquilo durou, em um tempo não subjetivo, tão veemente era a agressão aos sentidos. De qualquer modo, foi como se o mês de janeiro inteiro tivesse se passado. Chegamos ao ponto em que Hedwig — depois de alguns últimos movimentos impetuosos de dedos — simplesmente desistiu e parou de representar; pôs as mãos nos quadris e virou-se para sua mentora, que, na primeira fila, se inclinava para a frente no assento. Coppelia continuou a redemoinhar mecanicamente, insanamente.

Boris disse num arquejo: "Ah, basta...".

Bastava. Era o bastante. Agora o encantamento se impôs, o sortilégio surtiu efeito, a magia passou de negra a branca, a carranca da vacuidade se transformou num sorriso deliberado mas mesmo assim feliz, e ela partiu para muito longe, nasceu, estava viva e livre. No primeiro *tour jeté* dela, menos um salto que um planeio ascendente — mesmo em seu zênite todos os seus tendões se crisparam, como se tentassem, como se desejassem, voar ainda mais alto. A plateia se animou e por ela correu um murmúrio, mas eu me perguntava por que os movimentos da bailarina, cuja liquidez agora me afagavam os olhos, não pareciam mais fáceis de suportar.

Um bufo úmido explodiu à minha esquerda. De pé, Boris se dirigia à saída, curvado quase em dois e com um braço levantado no rosto.

Na manhã seguinte, bem cedo, ele e eu nos arrastamos como ébrios para Cracóvia num Steyr 220. Na frente, graças ao dom da Schutzstaffel para a Organização, tínhamos um cuidadoso Last-Kraft-Wagen lançando areia e sal em nosso caminho. Não tínhamos dormido.

Boris disse: "Acabei de entender. Ela estava arremedando os escravos. E os guardas".

"Foi *isso*?"

"Cambaleando, tropeçando, cambaleando, tropeçando... E também depois, quando ela realmente dançou. Qual era a acusação? O que ela estava expressando?"

Por fim eu disse: "O direito dela à liberdade".

"... Hum, até uma coisa mais básica. O direito dela à vida. O direito dela ao amor e à vida."

Ao sairmos do carro, Boris disse: "Golo. Se tio Martin perder tempo, eu já terei ido para a frente oriental quando você voltar. Mas vou lutar por você, irmão. Vou ter de fazer isso".

"Como assim?"

"No caso de derrota", ele disse, "ninguém vai achar mais que você é bonito."

Abracei-o apertado, com a mão no cabelo dele.

Na recepção que se seguiu ao espetáculo, de pé num grupo com Mobius, Zulz, os Eikel, os Uhl e outros, Hannah e eu trocamos duas frases.

Eu disse a ela: *Talvez eu precise ir a Munique para procurar nos arquivos da Casa Parda.*

Ela me disse, com um gesto de cabeça na direção de Paul Doll (que se achava num estado de acentuado desalinho): *Er is jetzt vollig verruckt.*

Boris, com um aspecto de absoluta exaustão, estava sentado a uma mesa com uma garrafa de gim. Ilse afagava o antebraço dele e tinha a cabeça baixa, sorrindo para Boris. No fundo do salão, Doll girou de repente e começou a vir em nossa direção.

Ele está completamente louco.

Cheguei por volta da meia-noite; e da Ostbanhof caminhei às apalpadelas pela cidade gelada e escura (as outras pessoas eram apenas sombras e passos) até a Budapesterstrasse e o Hotel Eden.

2. Doll: conheça seu inimigo

Decifrei!

Resolvi, entendi, elucidei, deslindei. Decifrei!

Ah, esse quebra-cabeça me custou muitas, muitas noites de astutas lucubrações (cheguei a me ouvir quase arquejando de tanta sagacidade), lá em meu "covil", quando, fortalecido por requintadas libações, seu humilde servo, o obstinado Sturmbannfuhrer, afrontava a hora das bruxas e aquelas mais além! E há poucos minutos uma iluminação seguida de abrasamento invadiu-me com os primeiros raios tremulantes da manhã...

Dieter Kruger está vivo. Fico feliz. *Dieter Kruger está vivo*. Meu domínio sobre Hannah restaurou-se. *Dieter Kruger está vivo*.

Hoje vou pedir um favor e buscar confirmação oficial — com o homem que, dizem, ocupa o terceiro lugar na cadeia de comando do Reich. É só uma formalidade, claro. Sei que minha Hannah e eu conhecemos a Sexualitat dela. Quando ela leu aquela carta no banheiro trancado... não foi a ideia de *Thomsen* que fez seu Busen doer. Não, ela gosta de homens de verdade, homens com um toque de suor e barba por fazer, um toque de peido e sovaqueira. Como Kruger — e como eu também. Não era Thomsen.

Era Kruger. Decifrei. Kruger está vivo. E agora posso voltar ao meu modus operandi: ameaçar matá-lo.

E quando o odor acre da cordite enfim se dissipou, escrevi no bloco pautado, *14 guerreiros-poetas jaziam na...*

"O que você *quer*, Paulette?", perguntei. "Estou escrevendo um discurso extremamente importante. Aliás, você é muito baixinha e gorda para esse vestido."

"... É Meinrad, Vati. Mami pediu para você ir dar uma olhada nele. Está saindo muita gosma do focinho dele."

"Ach, Meinrad."

Meinrad é um pônei de 1 truque só, sem dúvida. Primeiro sarna, depois envenenamento por cantáridas. Qual é a sua mais recente proeza? Mormo.

Por outro lado, porém, isso significa que as visitas dominicais de Alisz Seisser — os almoços lautos, as "folganças" — estão se tornando uma tradição familiar!

Não basta um sujeito ser constantemente difamado e provocado em sua própria casa. Certas pessoas passaram a julgar conveniente questionar minha correção e integridade profissionais, *se o senhor, porra, não se ofender...*

Recebi na minha sala no EAP uma delegação de facultativos — o professor Zulz, é claro, e também o professor Entress, além dos doutores Rauke e Von Bodman. O que desejavam? Segundo eles, eu "piorei" no tocante a enganar os transportados.

"O que querem dizer com *piorar*?"

"Você não os engana mais", disse Zulz. "Bem, não é mesmo, Paul? Tem havido cenas desagradáveis quase todas as vezes."

"E sempre por culpa minha, é?"

"Não se irrite, Kommandant. Pelo menos nos ouça... Paul, Por favor."

Recostei-me na cadeira. Furioso. "Muito bem. O que é que eu posso estar fazendo de errado?"

"Sua fala introdutória. Paul, meu amigo, ela... Ela é simples demais. Passa a impressão de insinceridade. É como se você mesmo não acreditasse nela."

"Bem, é claro que eu não acredito nela", respondi num tom de obviedade. "Como poderia acreditar? Pensam que perdi o juízo?"

"Você sabe o que queremos dizer."

"... A história do barril, mein Kommandant", disse o professor Entress. "Podemos ao menos eliminar aquilo?"

"O que há de errado com a história do barril?"

O barril: uma ideia que arquitetei em outubro. Encerrando minha fala de boas-vindas, eu dizia: *Deixem seus artigos de valor com as roupas e peguem tudo de volta depois do banho. Mas se houver alguma coisa a que vocês atribuem um valor especial e não podem perder, ponham no barril que fica no fim da plataforma.* "O que há de errado nisso?", perguntei.

"Gera intranquilidade", disse Entress. "Os pertences deles estão em segurança ou não?"

"Só as crianças e os caducos caem nessa, Kommandant", disse Zulz. "No barril só achamos medicamentos anticoagulantes ou ursinhos de pelúcia."

"Com todo respeito, Sturmbannfuhrer, entregue o megafone a 1 de nós", disse o dr. Von Bodman. "Afinal, somos treinados para tranquilizar pessoas."

"Aprendemos isso junto dos doentes, Sturmbannfuhrer", disse o dr. Rauke.

Rauke, Von Bodman e Entress se despediram. Zulz continuou ali, o que me inquietou.

"Paul, meu querido e velho amigo", disse ele. "Você precisa tirar um descanso da estação. Eu sei o quanto você é dedicado. Mas seja menos exigente com você, Paul. Falo como médico, como um profissional da saúde."

Profissional da saúde? Ja, conte outra. Mas por que engoli em seco e por que meu nariz coçou quando ele disse *meu querido e velho amigo*?

Muito bem, isso no dia a dia. Na escala macro, tenho a alegria de anunciar, o quadro não poderia ser mais esplendoroso!

É um bom momento — quando o outono se transforma em inverno e o ano de 1943 está chegando — para "fazermos um balanço", respirar um pouco e olharmos para o passado. Nem *todos* nós somos super-homens, de jeito nenhum, e houve momentos, durante esse nosso grande Anstrengung (como o assustador contratempo diante de Moscou), em que sucumbi a uma vertigem quase onírica de debilidade e dúvida. Mas passou. Ach, como é doce a vingança. *Wir haben also doch recht!*

O Redentor deixou claro em sua momentosa oração de 1º de outubro que cerca de ¾ do reduto judeo-bolchevista no Volga estava dominado. Vaticinou que a cidade cairia neste mês. Embora essa previsão tenha se mostrado demasiado otimista, ninguém duvida que a suástica estará tremulando sobre as ruínas bem antes do Natal. E no tocante à população remanescente, o Hauptsturmfuhrer Uhl me diz que as mulheres e crianças serão deportadas e todos os homens, fuzilados. E essa decisão, conquanto severa, está sem dúvida correta — é o devido tributo à escala do sacrifício ariano.

O triunfalismo não me tenta, nem minimamente, uma vez que o nacional-socialismo nunca se vangloria ou bravateia. Em vez disso, empreendemos, a sério, uma criteriosa avaliação das responsabilidades históricas. A Eurásia é nossa; a purificaremos ao mesmo tempo que procedermos à pacificação, enquanto também subjugarmos, como suseranos reconhecidos, as nações invertebradas do Ocidente. Ergo minha taça ao general Friedrich Paulus e a seu indômito 6º Exército. Salve nossa inelutável vitória na Batalha de Stalingrado!

Szmul, enfim, me trouxe uma contagem dos corpos da Campina da Primavera

"É um número bem alto, não?"

"Acredito, senhor, que ainda assim esteja subestimado."

"Na. Então, divido por 2, não é?"

"Já fiz isso, senhor."

O número sempre seria bastante elevado, é verdade, pois incluía não só os transportados como também os prisioneiros no Stammlager que haviam morrido de causas naturais no inverno de 1941-42, quando o crematório perto do Ka Be, alimentado a carvão, ficou inoperante por um longo período.

Ainda assim, 107.000...

"Todos nós ficamos muito emocionados com seu discurso", disse Hannah no café da manhã.

Continuei a barrar de manteiga meu pãozinho, calmamente. "Acho que me saí bastante bem."

"Que coisa! 14 homens! Um massacre. Você já ouviu falar de tantas pessoas morrerem ao mesmo tempo?"

"Ach. Acontece."

"O pardo", disse ela. "É uma cor linda. Com belas associações."

"Que associações, Hannah?"

"O solo, é claro. A *terra*." Ela pegou uma maçã. "Ruim foi a última hora, Pilli. Quantos casos de hipotermia e geladura?"

"Yech, deveria ter sido 1 minuto de silêncio por mártir. Não 3."

"*Kurt e Willi* vai ser transmitido às 5. Escutei a chamada. Parece interessante, Paul. Vamos ouvir juntos. Como a gente fazia."

A desusada sociabilidade de Hannah me deixou de orelha em pé. Mas o que havia a temer em *Kurt e Willi*? Dei um tapa na perna e disse: "*Kurt e Willi*? Vamos ouvir, sim. Gosto muito de *Kurt e Willi*. Há meses não escuto esses dois. Um pouco 'inconveniente', é verdade — coisa da BBC! —, mas que mal faz ouvir *Kurt e Willi*?".

Só haveria 1 transporte naquele dia, às 13.37. Baldemar Zulz fez o que devia com o megafone. *Pedimos desculpas pela falta de instalações sanitárias nos vagões. Mais um motivo, entretanto, para um banho quente e uma ligeira desinfecção... porque não temos doenças aqui, nem queremos nenhuma.* Assustadoramente competente, tenho de admitir. O estetoscópio, o jaleco branco (a bota preta) — tudo ótimo. *Ah, e peço que os diabéticos e outros que tenham necessidades dietéticas especiais procurem o dr. Von Bodman depois do jantar no Centro dos Visitantes. Obrigado.* Incrivelmente bom, de 1ª categoria mesmo...

No Chalezinho Pardo, no momento em que o clima piorou de repente e ouvimos aquele murmúrio de boca seca que todos conhecíamos tão bem, me dei conta de uma sensação fria e úmida na minha mão esquerda, sem luvas. Olhei para baixo: eu tinha sido agarrado por uma menininha de uns 4 ou 5 anos. Minha reação (recuar com um rosnado) demorou estranhamente a vir. Eu a reprimi e consegui, com muito esforço e um incômodo maior ainda, cumprir meu dever e continuar ali de pé, no mesmo lugar.

16.55: o quarto do casal.

"Já começou?... Será que Willi acabou comprando aquele carro?"

Sentada numa cadeira, de costas para a janela, e bastante colorida contra o fundo de névoa úmida no céu outonal, Hannah estava vestida de forma sugestiva. Usava apenas 2 peças de roupa (eu não podia ver se calçava o chinelo): o quimono azul-real que eu lhe dera de presente no nosso casamento (com uma faixa de franjas e mangas enormes); e, colada à pele, aquela Unterkleid branca especial, ou "corpete". Essa 2ª peça também era um presente que Hanna ganhara do marido; eu a conseguira na Kalifornia um dia antes de ela vir ficar comigo aqui no KL (embora quando sugeri, na noite seguinte, que a "provássemos", madame não tenha se mostrado muito animada). Embora polêmico, é um artigo esplêndido, uma peça de um branco leitoso e semitransparente, feita da mais fina seda, mais macia do que mantinha de bebê...

"Um pouco de comédia leve", comentei, esfregando as mãos ao relaxar na poltrona junto aos pés da cama. "O que queremos é *Kurt e Willi*... não aquela propaganda toda. Como está a sogra de Kurt? Ela sempre faz a gente rir."

Hannah não disse nada e estendeu a mão para o rádio.

Uma série de escalas festivas de acordeão foi seguida pelo

vozerio e tinir de copos de uma típica Bierstube na Potsdamer Platz. Kurt e Willi trocaram "a saudação alemã" — de maneira meio apática, na minha opinião — e logo escutamos o sotaque de Berlim (sabem como é, com o "g" soando como um "y", und so, ne?

Willi: Como vai, Kurt?

Kurt: Para dizer a verdade, não muito bem, Willi.

Willi: Você está doente? Meu Deus, parece que você está *verde*.

Kurt: Eu sei disso. Por isso estou bebendo conhaque.

Willi: Bem, me diga o que está acontecendo.

Kurt: Ach. Acabei de passar por uma experiência horrível. Sabe, em cima de nosso apartamento mora uma moça judia. Uma cientista, profissional séria. E hoje ela abriu o bico do gás. Faz uma hora que a achamos.

Willi: Ach.

Kurt: Tinham acabado de informar a ela que seria mandada para o Leste.

Willi: É, isso *seria* mesmo preocupante!

O sorriso que eu tinha afivelado no rosto começava a se tornar um peso. Mudei a posição das pernas cruzadas e disse: "Hannah, não sei direito se isso é...".

"Shhh, Paul, estou ouvindo."

Willi: Não entendo por que ela não foi deportada antes.

Kurt: O quê? Ah. Bem, ela tinha um cargo técnico numa fábrica de armamentos. Lotte e eu tentamos conversar com ela, Willi, encorajá-la. Dissemos que o lugar para onde ela iria talvez não fosse muito ruim. E qualquer coisa era melhor do que...

Willi: Não, meu amigo. Uma morte rápida em sua cozinha é muito, muito... Sei disso por causa do meu emprego. Acredite no que eu estou dizendo.

"Onde é mesmo que Willi trabalha?", perguntou Hannah.
"No Ministério da Propaganda", respondi, de mau humor.

Kurt: O que você está dizendo?! Isso acontece mesmo?

Willi: Bem, acontece.

Kurt: Mas por quê? Qual é o sentido disso? Uma moça... parte do esforço de guerra! É totalmente desnecessário!

Willi: Não, Kurt, é necessário. Por quê? Para incutir o medo da derrota. O medo da punição.

Kurt: Mas o que isso tem a ver com os judeus?

Willi: Mensch, você não entende? O medo da retaliação! Todo alemão está envolvido no maior morticínio em massa que já...

"Feindlicher Rundfunk", explodi. "Rádio inimiga! Zweifel am Sieg! Pondo a vitória em dúvida! Feindlicher Rundfunk!"

"... Ah, não ponha a culpa em Kurt e Willi", disse Hannah com uma indiferença exagerada. "Coitado do Willi. E coitado do *Kurt*. Ouça. Eles estão pedindo mais conhaque. Estão se sentindo doentes mesmo."

Nesse ponto, Hannah fez uma coisa que me deixou desconcertado. Ela se levantou, desatou a faixa na cintura e abriu as dobras safirinas do quimono — mostrando a Unterkleid! Do Kehle à Oberschenkel, seu corpo parecia revestido de glacê, e eu via claramente o contorno do seu Brusten, a concavidade do Bauchnabel e o triângulo de seu Geschlechtorgane...

"Por acaso você sabe", ela disse, levando a mão à gola, "quem era a morta de quem você roubou isto?" Ela alisou o corpete com as mãos, de cima a baixo. "Você sabe?"

Hannah pegou uma escova de cabelo e pôs-se a usá-la com expressão arrogante.

"Você... Você está louca", respondi, e saí do quarto de costas.

E já que estamos falando de mulheres, qual será o preço de "Pani Szmul"?

Quem deseja achar um judeu num gueto polonês em geral recorre simplesmente ao Uberwachungsstelle zur Bekampfung des Schleichhandels und der Preiswucherei im judischen Wohnbezirk. Antes esse órgão era uma subdivisão da Polícia do Gueto Judeu, cujos membros, antes da guerra, eram recrutados no submundo do crime, e que estava subordinada à Gestapo. Contudo, a seleção natural realizou seu trabalho, e agora são os alcaguetes, traficantes, cafetões e marginais de todo tipo que dirigem o espetáculo. Criminalizar a força policial: é assim que se "espreme" uma camada subjugada e se ganha acesso a suas riquezas escondidas!

De forma despreocupada, hesitante, recorro ao Escritório de Controle para Combate ao Mercado Negro e aos Lucros Excessivos no Distrito Residencial Judeu — ja, die Uberwachungsstelle zur Bekampfung des Schleichhandels und der Preiswucherei im judischen Wohnbezirk.

Isso não teria parecido tão escandaloso em Berlim, ne? Na época em que aquele sistema tão profundamente antialemão, a "democracia", se desintegrava. Ou em Munique, nicht? Uma beldade recatada de 18 anos, ilibada como a centáurea recém-colhida que trazia na botoeira da lapela, perseguindo um "intelectual" grandalhão com praticamente o dobro da idade dela?

Em Berlim ou Munique, tudo bem, certo? Mas eles estavam

no burgo elegante de Rosenheim, com seus parques, suas ruas de pés-de-moleque, suas cúpulas bulbosas. Todo mundo via que o amigo Kruger estava fazendo papel de bobo com sua jovem pupila; e me dói dizer que Hannah, por seu lado, não era menos impudente — ach, ela mal conseguia tirar a língua de dentro da orelha dele (com os dedos irrequietos, a pele febril, as coxas grudentas e contorcidas). Também era público e notório que os dois tinham alugado cômodos adjacentes numa pensão particularmente mal-afamada na Bergerstrasse...

Meus instintos protetores foram intensamente despertados. A essa altura, Hannah e eu nos dávamos muito bem; o amigo Kruger era, como se diz, um homem ocupado e ela quase sempre estava disposta a perambular pelos parques públicos ou a tomar chá em 1 dos numerosos cafés elegantes. Creio que ela sabia que estava agindo errado, e era atraída para o meu ar de probidade e calma. 1 coisa estava clara: ela era uma jovem de classe média sem nenhum pendor para radicalismos. Aquilo não era, de modo algum, um encontro de *espíritos* — nicht? Em várias ocasiões, subi em silêncio as escadas até seu sótão, tomando consciência de alarmantes ululações — não eram *mesmo* os arrulhos, gorjeios e trinados modestos de uma Geschlechtlichkeit saudável e higiênica! Eram sons excruciantes e sofridos. Na verdade, levavam-me de volta à época da casa paroquial, quando eu tinha 13 anos e fui obrigado a ouvir a noite inteira titia Tini dando à luz os gêmeos.

Dava para sentir. Aquelas atitudes sombrias. O vazio crescente da ordem moral.

Parece, nestes dias, nestas noites, que sempre que vou à estação acontece uma coisa horrível — quero dizer, a mim.

"Tome isto", ela disse.

De início, aquele parecia ser 1 dos transportes isentos de

problemas. Um desembarque sereno, uma fala tranquilizadora (do dr. Rauke), uma seleção rápida e um percurso curto pela floresta, os evacuados dóceis, uma turma sem líder, mas competente, de Sonders conversando baixinho entre si... Eu havia assumido minha posição no corredor, entre a porta externa e a sala em que os recém-chegados tiravam a roupa, quando uma judia prematuramente grisalha aproximou-se de mim com um sorriso polido, como se fosse pedir alguma informação, e cheguei a baixar a cabeça para ouvir sua pergunta. Num espasmo de violência animal, ela estendeu o braço e esfregou alguma coisa em meu rosto — no lábio superior, no nariz.

"Tome isto", ela disse.

Piolhos.

É claro que saí logo de lá e procurei Baldemar Zulz.

"Poderia ter sido sério. Teve sorte, meu Kommandant."

Olhei para cima com desagrado (tinham me deitado de costas numa mesa, sob um refletor forte). "Tifo?", perguntei.

"Hum. Eu sei reconhecer um piolho de Kamchatka", respondeu Zulz, me mostrando o caranguejinho imundo na ponta de uma pinça, "e este aqui é europeu."

"Na. O transporte era holandês. Veio de Westbork, ne?"

"Paul, os Haftlinge juntam lêndeas do cadáver de um russo e as metem sob a gola dos nossos uniformes. No Bloco da Lavanderia. Tifo exantemático. Uma coisa odiosa."

"Yech, foi o que deu fim ao Untersturmfuhrer Kranefuss. Prufer ficou encarregado de resolver. Tem gente que acha que eu não penso."

"Tire as roupas", disse Zulz. "Dobre todas direitinho e lembre-se de onde elas estão."

"Por quê?"

Ele ficou tenso, como se pronto para atacar. "Desinfecção!"

Caímos na risada, rindo como loucos.

“Paul, entenda. Só por segurança.”

Certo, então. Muito alívio, de parte a parte!

“Tome isto”, ela disse.

Desde que mexi os pauzinhos para que Alisz Seisser fosse transferida para a área no subsolo do EAP, temos podido passar ótimas horas juntos.

Quando meu dia duro de trabalho chega ao fim (sabiam que às vezes fico em minha sala até bem depois da meia-noite?), faço uma visita à pequena Alisz, levando em geral uma “boquinha” (uma ameixa ou um cubo de queijo) que ela devora com prazer!

E o que fazemos? Ora, só conversamos. Sobre o passado, sobre a primavera de nossa vida e as experiências que temos em comum — os arvoredos e os bosques do interior da Alemanha que tanto amamos. Ela me diverte com histórias de suas brincadeiras nas praias douradas da Pomerânia, enquanto eu a faço rir com casos passados na floresta Haardt e sobre Jonti, meu cavalo preto castrado — sua crina ondeante, seus olhos brilhantes!

É claro que não é um arranjo ideal.

“Mas aqui você está em segurança, Alisz. Ao menos até passar essa mania de seleções. Seleções *doidas*, e não só na Ka Be. Não posso estar em toda parte, não é?”

A gratidão respeitosa dela não tem limites.

“Ah, eu confio em você, Paul.”

Nunca há o menor sinal de qualquer impropriedade. Eu a trato com a veneração devida à viúva modesta de um colega morto. Mais que isso, vejo Alisz assim como uma pessoa a mim confiada, uma protegida, a quem devo orientar com firmeza.

Ela se senta, quase com afetação, no catre estreito, as mãos juntas no colo. Já eu prefiro caminhar no pequeno espaço entre o tamborete e a sentina química.

"... Às vezes sinto falta do ar livre, Paul."

"Ah, mas tem de ser assim, Alisz. Custódia protetora, nicht?"

Yech, o "Gruppe", a interminável Dialektik nas reuniões semanais na adega da Selbstbedienungsrestaurant! A *conversão do produto em valor, a superestrutura acima da base econômica, a lei do empobrecimento crescente*... Originalmente teocrata, depois monarquista e, a seguir, militarista, sucumbi ao fascínio do marxismo — até pôr de lado *Das Kapital* e me voltar para o estudo intensivo de *Mein Kampf*. A epifania não tardou a ocorrer. Página 382: "O marxismo não passa da transformação, pelo judeu Karl Marx, de uma atitude filosófica [...] em um credo político definido [...] E tudo isso a serviço de sua raça [...] O próprio marxismo planeja sistematicamente entregar o mundo aos judeus". Bem, não se pode argumentar com uma lógica desse calibre. Não: *quod erat demonstrandum*. Próxima pergunta, por favor.

Sabe, havia em Hannah, naquela época, uma espécie de desajeitamento acrobático. Ela não havia adquirido ainda a atitude e o porte que ganharia como Frau Paul Doll, a primeira-dama do KL. E sejamos honestos — não existe nada mais nauseante, no final das contas, do que a adoração adolescente: a forma irritante como elas se expõem, além da adiposidade e do hálito quente. Eu meramente esperei que Kruger se cansasse dela, o que por fim sobreveio (ele se mudou e depois foi embora). Mas, aí, o que aconteceu?

Imagine, por favor, a sala de estar comunitária da pensão — os descansos de pratos e copos, o relógio de cuco, o dachshund dormitando a um canto (e, silenciosamente, emitindo ventosidades). Tudo muito "gemutlich", ne? Hannah, abandonada, e eu nos sentávamos diante de uma mesinha redonda, e um progresso contínuo vinha sendo obtido graças a minhas hábeis demonstrações de solidariedade, meus *petits cadeaux*, meus tapinhas de tio na mão, und so weiter. Então, a campainha soava e, jawohl, o amigo Kruger metia o focinho pela porta da sala. Não precisava nem estalar os dedos. Hannah abria caminho rumo ao andar de cima, para mais um dos encontros deles, cheios de gemidos e estremeções. Isso acontecia repetidamente e voltava a acontecer.

Ah, mas então o destino me ajudou. Certa noite, depois de 1 de seus encontros sudoríferos com aquela menina fundamentalmente inocente, nosso leão marxista foi surpreendido na Bergerstrasse por uma turma de rapazes descarnados da Sturmabteilung (Célula H). A sova acachapante que ele levou foi tão séria que seus companheiros do KP e do Fundo dos Trabalhadores o tiraram às escondidas da cidade e o levaram para Berlim. Nossos caminhos só voltaram a se cruzar 4½ anos depois. Quando voltamos a nos ver, o amigo Kruger estava em decúbito ventral numa solitária em Dachau. Um momento a ser aproveitado ao máximo, nicht? Entrei na cela, com alguns camaradas, e tranquei a porta.

Isso foi em março de 1933, quando tudo melhorou, depois do Incêndio do Reichstag. Depois do Incêndio do Reichstag, veja bem, tomamos a medida simples de tornar ilegal toda oposição. Com isso, a autobahn para a autocracia ficou desimpedida.

Quem provocou o Incêndio do Reichstag?

Terá sido provocado por Van der Lubbe, o Kommunist holandês que, bêbado, agiu como um lobo solitário, com seus fósforos, seus feixes de gravetos e sua conveniente folha corrida? Não. Foi provocado por nós? Não. O Incêndio do Reichstag foi provocado pelo destino, pela providência.

Na noite de 27 de fevereiro, Gott incendiou o Reichstag!

Hannah me perguntou: "Quem é aquele homem magro que eu vejo descendo a ladeira todo dia?".

"Você deve estar se referindo a Szmul."

"Ele tem o rosto mais triste que eu já vi. E ele nunca olha para a gente. Nunca."

"É... Bem, ele é o Klempnerkommandofuhrer. Tubulações."

O SS-Obersturmbannfuhrer Eichmann é, de modo geral, meticuloso como um colegial com seus trens e suas marias-fumaças. No entanto, vez por outra, acontece de dois transportes chegarem *ao mesmo tempo* (o pesadelo de todo Kommandant). Foi o que se deu hoje, nas primeiras horas da madrugada.

Minhas mãos ainda estão tremendo e acabei de engolir 3 Phanodorms.

Insisti em empunhar o megafone, e é preciso admitir que as coisas logo... Mas simplesmente não aceito que eu esteja piorando em ludibriar os evacuados. O que aconteceu é que *eles* ficaram mais sabidos e não são mais engambelados com tanta facilidade como antes. E, pensando bem, é fácil entender por quê. É, devíamos ter previsto este problema, mas é vivendo que se aprende. As pessoas nas comunidades-alvo estão tirando suas conclusões a partir de uma realidade óbvia e irrefutável: Ninguém Jamais Voltou. Assim, elas somaram 2 mais 2, e com isso perdemos o "fator surpresa"... Está certo, vou reformular um pouco a frase: no tocante ao que espera esses "colonizadores" nos territórios orientais, não temos mais a vantagem de sermos indignos de crédito. O trunfo de estarmos *além da credulidade*.

Esta tarde, pode-se dizer que as coisas com o primeiro contingente deram errado quase imediatamente — eles mal tinham saído dos vagões de gado. O professor Zulz e seus auxiliares nem haviam começado a seleção; 800 homens, mulheres e crianças escorregavam na lama de neve; foi aí que o problema começou. Umas lamúrias questionadoras que pareciam excogitar, tatear e esmiuçar; a seguir, o primeiro grito real e logo uma chicotada, depois um murro, em seguida um tiro.

90 minutos depois, restabeleceu-se um simulacro de ordem: espancados, açoitados ou empurrados com baionetas, os 600 e poucos sobreviventes tinham sido enfiados nos furgões da Cruz Vermelha e nas ambulâncias. Permaneci na plataforma, com as mãos nos quadris, imaginando quanto tempo seria preciso para limpar aquela balbúrdia. Alguém deu um grito e apontou com um cassetete. E lá estava uma aparição espantosa: o Sonderzug 319, adiantado em 4 horas, subindo o aclive em nossa direção.

Não vou esquecer tão cedo o que se seguiu, ainda que, na verdade, a Sorte tenha sorrido para nós, os pretorianos, nesse dia. No 1º momento, pensei que fosse um daqueles casos em que a Custódia Protetora se articulava com outra iniciativa voltada para o fomento da higiene nacional, ou seja, a T4, ou a Campanha de Eutanásia. O 2º trem trazia um pequeno contingente de "incuráveis": no caso, os organicamente insanos. No entanto, aqueles não eram alemães doentes; eram judeus doentes — uma carga de doidos recolhidos em asilos mentais de Utrecht. Ajudados por duas enfermeiras jovens e bonitas, os evacuados desfilaram com toda a serenidade pelo desvio coalhado de cadáveres e ensopado de sangue, com uma dúzia de pirâmides de bolsas encharcadas. Aos efeitos sonoros habituais, somaram-se gargalhadas estrepitosas e horripilantes.

2 homens idosos de cachos prateados — gêmeos — atraíram meu olhar. Com sorrisos que expressavam ampla satisfação com tudo que viam, lembravam um par de fazendeiros robustos e até bastante prósperos caminhando para a quermesse da aldeia. Mais à frente, uma adolescente esguia de rabo de cavalo, metida numa

camisa de força de lona verde, tropeçou numa trouxa de roupa e caiu de queixo no chão com um estalo horrível. Ela rolou de lado, e seus cambitos brancos se levantaram. Os malucos ficaram olhando, felizes, e aplaudiram quando a Aufseherin Grese foi até ela e a ergueu pelo cabelo.

Quando fui me deitar nessa noite, rezei para não sonhar com os gêmeos nus, rindo no Chalezinho Pardo.

Você sabe, quem usa uma camisa de força e tropeça, cai de cara no chão.

Veja bem, se a pessoa está com uma camisa de força, tropeça e cai de cara no chão, ela não consegue se levantar de novo — não sozinha.

“Conseguiu dar uma olhada nelas?”

“Dei. Um pouco. Não são bem o que eu gosto de ler, Paul.”

Há 1 semana, emprestei a Alisz 2 monografias sobre etnobiologia, pensando em enriquecer nossos papos noturnos. Infelizmente, porém, ela não se interessa muito pelas palavras impressas. Acho que seus dias no EAP não são de acontecimentos muito diversificados (pois, naturalmente, sou a única pessoa que a visita). Ne, nem os dias são amenizados por coisas que realmente aconteçam — a não ser pelo ruído metálico das 11.30, quando a bandeja de metal é metida na portinhola.

Na noite passada, recordamos os primeiros tempos de nossos respectivos casamentos — ela, em Neustrelitz, levada para longe pelo viril soldado Orbart; eu, fazendo as vezes de preceptor da patife da Hannah em Rosenheim e, depois, em Hebertshausen, perto de Munique. Alisz verteu 1 lágrima ou 2 ao falar de seu santo marido, e me dei conta de que falei num tom elegíaco, como se minha cônjuge também tivesse morrido (num parto, talvez).

Foi uma hora edificante, e ao me despedir me permiti beijá-la, com toda formalidade, na testa — em seu "bico de viúva".

"Sybil, minha querida! Por que esse choro?"

"Meinrad. O pescoço dele está todo inchado. Vem ver."

Depois do mormo, o fato é que Meinrad apareceu com uma nova doença. Sabem o quê? Garrotilho.

E quanto aos fatos na frente oriental? Leal mas ansiosamente, ligo meu Volksempfanger, porém tudo o que ouço é aquele silêncio meio enigmático de Berlim. No começo achei que a falta de notícias era uma boa notícia, nicht? Mas então comecei a estranhar.

Sabe quem é muito bom para nos pôr a par da situação militar? Não é Mobius, nem Uhl (ambos desanimam de tão taciturnos). Também não é Boris Eltz. Eltz tem ótimo humor e é, naturalmente, uma pessoa entusiasmada, mas o tipo de sujeito ardiloso e sarcástico. Se quer saber minha opinião, espirituoso demais (como muita gente que eu poderia citar)

Não, a pessoa que se deve procurar, ainda que pareça surpreendente, é o jovem Prufer. Wolfram Prufer tem muitos defeitos, é verdade, mas é um nazista irrepreensível. Além disso, Irmfried, seu irmão, faz parte do Estado-maior de Paulus, ne? E ao que parece (pelo menos agora, com a chegada do Natal), a correspondência é a única coisa que entra em Stalingrado ou que sai de lá.

"Ah, nós vamos levar a melhor, mein Kommandant", ele disse durante o almoço no Rancho dos Oficiais. "O soldado alemão zomba das condições objetivas."

"Certo, mas quais *são* as condições objetivas?"

"Bem, estamos em inferioridade numérica. No papel. Ach, qualquer soldado alemão vale por 5 russos. Temos fanatismo e vontade. Eles não são páreo para nós quando se trata de brutalidade impiedosa."

"Tem certeza disso, Prufer?", perguntei. "A resistência está muito obstinada."

"A Rússia não é como a França ou os Países Baixos, Sturmbannfuhrer. Nações civilizadas. Esses países tiveram o bom senso e a decência de se curvar a um poderio superior. Já os russos são tártaros e mongóis. Lutam até morrer." Prufer coçou a cabeça. "Surgem dos esgotos à noite com punhais entre os dentes."

"Asiáticos. Animais. Enquanto isso, ainda carregamos o fardo da mentalidade cristã. Mas o que isso significa para o 6º Exército e para a 'Operação Azul', Hauptsturmfuhrer?"

"Com nosso fervor? A vitória não está em dúvida. Pode demorar um pouco mais, só isso."

"Ouvi dizer que nos faltam suprimentos. Há escassez de várias coisas."

"É verdade. O combustível praticamente acabou. A comida também. Eles estão comendo os cavalos."

"E gatos, eu soube."

"Já acabaram com os gatos. É temporário. Tudo o que eles têm de fazer é retomar o aeródromo de Gumrak. Além disso, as privações não representam um óbice para os homens da Wehrmacht."

"Dizem que há doenças. E poucos medicamentos, o que não me surpreende."

"Está fazendo trinta graus abaixo de zero, mas eles têm muitos agasalhos. O problema dos piolhos é um horror. E é preciso estar vigilante. Numa noite dessas, Irmfried acordou e um rato enorme tinha roído sua meia de dormir e estava comendo seus artelhos. Ele não sentia nada por causa da geladura. Ah, e munição. Estão ficando sem munição."

"Pelo amor de Deus, como vamos ganhar sem munição?"

"Para um soldado alemão, essas dificuldades não têm a menor importância."

"E não existe o perigo de serem cercados?"

"As fileiras alemãs são inexpugnáveis." Prufer fez uma pausa, incomodado, e disse: "Mas se eu fosse Zhukov, atacaria direto os romenos".

"Ach, Zhukov é um *muzhik*. É burro demais para pensar nisso. Não se compara a um comandante alemão. Me diga uma coisa: como está a saúde de Paulus?"

"A disenteria? Ele ainda está acamado, Sturmbannfuhrer. Mas uma coisa eu lhe afirmo, senhor. Ainda que fiquemos tecnicamente cercados, Zhukov não será capaz de deter Manstein. O Generalfeldmarschall Manstein vai abrir caminho à força. E virar o jogo com suas 6 divisões."

"Wolfram, como você mesmo disse, a derrota é uma impossibilidade biológica. Como iríamos perder para uma ralé de judeus e camponeses? *Não* me faça rir."

2 visitantes de Berlim simultâneos, mas, claro, inteiramente independentes um do outro: o parrudo Horst Sklarz, da Wirtschafts-Verwaltungshauptamt, e o andrógino Tristan Benzler, do Reichssicherheitshauptamt. E a mesma história de sempre.

Sklarz só pensa na economia de guerra, ao passo que a única preocupação de Benzler é a segurança nacional. Em outras palavras, Sklarz quer mais escravos; Benzler, mais cadáveres.

Passou pela minha cabeça a ½ ideia de trancar Sklarz e Benzler numa sala e deixar que *eles* discutissem as prioridades até cansarem. Mas, não, eles vieram e foram embora sozinhos, e me senti obrigado a ficar ouvindo a arenga deles por horas e horas.

Apenas em 1 assunto suas opiniões coincidiram. Tanto Sklarz como Benzler falaram em termos muitíssimo desrespeitosos sobre a qualidade da minha contabilidade e da minha burocracia em geral.

Além disso, 1º Benzler e, depois, Sklarz fizeram insinuações idênticas sobre minha possível transferência para uma unidade da Inspetoria de Campos de Concentração em Colônia. Ambos se referiram a isso como uma "promoção", apesar da queda na patente e da perda de todo poder real (para não falar de um corte brutal no salário). Ademais, Colônia é a Militarbereichshauptkommandoquartier da região, e está sendo continuamente *bombardeada*.

Bem, eles foram embora. Uma coisa talvez seja verdade: preciso ter uma postura mais organizada com a parte administrativa do trabalho. Minha mesa no EAP, como Sklarz e Benzler observaram, é uma vergonha. Um palheiro em cima de um palheiro. Aliás, onde foi mesmo que *deixei* aquela agulha?

Corte no salário, é? Por sorte, consegui guardar alguma coisa — um pé-de-meia, digamos assim — durante minha administração do Konzentrationslager!

"Ande logo, Paul."

O Dezember Konzert já chegou!

Eu tinha me atrasado naquela noite e me sentia meio chateado e atrapalhado porque Hannah — dá para acreditar? — estava usando seu sapato de salto alto mais alto e, além disso, tinha arrumado o cabelo num penteado altíssimo, o que me deu a impressão, quando nós 2 nos encontramos perto da saída (o Dientswagen nos esperava), que eu só tinha ½ de sua altura.

Como eu já disse um monte de vezes a ela, a mulher alemã é uma mulher natural: não *deve* usar salto alto.

"Já vou!"

Corri ao escritório e procurei minhas "andas". Nicht? As cunhas de couro que às vezes enfio nas botas para ganhar alguns centímetros. E como não consegui *encontrá-las*, desmanchei um velho exemplar de *Das Schwarze Korps*, dobrei 4 páginas 4 vezes e usei-as no lugar das cunhas. As mulheres alemãs não *devem* usar salto alto. Salto alto é para as rameiras elegantes de Paris e Nova York, com suas meias de seda, suas ligas de cetim e suas...

"Paul!"

"Pronto, *pronto*."

Ao chegarmos apressados ao teatro em Furstengrube, pouco antes que as luzes se apagassem, para ocupar nossos lugares no meio da primeira fila, um murmúrio de invejosa admiração correu pela sala; e confesso ter experimentado uma deliciosa sensação de orgulho, embora essa sensação fosse matizada por uma ponta de desgosto. Todos ali, estou certo, atribuíram o atraso do Kommandant a uma arremetida impulsiva no quarto do casal. Ai de mim. Como eles poderiam saber das lamentáveis deficiências de Frau Doll nessa esfera? Olhei com tristeza para o rosto de Hannah, tão bonito — a extensão da Mund, a firmeza do Kiefer, a força dos Zahnen —, e a sala escureceu.

Logo me vi imaginando se algum dia eu poderia participar de novo de um evento social sem que minha mente começasse a me pregar peças. Dessa vez não foi como na última ocasião, quando aos poucos mergulhei no desafio logístico de executar a gás toda a plateia. Não. Dessa vez imaginei que as pessoas atrás de mim já estavam mortas — e tinham sido exumadas havia pouco tempo, para serem cremadas na pira. E como era doce o cheiro dos arianos! Se eu os reduzisse a gordura em meio a chamas e fumaça, os ossos queimados, eu tinha certeza, nada perderiam daquele aroma vigoroso!

E então, acreditem, na febre do meu "transe" (isso foi durante a parte final, o balé und so), pareceu-me que o Redentor precisava ser informado com urgência da minha descoberta. *Mesmo ao passarem deste para o outro mundo, os filhos dos teutônicos não se corrompem nem exalam odores fétidos.* Iríamos juntos, ele e eu, para apresentar essas descobertas ao tribunal da história, de maneira que Clio em pessoa sorrisse e louvasse a coragem e a justiça de nossa causa... De súbito, para minha consternação, a escuridão desapareceu numa catarata de aplausos.

Virei-me, risonho, para minha mulher, que se achava agora absolutamente repugnante — com o Kinn esticado e trêmulo, os Augen vermelhos-sangue... E na Nasenloch esquerda havia uma bolha de muco que estourou de repente.

"Ach", eu disse.

Eram longas as filas para os toaletes, e quando voltei ao foyer minha mulher conversava num grupo em que também estavam os Seedig e os Zulz, além de Fritz Mobius, Angelus Thomsen e Drogo Uhl. Afagado pela sorridente Ilse Grese, Boris Eltz, visível e desagradavelmente embriagado, estava sentado com o rosto nas mãos.

"Coreografia de Saint-Leon", Mobius dizia a Seedig, "e música de Delibes." Ele se virou e olhou para mim do alto de sua elevada estatura. "Ah, eis o Kommandant. Deduzo que você tenha assistido ao balé, Paul. Porque não parece muito feliz."

Sem dúvida isso era verdade. No toalete, eu tinha descoberto que as folhas de jornal na minha bota estavam encharcadas de transpiração. Como resultado, talvez, eu me sentia insuportavelmente ressecado, e tirei da torneira enferrujada duas mãos em concha de uma água morna e amarelada. Depois de alguns constrangidos minutos, seguiram-se vários jatos de vômito, que direcionei habilmente para o mictório de metal. 5 ou 6 ss chegaram e foram embora enquanto eu fazia isso. Mobius disse, mais alto:

"Manstein foi obrigado a dar meia-volta e está batendo em retirada. Zhukov lhe deu uma surra 50 quilômetros a oeste."

Essas palavras foram recebidas com silêncio. Virei-me e comecei a andar com as mãos dobradas nas costas. Ouvi um som de lama ou neve nos pés.

"Pisei numa poça antes de chegar aqui!", expliquei, recuperando minha costumeira verve. "E com os dois pés. Para meu azar." Nesse ponto achei que devia dizer alguma coisa — todos tinham os olhos em mim —, na qualidade de Kommandant. "Ora, veja!", comecei. "O 6º Exército vai ter de lutar sozinho, nicht? Na verdade, estou muito animado com Stalingrado. O jovem Prufer, ne? Ele tem um... Estou confiante", eu disse, "mais do que confiante em que Paulus há de tomar todas as medidas necessárias", continuei, "para garantir que não seja cercado."

"Herrgott noch mal, Paul, ele já está cercado", disse Mobius. "Zhukov desbaratou os romenos há semanas. Estamos com a corda no pescoço."

"Adeus ao petróleo da bacia do Donetz", disse Thomsen. "Avante com o óleo da Buna-Werke. Agora me digam, Frau Doll, Frau Uhl... Como vão suas filhas lindas?"

No dia seguinte, meu Volksempfanger, que adequadamente se limita à estação Nationalsozialistische, falava sobre a nossa "batalha heroica" no Cáucaso. O 6º Exército foi comparado aos espartanos nas Termópilas. Mas os espartanos não foram mortos? Todos eles?

* * *

De algum tempo para cá, Hannah passou a fazer uma coisa muito esquisita no banheiro. Só consigo ver a ponta de suas pernas, porque ela senta na cadeira que fica junto do toalheiro, nicht? Seus pés, de dedos longos, flexionam-se e se estendem, como se ela... Alguma espécie de devaneio erótico, suponho. Ela está pensando em suas noites (suas tardes, suas manhãs) fazendo só Deus sabe o que com o amigo Kruger. São pensamentos sobre Kruger (e sobre um relacionamento no pós-guerra?) que fazem a Fotze dela ferver.

Bem, não tem nada a ver com Thomsen. Eles nunca se aproximaram, a não ser em situações públicas. Agora que ele se foi, é claro que Steinke está fora da folha de pagamento (e para prevenir qualquer possibilidade de embaraços futuros, fiz com que seu caso fosse resolvido mediante o chamado consenso negociado).

Kruger está vivo. Espero, hora após hora, a corroboração da Chancelaria.

Quando isso acontecer, mais 1 peça do quebra-cabeça se encaixará.

Diferentemente de seu desafortunado irmão, o jovem Prufer passou o Natal em casa. E quando ele voltou, não perdi tempo em confrontá-lo, dizendo:

"Você *sabia* que estávamos cercados?"

"Sabia. Eles estavam cercados havia bem mais de um mês."

"Por que não me contou? Eu fiz papel de..."

"Eu não podia me arriscar, Sturmbannfuhrer. Atualmente, pôr uma coisa assim numa carta... é um delito seríssimo. Irmfried disse isso em língua de bebê."

"Língua de bebê?"

"É uma língua particular nossa. Para que só eu entendesse. Sinto muito, senhor, mas eu não podia criar problemas para ele. Acho que ele já enfrenta dificuldades suficientes. Ele disse que todos lá parecem pingentes de gelo. Há 2 semanas ele viu um grupo de homens decapitar a carcaça podre de uma mula. Comeram os miolos dela com as mãos nuas."

"Hum... Mas para um soldado alemão... Como está o moral?"

"Honestamente, poderia estar melhor. Na véspera do Natal, os homens choraram como crianças. Estão convencidos de que Deus os vem castigando por tudo que fizeram na Ucrânia. No ano passado."

"Na. O ano passado." Fiquei pensativo e depois de algum tempo Prufer disse:

"Mas fique tranquilo, mein Kommandant. Nem se pensa em rendição. Aqueles rapazes não são apenas soldados de escol. São nacional-socialistas. Principalmente Friedrich Paulus, que parece feito de aço temperado. Eles hão de lutar até a última bala."

"Eles ainda têm balas?"

O rosto jovem e sério de Prufer conteve um ímpeto de emoção, e sua voz se tornou mais grave.

"Um guerreiro alemão sabe morrer, estou certo disso. Eu acredito que um guerreiro alemão compreende o que significa Sein oder Nichtsein. Ah, eu acredito nisso. Um guerreiro alemão sabe o que *isso* envolve, tenho certeza."

"E como isso vai acabar, Wolfram?"

"Bem. O Generalfeldmarschall terá de suicidar-se, é claro. Mais dia, menos dia. E o 6º Exército afundará numa tempestade de glória. No entanto, isso vai custar caro ao inimigo... Ah, disso podemos ter certeza. Quem sairá vencedor no final, Paul? O prestígio alemão. E a honra alemã, mein Kommandant!"

"Sem a menor sombra de dúvida", assenti. Sentei-me ereto e respirei fundo. "Você está certo em relação ao prestígio, Hauptsturmfuhrer. Quando ¼ de 1.000.000 de homens renuncia à vida com prazer — em nome de um ideal...”

“O que é que tem, Paul?”

“*Isso* constitui uma mensagem, Wolfram, que há de fazer o mundo estremecer. *Guerre à mort*. Nada de rendição!”

“Bravo, mein Kommandant”, disse Prufer. “Nada de rendição. Muito bem! Muito bem!”

E tudo ia tão bem, estava indo tão bem, para variar, todos se despiam calmamente, fazia um calorzinho gostoso no Chalezinho Pardo, e Szmul estava lá, com seus Sonders indo e vindo entre aquele mundo de gente, tudo ia tão bem, uma beleza, os pássaros lá fora cantavam maravilhosamente, e percebi que eu até “acreditei”, durante um interlúdio úmido e nevoento, que de fato íamos cuidar daquela gente exausta a mais não poder, que de fato íamos purgá-las, voltar a vesti-las, alimentá-las e dar-lhes camas quentes onde passar a noite, e eu sabia que alguém haveria de estragar aquilo, sabia que alguém haveria de pôr fim àquilo e enlouquecer meus pesadelos, e foi o que ela fez, vindo na minha direção, não com violência ou um anátema, não, de modo algum, uma moça muito jovem, nua, de uma beleza tensa, de alto a baixo, vindo na minha direção com uma expressão de desdém, em seguida um gesto com as mãos lentamente erguidas, depois quase um sorriso, mais uma expressão de desdém, e por fim uma única palavra antes de seguir em frente.

“18”, ela disse.

É um pouco cedo para dizer isto, reconheço, mas até o momento 1943 já trouxe mais do que seu justo quinhão de más notícias.

No que diz respeito a mim, vou desabafar sem mais delongas. Como dizemos delicadamente aqui, Alisz Seisser está "em circunstâncias diferentes". E eu também.

Ela está grávida.

Tendo dormido com essa novidade, levantei-me às 06.30 e desci para um café da manhã solitário. Ouvi a batida na porta da frente e, daí a pouco, o arrastar dos pés da criada.

"Mensageiro de Berlim, senhor."

"Ponha aí na mesa, Humilia. Encoste na cesta de pão. E me traga mais um Darjeeling."

Consumi tranquilamente meu iogurte, o queijo, o salame...

Um vazio cercava a carreira penitenciária de Dieter Kruger. Se a pessoa olha para o sol por um instante a mais, o ponto de foco dela, por algum tempo, é uma mancha pulsante. O amante de Hannah estivera se escondendo atrás dessa palpitação glutinosa.

Estendi a mão para o elegante envelope branco: meu nome em tinta nanquim; o timbre dourado da Chancelaria. Com mãos firmes, acendi um charuto e peguei uma faca; cortei a garganta do envelope e me preparei para tomar conhecimento da situação e do paradeiro do amigo Kruger. Eis o que a carta dizia:

Lieber SS-Sturmbannfuhrer Doll:

Dieter Kruger. Leipzig, 12 Januar 1934. Auf der Flucht erschossen.

Mit freundlichen Empfehlungen,

M. B.

Baleado durante tentativa de fuga!

Baleado durante tentativa de fuga: um conjunto de palavras que cobria uma ampla variedade de destinos. Baleado durante tentativa de fuga. Ou, para dizer de outra forma, baleado. Ou, para dizer de outras formas mais, chutado ou açoitado, ou espancado, ou estrangulado, ou congelado, ou torturado até a morte. Mas morto.

Só existem 2 explicações possíveis. Ou o próprio Angelus Thomsen estava mal informado ou, por motivos pessoais, deu uma informação errada a Hannah. No entanto... Por que ele faria isso?

Os últimos e heroicos combatentes em Stalingrado, anunciou meu fiel Volksempfanger, *levantaram as mãos, talvez pela última vez na vida, para entoar os hinos nacionais. Que exemplo deram os guerreiros alemães nesta era grandiosa! O sacrifício heroico de nossos homens em Stalingrado não foi em vão. E o futuro nos mostrará por que...*

Hora: 07.43. Local: meu escritório um tanto desorganizado. Eu estava escutando uma gravação do esplêndido discurso do Ministro da Propaganda, feito no Sportpalast em 18 de fevereiro. Era uma fala longa, e ainda mais prolongada por salvas de palmas estrepitosas. Durante uma das mais extensas ovações, tive tempo de ler e reler um magnífico editorial num exemplar recente do *Volkischer Beobachter*. Sua conclusão: *Eles morreram para que a Alemanha pudesse viver*. Já o ministro encerrou sua peroração com uma exortação à guerra total: *Povo, de pé! E tempestade, irrompa!*

Quando os assovios e a gritaria enfim cessaram, corri para o Clube dos Oficiais, necessitado de solidariedade e companheirismo naquela hora difícil. Ali dei com Mobius, que sentia o mesmo que eu e tomava um drinque matinal.

Enchi meu copo e busquei o que dizer, um comentário à altura da gravidade decorosa do nosso humor.

"Ah, Untersturmfuhrer", eu disse, a meia voz, "ninguém tem maior amor do que, nicht, do que aquele... "

"Do que aquele o quê?"

"Que dá a vida por..."

"Blutig *Holle*, Paul, onde é que você se informa? No Volksempfanger? Eles não *deram a vida*. Eles se *renderam*.

"Kapitulation? Unmoglich!"

"São 150.000 mortos e 100.000 prisioneiros. Você faz *alguma ideia* do que o inimigo vai fazer com isso?

"Propaganda?"

"Isso. *Propaganda*. Pelo amor de Deus, Paul, controle-se, acalme-se." Mobius suspirou. "Em Londres já estão fundindo a chamada Espada de Stalingrado — 'por ordem do rei'. Churchill entregará essa espada pessoalmente a 'Stálin, o Poderoso' na próxima reunião entre eles. E é só o começo."

"Humm, talvez pareça um tanto... Ah, mas Untersturmfuhrer... O Generalfeldmarschall Friedrich Paulus. Como o guerreiro sem par que ele foi, como o romano, ele fez o que..."

"Ah, verpiss dich, de jeito nenhum. Ele virou amiguinho dos russos em Moscou."

Naquela noite, voltei para casa com o coração pesado. Eu estava vendo, com clareza cada vez maior, que tinha sido iludido — atraiçoado, ao menos em pensamento, por aquela que, como eu esperava, ficaria sempre ao meu lado... Era Thomsen. Era Thomsen quem fazia o Klopfer dela inchar. Era Thomsen quem fazia seus Saften correr. Mas não é para eu *saber* dessas coisas, é?

Dei um empurrão na porta. Hannah estava deitada, atravessada, na cama, enquanto na estação de rádio inimiga, num alemão impecável, uma voz dizia: *Agora as nações civilizadas do mundo estão plenamente mobilizadas contra a fera fascista. Suas infâmias maníacas não podem mais ocultar-se por trás do nevoeiro e da névoa, do hálito imundo, de uma guerra de extermínio. Em breve a...*

"Quem é que está falando?"

"Paulus", disse Hannah, feliz.

Senti fortes comichões nas axilas. Disse: "Kruger. Ele está morto".

"Ahn. Foi o que me disseram."

"Então, por que, se puder me dizer, você está tão radiante?"

"Porque a guerra está perdida."

"Hannah, você acabou de cometer um *crime*. Um crime pelo qual", eu disse, examinando as unhas (e notando que precisavam ser escovadas), "um crime pelo qual temos o direito de exigir a pena capital."

"Duvidando da vitória. Diga uma coisa, Pilli. Você duvida da vitória?"

Estiquei-me todo, dizendo: "Ainda que possamos não alcançar uma hegemonia clara, não existe possibilidade de derrota. Isso se chama armistício, Hannah. Uma trégua. Simplesmente vamos discutir as condições".

"Ah, não, não vamos, não. Você devia escutar a rádio inimiga, Pilli. A Aliança só aceitará a rendição incondicional."

"Unerhort!"

Ela se recostou de lado, em sua sugestiva Unterrock. Suas Uberschenkelen morenas e incandescentes... como as de uma giganta. "O que é que vão fazer com você", ela perguntou, virando-se e apresentando-me o outeiro fendido de sua Hinterteil, "quando virem o que você fez?"

"Ha! Crimes de guerra?"

"Não. Crimes. Apenas crimes. Eu não percebi guerra nenhuma." Ela se virou e sorriu por cima do ombro. "Imagino que você vai ser enforcado. Nicht? Nicht? Nicht?"

"E você estará livre", respondi.

"Isso mesmo. Você vai estar morto e eu, livre."

É claro que não me dignei a lhe dar a merecida resposta. Meus pensamentos tinham se desviado para uma coisa mais interessante: a kreativ Vernichtung do Sonderkommandofuhrer Szmul.

3. Szmul: o caso dos meninos calados

Vou fazer trinta e cinco anos em setembro. Essa oração declarativa é das mais simples, eu sei, mas contém dois erros factuais. Em setembro ainda terei trinta e quatro anos. E estarei morto.

A cada amanhecer, eu penso: "Ótimo, não foi na noite passada". E a cada pôr do sol, eu penso: "Ótimo, não foi hoje".

Ocorre que há um elemento de infantilidade em relação à vida contingente. Existir de hora em hora é, de algum modo, pueril.

Que espantoso é dizer: não posso me defender da acusação de *frivolidade*. Se é frívolo, se é tolo, perdurar num paraíso de idiotas, que dirá num inferno de idiotas.

Uma calmaria perplexa se instalou no Lager depois da derrota alemã na frente oriental. Foi como uma crise — e de novo admito o anticlímax — de constrangimento mortal. Eles se deram conta do tamanho de sua aposta na vitória: os crimes fantásticos legalizados pelo Estado, eles entenderam enfim, continuam sendo ilegais em outros lugares. Esse estado de espírito durou cinco ou seis dias, e agora não passa de uma lembrança relativamente agradável.

Há seleções em toda parte — na estação, claro, e na Ka Be, claro, mas também nos blocos, também na chamada e também no portão. No portão, os kommandos de trabalho às vezes enfrentam duas seleções por dia, na saída e no regresso. Homens com o formato de ossinhos da sorte roídos — com o formato de ossinhos da sorte roídos e sugados — estufam o peito e saem correndo.

Os alemães não podem vencer a guerra contra os anglo-saxões e os eslavos. Mas é provável que tenham tempo para vencer a guerra contra os judeus.

Doll, agora, está diferente na estação. Foi feito um esforço. Ele se mostra menos desmazelado e, com muito menos frequência, evidentemente bêbedo ou de ressaca (ou ambas as coisas). Sua dicção (isto é estranho) se tornou mais confiante e sua linguagem também está mais floreada. O que eles podem fazer a não ser aumentar o volume da insanidade? Doll passou por um novo processo de convencimento; comungou com seu eu mais profundo e descobriu que, sim, matar todos os judeus é a coisa certa a fazer.

Os Sonders padeceram de Seelenmord — a morte da alma. Entretanto, os alemães também sofreram desse mal; eu sei; não poderia ter sido de outro modo.

Não tenho mais medo da morte, embora ainda tenha medo do processo da morte. Tenho medo de morrer porque vai doer.

Isso é tudo o que me prende à vida: o fato de que deixá-la vai doer. Causará dor.

A experiência me diz que morrer nunca dura menos de cerca de sessenta segundos. Mesmo quando se trata de um tiro na nuca e a pessoa cai como uma marionete cujos cordéis foram cortados, o processo real de morte nunca dura menos que cerca de sessenta segundos.

Eu ainda tenho medo desse minuto de assassinato.

Quando Doll voltou a me procurar, eu estava no necrotério, supervisionando o Kommando de barbeiros e o Kommando oral. Os homens do Kommando de barbeiros trabalham com tesouras; os do Kommando oral com um formão ou um martelo pequeno, mas pesado, numa das mãos, e, para controlar o maxilar e a mandíbula, um gancho rombudo na outra. Sentado num banco no canto, o dentista da SS lambe os lábios dormindo.

"Sonderkommandofuhrer. Venha cá."

"Senhor."

Com a Luger na mão, mas não erguida (como se o peso da arma baixasse sua mão direita), Doll me fez entrar, com ele atrás, no depósito onde guardamos as mangueiras, as vassouras, as escovas e a água sanitária.

"Quero que você anote uma data em seu diário."

Se há um pedaço de salsicha à sua frente e você o come, a salsicha se torna passado. Se há uma dose de schnapps à sua frente e você a bebe, o schnapps se torna passado. Se há uma cama quente à sua frente e você dorme nela, a cama se torna passado. Se há um dia ou uma noite à sua frente, o dia ou a noite se torna passado.

* * *

Antes eu tinha um enorme respeito pelos pesadelos — por sua inteligência e nível artístico. Hoje acho os pesadelos patéticos. Como eles são incapazes de evocar, mesmo que remotamente, qualquer coisa tão terrível quanto o que eu faço o dia todo, eles pararam de tentar. Hoje só sonho com limpeza e comida.

"... Trinta de abril. Anote isso em sua mente, Sonderkommandofuhrer. Walpurgisnacht."

Hoje é 10 de março. É como se me tivessem concedido a vida eterna.

"Onde?", ele continua. "No Chalezinho Pardo? No Muro das Lágrimas? E por quanto tempo? Mil horas? Mil e quatrocentas? E de que jeito?... Você parece oprimido, Sonder, por todas essas escolhas."

"Senhor."

"Por que você simplesmente não confia em mim?"

É provável que no passado esses homens, os SS Cabeça de Morto, fossem muito comuns, noventa por cento deles. Comuns, desinteressantes, banais, corriqueiros — normais. Antes eles eram muito comuns. Agora, porém, não são mais.

"Você não está indo embora de mão beijada, Sonder. Você vai ter de fazer um serviço para mim antes de se despedir. Não se preocupe. Deixe tudo com o Kommandant."

Naquele dia fazia tanto frio em Chełmno que nossos ouvidos não escutavam nada. E talvez seja essa a causa, a explicação, do caso dos meninos calados.

Mas não. O vento zunia entre as árvores, e isso a gente ouvia. Das cinco da manhã às cinco da tarde, os guardas alemães usavam chicotes, e isso a gente ouvia. Os três caminhões utilizados para asfixiar prisioneiros não paravam de descer do Schlosslager e descarregar no Waldlager, depois voltar a subir, e isso a gente ouvia.

Em 21 de janeiro de 1942, a quantidade foi tão grande que a SS e a Orpo escolheram outros cem judeus para ajudar os Sonders a arrastar os cadáveres para as covas comuns. Esse Kommando suplementar era formado por meninos adolescentes. Não lhes deram nem comida nem água, e eles trabalharam por doze horas — sob açoites, nus na neve e na lama endurecida.

Quando a tarde começou a escurecer, o major Lange levou os meninos para junto dos buracos e os baleou um a um — e isso a gente ouvia. A partir de certo ponto, ele ficou sem munição e passou a bater a coronha da pistola no crânio deles. E isso a gente ouvia. Mas os meninos, se acotovelando e disputando entre si para serem o próximo, não emitiam um som.

E depois disso, isto.

"Ela tem cabelo preto, a sua mulher, com uma faixa branca no meio. Como um gambá. Nicht?"

Dou de ombros.

"Ela está trabalhando e sendo paga pelo que faz, a sua Shulamith. É uma costureira hábil e enfeita as fardas da Wehrmacht com suásticas. Na Fábrica 104. À noite, volta para o sótão em cima da padaria na rua Tlomackie. Não é isso, Sonder?"

Dou de ombros.

"Ela vai ser apanhada em 1º de maio. Data *boa* essa, Sonder: o terceiro aniversário do fechamento do cortiço judeu", diz ele, mostrando seus dentes superiores de animal. "Ela será apanhada em 1º de maio e acabará vindo para cá. Você está impaciente para ver sua Shulamit?"

"Não, senhor."

"Bem, eu vou poupar você. Estou ficando um velho bobo e sentimental. Vou fazer com que a matem naquele dia em Łódź. 1º de maio. Isso vai acontecer, a menos que eu revogue minha ordem naquela manhã. Entendido?"

"Senhor", eu digo.

"Diga-me uma coisa. Você foi feliz com sua Shulamith? Foi amor num maio eterno?"

Dou de ombros.

"Hum, imagino que você teria de explicar por que, na ausência dela, passou a proceder mal. Deteriorou-se um pouco. Ach, não existe nada pior do que o desprezo de uma mulher. A sua, Shulamith, é uma mocetona, não é? Shulamith gostava de foder com você?"

O dia 31 de agosto de 1939 foi uma quinta-feira.

Ao sair da escola, caminhei para casa com meus filhos, debaixo de um sol sem jaça e não muito firme. Depois, o jantar da família foi canja de galinha e pão preto. Amigos e parentes deram uma passada rápida, e todos faziam a mesma pergunta: teríamos nos mobilizado tarde demais? Reinava uma atmosfera de muita ansiedade e até de medo (afinal, éramos a nação que, dezenove anos antes, tinha derrotado o Exército Vermelho). Houve ainda uma longa partida de xadrez e a conversa fiada de sempre, os mesmos sorrisos e olhares, e naquela noite, na cama, possuí, desafiador, minha mulher. Seis dias depois, a cidade arrasada estava cheia de cavalos putrefatos.

Quando viajei naquele primeiro transporte, supostamente para a Deutschland, esperando encontrar trabalho remunerado, levei meus filhos comigo — Chaim, de quinze anos, Schol, de dezesseis, ambos altos e corpulentos como a mãe.

Eles estavam entre os meninos calados.

E depois de tudo aquilo, isto.

"Não se atormente, Sonder. Eu vou lhe dizer a quem matar."

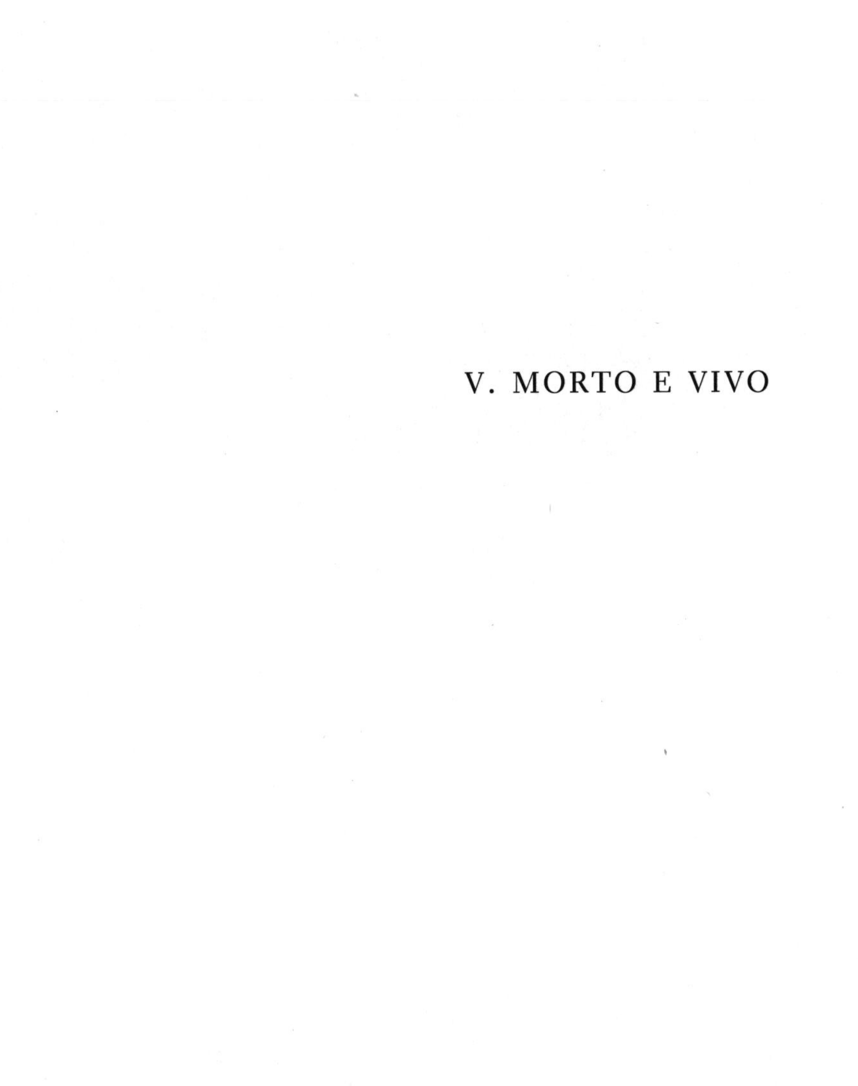

V. MORTO E VIVO

1. Thomsen: prioridades no Reich

"Não, eu adoro isto aqui, Tantchen... É como um descanso da realidade."

"É só a velha e simples vida em família."

"Isso mesmo."

Os meninos eram Adolf, de doze anos (que recebera o nome do padrinho), Rudi, de nove (que recebera o nome do padrinho, o ex-vice-líder Rudolf Hess), e Heinie, de sete (que recebera o nome do padrinho, o Reichsfuhrer-ss Heinrich Himmler). Havia também três filhas, Ilse (onze anos), Irmgard (quatro) e Eva (dois), e outro menino, Hartmut (um). E Frau Bormann tinha uma notícia especial para dar naquele Natal: estava grávida.

"Isso vai levar a um total de oito, Tante", eu disse ao segui-la para a cozinha — o pinheiro sem enfeites, os guarda-louças, a louça empilhada. "Pretende ter outros?"

"Bem, eu preciso de dez. Aí eles nos dão a melhor medalha. De qualquer maneira, com esse chego a nove. Já tive oito. Houve Ehrengard."

"É verdade." Continuei, ousado (já que Gerda era Gerda):

"Desculpe, mas Ehrengard vale?... Posso ajudar em alguma coisa?".

"Claro que vale." Com as mãos enluvadas e os antebraços trêmulos, Gerda alçou do forno para a parte de cima do fogão uma terrina do tamanho de um bidê. "Ah, sim, os filhos mortos também valem. Eles não precisam estar vivos. Quando Hartmut nasceu e eu me habilitei à Mutterkreuz de ouro... o que eles iam dizer? *Nada de Mutterkreuz de ouro para a senhora. Como um deles morreu, a senhora não tem só sete?*"

Endireitei-me na cadeira e disse: "Agora me lembro. De quando você passou de prata para ouro, Tantchen. Com Hartmut. Foi um dia de muito orgulho. Mas posso ajudá-la em alguma coisa?".

"Não seja bobo, Neffe. Fique onde está. Um bom cálice de... O que é isso... Trockenbeerenauslese. Tome, coma esse rollmop. O que você deu de presente a eles?"

"Às crianças? Dinheiro, como sempre. Quantias cuidadosamente calibradas por idade."

"Você sempre dá dinheiro demais a essas crianças, Neffe. Isso sobe à cabeça delas."

"... Eu estive pensando, titia, que talvez surja uma pequena dificuldade se seu décimo filho for um menino", eu disse (os décimos filhos, se meninos, recebiam automaticamente o nome de Adolf e ganhavam o mesmo padrinho). "A senhora vai ter dois Adolfs."

"Isso mesmo. Já estamos chamando esse menino, se for mesmo um menino, de Adolf Kronzi."

"Muito sensato. Aliás, peço desculpas por ter chamado Rudi de Rudi. Quer dizer, peço desculpas por ter chamado Helmut de Rudi."

O nome de Rudi tinha sido mudado, por ordem da Justiça, depois que Rudolf Hess, o conhecido hipnotizador e vidente (e o terceiro no comando do Reich), voou sozinho para a Escócia, em maio de 1941, na esperança de negociar uma trégua com uma pessoa de quem ouvira falar vagamente e que se chamava duque de Hamilton.

"Não precisa se desculpar", disse Gerda. "Eu chamo Rudi de Rudi o tempo todo. Quer dizer, chamo Helmut de Rudi. Ah, outra coisa. Não chame mais Ilse de Ilse. Ilse agora se chama Eike. Como ela recebeu o nome de Frau Hess, Ilse agora é *Eike*."

Enquanto arrumava a mesa para sete pessoas e preparava duas cadeiras altas para as crianças pequenas, tia Gerda contou histórias de vários integrantes da criadagem doméstica — a governanta (avoada), o jardineiro (ardiloso), a arrumadeira (desleixada) e a ama-seca (ratoneira). De repente se calou e ficou pensativa.

"Eles não têm de estar vivos", disse. "Os que morreram valem."

Nesse meio-tempo, o marido de Gerda, o Diretor da Chancelaria do Partido, o planejador-mor da Wilhelmstrasse, estava a caminho para se juntar a nós na antiga residência da família, em Pullach, no sul da Baviera. E de onde ele vinha? Do refúgio nas montanhas no Obersalzberg, nos Alpes bávaros — da residência oficial conhecida como Berchtesgaden, ou Berghof, ou Kehlsteinhaus. Bardos e sonhadores a chamavam de Ninho da Águia...

Tomada de súbita indignação, Gerda disse: "Claro que valem. Principalmente nos dias de hoje. Ninguém *jamais* chegaria a dez se eles não valessem." Ela riu, zombeteira. "É claro que os mortos valem."

Meio da manhã. Tio Martin estava de pé e curvado sobre a mesa do corredor, selecionando e classificando o vasto acúmulo de correspondência.

"Conhecendo você como eu conheço, imagino que se lembra bem do pessoal de saia no terceiro andar da Sicherheitsdienst, não é, Neffe? Eu conheço você. Cachorrão. Preciso de uma ajudazinha."

"Em que posso ajudar?"

"Trabalha lá uma moça que eu... Tome, carregue um pouco disto, Golo. Estenda os braços. Vou lhe dar uma carga de verdade."

Com a guerra mundial agora mudando de feição, com o futuro geo-histórico da Alemanha em questão e com a existência do nacional-socialismo ameaçada, o Reichsleiter mal tinha tempo de respirar.

"Prioridades, Neffe. Primeiro, o mais importante. Veja", disse num tom indulgente, "o Chefe adora sopas de vegetais. Quase se pode dizer que ele agora está *dependente* de sopas de vegetais. E o mesmo aconteceria com você, Golo, se tivesse renunciado a toda carne, peixes e aves. Bem. Correu a notícia de que a nutricionista dele na Berghof tem o azar de ser neta de uma judia. E não podemos ter uma pessoa assim cozinhando para o Chefe."

"Claro que não."

"Eu a despedi. E o que aconteceu? Ele revogou minha ordem... e ela voltou!"

"São as sopas de vegetais, Onkel. Por acaso, a... a companheira dele cozinha?"

"Fraulein Braun? Não. Tudo o que ela faz é escolher filmes. E tirar fotografias."

"Esses dois, Onkel... Ele... eles...?"

"Boa pergunta." Ele ergueu um envelope contra a luz. "De vez em quando eles somem juntos... Você sabe, Golo, que o Chefe não tira a roupa nem diante de seu médico? Além disso, ele é fanático por limpeza. Ela também. E quando se trata do quarto de dormir, a gente precisa... não se pode... Você precisa arregaçar as...”

“Claro que sim, Onkel.”

“Firme isso. Use o queixo... Veja a questão do seguinte ângulo, Neffe. O Chefe saiu de um albergue de terceira categoria em Viena para se tornar o rei da Europa. É bobagem, *bobagem*, esperar que ele seja como os outros homens. Eu adoraria saber alguns detalhes reais... Mas a quem posso perguntar?... Gerda.”

“O quê, Papi?”, disse ela, aproximando-se de nós ao passar.

“Quero um explicação.”

“De quê, Papi?”, ela respondeu, recuando.

Em compleição física, os Bormann pareciam os Doll. Gerda, mulher imponente da minha idade, com muitas nuances de beleza pictórica no rosto, passava um pouco de um metro e oitenta com seu tamanco. E tio Martin era uma versão ainda mais comprimida, e portanto alargada, do Commandant — mas vistoso à sua maneira, amorenado e elegante, de expressão folgazã e olhos provocantes. Havia um quê de sumarento em sua boca, onde sempre amadurecia um sorriso. Era interessante notar, também, que Martin nunca parecia incomodado com a estatura de Gerda; caminhava como se ela o tornasse mais alto, mesmo com seu abdome orgulhoso e curvatura de burocrata.

“A árvore de Natal”, ele disse.

“Eles se juntaram contra mim, Papi. Procuraram Hans pelas minhas costas.”

“Gerda, eu achei que nós dois estivéssemos de acordo ao menos sobre as igrejas. Se uma gota disso cai neles, ficam envenenados a vida toda.”

“Isso mesmo. A culpa, acho, é de Carlos Magno. Foi ele que trouxe isso para a Alemanha.”

“Não ponha a culpa em Carlos Magno. Culpe Hans. Nunca mais. Está claro?”

"Está, Papi", ouvimos seu murmúrio enquanto se afastava.

O escritório de tio Martin em Pullach: fileiras de arquivos de metal, os fichários, os espaços enormes e predeterminados na mesa, o cofre sólido. Mais uma vez me lembrou Doll, a sala e o escritório doméstico de Doll — dois poemas vergonhosos de indecisão e negligência.

"Onkel. O que o senhor pretende fazer em relação a Speer? Esse homem é uma ameaça." Dessa vez falei com um sentimento verdadeiro: com suas simplificações espantosas (racionalização, padronização), o jovem ministro dos Armamentos e da Produção Bélica era bem capaz de, como eu julgava na época, retardar a derrota em pelo menos um ano. "Por que o senhor ainda não agiu?"

"É cedo demais", respondeu tio Martin, acendendo um cigarro. "O Aleijado" (Goebbels, ou der Kruppel) "está na cola de Speer por enquanto. E o Travesti" (Goring, ou der Transvestit) "lhe dá ouvidos. Mas Speer em breve vai descobrir como é fraco em relação ao partido. Leia-se: em relação a mim."

Também fumando, eu estava estendido num sofá de couro à direita dele. Eu disse:

"O senhor sabe por que o Chefe é tão amável com ele, Onkel? Vou lhe dizer por quê. Não é porque ele... Não sei... racionalizou a produção de vidro prismático. Não, ele olha para Speer e pensa: 'Eu teria sido assim, eu teria sido *ele* — um arquiteto, um criador — se não tivesse sido chamado pela providência'."

A cadeira giratória de Martin tinha se virado devagar na minha direção. "E daí?"

"É só fazer com que ele pareça um simples sátrapa ambicioso, Onkel. O senhor sabe, criando dificuldades, queixando-se da falta de recursos. Ele logo perde o brilho."

"Vamos dar um tempo... Está certo, Golo. Buna."

Ao entrarmos na sala para tomarmos uma bebida, tio Martin estava dizendo: "Eu entendo você, meu filho. É o suficiente para levar uma pessoa à loucura. Enfrento a mesma choradeira sem fim com relação aos prisioneiros de guerra e a mão de obra estrangeira".

Rudi/Helmut, Ilse/Eike, Adolf/Kronzi, Heinie e Eva estavam sentados em torno da árvore (enfeitada com velas acesas, doces e maçãs), olhando com volúpia para seus presentes. Irmgard estava ao piano, fazendo soar a tecla mais aguda e usando o abafador.

"Pare com isso, Irma! Ach, Golo, ficam dizendo 'Nada de castigos físicos!' Como levá-los a produzir alguma coisa de outra forma?"

"Como? Como? Mas está tudo bem, Onkel, agora que Burckl foi embora. Acabou a moleza. Voltamos ao testado e comprovado."

"A questão é que há um número excessivo de pessoas assim. Sabe, se não tivermos cuidado, ganhamos a guerra militarmente e a perdemos racialmente. Gim holandês?" Tio Martin fez um gesto de desdém e disse: "O Chefe me fez rir um dia desses. Ele tinha acabado de ouvir que alguém estava tentando proibir o controle da natalidade nos territórios orientais. Deve ter sido o Masturbador" (Rosenberg, ou die Masturbator). "E o Chefe disse: '*Se alguém tentar uma coisa dessas, eu mesmo fuzilo o sujeito!*'. Ele estava numa linha certa. Então, para que ficasse mais animado, contei uma coisa que tinha escutado no gueto de Litzmannstadt. Para uso próprio, eles estão fazendo ali preservativos com chupetas de crianças. Então ele disse: '*Isso é o inverso do caminho correto!*'. Salut!"

"Salut. Ou, como dizem os ingleses, *Cheers*."

"... Veja quanta coisa boa, rapaz. Ach. Uma boa filharada. O fogo crepitando na lareira. A neve lá fora. Sobre o solo. Sobre a Erde. E a cara-metade na cozinha, feliz como sempre fica quando se envolve com as tarefas da casa. E aqueles dois guardas no portão. Com cigarros escondidos nas mangas. Ouça esta, Golo", disse ele. "Esta é boa."

Tio Martin estava perdendo cabelo nas áreas em que isso normalmente acontece com os homens, mas seu topete tinha alguma coisa de artístico, e ainda era luzidio. Alisou-o com os nós dos dedos.

"No fim de outubro", ele disse, sem baixar a voz, "eu passei no SD para pegar uma papelada sobre a Schneidhuber. Precisava de cópias mimeografadas, portanto peguei uma das moças dos serviços gerais. Ela ficou olhando por cima do meu ombro enquanto eu marcava as páginas que queria. E num impulso, Golo, eu meti minha mão esquerda entre suas canelas. Ela nem piscou... E eu fui subindo, subindo, passando pelos joelhos. Subindo, subindo cada vez mais. E quando cheguei ao meu destino, Neffe, ela só... ela só *sorriu*... Aí eu meti o polegar..."

"Essa foi boa, Onkel", eu disse, rindo.

"Ah, mas naquele exato instante, Neffe, bem naquele instante, fui chamado à Wolfsschanze! Fiquei fora um mês. Quando voltei, é claro que ela tinha sumido. Nem vestígio dela nos serviços gerais. Concentre-se, Neffe. Uma danadinha saltitante de cabelo castanho-dourado. Uma verdadeira garatuja de curvas. O nome começa com cá. Klara?"

"... Ah. Ela é famosa. E não é dos serviços gerais, Onkel. Ela vai de sala em sala com o bule de chá. Krista. Krista Groos."

O Reichsleiter prendeu os dedos mínimos nos cantos da boca e emitiu um assovio tão estridente que Irmgard e Eva desataram a chorar. Ouviu-se a seguir o som de um sapato pesado que se apressava e Gerda surgiu na porta com Hartmut, nu, no quadril.

"Neffe vai localizar para mim a ruiva risonha", disse tio Martin com os olhos brilhando.

Gerda levantou Hartmut até o ombro. "Bem a tempo, Papi. Porque não estarei usável em março. Sabe, Golo, depois do terceiro mês", ela confidenciou, "ele nem chega perto de mim. Crianças! O ganso está servido! Ah, pare de choramingar, Eva."

Durante os três dias seguintes, tio Martin só foi visto às refeições. Recebeu uma série de visitas — um certo Max Amman (Publicações do Partido), um certo Bruno Schultz (Raça e Reassentamento) e um certo Kurt Mayer (Seção de Antepassados). Cada um, a seu tempo, sentou-se à mesa dos adultos para jantar, e todos tinham a mesma expressão, a de homens que traçam o rumo de seus navios orientados pelas estrelas mais distantes.

Dei longos passeios com Gerda. Entreter Gerda, absorver Gerda e aliviar Gerda sempre fora minha função e era parte dos meus serviços para o Reichsleiter. *Depois de uma de suas visitas, Golo*, ele disse certa vez, *durante semanas a fio ela* canta *enquanto escova o chão.*

Naquele Natal caminhamos de braços dados pelos gramados e trilhas, muito agasalhados, Gerda com chapéu de tweed, cachecol de tweed e xale de tweed. Quando eu a abraçava, o que fazia com frequência (um gesto automático de sobrinho que já durava treze anos), eu imaginava que ela era Hannah — a mesma altura, a mesma massa. Eu segurava seus ombros e procurava auferir prazer na contemplação de seu rosto, do nariz forte e dos olhos castanhos essencialmente ternos. Mas então seus lábios bem-feitos se abriam e ela falava... Eu a abraçava de novo.

"Você está com aquele olhar, Golito. Está pensando em alguém, não é? Eu sei."

"Não consigo esconder nada de você, Tante. Estou mesmo. E ela é da sua altura. Quando eu abraço você, sinto seu queixo no meu pescoço. A mesma coisa acontece com ela."

"Bem, talvez vocês fiquem juntos depois da guerra."

"Quem sabe? As guerras são complicadas, Tante. Não se pode prever o que haverá no fim delas."

"É verdade, Golito. É verdade. E como vai aquele Boris?"

Continuamos andando. O ar inodoro era esplêndido. O silêncio era esplêndido — nada além dos estalidos invariáveis dos nossos passos. A brancura das dobras e dos coxins de neve era esplêndida. Neve branca.

E o que tio Martin queria com Max Amman, com Bruno Schultz e com Kurt Mayer nos últimos dias de 1942? Ele me contou tudo.

Com Amman, editor do partido, tio Martin estava tomando medidas para abolir o alfabeto alemão. Por quê? Porque a Chancelaria supunha que as antigas letras góticas (cujos arabescos espinhosos faziam a alegria de todos os chauvinistas) talvez fossem de origem judaica. Por conseguinte, a ideia agora era substituí-las (a um custo incalculável) pela fonte Roman Antiqua em todo o Reich, em livros didáticos, jornais, documentos, sinais de trânsito e tudo o mais.

Com Schultz, da área de Raça e Reassentamento, tio Martin tentava achar uma definição viável dos Mischlinge, ou híbridos étnicos. Depois de defini-los, resolveriam o que fazer com eles. Naquele dezembro, ele e Schultz calcularam o custo da esterilização de setenta mil homens e mulheres (uma estimativa), todos os quais, inexequivelmente, precisariam passar dez dias num hospital.

A situação era diferente no tocante ao pesquisador racial Mayer. Com Amman e Schultz, o Reichsleiter estava envolvido diretamente, se dedicava com entusiasmo àquelas questões. No caso de Mayer, ele não conseguia disfarçar certa impaciência com o que fazia a contragosto.

Tio Martin talvez se sentisse, vez por outra, amolado com os filhos; contudo, seus ancestrais o atormentavam de maneira crônica. Uma autoridade como ele precisava ser comprovadamente ariano por pelo menos quatro gerações, e persistia uma dúvida gerada pelo vazio de seu bisavô.

A inquirição sobre a genealogia de Bormann tinha começado em janeiro de 1932. "E não vai parar", disse ele prescientemente. "Mesmo que os russos cruzem o Oder e os americanos cruzem o Reno, isso não vai parar."

O bisavô de tio Martin, Joachim, era ilegítimo. E a trisavó de tio Martin, como ele mesmo definiu, *era a vadia da cidade*, portanto qualquer pessoa podia dizer que fulano ou sicrano era o pai de Joachim.

"Use a farda de gala esta noite, Neffe. Para intimidar Mayer. Vou vestir a minha."

Ele jamais se enfurecia, a não ser em casa. E não era, de origem, um Velho Guerreiro, mas apenas um pagador de Velhos Guerreiros. Ainda assim, tio Martin acabava de ser promovido, e vestiu-se para o jantar como um SS-Obergruppenfuhrer — um tenente-general.

"É o preço do meu papel. E estou pagando do meu próprio bolso. Mas ofereci ao pessoal de Mayer um 'apoio proporcional' vindo de recursos estatais. Isso *talvez* resolva. Desde que eu continue a dar duro nessa questão."

"O senhor trabalha demais, Onkel."

"É o que eu sempre digo a ele, Neffe. Estou sempre dizendo a ele: 'Papi, você trabalha demais!'."

"Está vendo? Ela não para de repetir isso. *Você trabalha demais*. Agora dê o fora, Gerda. Tenho certos assuntos a discutir com Golo."

"Claro, Papi. Posso fazer alguma coisa para os cavalheiros?"

"Só se abaixe e ponha outra acha de lenha ao sair. Admire a vista, Neffe. Ah! Ela não é uma boa menina?"

"O que ando procurando? Quer dizer, de minha livre e espontânea vontade? Ah, não muita coisa. Gastei uns dias me cobrindo de poeira na Gestapa. Fichas vermelhas, fichas azuis. Estou tentando achar o paradeiro de uma pessoa. Eu mesmo não tenho nada a ver com isso. Só estou fazendo um favor para uma amiga."

"Nisso você é ótimo. Um danado."

"Estou *bem* ansioso para voltar a Buna. Mas, enquanto isso não acontece, estou inteiramente a seu dispor. Como sempre, Onkel."

"O que você sabe sobre a Ahnenerbe?"

"Pouca coisa. Pesquisa cultural, não é? Uma espécie de centro de estudos. Entendo que seja prioridade C."

"Pegue este livro. Não leia agora. Só veja o título."

"*Teoria do gelo cósmico*. O que é isso?"

"Hum... Bem, aqui estamos lidando com o Charlatão" (Himmler, ou der Kurpfuscher). "Cá entre nós, nunca dei muita importância àquela antropologia dele. Não vejo sentido. E a fitoterapia, a flora medicinal. Laxativos e iogurtes. Não ligo para essas coisas. Não vejo nenhum sentido nisso."

"Banhos com palha de aveia etc."

"Não creio em nada disso. Mesmo assim, é diferente, Golo. Ouça o que vou dizer. A Ahnenerbe tem um departamento de meteorologia. Nesse setor, as pessoas supostamente trabalham na pesquisa de previsões de longo prazo. Mas não passa de fachada. Na realidade, eles trabalham é com a teoria do gelo cósmico."

"Explique isso melhor, Onkel."

"Está meio quente aqui, não está? Passe sua taça. Pronto. Vire isso."

"*Cheers*."

"*Cheers*. Bem, a teoria é que os arianos, a teoria é que os arianos não são... Espere. É, e temos também essa história do continente perdido. É tudo muito técnico e não pretendo descer a detalhes agora. Aqui. Está tudo aqui. Quero que você estude bem esse negócio, Neffe. E que me diga qual é a situação atual na Ahnenerbe."

"A situação atual sobre a teoria do gelo cósmico."

"Agora veja: não estou defendendo as qualidades ou virtudes intrínsecas da ideia. Obviamente. Como poderia fazer isso?"

"É claro que não. O senhor não é cientista."

"Não tenho qualificação científica para tanto. Por outro lado, conheço a política, Neffe. E o importante não é a teoria. O importante é quem acredita nela. O Charlatão é muito simpático, e, aliás, o mesmo se pode dizer do Travesti... Não que continuemos dando ouvidos a *ele*. Graças a mim. Mas o Chefe, Golo, o Chefe. O Chefe insiste em que se a teoria do gelo cósmico se sustentar..."

"Um momento, Onkel. Desculpe eu interromper, mas pensei que o Chefe não tivesse tempo para nada disso."

"Ah, ele está cada vez mais interessado nisso. Runas, e assim por diante. Ele permite que o Aleijado faça seu horóscopo... Veja, o Chefe afirma que se a teoria do gelo cósmico for sólida, se pudermos substanciá-la e fazer com que ela pegue... muito bem. De acordo com ele, nossos inimigos vão simplesmente depor as armas e pedir desculpas. E o Reich de Mil Anos terá seu mandato — *seu mandato concedido pelo céu*. Foi o que o Chefe disse. Por isso, entenda, Golo. Não posso ficar do lado errado sobre isso. Minha situação ficaria péssima. Por isso estude tudo sobre o gelo cósmico. Klar?"

"Perfeitamente claro, Onkel."

"Só um gole. Vamos, rapaz. Vai ajudar você a dormir."

"Estive pensando. Já que estou aqui, eu bem que poderia dar uma olhada na Casa Parda."

"Para quê? Lá você só vai achar teias de aranha."

"Hum. Mas é lá que está o material da SA referente a 33 e 34. Nunca se sabe."

"Quem você está procurando mesmo?"

"Ah. Um comunista."

"O nome... Espere. Não me diga. Dieter Kruger."

Fiquei bastante surpreso, mas respondi tranquilamente: "Isso. Kruger. Que estranho. E por que isso é tão engraçado, Onkel?".

"Ai, ai, ai, meu caro. Ai, ai, ai, meu caro. Me desculpe." Ele tossiu, pigarreou e fez menção de cuspir no fogo. "Bem, em primeiro lugar, toda a história de Kruger é engraçadíssima. Ela sempre me deixa furioso. E agora, Neffe, contribuindo para a comédia que este mundo é, você, meu sobrinho, a menos que eu esteja muito enganado, você, meu jovem, está traçando Frau Doll."

"Nada disso, Onkel. No Kat Zet? Está longe de ser o local apropriado."

"Hum. Um lugar pouco romântico, imagino."

"Isso. Um lugar muito pouco romântico. Agora, espere um instante, senhor. Não estou entendendo. Estou perdido."

"Está certo. Está certo", disse ele, secando os olhos. No começo de novembro, recebi um teletipo do Comandante. Sobre Kruger. Ainda não respondi. Mas vou ter de responder. Veja, Neffe, a questão é que ele e eu temos um laço sagrado."

"O senhor está cheio de surpresas esta noite, Onkel."

"O laço mais sagrado que existe. Mais santo que o casamento: a cumplicidade no homicídio."

"Oh! Me conte."

"Liquide isto, Golo", disse, passando-me o conhaque. "Aí está. Começo de 23, Neffe. A unidade paramilitar de Doll identificou um 'traidor' em seu meio. Em Parchim. Eu era inocente, Meritíssimo! Tudo o que fiz foi transmitir autorização para uma surra. No entanto, Doll e seus rapazes demoraram demais no bar e depois exageraram na floresta. Eu cumpri pena de um ano. Você não se lembra? Não houve acampamento naquele verão. Doll pegou dez. Pode-se dizer que, de certa forma, ele assumiu a culpa e livrou minha cara. Cumpriu cinco anos. De qualquer forma, por que ele está preocupado com Kruger? A esta altura do campeonato? Porque Kruger comeu a mulher dele primeiro?"

"Quando o senhor responder, o que vai lhe contar? A Doll."

"Ah, ainda não sei." E acrescentou, bocejando: "Provavelmente que foi baleado quando tentava fugir".

"Isso aconteceu?"

"Não. Não passa de uma fórmula, claro. Tudo o que significa é que ele está morto."

"E ele está mesmo?"

"Ach. Ach, estou louco de vontade de lhe contar a história

toda, Neffe. Porque sei que você perceberia a beleza dela. Um dos pináculos morais do nacional-socialismo. Mas não há nem meia dúzia de homens em todo o Reich que sabe o que aconteceu a Dieter Kruger. Vou consultar meu travesseiro para resolver. Ai, ai."

"E Doll? Ele também foi comunista, não foi? Por algum tempo."

"Nunca. Ele sempre foi um nazista leal. Isso se pode dizer a seu favor. Não, ele estava na folha de pagamento dos camisas-pardas. E dedurou Kruger para a Célula H. Os Socos-Ingleses... Aquela Hannah... Por que ela se casaria com um sujeitinho xucro como ele? Ah, eu mesmo poderia ter dado uns amassos nela naquele tempo. Um corpo espetacular. A boca, no entanto... Ela tem a boca grande demais, não acha?"

"Eu acho uma boca muito bonita. O senhor ainda está saindo com a trágica? A Manja? Ou já acabou?"

"Não, o caso continua. Quero que ela se mude para cá. Ao menos entre um filme e outro. Gerda está plenamente a favor... Desde que eu a emprenhe. Quer dizer, emprenhe Manja. Assim como Gerda. Que quer chegar aos dez para ganhar a Mutterkreuz. Vamos, as luzes. Você apaga aquelas lá."

Às cinco da manhã do dia seguinte, o último de 1942, tio Martin se despediu. Aonde ele ia? Primeiro, ao refúgio de montanha em Berchtesgaden, de carro; e dali para o quartel-general de campanha em Rastenberg, na Prússia Oriental, de avião. Da Kehlsteinhaus para a Wolfsschanze — do Ninho da Águia para a Toca do Lobo...

Eu disse no café da manhã: "Não, terei todo o prazer em comemorar o são Silvestre com você, Tante. Mas, depois, infelizmente, preciso voltar à cidade. Vou sair cedo. Hans vai me dar uma carona no furgão. O Reichsleiter me confiou uma missão urgente".

Gerda disse, distraída: "Acho que o marechal de campo Manstein é judeu. Não acha? Pode-se ver pelo nome… E depois de Berlim, Neffe?".

"Voltar a Buna. O diabo cria trabalho para mãos ociosas, Tante."

"O que você disse?", ela perguntou, olhando para outra coisa, como se não esperasse resposta.

Durante a noite havia chovido, o tempo esquentou e a neve começou a derreter. Agora um sol fraco e amarelo brincava nos beirais e nas vertentes dos telhados. Todos os canos estavam ativos, dando passagem a jorros de água e fazendo-me pensar em multidões de ratinhos assustados. Gerda disse:

"Papi falou da guerra?"

"Quase nada." Tomei um gole de chá e enxuguei a boca. Ele falou dela para você?"

"Quase nada. Não creio que a guerra o interesse muito. Porque não é da esfera dele."

"É verdade, Tante. Você está certa. Nem a Buna o interessa muito. Porque não é da esfera dele. Buna… materiais sintéticos, Tantchen."

Filetes de água luziam como cortinas de contas nas vidraças enevoadas. Em algum lugar, uma saliência de neve congelada caiu com espalhafato na terra.

"Por que a Buna é importante?"

"Porque vai nos dar a autarquia."

"Isso não parece boa coisa."

"Não é como a anarquia, Tantchen. Autarquia. Seremos autossuficientes. E quando as primeiras cinco mil toneladas de borracha ficarem prontas na Werke, e quando começarmos a converter carvão em óleo a um ritmo de setecentas mil toneladas por mês, a guerra vai mudar bastante de cara, isso eu lhe garanto."

"Obrigada, querido. Isso me animou. Obrigada por me dizer isso, Neffe."

"Tio Martin está... Ele tem interesse especial pelos judeus?"

"Bem, ele não pode deixar de ter, não é? É claro que ele é muito a favor."

"A favor?"

"A favor da Endlosung, claro. Um momento", ela disse. "Ele *falou* da guerra. Ele *falou* da guerra." Ela franziu a testa e prosseguiu: "Ao que parece, agora eles sabem por que subestimamos o Exército Vermelho. Eles chegaram ao fundo da questão. A Rússia teve uma guerra própria recentemente, não foi?".

"Como sempre, você está certa, tia. A Guerra do Inverno com a Finlândia. 39-40."

"E os russos fizeram tudo errado, não foi mesmo? Bem, Papi disse que eles fizeram isso de propósito. Para nos enganar. E outra coisa!"

"O quê, Tante?"

"Disseram que Stálin tinha matado metade de seus oficiais. Não foi?

"Também é verdade. Nos expurgos. 37-38. Mais da metade, provavelmente sete décimos."

"Bem, na verdade isso não aconteceu. Foi só outra mentira dos judeus. E nós caímos nessa porque somos almas simples. Eles não morreram. Estão vivos."

Diante das portas de vidro, um cano de drenagem rodou no ar e ficou visível, esguichando água para todos os lados, e depois voltou a girar. Lágrimas pesadas tinham se juntado nos olhos de Gerda. Os ratinhos estavam correndo e guinchando, atropelando--se uns aos outros, cada vez mais depressa.

"Eles não estão mortos, Neffe. Os judeus-bolchevistas. Nem

as doenças nem a sujeira jamais erradicarão essa escória. Por quê, meu querido? Me diga. Não estou lhe perguntando por que os judeus nos odeiam. Estou lhe perguntando por que eles nos odeiam tanto. Por quê?"

"Nem imagino, Tantchen."

"Eles não estão mortos", disse ela, assustada. "Estão todos *vivos*."

No dia de Ano-Novo, no vagão de primeira classe, *A teoria do gelo cósmico* (uma alentada dissertação produzida por várias mãos) ficou fechada em meu colo. Olhei pela janela. Primeiro passaram, tristonhos, os arrabaldes muito ampliados e aparentemente intermináveis de Munique: campinas e bosques antes intocados tinham sido substituídos por fábricas e fundições, por pirâmides de brita e pedras. Ouvimos as sirenes da cidade, o trem se arrastou para o interior de um túnel e lá se escondeu por mais de uma hora. Depois ganhamos velocidade, e na luz dura do sol a Alemanha logo passava por mim como uma torrente de tons terrosos, castanhos, ambarinos, ocre...

O tom da risada de tio Martin me dizia que Kruger já não estava entre nós. E era natural que eu me lembrasse daquela conversa com Konrad Peters.

Tirado de onde estava para tratamento especial. Tratamento muito *especial.*

Morto.

Ah. Pelo menos.

Eu precisava saber a extensão daquele *pelo menos.*

Era difícil ser valente na Terceira Alemanha. Era preciso estar disposto a morrer — e morrer depois de uma tortura preliminar, à qual, ademais, era preciso resistir, não entregando nome algum. E isso não era tudo. Nos países ocupados, o mais baixo dos criminosos podia resistir e morrer como mártir. Aqui, mesmo o mártir morria como um criminoso dos mais baixos, exposto a um tipo de ignomínia que um alemão julgaria terrível imaginar. E não se deixava atrás de si nada mais que um rastro de medo.

Nos países ocupados, um homem assim seria uma inspiração — mas não na Terceira Alemanha. A mãe e o pai de Kruger, se ele ainda tivesse mãe e pai, não falariam sobre ele, a não ser entre si e em sussurros. Sua mulher, se ele tivesse mulher, retiraria sua fotografia da cornija da lareira. Seus filhos, se ele tivesse filhos, seriam instruídos a apagar o rosto dele da memória.

Por isso, a morte de Dieter Kruger não servia a ninguém. A não ser a mim.

2. Doll: lógica noturna

Foi no mês de novembro passado — em 9 de novembro, o Dia de Luto do Reich. Eu acordei, recuperei a consciência, no Clube dos Oficiais. Olá, pensei, você deve ter cochilado, rapaz. Deve ter tirado uma soneca, nicht? O almoço já tinha acabado havia bastante tempo, e aquele repasto, iniciado com um fervor patriótico, muito inflamado por meu discurso comemorativo, havia evidentemente degenerado; a meu redor se espalhavam a borra e os resíduos de um banquete de malfeitores — guardanapos sujos, garrafas viradas, guimbas de cigarro postas de pé numa torta; e lá fora o crepúsculo manchado da Silésia. Crepúsculo em novembro, amanhecer em fevereiro: essa é a cor do KL.

Enquanto eu jazia ali, tentando soltar a língua do céu da boca, ocorreram-me algumas perguntas…

Se o que estamos fazendo é bom, por que o cheiro é tão horrível? Na estação, à noite, por que sentimos a necessidade imperiosa de estar embriagados como animais? Por que fizemos com que a campina se revolva e vomite? Moscas gordas como amoras, os vermes, as doenças, ach, scheusslich, schmierig — por quê? Por que os parasitas conseguem 5 rações de pão em vez de uma fatia? Por que os lunáticos, e só os lunáticos, parecem gostar daqui? Por que, aqui, a concepção e a gestação prometem não uma vida nova, e sim a morte certa para a mulher e a criança? Ach, por que tanta Dreck, tanto Sumpf, tanto Schleim? Por que fazemos a neve ficar parda? Por que fazemos isso? Fazer a neve parecer merda de anjos. Por que fazemos isso?

Na minha sala há um letreiro que diz: *Minha lealdade é minha honra, e minha honra é minha lealdade. Empenhe-se. Obedeça. APENAS ACREDITE!* Julgo muito significativo que a nossa palavra para obediência ideal — Kadavergehorsam — encerre em si um cadáver (o que é duplamente curioso, porque os cadáveres são as coisas mais rebeldes do mundo). A subordinação do cadáver. A docilidade do cadáver. Aqui no KL, nos crematórios, nas valas comuns: *eles* estão mortos. Mas o mesmo acontece a nós, nós que obedecemos...

As perguntas que fiz a mim mesmo no Dia de Luto do Reich: *elas nunca deverão se repetir.*

Devo lacrar uma certa região da minha mente.

Devo aceitar que nós mobilizamos as armas, as armas prodigiosas, das trevas.

E devo levar a sério as potencialidades da morte.

Seja como for, como sempre deixamos claro, o sistema cristão de certo e errado, de bem e de mal, é 1 sistema que rejeitamos categoricamente. Tais valores — resíduos do barbarismo medieval — já não são válidos. Só existem resultados positivos e resultados negativos

“Agora ouça atentamente. Essa é uma questão de enorme importância. Espero que compreenda isso. Ter relações sociais com um Haftling já é uma infração suficientemente grave. Mas

Rassenschande... Insulta o sangue! Um cabo poderia safar-se com uma repreensão e uma multa. Mas eu sou o Kommandant. Você entende, não entende, que isso seria o fim da minha carreira?"

"Ah, Paul..."

A cama de armar, o tamborete, a bacia, o banheiro químico.

"Que Deus lhe seja misericordioso se você contar a alguém. Além disso, será a minha palavra contra a sua. E você é sub-humana. Tecnicamente, quero dizer."

"Então por que você fez comigo sem preservativo?"

"Porque fiquei sem nenhum", respondi, de forma grosseira. "Mas preste atenção, moça. Oy. Comporte-se. Lembre-se. É só a sua palavra contra a minha."

"Mas quem mais poderia ser?"

Isso me fez parar abruptamente para refletir. Alisz tinha estado ali por pouco mais de três meses, e o pessoal de vigilância consistia em 2 Aufseherinnen gordas e 1 Rottenfuhrer inacreditavelmente velho.

"O fim da sua carreira", ela se lamuriou. "E o que dizer do fim da minha vida? Você engravida aqui, e aí eles são bem capazes de..."

"Não necessariamente, Alisz." Fiz-lhe um breve afago no queixo. "Olhe, chorar não adianta nada. Buá-buá-buá. Veja só. Buá-buá-buá-buá-buá-buá. Escute, menina. Eu sou o Kommandant. Vou pensar em *alguma coisa* ou outra."

"Ah, Paul..."

"Pare com isso. Pare com isso", eu disse. "Você está grávida... *Pare* com isso."

Ultimamente venho aplicando minha nova atitude mental a uma reconsideração dos nossos objetivos de guerra. *Objetivo número 1*. Conquistar Lebensraum, ou espaço vital, ou império territorial.

Mesmo que a supremacia inconteste nos escape, sem dúvida será possível chegar a uma acomodação (vamos deixar de lado esta besteira de "rendição incondicional"). É provável que tenhamos de devolver França, Holanda, Bélgica, Luxemburgo, Noruega, Dinamarca, Letônia, Estônia, Ucrânia, Bielorrússia, Iugoslávia e Grécia, mas com um pouco de sorte eles não vão se importar se ficarmos com, digamos, a Lituânia, os Sudetos e o resto do território tcheco, além de nossa metade da Polônia (não acredito que a questão da Áustria venha sequer a ser levantada).

Assim, objetivo número 1: missão cumprida!

"Vamos lá, Wolfram. Aquela balbúrdia no Bloco 33. Explique, por favor."

"Bem, Paul, tinha havido uma seleção gigante. E meteram todo mundo no Bloco 33. Eram 2.500."

"2.500 em 1 bloco? Por quanto tempo?"

"5 noites."

"Santo Deus. Por que a demora?"

"Nenhuma razão. Foi simples falta de tempo para tomar as providências."

"Imagino que deixaram essa gente sair para a chamada nominal…"

"É claro. É preciso haver *Zahlappell*, Paul. Não, o problema foi que deram a eles um pouco de comida. Em geral eles não se preocupam com isso. Foi um grande erro."

"A comida?"

"Sim. Os Kapos interceptaram a comida. Tudo bastante previsível. Aí saíram e trocaram a comida por bebida. Blá-blá-blá.

Mas aí eles voltaram, Paul... E se meteram com eles. Os Kapos se meteram com os prisioneiros."

"Hum... Viu, é nisso que dá essa história de mimos. *Comida*, francamente! De quem foi essa ideia brilhante?"

"Provavelmente de Eikel."

"Na. Quantos Stucke você disse?"

"19. Lamentável. E intolerável. Mas na verdade isso não faz muita diferença. De qualquer modo eles já tinham sido selecionados."

"*Menschenskind*, Hauptsturmfuhrer! O Zahlappel! O *Zahlappel*!"

Seguiu-se o silêncio. Prufer olhava sério para mim, com um ar de intensa solicitude. Tossiu discretamente e disse a meia voz:

"Paul. *Paul*. Com uma contagem dos Haftling, Paul... Desde que o número total bata, não há problema nenhum. Lembra? Eles não precisam estar vivos."

Depois de 1 momento ou 2, eu disse: "Não. Não. Claro que não precisam. Você tem toda razão, Wolfram. Que bobagem a minha. Isso. Podem estar mortos, se quiserem. Não precisam estar vivos."

Minha calipígia amiga Sexta-Feira, a pequena Minna, bateu e entreabriu a porta. Perguntou onde estava uma certa pasta e eu lhe informei onde imaginava que ela estivesse.

"Como você está vendo o trabalho na estação, Wolfram?"

"Bem, dá para entender por que você se aborreceu com aquilo, Paul."

"Foi muita gentileza sua me substituir. Em breve estarei em condições de voltar." Bati no tampo da mesa. "Bem. E o que fazemos com os Kapos? Precisamos ser firmes. Fenol? Pequeno calibre?"

De novo, o olhar solícito. "Desperdício de material, com

certeza, Kommandant. Sabe, é mais simples trocá-los de função. Aí, Paul, os próprios judeus resolvem a questão."

"Hum. Muito melhor para o *esprit de corps*... É francês, Wolfram. Quer dizer espírito de equipe. Você sabe, o moral."

A cada dia Sybil fica mais linda. Sua paixão eterna, ainda que repreensível, continua sendo os cosméticos. Ela surrupia coisas da penteadeira da mãe. Batom, nicht? É até cômico. Ela fica alternando sorrisos e beicinhos na minha direção, com manchas vermelhas nos dentes.

E a confusão que ela arranja quando experimenta os sutiãs de Hannah! Só vendo!

Objetivo número 2. Consolidar o Reich de 1.000 anos.

A ideia, todos sabem, é que ele dure tanto quanto o 1º que já tivemos, aquele que começou com Carlos Magno e terminou com Napoleão.

Como já admiti, é quase certeza que teremos um trecho acidentado à frente. No entanto, depois de passarmos por ele...

Eis um fato que não é ressaltado com a frequência necessária. Nas eleições de julho de 32, o NSDAP recebeu 37,5% dos votos: *a maior votação em um só partido na história da república de Weimar*. Foi uma comprovação robusta da profunda afinidade entre os anseios simples do Volk e o sonho dourado do nacional-socialismo. Como se vê, essa afinidade já se fazia presente. Em novembro de 33, a aclamação por plebiscito elevou-se a 88% e, em abril de 38, estabilizou-se acima de 99! Que sinal mais claro poderia haver da vigorosa saúde sociopolítica da Alemanha nazista?

Ach, assim que superarmos esse lanço um tanto pedregoso da estrada e tivermos feito algumas modificações (que incluem, ao longo do tempo, a nomeação de um chefe de Estado um pouco mais centrista), não haverá razão no mundo para que não sigamos em frente durante todo o milênio vindouro.

Assim, objetivo número 2: missão cumprida!

Minha visita ocorreu à hora de sempre. Alisz estava curvada sobre o vaso sanitário, as mãos se contorcendo devagar no colo.

"Tudo resolvido, mulher, pode parar de se lamentar. E também pode fechar essa torneirinha. Conversei com uma médica. É um procedimento simples. De rotina. Ela faz isso o tempo todo."

"Mas, Paul, não há médicas aqui."

"Existem *100s* de médicas aqui. São Haftlinge."

"Os médicos prisioneiros não têm instrumentos. O que eles têm são caixas de ferramentas!"

"Nem todos." Fiz Alisz se sentar a meu lado na cama e por um longo tempo procurei fazer com que ela se tranquilizasse. "Está melhor agora?"

"Estou, Paul. Graças a você, Paul. Você sempre acha uma solução."

E, para minha enorme surpresa, percebi o retraimento daqueles escrúpulos superiores que, na presença de uma mulher fertilizada, costumam me inibir. Eu disse:

"Vamos. Vamos. Aqui. Vamos nos divertir um pouco."

E fui em frente e dei-lhe 1 boa bimbada. Pensando (e esta era uma ideia que eu muitas vezes aplicava a situações mais amplas): Bem, perdido por 1, perdido por 1.000.

Eles são da máxima necessidade, meus encontros com Alisz Seisser, pois de que outra forma posso manter minha dignidade e autorrespeito? Claro que me refiro à tétrica realidade que impera na residência Doll. A gratidão e a estima constantes de Alisz (para não falar de seus arrulhos de felicidade amorosa) constituem um contrapeso crucial para a, para a...

Estou com medo de Hannah. Pronto. É preciso certo tipo de coragem para consignar uma frase dessa no papel. Mas é o caso. Como descrever esse medo? Sempre que acontece de estarmos juntos e sozinhos, sinto um vácuo no plexo solar, como um balão de ar duro.

Depois da noite do Dezember Konzert, Hannah reinventou sua aparência, sua forma exterior. Embora nunca tenha sido grande apreciadora de tamancos de madeira e de dirndls, suas roupas sempre foram de uma louvável discrição. Agora ela se veste como uma coquete — como uma coquete experiente.

Ela me lembra Marguerite, em Pucci, em Xondra, em Booboo. Não tanto por causa da maquiagem brilhante e dos pedaços de Fleisch à vista (e das Achselhohlen depiladas!). É a expressão nos Augen — expressão de cálculo astucioso. Essas mulheres estão o tempo todo conscientes da Bett, do sexo. Embora isso seja atraente numa companhia sofisticada, é profundamente aflitivo na mulher da gente.

Só posso comparar a sensação, quando estamos a sós... não ao *resultado* do fracasso sexual, e sim à sua *perspectiva*. E isso desafia toda intuição: durante os últimos 8 meses não houve, com Hannah, nenhum fracasso (e nenhum sucesso).

E ela continua, no andar de baixo, com seu ar preocupado e presunçoso. Estará sonhando com os encantos efeminados de Angelus Thomsen? Não creio. Ela está apenas caçoando da virilidade frustrada de Paul Doll.

Na noite passada, eu estava no meu "covil", tomando tranquilamente umas e outras (mas com moderação, pois ando reduzindo bastante a bebida). Ouvi o rangido da maçaneta e ela apareceu, preenchendo a porta com seu vestido verde de baile, luva até os cotovelos, os Schultern nus recebendo o peso dos anéis do Haar. Senti de imediato o sangue se indispor e esfriar. Hannah me fitou, sem piscar, até eu me virar.

Ela avançou. Muito pesada e fazendo muito barulho, sentou-se em meu colo. O plissado farfalhante do vestido quase cobriu toda a poltrona. Como eu queria me livrar daquele peso, como o desejava fora, fora...

"Sabe quem você é?", ela sussurrou (e senti seus lábios contra a penugem das minhas orelhas). "Sabe?"

"Não", eu disse. "Quem eu sou?"

"Você é um rapaz solteiro e um camisa-parda bobalhão, um palhaço violento que marcha com os camisas-pardas. Que canta canções com os camisas-pardas, Pilli."

"Continue. Se quiser."

"Você é um camisa-parda cabeçudo que, cansado de alimentar pensamentos sujos e de brincar com a Viper, adormece no beliche e tem o pior de todos os sonhos possíveis. No sonho, ninguém faz nada com você. Você é que faz coisas com os outros. Coisas terríveis. Coisas indizivelmente terríveis. Depois você acorda."

"Depois eu acordo."

"Depois você acorda e descobre que é tudo verdade. Mas você não se importa. Você volta a brincar com a Viper. Volta a ter pensamentos sujos. Boa noite, Pilli. Beijo."

Objetivo número 3. Destruir o judeo-bolchevismo de uma vez por todas.

Vamos pensar. Não temos tido muita sorte, até agora, com o bolchevismo. Quanto ao seu lado judeu...

Não faz muito tempo, ocorreu em Linz um assassinato que

provocou muitos debates. Um homem deu 137 facadas na mulher. As pessoas pareciam considerar isso excessivo. Eu, porém, imediatamente percebi a lógica daquilo. A lógica noturna.

Não podemos parar agora. Senão o que estivemos fazendo, o que pensávamos que queríamos, no decorrer dos 2 últimos anos?

A guerra contra os anglo-saxões não se assemelha à guerra contra os judeus. Neste último conflito, desfrutamos, em termos militares, de uma clara vantagem, uma vez que o outro lado não possui Exército. Nem Marinha nem Força Aérea.

(Lembrete: ter aquela conversa com Szmul *em breve*.)

Assim, vejamos. Espaço vital. Reich de 1.000 Anos. Judeo--bolchevismo.

Resultado? 2½ em 3. Yech, vou beber a isso.

Reunião de emergência no Departamento Político! Eu, Fritz Mobius, Suitbert Seedig e Rupprecht Strunck. Crise na Buna-Werke...

"Um filho da puta andou botando areia na graxa de motores", disse Rupprecht Strunck (um velho ativista do partido que, para sermos totalmente honestos, é meio bronco). "Para estragar as engrenagens."

"Wirtschaftssabotage!", exclamei baixinho.

"E tinham enfraquecido os rebites", disse Suitbert. "Para que se soltassem. E também mexeram nos medidores de pressão. Leituras erradas."

"Só Deus sabe a extensão dos danos", disse Strunck. "Deve haver dezenas de sacanas, com um coordenador na fábrica. E deve haver também um quinta-coluna. Dentro da Farben."

"Como sabemos disso?", perguntou Fritz.

Suitbert explicou. Os meliantes sabotavam equipamentos

que só teriam seu "primeiro uso" daqui a muito tempo. Assim, no momento em que utilizássemos essa ou aquela unidade da maquinaria, e a coisa emperrasse, enguiçasse, desmontasse ou explodisse, ninguém iria fazer ideia de quem a montara. Strunck disse:

"Eles têm a programação do 1º uso. Alguém passou a eles a porra do cronograma."

Apressei-me a dizer: "Burckl!".

"*Não*, Paul", disse Fritz. "Burckl era só ingênuo. Jamais traidor."

"E o culpado já foi interrogado?", perguntei.

"Foi, sim. Passou a noite toda com Horder. Nada ainda."

"Judeu, imagino."

"Não. Inglês. Um suboficial chamado Jenkins. Por enquanto está na cela surda. Depois vai passar para as mãos de Off. Depois para as de Entress, com o bisturi. Vamos ver como ele reage a isso." Fritz se levantou, arrumando os papéis. "Nem um pio sobre isso, a ninguém. Doktor Seedig, Standartenfuhrer Strunck, nem um pio à Farben. Fique de braços cruzados, Kommandant. Entendeu, Paul? E, pelo amor de Deus, *não* diga nada a *Prufer*."

Claro que as meninas estão loucas para sair por aí montadas naquela porqueira do Meinrad, mas agora ele está com um inchaço nos jarretes que quase não lhe permite andar. E já há algum tempo não temos podido contar com os tratamentos semanais da Tierpfleger Seisser! Ach. Agora dependemos das visitas ocasionais de Bent Suchanek, o condutor de mulas schludrig da Academia de Hipismo.

Ela era uma ave rara, uma judia importante do SS-Hygienic Institute (o SS-HI), 1 entre vários prisioneiros médicos que, supervisionados de perto, é claro, realizavam trabalhos de laboratório na área de bacteriologia e soros. À diferença do Ka Be (um hospital de indigentes ou depósito de infratores) e também do Bloco 10 (um forrobodó de castrações, histerectomias und so), o SS-HI assemelhava-se de forma bastante convincente a um centro dedicado à medicina. Fui lá para a conversa inicial, mas no nosso 2º encontro fiz com que ela viesse a uma sala tranquila no almoxarifado do EAP.

"Sente-se, por favor."

Alemã-polonesa, ela se chamava Miriam Luxemburg (dizia-se que sua mãe era sobrinha de Rosa Luxemburgo, a famosa "intelectual" marxista) e estava conosco havia 2 anos. Ora, as mulheres não envelhecem dignamente no KL — a causa disso é sobretudo a falta de alimentos (e a fome, a fome crônica, pode destruir todos os encantos femininos em 6 ou 7 meses). A dra. Luxemburg parecia ter 50 anos, quando provavelmente teria uns 30. Mas não era a desnutrição que reduzira seus cabelos a uma espécie de mofo fúngico e virara seus lábios pelo avesso. Ela ainda tinha alguma carne e, além disso, parecia toleravelmente limpa.

"Por questões de segurança, o procedimento terá de ser realizado por volta da meia-noite", eu disse. "Traga seus próprios instrumentos, é claro. Do que mais vai precisar?"

"De toalhas limpas e muita água fervente, senhor."

"Você vai dar a ela só um preparado, não é? Você sabe, uma dessas pílulas de que falam."

"Não há pílulas, senhor. O procedimento será dilatação e curetagem."

"Bem, faça o que for preciso. Ah, a propósito", eu disse. "É possível que as instruções estejam sujeitas a mudança." Falei, por assim dizer, num tom de conjectura. "É bem possível que as ordens de Berlim sofram modificação."

Como minha oferta inicial de 6 rações de pão tinha sido rejeitada com certa altivez, passei-lhe uma sacola de papel que continha 2 caixas de maços de Davidoffs, e depois lhe seriam dadas outras 2: um total de 800 cigarros. Eu sabia que ela pretendia gastar esse capital com o irmão, que estava resistindo, mais ou menos, num Kommando penal nas minas de urânio depois de Furstengrube.

"Modificação em que sentido, senhor?"

"A Chancelaria ainda pode optar", expliquei, "por um resultado ligeiramente diferente. No qual o procedimento não sai bem. Do ponto de vista da paciente."

"Ou seja?"

"Ou seja, senhor."

"Ou seja, senhor?"

"Haveria mais 800 Davidoffs. É claro."

"Ou seja, senhor?"

"Evipan sódico. Ou fenol. Uma injeção cardíaca simples… Ah, não me olhe assim, 'Doktor'. Você selecionou, não foi? Você fez seleções. Você separou pessoas."

"Realmente, às vezes me pediram que fizesse isso, senhor."

"E você descartou recém-nascidos vivos", eu disse. "Não adianta negar. Todos sabemos que isso acontece."

"Realmente, às vezes me pediram que fizesse isso, senhor."

"Em certo sentido, muito heroico. Partos secretos. Você arrisca a vida."

Ela não respondeu. Porque ela arriscava a vida a cada dia, a cada hora pelo simples fato de ser o que era. É isso, pensei: isso vai pôr umas bolsas sob seus olhos e alguns riscos em sua boca. Fixei nela um olhar interrogativo. Ela engoliu em seco e disse:

"Quando eu era estudante, ou residente, tinha em mente coisas muito diferentes. Senhor."

"Sem dúvida. Bem, agora você não é mais estudante. Vamos. O que é 1 picada?"

"Mas eu não sei como se faz isso, senhor. A injeção cardíaca. O fenol."

Estive a ponto de sugerir que ela seguisse pelo corredor até o SS-HI e treinasse um pouco — o lugar chamava-se "Sala 2", e eles faziam umas 60 por dia.

"É fácil. Simplíssimo, pelo que me dizem. Na altura da 5ª costela. Você só precisa de uma agulha longa. É fácil."

"É fácil. Muito bem, senhor. Faça o senhor."

Por um momento, virei o rosto, pensativo... Minha dialética anterior, em relação a Alisz Seisser, tinha sido, por fim (depois de muitas idas e vindas), a seguinte: por que correr risco? Entretanto, a alternativa também não estava isenta de perigo, e haveria o habitual estorvo criado pelo cadáver. Eu disse:

"Ora! O mais provável é que a Chancelaria siga sua resolução original. Tenho quase certeza de que não haverá mudança de plano. Água fervente, nicht?"

Imagino também que eu quisesse fazê-la se comprometer comigo. Por motivos de segurança, obviamente. Agora, porém, quando começamos a refletir sobre a exploração das trevas, podemos dizer que eu desejava que ela me seguisse, saindo da luz.

"Quando vou poder avaliar a paciente, senhor?"

"O quê, antes? Não, sinto muito, mas é impossível." Isso era literalmente verdade: ali embaixo havia guardas, havia testemunhas. "Você vai ter de cuidar dela sem vê-la antes."

"Idade?"

"29. Diz ela. Mas você sabe como são as mulheres. Ah, sim... Ia me esquecendo. É doloroso?"

"Sem ao menos uma anestesia local? Sim, senhor. Muito."

"Humm. Bem, nesse caso é melhor usarmos anestesia local. Entenda, não podemos permitir que ela faça muito barulho."

Miriam disse que precisava de dinheiro para isso. 20 dólares americanos, por favor. Eu só tinha notas de 1. Comecei a contá-las, empregando aritmética mental.

"1, 2, 3. Sua ah, tia-avó", eu disse com um ½ sorriso. "4, 5, 6."

Durante meu período leninista em Rosenheim (sempre um sonhador!), eu costumava discutir com minha futura mulher a principal obra de Rosa Luxemburgo, *A acumulação do capital* (embora Rosa criticasse o uso do terror por Lênin, certa vez ele se referiu a ela como "uma águia"). No começo de 1919, logo depois do patético fracasso da revolução alemã, Rosa Luxemburgo foi presa por uma unidade do Freikorps em Berlim — não pelos meus rapazes, dirigidos por Rossbach, e sim por um bando de valentões sob o comando nominal do velho Willi Pabst...

"10, 11, 12. Rosa Luxemburgo. Ela foi jogada no chão a golpes de cassetetes e depois lhe deram um tiro na cabeça e atiraram o corpo no Canal Landwehr. 18, 19, 20. Quantas línguas ela falava?"

"5." Miriam fixou o olhar. "Senhor, esse procedimento... Quanto mais cedo, melhor. Isso é axiomático."

"Bem, quem a vê não diz", eu disse (em minha mente, eu estava decidido). "Ela parecia muito bem na última vez que a vi." E é muito bom quando não se usam profiláticos. Franzi o nariz expressivamente e disse: "Acho que vamos esperar mais um pouco".

Szmul estava fazendo valer sua experiência em 1 das novas instalações, o crematório número 4: 5 incineradores triplos (capacidade: 2.000 em 24 horas). Essa unidade em particular tinha dado problemas sérios desde o início. Depois de 2 semanas, a parede da chaminé traseira desmoronou, e quando conseguimos consertá-la ela voltou a funcionar por apenas 8 dias antes que Szmul a declarasse "liquidada". 8 dias!

"Os tijolos refratários se soltaram de novo, senhor. E caíram no duto entre o forno e a chaminé. As chamas não têm por onde passar."

"Mão de obra ordinária", eu disse.

"Materiais de baixa qualidade, senhor. A argila recebeu críticas. Está vendo os veios descoloridos?"

"Economia de tempo de guerra, Sonder. Entendo que o segundo e o terceiro estão dando conta do recado, ahn?"

"A ½ volume, senhor."

"Meu Deus do céu. O que digo ao setor de Comunicações? Que estou me recusando a receber transportes? Ach, vamos voltar às valas, imagino. E vamos ter de aguentar mais merda da Defesa Ambiental. Me diga..."

O Sonderkommandofuhrer aprumou-se. Fechou a grade com o pé e passou o ferrolho na porta do forno. Separados por uma certa distância, nos detivemos na penumbra cinza do subterrâneo, com seu teto baixo, as lâmpadas engaioladas, os ecos.

"Diga uma coisa, Sonder. Sua sensação mudou? Por saber sua, ah... data de partida?"

"Sim, senhor."

"Claro que sim. 30 de abril. Que dia é hoje? Dia 6. Não, 7. Então. 23 dias para a Walpurgisnacht."

Ele tirou um trapo indescritivelmente imundo do bolso para limpar as unhas.

"Não espero que você me faça confidências, Sonder. Mas há alguma coisa... de positivo nisso? Em saber?"

"Sim, senhor. De certa maneira."

"Mais calmo etc. etc. Mais resignação. Bem, eu sinto muito ser um estraga-prazeres. Talvez você não aprecie sua última tarefa. É possível que não veja com bons olhos o último serviço que você vai me prestar. A mim e ao Reich."

E eu lhe dei a missão.

"Você baixa a cabeça. Parece abatido. Anime-se, Sonder! Você vai estar poupando um sem-fim de problemas a seu Kommandant. E no que diz respeito à sua pequena e pobre consciência, bem, você não terá de viver com isso por muito tempo. Uns 10 segundos, eu diria. No máximo." Esfreguei as mãos. "Diga. O que você vai usar? Pegue sua bolsa... O que é isso? Que porra de *chuço* é esse? Humm. Uma espécie de furador com cabo. Bom. Ele cabe dentro da sua manga. Experimente... Tudo bem. Agora guarde."

Fiz um movimento. Saímos do subsolo e seguimos por um túnel revestido de folhas de flandres que rangiam e silvavam.

"Ah, nós sabemos onde está a sua mulher, Sonder."

Na realidade, por mais irritante que fosse, isso já não era verdade. Pani Szmul não se achava mais no sótão da padaria no número 4 da rua Zamkowy. E quando o capataz da cozinha foi trazido para ser interrogado, confessou que ajudara a tirá-la do gueto — ela e o irmão. Eles estavam a caminho do Sul. Nisso não havia nenhum mistério: iam para a Hungria, onde os judeus, afora ocasionais razias e massacres, eram apenas cidadãos de 2ª classe (nem sequer usavam distintivos). Isso apesar da garantia pessoal do presidente Chaim Rumkowski. O mais escandaloso de tudo (não consigo engolir isto), o mais escandaloso de tudo (*realmente* não consigo engolir isto), é que a fuga tinha ocorrido diante do nosso nariz, bem diante do nariz dos Uberwachungsstelle zur Bekampfung des Schleichhandels und der Preiswucherei im judischen Wohnbezirk! E *quanto* dinheiro eu tinha dissipado?

"Alto!", exclamei.

Na, de fato eu não estava desanimado. O sumiço de Shulamit era apenas um revés teórico ou platônico: a ameaça ainda funcionaria; o sortilégio não perdera sua força. Entretanto, depois de todo o trabalho que eu tivera para localizar a mulher, para mim era irritante imaginá-la passeando sã e salva pelos bulevares de Budapeste.

"Bem, Sonderkommandofuhrer. Até o dia 30. Walpurgismacht, nicht?"

Mobius tomou um gole de sua bebida. Enxugou a boca com um guardanapo. Suspirou e disse a meia voz:

"Aquela panelinha de galinhas. Norberte Uhl, Suzi Erkel, Hannah Doll. Hannah Doll, Paul."

"Ach."

"Derrotismo. Frivolidade. Rádio inimiga... Isso fica claríssimo pelo que dizem. Mas, *Paul*, eu conversei com Drogo Uhl, e depois disso Norberte fechou a matraca. O mesmo aconteceu com Olbricht e Suzi. Eu tive uma conversa com *você* e..."

"Ach."

"Olha, eu não falei isso antes, mas você deve saber muito bem que a sua... posição aqui está por um fio. Hannah continua sorrindo e se alegrando com cada noticiazinha ruim. E você é o Kommandant! Se as coisas não mudarem, e bem depressa, vou ter de relatar o que se passa à Prinz Albrecht Strasse. Vou perguntar de novo. Quero dizer com isso que se trata de uma questão fundamental, não é? Você pode ou não pode controlar sua mulher?"

"Ach."

Resolvi me deitar a uma hora prudente, e estava deitado com um best-seller de antes da guerra, *Die judische Weltpest: Judendammerung auf dem Erdball*.

A porta se abriu. Hannah. Se não fosse o sapato de salto alto, estaria inteiramente nua. E maquiada como que para uma festa.

Caminhou e ficou parada junto de mim. Abaixou as mãos e me segurou pelo cabelo. Esfregou meu rosto com rudeza e dolorosamente nas brenhas de sua Busche, com tanta força que feriu meus lábios, e depois me soltou com um gesto de desdém. Abri os olhos e vi as contas verticais de sua Ruckgrat, as curvas gêmeas de sua Taille e os hemisférios amplos e oscilantes de sua Arsch.

Ele brinca com sua Viper, brinca, brinca e continua a brincar. Ele brinca com sua Viper, brinca, brinca e continua a brincar. A escuridão é um mestre oriundo da Alemanha. Olhe em torno: veja como ela salta, viva — onde reina a morte! Viva!

3. Szmul: um sinal

Não será nesta semana. Não será nem na seguinte. Não será nem na outra. Será na semana depois dessa.

E estarei pronto. Mas não estou pronto para isso. E deveria estar.

Um dia alguém virá ao gueto ou ao Lager e explicará a *assiduidade* quase farsesca do ódio alemão.

E eu começaria perguntando: por que fomos recrutados, por que aceitamos a campanha destinada à nossa própria destruição?

Um dia, em dezembro de 1940, minha mulher voltou da fábrica de tecidos para o quartinho sem aquecimento que dividíamos com três outras famílias e me disse:

"Passei as últimas doze horas tingindo fardas de branco. Para serem usadas na frente oriental. Para quem eu faço isso?"

Reduzida à miséria, tiritante, faminta, encarcerada, escravizada e aterrorizada, ela trabalhava para o benefício das forças que tinham bombardeado, canhoneado, metralhado e saqueado sua cidade, arrasado sua casa e matado seu pai, sua avó, dois tios, três tias e dezessete primos.

É isso, veja. Os judeus só podem prolongar sua vida ajudando o inimigo a obter a vitória — uma vitória que para os judeus significa o quê?

Tampouco devemos esquecer meus dois filhos calados, Schol e Chaim, e a contribuição deles para o esforço de guerra — a guerra contra os judeus.

Estou sufocado, estou me afogando. Este lápis e esses pedaços de papel não bastam. Preciso de cores, sons — óleos e orquestras. Preciso de alguma coisa além de palavras.

Estamos na cripta úmida e negra debaixo do Crematório IV. Doll está de pé, com a pistola numa das mãos e um charuto na outra. Alisa a sobrancelha com o dedo mínimo.

"Muito bem. Vamos treinar. Deixe a arma deslizar pela manga e cair na sua mão. E fure aquele saco ali. O mais depressa que puder... Muito *bem*, Sonder. Acho que você já tem uma certa prática, ne? Escute. Vamos repetir. Eles irão buscar Shulamith Zachariasz ao meio-dia do primeiro de maio. A menos que eu revogue minha ordem de manhã, pelo telefone. Tudo é muito simples. E bastante preciso."

Ele dá um passo à frente e se apoia em mim, colando seu queixo no meu e dizendo jovialmente, com uma chuva de perdigotos:

"Walpurgisnacht, nicht? *Walpurgisnacht. Nicht? Nicht? Yech? Nicht? Yech? Nicht. Walpurgisnacht*... Sonder, a única maneira de você manter a sua mulher viva", disse ele, "é matando a minha. Klar?"

A Terra obedece às leis da física girando em torno de seu eixo e descrevendo seu circuito ao redor do Sol. Assim os dias passam, o solo degela, o ar esquenta…

Meia-noite em ponto. O transporte veio bem desde que partiu do campo na França não ocupada. Cada vagão estava equipado com um barrilete de água e um urinol de criança. A seleção está começando, e a fila, que se estende por toda a extensão da plataforma (delineada pelo clarão branco dos refletores), mantém-se ordeira. A noite está calma, com uma leve brisa. Um bando repentino de andorinhas mergulha e volta a subir.

Eles nos atribuem um papel (estou resmungando sozinho), nos atribuem um papel à sua própria imagem, nos atribuem um papel como um ferreiro que, depois de nos dar outra forma na bigorna, nos esfregam seus fluidos, nos besuntam com eles mesmos…

Dou-me conta de que estou fitando uma família de quatro pessoas: uma mulher de seus vinte anos com uma criancinha no colo, tendo ao lado um homem de mais ou menos trinta e outra mulher, essa com uns quarenta. Percebo que é tarde demais para intervir; se houver a mais leve agitação, eu morro esta noite e Shulamith em 1º de maio. No entanto, impelido por algum mistério, me aproximo, toco no ombro do homem, puxo-o de lado e digo da forma mais expressiva com que já falei qualquer coisa:

"*Monsieur, prenez le garçon et donnez lui à sa grand-mère. S'il vous plaît, Monsieur. Croyez moi. Croyez moi. Celui n'est pas jeune?*" Sacudi a cabeça. "*Les mères ayant des enfants?*" Sacudi a cabeça. "*Que pouvez-vous y perdre?*"

Depois de alguns minutos de perturbada hesitação, ele faz o que recomendei. Quando chega a vez deles, o professor Entress seleciona dois, e não um, para a direita.

Com isso protelo uma morte — a morte de *la femme*. Por ora, salvei uma esposa. Mais que isso, pela primeira vez em quinze meses, tolerei que um homem me olhasse nos olhos. Tomo isso como um *sinal*.

Não é hoje. Não é nem amanhã. É depois de amanhã.

Estou na sala, agora vazia, do Chalezinho Pardo em que tiram a roupa. Haverá mais uma vez, um longuíssimo atraso, causado pelos dois manipuladores do Zyklon B, que, incapacitados por drogas ou álcool, terão de ser substituídos.

Estamos, a SS e eu, esperando um transporte de Hamburgo.

Os cabideiros e os bancos, bem como os letreiros em todas as línguas da Europa, conferem à área em que tiram a roupa um aspecto muito real e bem organizado, e a câmara de gás, com suas mangueiras no teto, retomou sua imitação de uma sala de chuveiros (embora não haja ralos no piso).

Aí vêm eles. Estão entrando, e meus Sonders os acompanham.

Um Unterscharfuhrer me entrega um bilhete do Lagerfuhrer Prufer, que informa:

20 vagões (aprox. 90 em cada) saídos de Hamburgo. Parada em Varsóvia: 2 vagões adicionais. Total: 22 vagões. 1.980 colonizadores menos 10% considerados aptos para trabalho = 1.782 aprox.

Vejo um menino, que evidentemente está sozinho, caminhando de uma maneira estranha e que lhe causa dor. Tem um pé torto, e a bota ortopédica terá sido deixada no monte na plataforma da estação, com todos os outros aparelhos ortopédicos, fundas para hérnias e próteses.

"Stas?", chamo. "Stanislaw."

Ele olha para mim e, depois de um instante de perplexidade, seu rosto se ilumina de gratidão e alívio.

"Sr. Zachariasz! Onde está Chaim? Eu fui procurá-lo."

"Foi procurá-lo onde?"

"Na padaria. Ela está fechada. A porta está fechada com tábuas. Perguntei no vizinho e disseram que Chaim tinha saído de lá fazia muito tempo. Com o senhor e com Schol."

"E a mãe dele? A mãe dele? Pani Zachariasz?"

"Disseram que ela também tinha ido embora."

"Num transporte?"

"Não. Andando. O irmão dela ajudou. Sr. Zachariasz, eu fui preso! Na estação. Por vadiagem. Me mandaram para a Prisão Pawiak. Achamos que iam nos fuzilar, mas mudaram de ideia. Chaim está aqui?"

"Está aqui, sim", respondi. "Stas, venha comigo. Venha. Vamos."

É primavera no bosque de bétulas. As cascas prateadas estão se soltando e o vento cortante libera gotículas de umidade nas folhas secas como papel.

Lanço ao Kapo, Krebbs, um olhar significativo e digo, *com a autoridade que me foi conferida pelo poder alemão*: "Kannst du mich mal zwei Minuten entbehren?".

Com a mão em seu braço, conduzo Stas pelo caminho delimitado por vasos de flores até a portinhola branca para transeuntes no portão maior. Paro diante dela, seguro os ombros de Stas e digo:

"Chaim está aqui. Com o irmão dele. Estão trabalhando na fazenda. Nos campos. Com um pouco de sorte, você arranja o mesmo emprego. Eles estão grandes agora. Cresceram..."

"E a minha bota? Vou precisar da bota nos campos."

"Toda a bagagem vai estar à sua espera na casa de recepção."

Um barulho me faz levantar os olhos: o carro oficial de Doll, com os pneus meio vazios e carecas derrapando furiosamente na lama. Faço um gesto para Krebbs.

"Vão lhe dar sanduíches de queijo logo, e depois vai haver uma refeição quente. Vou dizer a Chaim que venha ficar com você."

"Ah, isso vai ser ótimo", disse Stas.

E essas foram as suas últimas palavras.

"O que estava havendo aqui?", perguntou Doll ao ver o corpo arrastado por uma ambulância.

"Um encrenqueiro, senhor. Não parava de pedir a bota ortopédica."

"A bota ortopédica. É, eu percebi que havia alguma coisa *errada* com ele. Sexta-feira às seis, Sonder. No jardim. Ao anoitecer."

Eu me esquivo quando uma ave passa tão baixo que vejo sua sombra imensa se projetar em meu peito. "Ao anoitecer, senhor."

De 1934 a 1937, Stanislaw Trzeciak e meu Chaim foram como gêmeos. Passavam todos os fins de semana juntos na casa dele ou na nossa (e dormindo, inventando as desculpas mais esfarrapadas — um conto amedrontador, um gato preto vislumbrado sob a escada, o Dia das Bruxas ou, com efeito, a Noite de Valpúrgis — na mesma cama de solteiro).

Em 1938, os pais dele se divorciaram e Stas tornou-se um pequeno e valente viajante entre Łódź (o pai) e Varsóvia (a mãe). Continuou fazendo isso até bem depois da invasão. Em 1939, Stas tinha doze anos.

Agora ele cai como que desmaiado. Krebbs recua. Stas leva menos de um minuto para morrer. Transcorrem cerca de vinte segundos, e ele se vai. Há menos coisas a que dizer adeus, há menos vida, menos amor (talvez) e menos memória precisando ser dispersada.

Não será amanhã, nem depois de amanhã. Será daqui a três dias.

VI. A NOITE DE VALPÚRGIS

1. Thomsen: Grofaz

Qualquer interesse que eu pudesse ter tido pela teoria do gelo cósmico se esvaiu depois de quatro ou cinco páginas de *A teoria do gelo cósmico*. Do mesmo modo, eu me satisfiz com a relevância da Pesquisa Cultural volkisch depois de quatro ou cinco minutos na Ahnenerbe. Assim, mesmo incluindo a redação da longa súmula sobre esses temas, com uma imparcialidade e um rigor hipócritas, minha obrigação na capital tinha realmente chegado ao fim na última semana de fevereiro.

Aguentei todas as chuvas e todos os ventos de março cada vez mais aflito para voltar ao Kat Zet. Essa impaciência dilacerante não tinha como motivo Hannah Doll (aquela situação, eu tinha esperança, estava mais ou menos estática). Não, eu vivia outro tipo de dilema, determinado pelo ritmo da Buna-Werke e pelo ritmo da guerra.

E o que me detinha? A reunião indefinida — mas não opcional — com o Reichsleiter. Naquela época, tio Martin parecia estar passando a vida na troposfera, numa ponte aérea entre a Baviera alpina e a Prússia oriental, entre o Ninho da Águia e a

Toca do Lobo... Sete, oito, nove reuniões foram agendadas, e depois canceladas, pela leal Wibke Mundt — a secretária solteirona do Sekretar.

"É esse o novo interesse dele, querido", ela disse ao telefone. "Ele está totalmente fascinado."

"Com o quê, Wibke?"

"Com essa nova moda. A diplomacia. Ele só se ocupa, e continuamente, dos magiares."

Ela continuou a falar. A área de atuação de tio Martin era a Hungria — a questão da Hungria e de seus judeus.

"Sinto muito, querido. Sei o quanto você está desgastado. Mas tenha paciência e aproveite Berlim."

Diferentemente de Colônia, Hamburgo, Bremen, Munique e Mainz (junto com toda a Ruhrgebiet), Berlim ainda estava inteira. Tinha havido dezenas de raides de fustigação no fim de 40 e começo de 41; depois eles diminuíram e cessaram e, em 42, nada aconteceu. Mas todos sabiam que muito em breve os aviões enegreceriam os céus.

E isso aconteceu depois do Dia da Luftwaffe (paradas militares, espetáculos, solenidades): na noite de 1º para 2 de março, ocorreu o primeiro bombardeio de múltiplos esquadrões. Fui despertado por sirenes (três acordes sonoros seguidos por um uivo estridente). Meio apático, vesti o robe, desci e me juntei ao grupo que bebia nas adegas do Hotel Eden. Noventa minutos depois, a frivolidade decadente se evaporou de repente, e foi como se um gigante cego e cambaleante abrisse caminho em nossa direção, aos tropeções e com passos de um quarteirão, cada um dos quais provocava uma trovoada pré-histórica. Quando já pensávamos em *como* iríamos morrer (atomizados?, esmagados?, assados?, sufocados?, afogados?), também de repente Brobdingnag ou Blunderbore deu uma guinada e se dirigiu com clangor rumo ao leste.

Centenas de mortos, milhares de feridos, talvez cem mil desabrigados e um milhão de rostos macilentos e terrificados. Sob nossos pés, um tapete interminável de vidros quebrados; no alto, um céu fumarento e de um amarelo sulfúreo. A guerra, enfim, voltava para casa, ao lugar onde começara — regressava à Wilhelmstrasse.

Já havia alguma coisa muito esquisita na cidade, alguma coisa muito esquisita na movimentação e no estado de espírito das pessoas nas ruas. Depois de meia hora, percebia-se o que era: não se viam homens jovens. Havia grupos mal vigiados de turmas de trabalho de cabeça baixa (trabalhadores de territórios subjugados), como também agentes da polícia municipal e da SS; afora esses, não se viam homens jovens.

Nada de rapazes, a não ser de muletas, ou em carrinhos de mão, ou em riquixás. E quem descia os degraus para os bares da Potsdamer Platz notava as muitas mangas de paletós e pernas de calças vazias (e também, evidentemente, os muitos rostos em frangalhos).

À noite, nos corredores do hotel, viam-se fileiras de coisas que à primeira vista pareciam membros amputados — botas de cano alto deixadas do lado de fora para serem engraxadas.

“Posso começar tentando pôr a questão em perspectiva? Tenho pensado muito nisso.”

“Perfeitamente, professor. À vontade.”

“O crime sem nome começou, digamos, no dia 31 de julho de 41, no auge do poder nazista. Com a carta rascunhada por

Eichmann e Heydrich e enviada a Goring, que a devolveu com sua assinatura. A 'vontade' do Fuhrer — de uma solução *total*. A carta dizia, em essência: Durante todo o mês estivemos juntando mão de obra no Leste. Você tem a autoridade. Comece."

"Para um completo..."

"Bem, talvez eles ainda estivessem pensando que simplesmente os despejariam em algum lugar frio e ermo — *depois* da vitória fácil sobre a Rússia. Em algum lugar além dos Urais e lá pelo Círculo Ártico. Extermínio... e bem longe. Entretanto, houve uma pressão de baixo para cima — uma espécie de disputa, entre os plenipotenciários na Polônia, sobre quem tomaria as medidas mais extremas. O senhor decidiu anexar um adicional de três milhões de judeus, mein Fuhrer. Não podemos lidar com esses números. Certo? Então, em agosto-setembro, à medida que a reação polonesa se reduzia... a pressão aumentou. A barreira moral tinha sido removida. E em que consistiu isso, Thomsen? Em matar não só os homens, o que já vinham fazendo havia meses, como também as mulheres e crianças."

29 de março. Konrad Peters no Tiergarten — o jardim das feras — com suas árvores negras e capa de orvalho enfumaçado sobre a grama... O professor Peters se achava mais envelhecido e mais graduado no serviço público, e ainda mais ferino do que eu me lembrava. Baixo, imenso, parecendo uma bola de rúgbi, usava um colete coloridíssimo, gravata-borboleta e óculos de aros grossos, e sua cabeçorra estava extremamente vincada e, àquela altura, quase rigorosamente calva. Parecia um gigante ajanotado e de pernas amputadas. Eu disse:

"Eles afirmam que há uma explicação no caso das crianças, não é, professor?"

"É. As crianças de colo irão crescer e querer se vingar dos nazistas por volta de 1963. Imagino que a justificativa para as mulheres com menos de quarenta e cinco anos é que possam estar grávidas. E para as mulheres mais velhas, a justificativa é que *já que estamos com a mão na massa...*"

Ele se calou de repente e por um momento pareceu sem fôlego. Desviei o olhar. Em seguida, atirou a cabeça para trás e prosseguiu.

"As pessoas, Thomsen, as pessoas como eu e você se espantam com a natureza industrial da coisa, com sua modernidade. E isso é compreensível. O fato chama demais a atenção. No entanto, as câmaras de gás e os crematórios são apenas epifenômenos. O objetivo era acelerar o processo e, claro, *economizar*, além de poupar os nervos dos carrascos. Os carrascos... aqueles magricelas. Mas balas e piras teriam dado o mesmo resultado no fim. Eles tinham o arbítrio."

Havia muitos outros caminhantes nas trilhas do Tiergarten, em grupos de dois ou três, entregues a diálogos circunspectos. O lugar equivalia, na capital, ao Hyde Park londrino, com seu cantinho de oradores (embora ali todos falassem aos sussurros e não aos gritos). Peters disse:

"É sabido que os Einsatzgruppen já mataram bem mais de um milhão com balas. Eles teriam chegado lá... com balas. Imagine só. Milhões de mulheres e crianças. Com balas. Eles tinham o arbítrio."

Perguntei: "O que o senhor acha... que aconteceu conosco? Ou com eles?".

Ele respondeu: "Ainda está acontecendo. Uma coisa muito misteriosa e estranha. Eu não a chamaria de sobrenatural, mas apenas porque não acredito no sobrenatural. Ela *parece* sobrenatural. Eles tinham o arbítrio? De onde o tiraram? A agressividade deles tem marcas de enxofre. Um cheirinho concreto de inferno. Ou talvez, *talvez*, seja bastante humana, além de simples e comum".

"Desculpe, professor, mas como assim?"

"Talvez tudo isso seja apenas o que sucede quando se repisa sem parar que a crueldade é uma virtude. Que é recompensada como qualquer outra virtude — com promoções e poder. Não sei. O apetite de morte... Em todas as direções. Abortos forçados, esterilizações. Eutanásia... dezenas de milhares. O apetite de morte é autenticamente asteca. Saturnal."

"Então, a modernidade e a..."

"Moderno e futurista até. Como a Buna-Werke deveria ser: a maior e mais moderna fábrica da Europa. Isso misturado com alguma coisa inacreditavelmente antiga. Que remonta ao tempo em que todos éramos mandris e babuínos."

"O senhor disse que isso foi decidido no auge do poder deles. E agora?"

"Agora será continuado e talvez completado nos estertores da derrota. Eles sabem que estão perdidos."

"É verdade", concordei. "Berlim. O estado de espírito mudou completamente. Da água para o vinho. A derrota é palpável."

"Hum. Adivinhe como ele está sendo chamado agora. Depois da África. Depois de Tunisgrado. Ele está sendo chamado de Grofaz."

"Grofaz."

"Uma espécie de acrônimo. Grosster Feldherr aller Zeiten. Maior marechal de campo de todos os tempos. Não passa de um sarcasmo alemão infantil... Mas do ponto de vista expressivo, não é ruim. *Grofaz*... Tudo mudou. Não há mais saudações de braço estendido. É Guten Tag e Gruss Gott. Obrigar, por lei, dezenas de milhões de alemães a gritar seu nome trinta vezes por dia. O nome daquele pivete osterreichisch... Bem, o encantamento está quebrado. Nossa Walpurgisnacht de dez anos está chegando ao fim."

Os galhos das árvores começavam a ganhar uma penugem verde e em breve projetariam naquele lugar suas costumeiras sombras densas. Perguntei a ele quanto tempo aquilo ainda duraria.

"Ele não vai parar. Só quando Berlim parecer Stalingrado. Imagino que a Resistência possa achar um jeito de matá-lo."

"O senhor se refere aos Vons... aos coronéis."

"Isso, os coronéis Junker. Mas eles não param de discutir entre si a composição do futuro governo. Uma perda risível de tempo e energia. Como se os Aliados fossem pôr outra guarnição de *alemães* no poder. Aliás, de prussianos. Nesse meio-tempo, nosso Anticristo pequeno-burguês está abafando tudo... *by means*", disse Peters em inglês, "*of the nation's nineteen guillotines.*"*

"Então por que toda essa satisfação soturna? Não entendo por que esse ar de prazer de todo mundo."

"Eles sentem Schadenfreude até por si mesmos." Peters se calou de novo e disse com uma expressão afável: "Todo mundo está satisfeito, Thomsen. Todo mundo menos você".

E eu lhe disse por quê. Não procurei dar vida à explicação. Não disse que todas as vezes em que eu fechava os olhos via um esqueleto revestido de carne no cavalete de açoites.

"Portanto, o Grofaz e Rupprecht Strunck, juntos, me denunciaram como um Schreibtischtater." Um criminoso de escrivaninha — um *assassino de gabinete*. "E por nada."

Peters me olhou de cara feia e me apontou um dedo. "Não, não foi por nada, Thomsen. Os riscos ainda são enormes. A Buna e o combustível sintético não ganhariam a guerra, mas a prolongariam. E a cada dia que passa..."

"É o que eu sempre penso, professor. Ainda."

* "Por meio das dezenove guilhotinas do país." (N. T.)

"Os fatos hão de pôr um freio em Herr Strunck, acredite em mim. Muito em breve eles vão matar *só* as mulheres e as crianças. Porque vão precisar dos homens como mão de obra. Por isso anime-se, ahn? Veja a situação pelo lado melhor. Quer que eu lhe diga qual é a pergunta que está pairando no ar?"

"Por favor."

"Para *quem* eles estão matando os judeus? *Cui bono?* Quem vai tirar proveito de uma Europa judenfrei? Quem vai colher os frutos? Não será o Reich. Nem haverá um Reich..."

Por um instante pensei em Hannah... e nas unidades — de tempo, lugar e ação —, e no que a guerra faz a elas. Peters sorriu e disse:

"Sabe quem são as pessoas que o Grofaz mais odeia... hoje em dia? Porque elas o desapontaram? Os alemães. Observe. Depois que ele for enxotado da Rússia, todos os seus esforços se concentrarão no Ocidente. Ele quer que os russos sejam os primeiros a chegar aqui. Portanto, proteja-se."

Apertei sua mão e lhe agradeci pelo tempo que eu lhe tomara e pelo trabalho que lhe dera.

Ele deu de ombros. "Kruger? Bem, agora estamos quase chegando lá."

"Tenho certeza de que vou descobrir mais. Meu tio não consegue resistir a uma boa história. E nesse caso é claro que..."

"É. Faça isso. Eu continuo a pensar... Leipzig, janeiro de 34. Foi onde e quando o piromaníaco holandês perdeu a cabeça." Com ar de desdém, Peters disse: "O que nosso visionário vienense desejava de coração era pendurá-lo na ponta de uma corda. Seria mais degradante. Ficou espantado ao saber que desde o século XVIII ninguém era enforcado na Alemanha". Peter fez um gesto na direção do distante zimbório creme do Reichstag, estripado e abandonado. "Leipzig, janeiro de 34. Você acredita que Dieter Kruger possa ter tido alguma coisa a ver com o Incêndio?"

Wibke Mundt era uma fumante compulsiva, capaz de encher um cinzeiro com guimbas de cigarros em uma hora. Também tinha crises contínuas de tosse e ânsias de vômito. Um mês inteiro havia se passado, e agora eu estava na sala dela na Chancelaria (numa Wilhelmstrasse bastante danificada por bombas, mas reparada com eficiência)... Eu observava distraidamente os movimentos de outra secretária mais jovem, uma loura de rosto meigo chamada Heidi Richter. Com admiração distante, notei o modo como ela se inclinava para os lados, debruçava-se para a frente, agachava-se, erguia-se... Durante aqueles meses na capital, eu tinha representado o papel do asceta privilegiado, andando pelos subúrbios proletários de Friedrichshain e Wedding à tarde, jantando frugalmente e cedo no hotel (ave, massa e outros pratos não racionados, vez por outra acrescentando à dieta ostras e lagosta), antes de subir para o quarto (onde, com certo risco pessoal, lia escritores que lembravam Thomas Mann. Havia umas três ou quatro moças em Berlim com quem eu tinha o que chamávamos de "arranjos". No entanto, eu as deixava em paz. Boris teria ridicularizado meu comedimento, mas eu julgava ter ganho um certo capital emocional, e até moral, e não queria consumi-lo nem começar a viver dele. E eu era o mesmo homem que, não muito tempo antes, se entregava ao coito com a assassina Ilse Grese...

"Liebling, não adianta ficar andando de um lado para o outro", disse Wibke. "Ele ainda vai demorar um pouco para receber você. Beba uma xícara desse café horrendo."

Uma espera dentro de uma espera: eu tinha chegado ao meio-dia, e agora eram vinte para as três. Olhei de novo as duas cartas que eu pegara ao fechar minha conta gigantesca no Eden.

Em acréscimo a seu desesperador relatório semanal, Suitbert Seedig incluía um adendo confidencial sobre os últimos atos de Rupprecht Strunck. Strunck tinha abolido o unverzuglich — o trabalho dobrado. Agora os Haftlinge trabalhavam o triplo: ininterruptamente. O Canteiro Principal, como disse Seedig, *parecia um formigueiro no meio de um incêndio florestal.*

A outra carta, com data de 19 de abril, era de Boris Eltz (um correspondente decididamente relaxado, cumpre dizer). Grande parte dela estava numa espécie de código. O que os censores queriam ouvir era quase sempre o oposto da verdade, de modo que, por exemplo, quando Boris escrevia *ouvi dizer que o jovem abstêmio será promovido em breve por sua soberba eficiência e pelo lustre verdadeiramente exemplar de sua ética*, eu entendia que o Velho Bebum não tardaria a ser rebaixado por gritante incompetência e excessiva venalidade.

Sobre Hannah, ele escreveu: *eu a vi na casa dos Uhl em 30 de jan e na dos Doll em 23 de mar.*

Essas duas ocasiões deviam ter sido repugnantes. O dia 30 de janeiro assinalava o décimo aniversário da tomada do poder; e em 23 de março do mesmo inverno foi aprovado o Ato Plenipotenciário, que dissolveu o Estado constitucional — a Lei, como foi chamada, para Sanar a Aflição do Povo e da Nação…

Boris encerrava assim sua carta:

> Nessas duas recepções, seu amigo fez com que nosso comissário político a censurasse por não se harmonizar com o estado de espírito exibido por todos ali. Ela estava de fato macambúzia, enquanto os demais, é claro, sentindo no ar o cheiro da vitória, mostravam-se eufóricos, tomados de ardor nacionalista!

Falando sério, irmão. Liberaram-me seis semanas antes: meu tempo entre os austríacos chega ao fim. Hoje à noite e de coração alegre, começo minha viagem para a frente oriental. Não se preocupe. Lutarei até a morte para que Angelus Thomsen continue atraente para as mulheres arianas. E você, meu amigo, fará *tudo a seu alcance* para proteger a "Theres" de olhos azuis e cabelo dourado, nossa menina do contra dos Altos Tatras.

Sempre seu, B.

"Heidi", disse Wibke, "faça a gentileza de levar o Obersturmfuhrer Thomsen à pequena sala de jantar."

Embora não pudesse ser comparada a sério com a grande sala de jantar (aquele átrio de um salão de banquetes), a pequena sala de jantar era uma sala de jantar grande cujo pé-direito de nove metros se esforçava para conter as muitas toneladas de um lustre de cristal. Sentei-me numa cadeira junto à mesa retangular e foi-me servida uma xícara de café de verdade e um cálice de Bénédictine. O ar estava tomado por fumaça de tabaco e angústia existencial, e um homem alto, gordo e enfático, com um terno justo de colarinho do tipo asa, lia com enorme esforço uma folha de papel, suando em bicas ao dizer num alemão fluente e formal:

"Receba nossos mais sinceros agradecimentos por sua hospitalidade tipicamente teutônica, Herr Reichsleiter. Nossas lembranças demoram-se especialmente nas vistas magníficas descortinadas do famoso Ninho da Águia, na esplêndida montagem de *Tristão e Isolda*, de Richard Wagner, em Salzburgo, na excursão por Munique, com uma emocionante cerimônia no Templo dos Mártires, e, por fim, mas igualmente importante, o opíparo ágape em sua residência em Pullach, com seus belos filhos e sua afável e elegante esposa. Por tudo isso, além de nossa estada na opulência gloriosa de sua capital, Herr Reichsleiter, estendemos do imo do coração de cada um de nós as mais..."

"Gern geschehen, gern geschehen. Agora, vamos à realidade", disse o Sekretar.

Especialmente animado e de excelente humor, tio Martin pigarreou e endireitou-se na cadeira. Em seguida, com sorrisos obsequiosos — embora ligeiramente incomodados — para o tradutor, continuou:

"Berlim está ansiosa para intensificar seus fortes laços com Budapeste... Agora que os senhores estão se portando novamente como aliados, e não como um país neutro... isso está resolvido. Quanto ao outro assunto... Os senhores sabem muito bem que deploramos o afastamento do primeiro-ministro Bárdossy e que estamos francamente consternados com as políticas do primeiro--ministro Kállay... Da forma como estão as coisas, a Hungria é um verdadeiro paraíso" — ein Paradies auf Erden — "para os judeus... Todos os narizes-de-gancho" — jeder Hakennase — "da Europa positivamente anseiam por penetrar em suas fronteiras... Nós enrubescemos, cavalheiros, *enrubescemos*" — wir *erroten* — "ao refletir sobre a concepção que os senhores têm de segurança nacional!..."

Tio Martin olhou com uma expressão de pena para cada rosto. Um homem de barba escura, talvez de nível ministerial, tirou um lenço verde do bolso do paletó e, com um vigor adolescente, assou o nariz.

"Como um gesto imediato de boa-fé, nós lhes pedimos que adotem certas medidas de acordo com a jurisprudência do Reich... Em primeiro lugar, o confisco de toda a riqueza... Em segundo, a exclusão de qualquer forma de atividade cultural e econômica... E, em terceiro, a imposição da Estrela... Em seguida, eles devem ser confinados e submetidos a quarentena. O despacho" — Absendung — "deverá seguir no devido tempo...

Eu venho, senhores, da própria Wolfsschanze!... Fui incumbido de enviar uma saudação pessoal ao Regente Horthy." Ele ergueu uma ficha de arquivo e disse com um sorriso: "Para... ah, Sua Alteza Serena o Regente do Reino da Hungria... Que, quando nos honrou com uma visita há poucas semanas... pareceu estranhamente refratário a nossas recomendações... Uma saudação, pois, e também uma promessa... Mesmo que os senhores nos obriguem a utilizar a Wehrmacht, ficaremos com seus judeus... Ficaremos com seus judeus. Klar? Das ist Klar?"

"Sim, Herr Reichsleiter."

"Agora, me espere aqui, Neffe, enquanto eu acompanho nossos dignitários a seus carros."

Ele voltou em menos de um minuto. Dispensando os criados e conservando o licor, tio Martin sorveu um cálice, de pé, e disse:

"Sabe, Golo, não existe nada como isto. Mandar nações inteiras fazer isso ou aquilo." Sentou-se na cadeira ao lado da minha e apenas perguntou: "E então?".

Eu disse a ele que havia preparado um longo relatório. E acrescentei: "Mas já quero dizer que se trata de uma coisa simplíssima".

"Resuma, por favor."

"A teoria do gelo cósmico, Onkel (comecei), também chamada de Princípio do Gelo Mundial, sustenta que a Terra foi criada quando um cometa gelado, do tamanho de Júpiter, colidiu com o Sol. Durante os trilênios invernais que se seguiram, os primeiros arianos foram cuidadosamente moldados e formados. Assim, Onkel, só as raças inferiores descendem dos grandes macacos. Os povos nórdicos foram preservados criogenicamente desde a aurora do tempo terrestre — no continente perdido da Atlântida."

"Perdido como?"

"Submerso, Onkel."

"É só isso?"

"Praticamente. A Ahnenerbe é um lugar curioso. A teoria do gelo cósmico não é a única coisa que estão tentando provar. Estão buscando provar também que o Elo Perdido não foi um ser humano primitivo, e sim um tipo de urso. E que os antigos gregos eram escandinavos. E que Cristo não era judeu."

"Então o que ele era? É *tudo* assim?"

"Ele era amorita. Não, eles realizam alguns trabalhos excelentes, e bem valem o milhão que custam por ano."

Isso, pensei, eles valem cada moedinha. O fato de os empregados da Ahnenerbe serem considerados "essenciais para a guerra", o que os isentava do serviço militar, não tinha significado algum do ponto de vista militar: nenhum deles seria aprovado num exame médico; nenhum deles, às vezes eu pensava, *sobreviveria* a um exame médico. Aqueles sujeitos, com certificados de arianidade, tinham rostos malformados que pareciam concebidos por mentes deformadas: tinham olhos esbugalhados e corrimentos nasais, e eram dentuços, babões e desqueixados. A maioria deles fazia pesquisas sem pé nem cabeça ou eram semiprofissionais diletantes. Certo dia dei uma olhada no "pavilhão de anatomia": uma cabeça humana fervendo numa tigela de vidro sobre bicos de Bunsen, um jarro com testículos em conserva. O Studiengesellschaft fur Geistesurgeschichte — uma coleção de figuras de cera, uma mixórdia de gráficos e partes de corpos, de compassos de calibre, ábacos, caspa e baba...

"Mas acima de tudo é propaganda. É nisso que está a importância deles, Onkel. Para fomentar o nacionalismo. E justificar conquistas. A Polônia faz parte da Germânia aborígine... Esse tipo de coisa. Mas e o resto? Certo, me diga isso. A teoria do gelo cósmico... O que é que Speer pensa disso?"

"Speer? Ele nem se digna a dar uma opinião. Ele é um técnico. Acha tudo aquilo uma merda."

"E ele está *certo*. Fique longe disso, Onkel. O Reichsfuhrer e o Reichsmarschall não podem ganhar nada, senão zombaria, por apoiarem isso. Esqueça a teoria do gelo cósmico. E aja contra Speer. Qual é a força dele?"

Tio Martin voltou a encher os cálices. "Bem, Neffe, em fevereiro ele declarou que havia duplicado a produção de guerra em menos de um ano. E é verdade. Essa é a força dele."

"E é precisamente aí que está o perigo. O senhor vê o que ele está armando, Onkel, ele e Saukel? Speer quer o que pertence, obviamente, ao senhor. A sucessão."

"A sucessão..."

"Se, Deus nos livre..."

"Hum. Deus nos livre... Está tudo sob controle, Neffe. Os Gauleiters estão comigo. Claro que estão. Eles são homens do Partido. Assim, você sabe como é... Speer solicita um trem cheio de componentes mecânicos, e durante o trajeto meus rapazes pegam a metade. E plantei Otto Saur e Ferdi Dorsch no ministério dele. Ele vai encontrar entraves a cada passo, e tudo o que pode fazer é tentar chegar bem perto do Chefe para chateá-lo com esses problemas. Speer, hoje, não passa de mais um funcionário. Ele não é um artista. Não é mais."

"Bom, Onkel. Bom. Eu sabia que o senhor não iria ficar de braços cruzados e deixar que lhe tirassem o que lhe pertence por justiça."

Pouco depois, quando fiz uma referência ao horário do meu trem, o Sekretar acionou o serviço de transporte e anunciou que me acompanharia até a Ostbahnhof. No pátio, comentei:

"Essa porta... É incrivelmente pesada."

"Blindagem, Golo. Ordens do Chefe."

"Melhor prevenir do que remediar, não é, Onkel?"

"Entre... Está vendo? Uma limusine que até parece apertada. É o preço do poder. E então, como você passou o Ano-Novo?"

"Foi muito agradável, Tantchen e eu ficamos sentados diante da lareira até a meia-noite e dez. Depois brindamos à sua saúde e fomos nos deitar. E o senhor?"

Os batedores nos ultrapassaram para liberar o caminho. Nos cruzamentos furamos o sinal, e aí as motos passaram por nós de novo. Tio Martin balançou a cabeça, como se não acreditasse, e disse:

"Meia-noite e dez? Você acredita, Golo? Fiquei acordado até as cinco da manhã. Com o Chefe. Ficamos juntos três horas e quarenta e cinco minutos. Você já o viu de perto?"

"Claro que sim, Onkel, mas só uma vez. No seu casamento." Foi em 1929, quando Gerda e eu estávamos entrando na nossa terceira década de vida. E o chefe do NSDAP parecia tanto um maître pálido de olheiras e cruelmente sobrecarregado de trabalho que todos os civis ali, achei, faziam força para não lhe dar uma gorjeta. "Que carisma! Eu jamais me atreveria a imaginar qualquer espécie de... ah, tête-à-tête."

"Você sabia, imagino que sim, que durante anos as pessoas estiveram dispostas a trocar os próprios olhos por cinco *minutos* sozinhas com o Chefe? E eu tive direito a quase quatro horas. Só eu e ele. Na Toca do Lobo."

"Que romântico, Onkel."

Ele riu e disse: "Engraçado. Quando eu... Quando me reaproximei de Krista Groos, fato pelo qual muito lhe agradeço, senti a mesma emoção. Não que eu... Não é nada disso. Só o mesmo *nível* de euforia. Já notou, Golo, que as ruivas têm um cheiro mais forte?".

Por quinze minutos tio Martin falou de suas práticas com

Krista Groos. Sempre que eu olhava pelas janelas escurecidas, instintivamente esperava ver uma corrente de punhos erguidos e rostos rancorosos. Mas não. Mulheres, mulheres, mulheres, de todas as idades, e ocupadas, ocupadas, ocupadas, não com o que se fazia na velha Berlim (ganhar e gastar), mas ocupadas em viver, tentando comprar um envelope, um jogo de cadarços de sapato, uma escova de dentes, um tubo de cola, um botão. Todos os maridos, irmãos, filhos e pais estavam a centenas ou talvez milhares de quilômetros dali; e pelo menos um milhão deles já havia morrido.

"Eu falei que ela era famosa", eu disse no momento em que o carro parou atrás da Estação Polônia.

"Merecem a fama que têm, Golo. Merecem a fama que têm. Hum, eu trouxe você cedo para cá por uma razão. Antes de você embarcar, vou lhe prestar uma pequena homenagem. O estranho caso de Dieter Kruger. Eu não devia fazer isso, claro. Mas o caso já não tem importância."

"Ah, o senhor é um bom sujeito, Onkel."

"Uma noite antes de sua execução, fizemos uma visitinha à cela de Kruger. Eu e alguns companheiros. Você nunca vai adivinhar o que fizemos."

Enquanto o Sekretar contava sua história, eu baixei a janela do carro para sentir o ar. Sim, era verdade. Da mesma forma que o Reichskanzler (muito temido nesse sentido por todos os interlocutores, até Onkel), a cidade sofria de halitose. Berlim tinha mau hálito. Isso acontecia porque a comida e a bebida estavam sendo preparadas, processadas e bem possivelmente inventadas pela IG Farben (e pela Krupp, Siemens, Henkel, Flick e o resto). Pão químico, açúcar químico, salsicha química, cerveja química, vinho químico. E quais eram as sequelas? Gases, botulismo, escrófula e furúnculos. O que fazer quando até o sabonete e a pasta de dentes fediam? Mulheres de olhos amarelos emitiam ventosidades abertamente, mas isso era apenas metade da história. Elas estavam peidando pela boca.

"No peito nu dele!", concluiu tio Martin, com seu sorriso mais escancarado. "No peito nu dele. Você não acha engraçadíssimo?"

"Essa foi uma das melhores que já ouvi, Onkel", eu disse, sentindo-me desmaiar. "Como o senhor prometeu... O nacional-socialismo no seu lado mais cáustico."

"Impagável. Impagável. Meu Deus, como nós rimos." Ele consultou seu relógio e se calou por um instante. "Um lugar terrível, a Wolfsschanze. É quase como um KZ de bolso, só que as paredes têm cinco metros de espessura. Mas o Chefe... Ach, o Chefe está preparando uma surpresa desagradável para os nossos amigos na frente oriental. Fique de olho na protuberância de Kursk. Quando o solo endurecer. Operação Cidadela, Neffe. Fique de olho na saliência de Kursk."

"Vou fazer isso. Bem, Onkel. Não é preciso dizer que tenho uma dívida eterna com o senhor. Dê um beijo meu na Tantchen."

Ele franziu a testa e disse: "Sua Hannah. Não faço nenhuma objeção às medidas dela. Pelo contrário. Por que você acha que me casei com Fraulein Gerda Buch? Mas os lábios dela, Golo... Os lábios de Hannah. São largos demais. Chegam quase nas orelhas."

Meus ombros se contraíram. "É uma boca muito bonita."

"Hum... Imagino que essa boca fique muito bem", disse ele, "se seu pau estiver dentro dela. Foi um prazer, como sempre, meu querido Golo. Cuide-se."

Boris partira feliz para a guerra, e eu também estava tomado de emoção ao me preparar para seguir rumo à minha própria linha de combate na frente oriental.

Os trens expressos que iam para a Polônia ou voltavam de lá nunca estavam cheios, pois os poloneses não tinham permissão de viajar neles. Nem em quaisquer outros trens, sem autorizações especiais, nem em qualquer bonde, nem em qualquer ônibus. Também estavam proscritos de teatros, concertos, exposições, cinemas, museus e bibliotecas, assim como proibidos de possuir ou usar máquinas fotográficas, rádios, instrumentos musicais, gramofones, bicicletas, botas, pastas de couro e livros didáticos. Além disso, qualquer pessoa de etnia alemã podia matar um polonês onde e quando quisesse. No entender do nacional-socialismo, os poloneses igualavam-se a animais, mas não eram insetos ou bactérias, como os prisioneiros de guerra russos, os judeus e também os roma e sinti — as Alisz Seissers deste mundo.

Por isso eu dispunha de um compartimento só para mim e de dois leitos, a escolher. Fazia muito tempo que todos esses luxos se achavam temperados com náusea (como era humilhante, como era vexatória, a filiação ativa à raça dominante), e eu tirava algum consolo do fato de todas as superfícies visíveis do interior do trem apresentarem uma espessa camada de sujeira. Meio centímetro de sujeira na Alemanha: a guerra estava perdida, a Alemanha estava perdida. Acomodei-me para a viagem de oito horas (depois ainda haveria as três horas até Cracóvia). Mas eu voltaria ao Kat Zet para a Noite de Valpúrgis.

Houve um breve atraso, causado pelo engate do vagão-restaurante. Eu confiaria, claro, na cesta preparada para mim nas cozinhas heroicas (e inacreditavelmente caras) do Hotel Eden. Ouviu-se um apito.

Agora Berlim começou sua jornada para oeste — a Friedrichshain com suas glândulas sebáceas bloqueadas e suas lanchonetes pestilenciais, a Ahnenerbe com seus crânios e esqueletos, suas caspas e seus ranhos, a Potsdamer Platz com seus rostos arrasados e seus uniformes semivazios.

* * *

Às quatro da tarde, eu estava de volta à Cidade Velha. Era minha intenção tomar um banho, vestir roupas limpas e ir me apresentar na *villa* do Comandante. Ah, um cartão-postal do Oberfuhrer Eltz. *Já sofri um ferimento*, escreveu Boris, *uma contusão no pescoço, o que é uma chateação; mas isso não me impedirá de participar do ataque de amanhã*... As duas últimas linhas tinham sido cuidadosamente apagadas.

Maksik, o famoso caçador de ratos, estava sentado, de olhos fechados, no tapete úmido ao lado do refrigerador fechado com uma corda. Imaginei que Agnes houvesse passado ali na véspera e deixado Max para que fizesse seu trabalho. Ele parecia muito bem alimentado; agora, cumprida a sua tarefa, tinha assumido uma postura confortável, em cima da cauda e das quatro patas.

No meio da sala, senti meus passos se tornarem mais lentos. Alguma coisa estava diferente, alterada. Nos dez minutos seguintes, examinei a superfície das mesas e abri rapidamente gavetas e armários. Meus cômodos, era claro, tinham sido revistados. O estilo da Gestapo em questões como essa era: ou uma visita fantasmagórica e quase indetectável; ou um terremoto seguido de furacão. Minha moradia não tinha sido vasculhada, e sim inspecionada de maneira informal e desleixada.

Banhei-me com mais vontade e vigor que de costume, porque sempre se sente a mácula — apenas um pouco repulsiva nesse caso — da violação (imaginei Michael Off rolando um palito na boca enquanto mexia nos meus artigos de higiene pessoal). Mas ao me esticar na banheira por um instante, antes do enxágue final, bem, meu palpite foi que aquilo era apenas uma advertência, ou mesmo rotina, e que muitas pessoas, talvez todo o pessoal da IG, tivesse passado por uma vistoria. Tirei do guarda-roupa meu terno de tweed.

Quando voltei à cozinha, Max estava se empertigando; flexionou as patas dianteiras e veio na minha direção. Embora em geral ele fosse uma criatura destituída de sentimentalismos, de vez em quando, como agora, esticava-se todo, dava um tempo e desabava de costas. Estendi a mão e afaguei sua cabeça e garganta, esperando seu rom-rom. Mas o gato não ronronou. Olhei para seus olhos, e eles eram os olhos de uma espécie de felino bem diferente, quase secos, tamanhas eram a severidade e a inimizade. Puxei a mão depressa — mas não o suficiente. Havia uma listra fina e vermelha na polpa do meu polegar, que, em mais ou menos um minuto, eu sabia, começaria a gotejar.

"Seu bostinha", eu disse.

Ele não fugiu, não se escondeu. Ficou ali, de costas, me fitando com as garras desembainhadas.

Era duplamente esquisito ver a fera que havia dentro dele. Porque à noite, no trem, eu tinha sonhado (de maneira profética) que o jardim zoológico na Budapesterstrasse, defronte ao Hotel Eden, estava sendo bombardeado pelos ingleses. Homens da SS corriam ao redor das jaulas entortadas, atirando nos leões e nos tigres, nos hipopótamos e rinocerontes, e tentavam matar todos os crocodilos antes que eles deslizassem para o rio Spree.

Eram cinco e quarenta e cinco da tarde quando desci os degraus e saí para a praça. Avancei pelos escombros da sinagoga, segui pelas curvas e descidas das ruelas até o caminho plano e entrei na Zona de Interesse, aproximando-me cada vez mais do cheiro.

2. Doll: a punição suprema

Passei a acreditar que aquilo foi um erro trágico.

Deitado na cama ao amanhecer e preparando-me para mais uma imersão nos ritmos brutais do KL (alvorada, banheiro, Dysenterie, trapo de pé, chamada, Stucke, estrela amarela, Kapo, triângulo preto, Prominenten, turmas de trabalho, Arbeit Macht Frei, banda de música, Selektion, lâminas de ventiladores, tijolos refratários, dentes, cabelo) e para enfrentar 1.000 desafios ao meu estilo reservado de comando, penso nas coisas e, sim, passei a acreditar que tudo foi um erro trágico — casar-me com uma mulher tão grande.

E também com uma mulher tão jovem. Porque a verdade amarga é...

Não desconheço, claro, o combate corpo a corpo, como demonstrei, creio, na frente iraquiana durante a Grande Guerra. Naqueles casos, entretanto, meus adversários estavam quase sempre gravemente feridos ou incapacitados devido à fome ou a doenças. E mais tarde, no meu período em Rossbach, embora houvesse escaramuças em pequena escala und so, não aconteciam choques violentos, nenhum choque com *sangue*, a menos que se considere assim a história com o mestre-escola em Parchim, e naquele caso eu gozava de uma clara vantagem numérica (5 contra 1, ne?). Seja como for, tudo isso foi há 20 anos, e desde então, na realidade, tenho sido um burocrata sentado diante de uma mesa com uma bunda que aos poucos vai suando e molhando a cadeira de encosto duro.

Não que um sujeito precise ser um gênio para entender aonde eu quero chegar. Não posso fazer o necessário — aquilo que restauraria a ordem e a satisfação, além de segurança no emprego, à *villa* alaranjada: não posso bater nela (e depois dar na bruxa gigante uma boa bimbada no quarto). A porra da mulher é grande demais.

E a pequenina Alisz Seisser — Alisz não mete mais medo do que Paulette. Ela conhece seu lugar e recua para ele no instante em que o Sturmbannfuhrer começa a olhar feio!

"Pare já com essa choradeira. Ouça, isso acontece o tempo todo e no mundo inteiro. Não é preciso dar um espetáculo por causa disso."

O tamborete, o banheiro químico, o caldeirão de água finalmente começando a ferver sobre o fogareiro do escritório...

"Ah, Alisz, anime-se. Estamos oferecendo a você uma solução limpa. É uma coisa que você deveria comemorar... Com uma garrafa de gim e um banho quente. Nicht? Vamos, dê um sorriso... Ach. Buá-buá-buá. Tudo bem. Já passou ½ do processo. Buá-buá-buá-buá-buá. Será que você consegue se controlar sozinha, moça? Ou precisa levar outro tapa?"

Ela trouxe uma boa quantidade de equipamento, essa Miriam Luxemburg.

1º armou uma bancada portátil (parecia uma mesa cirúrgica

em miniatura) e arrumou seu material em cima de um pano azul: seringa, espéculo, pinça e uma vareta de madeira comprida que tinha na ponta um aro de metal com recortes. Os instrumentos pareciam ser de razoável qualidade e eram muito, muito melhores do que os da bolsa de ferramentas de jardinagem, aos quais até os cirurgiões da SS de vez em quando recorrem.

"Só eu senti", perguntei, com toda calma, "ou havia mesmo no ar, hoje, uma leve sensação de primavera?"

Um pouco aborrecida, talvez, por causa das minhas repetidas protelações do procedimento, Luxemburg deu um sorriso desanimado, e Alisz, que a essa altura estava com uma espécie de tira de couro na boca, nada respondeu (claro que fazia um bom tempo que ela não saía para o ar livre). Usando uma camiseta branca, a paciente estava deitada na cama de armar, com toalhas servindo de colchão, com as pernas separadas e os joelhos erguidos.

"Quanto tempo mesmo vai demorar?"

"20 minutos, se tudo correr bem."

"Pronto. Ouviu, Frau Seisser? Não é preciso todo esse espetáculo."

Eu tinha decidido dar o fora assim que o procedimento começasse, pois sou muito sensível a tudo que diz respeito a mulheres e seus órgãos. Mas fiquei ali enquanto Luxemburg aplicava a solução antisséptica e a anestesia local. E continuei enquanto ela realizava o processo de dilatação com o espéculo e seu efeito de pinça invertida. E permaneci durante a curetagem.

Achei minha reação muito esquisita. Busquei em meus sentidos sinais de mal-estar, mas nada encontrei.

No carro, ao levar Luxemburg de volta ao Instituto Higiênico (e lhe dar a sacola de papel que continha os 400 Davidoffs adicionais), perguntei-lhe quanto tempo demoraria para a pequena Alisz voltar a ser o que era.

* * *

Em 20 de abril, claro, comemoramos o 54º aniversário de uma certa pessoa. Uma festa meio desanimada no Rancho dos Oficiais, com Wolfram fazendo as honras da casa como mestre de cerimônias.

"Dem Prophet der den Deutschen Status, Selbstachtung, Prestige, und Integritat restauriert!"

"… Einverstanden."

"Der Mann der seinen Arsch mit dem Diktat von Versailles abgewischt!"

"… Ganz bestimmt."

"Der Grosster Feldherr *aller Zeiten*!"

"… Richtig."

A única pessoa que respondia com algum entusiasmo, além de mim e do jovem Wolfram (o bom rapaz acabou meio imprestável), era minha mulher.

"Veja só", murmurei, "você entrou no espírito da festa de aniversário."

"Entrei", ela murmurou.

Hannah chamava demais a atenção, como sempre. Vestida como uma prostituta de rua, ela respondia às intermináveis saudações (em voz muito mais alta do que o necessário) e depois se entregava a risadas satíricas, dirigidas à solenidade circunspecta da ocasião. Fechei os olhos e agradeci a Deus: Fritz Mobius estava de licença.

"É, eu entrei no espírito do aniversário", disse ela, "porque com alguma sorte este será o último dele. Agora, como será que esse babaca de merda vai dar fim à vida? Imagino que ele tenha algum comprimido nojento… Você sabe, guardado para tempos difíceis. Deram 1 a você também? Eles dão esses comprimidos a todos os babacas importantes? Ou você não é tão importante assim?"

"Alta traição. E sem dúvida merecedora", retruquei com autocontrole, "da punição suprema... É o que você merece. Para parar de rir."

Eu só quis ver a expressão no rosto dela.

Agora é aspergilose: fungo nos pulmões.

Já que a Academia de Hipismo não quer nem ouvir falar de receber Meinrad de volta, propus vendê-lo ao tropeiro schmierig, para nos livrar dele. O resultado? Santo Deus, um sem-fim de lamúrias juvenis. Nesse sentido, Sybil não é nada melhor do que Paulette. Elas praticamente passaram a morar no puxadinho imundo de Meinrad, afagando-o enquanto ele jaz de lado ali, ofegante.

Sabe de uma coisa? Eu *sinto falta* de Dieter Kruger!

Eu e meus muckers nos divertimos demais com ele em 1933, em sua cela em Dachau; depois disso ele se tornaria a fonte de mais diversão improvável no período 1934-40. Ach, mandei o amigo Kruger de prisão em prisão e de um campo a outro — eu o punha onde minha imaginação mandasse. Assim que a guerra se aproximou, eu o fiz aplainar dunas em Stutthof, extrair pedras em Flossenburg e trabalhar nas barreiras de argila em Sachsenhausen. Ah, eu o mantinha esfarrapado e quebrava a cabeça para intensificar seus sofrimentos (solitária, Kommando penal, rações de fome, uma experiência médica aqui, 75 chibatadas ali). De qualquer forma, ao que parece, eu me deixei levar; exagerei, evidentemente, e deixei de gozar de crédito.

O destino de Kruger era a única coisa que exercia alguma

influência sobre Hannah. Antigamente, podia-se até, a muito custo, arrancar dela, de vez em quando, uma trepada sofrida usando-se o nome do amigo Kruger. Ach, como esses estratagemas extáticos parecem distantes hoje!

Eu sinto *falta* de Dieter Kruger.

"Você vai ver os fogos de artifício?", perguntou Fritz Mobius. Estávamos indo para a sala dele, passando pelos funcionários curvados sobre suas mesas. Bunker 11: Gestapo.

"As moças vão. Eu vou ver do meu jardim."

Nenhuma referência a Hannah, nenhuma referência à disciplina conjugal: Fritz estava sério e preocupado com o assunto em pauta.

"Como foi sua licença?", perguntei (a residência da família ficava no que tinha sobrado de um bloco de apartamentos no centro de Bremen). "Só cerveja e boliche na grama?"

"Ah, pare com isso", ele respondeu, cansado, enquanto corria os olhos pela 1ª página do relatório de Rupprecht Strunck. "Quer dizer que esse puto é o coordenador na fábrica?"

"Exatamente. O suboficial, Jenkins, dedurou esse sujeito e depois Strunck achou o cronograma na casa de ferramentas."

"Ótimo. Ach, Paul. O apartamento está sem vidraças, sem eletricidade, sem água... Só na hora do almoço a gente acaba de organizar a cagada da manhã. É preciso caminhar 4 quarteirões para encher o balde da descarga."

"Ja?"

"Hum. E todo mundo só fala de *batatas*." Ele passou uma página e sublinhou alguma coisa. "Minha mulher me enche o saco querendo que eu me vire em... batatas. A mãe dela é a mesma coisa. E a irmã. Batatas."

"Batatas."

"E no abrigo, Jesus Christus, você precisava ver o jeito como eles olham para os sanduíches dos outros. Eles *comem* com os olhos, Paul. Hipnotizados. É patético." Mobius bocejou. "Tentei descansar um pouco. Até parece… Vamos lá."

Mobius seguiu na frente, descendo os degraus de pedra, que rilhavam, para o subsolo do 2º nível.

"E há quantos dias esse cavalheiro está sob nossos cuidados?"

"Ah, 6 dias", respondi. "Quase uma semana."

"Isso mesmo, Paul", ele disse por cima do ombro (eu podia adivinhar que ele estava sorrindo), "6 dias são quase uma semana. E então? Quem foi a pessoa da Farben que deu a ele o cronograma de 1º uso?"

"Ele não diz."

Fritz parou de repente, fazendo o degrau rilhar ainda mais. "O que você quer dizer com ele não *diz*? Entendo que já jogaram os cachorros nele, não é? E o eletrodo na racha?"

"Ja, ja."

"É mesmo? E Entress?"

"Naturlich. Entress esteve com ele. Duas vezes. Horder disse que esse puto é um masoquista. Bullard. Bullard parece que gosta do que fazem com ele."

"Ah, Deus tenha piedade de nós."

Mobius correu os ferrolhos. Na cela havia 2 homens, Michael Off meio adormecido num tamborete, com um lápis na boca, e Roland Bullard deitado de lado no chão. Notei, fascinado, que a cabeça de Bullard parecia uma romã cortada ao meio.

Mobius suspirou e disse: "Excelente trabalho, Agente". Suspirou de novo. "Agente Off, um homem que esteve na cela surda por 72 horas, um homem que por duas vezes sentiu o toque do bisturi do professor, *não* vai ver a luz por causa de mais 1 chute no rosto. O senhor pode *ficar de pé* ao menos quando fala comigo?"

"Ortsgruppenleiter!"

No meu modo de entender, Fritz estava se expressando muito bem. Um homem que...

"Alguma imaginação? Um pouco de criatividade, Off? Ah, não."

Com a ponta da bota, Mobius cutucou o capitão Bullard debaixo do braço.

"Agente. Vá à Kalifornia e me traga de lá alguma Sarinha bem bonitinha. Ou você já fez tanta merda que nem *enxerga* mais? Vire a cabeça dele... Xi, os olhos dele não existem mais." Mobius sacou a Luger e disparou dois tiros ensurdecedores no colchão de palha. Bullard estremeceu. "Muito bem. Ele não está enxergando. Mas está escutando."

Mais uma vez, achei o raciocínio de Fritz fundamentalmente correto. Muito bem, ele não enxerga, mas enquanto puder...

"Os britânicos são irremediavelmente sentimentais. Até com os judeus. Paul, eu garanto que isso estará acabado em 2 piscadelas de olhos. Um homem como Bullard... há muito tempo deixou de se importar com o que acontece *com ele*."

O que foi que encontrei no Clube dos Oficiais nesta alegre sexta-feira senão um exemplar de *Der Sturmer*? Na primeira página, como de hábito, vemos uma concepção artística de como seria um ataque libidinoso de Albert Einstein a uma sonolenta Shirley Temple...

Não me canso de insistir no seguinte: Julius Streicher fez um enorme mal a tudo que há de mais judicioso no nosso movimento, e *Der Sturmer* pode ser a única razão pela qual, diferentemente do plano inicial do Redentor, o antissemitismo exterminador não "pegou" no Ocidente.

Afixei no quadro de avisos do Clube uma advertência a todos os oficiais (claro que não se pode fazer muito sobre os soldados rasos). Quem for encontrado com esse pasquim imundo vai 1) deixar de receber um mês de soldo e 2) perder a licença anual.

Somente com as mais rigorosas medidas, impostas sem medo nem favor, consigo convencer certas pessoas de que sou um homem que não volta atrás no que diz.

“Venha ao jardim, Hannah.”

Ela estava ½ enrodilhada na poltrona diante da lareira, com um livro e uma bebida, e suas Beine mais a seu lado do que sob ela, nicht?

“Venha ver os pistolões explodindo no céu. Ah, sim… Faça o favor. O Klempnerkommandofuhrer *Szmul*, logo ele, quer lhe dar um presente. É seu admirador.”

“Ah, é? Por quê?”

“Por quê? Você não me disse que um dia deu bom-dia a ele? É o bastante para uma pessoa do nível dele. Mencionei sem querer que era seu aniversário e ele quer lhe dar um presente. Venha, está agradável aqui fora. Não me importo se você fumar. E preciso lhe contar uma coisa sobre o nosso amigo Herr Thomsen. Vou pegar seu xale.”

O céu tinha uma tonalidade rosa-escura comum, cor de manjar branco com um pouco de café. Lá embaixo, as chamas da fogueira subiam e rodopiavam. Percebia-se no ar enfumaçado o cheiro penetrante das batatas assadas.

“Me dizer o que sobre Thomsen?”, ela perguntou. “Ele voltou?”

Respondi: “Hannah, espero sinceramente que não tenha havido nenhum tipo de aproximação entre vocês 2. Porque ele é um traidor, e temos prova disso, Hannah. Um sabotador imundo. A mais pura escória. Ele andou destruindo algumas máquinas da maior importância na Buna-Werke”.

Percebi a carga de desagravo, feita ½ de alegria e ½ de desafogo estoico, na reação de Hannah:

"Ótimo."

"Ótimo, Hannah?"

"Isso mesmo, ótimo. Eu o admiro e o aprecio ainda mais por isso."

"Bem, ele está em muito maus lençóis", eu disse. "Tremo ao imaginar o que o amigo Thomsen vai enfrentar nos próximos meses. A única pessoa capaz de aliviar seus sofrimentos sou eu."

Eu estava sorrindo, e Hannah sorriu também e disse: "Ah, claro".

"Pobre Hannah. Sente uma atração fatal pela ralé das nossas prisões. O que aconteceu, Hannah? Você foi molestada sexualmente na tenra idade? Quando era criancinha, brincava demais com sua xoxotinha?"

"Nicht? Você não diz sempre *nicht*? Depois de 1 de suas piadas?"

Eu ri: "Só quero dizer que você não parece ter muita sorte com seus namorados. Vamos, Hannah. Isso poderia levar a uma investigação. Sobre você. Garanta-me uma coisa. Você se envolveu, de alguma forma, nas atividades dele? Pode jurar, com a mão no coração, que não fez nada para prejudicar o nosso projeto aqui?".

"Não o suficiente. Fiz o Kommandant de Piepl. Mas isso não foi difícil."

"Obrigado por me dizer isso, Hannah. Está muito bem… Agora pare de rir. Está apreciando seu cigarro?"

Eu só queria ver a expressão no rosto dela.

"Por que você pegou sua pistola?"

"Conduta-padrão com um Haftlinge. Aí vem ele. Com seu presente. Veja. Ele já vai pegá-lo para você."

3. Szmul: nem tudo de mim

Não será hoje de manhã nem hoje à tarde. Será no fim do dia, quando a noite cair.

Embora eu viva no presente e faça isso com uma firmeza patológica, lembro-me de tudo que me aconteceu desde que vim para o Lager. Tudo. Lembrar uma hora levaria uma hora. Lembrar um mês levaria um mês.

Não posso esquecer porque não posso esquecer. E agora, no fim, todas essas memórias terão de ser dispersadas.

Só existe um resultado possível, e é o resultado que eu quero. Com isso provo que minha vida pertence a mim, e só a mim.

Indo para lá, vou enterrar, dentro da garrafa térmica e debaixo da groselheira, tudo o que escrevi.

E por causa disso nem tudo de mim morrerá.

CONSEQUÊNCIAS

1. Esther: perdida em recordações

Mais ou menos cronologicamente...

Szmulek Zachariasz parou de viver mais ou menos às seis e quarenta e cinco de 30 de abril de 1943 — uma hora depois da minha prisão.

Roland Bullard levou uma bala na nuca no Primeiro de Maio.

Fritz Mobius sofreu um ataque cardíaco fatal no dia 1º de junho, ao fim de um interrogatório que durou a noite toda.

Seis semanas depois, em 12 de julho, Boris Eltz foi morto no dia que marcou a derrota alemã em Kursk: um combate de treze mil tanques num campo de batalha do tamanho do País de Gales. Seu Panther, desvairado, não passava de uma bola de fogo no momento em que ele o lançou de lado contra dois T-34 russos; ele recebeu a medalha póstuma *pour le mérite*.

Wolfram Prufer, com dois outros SS, foi agredido até a morte com pedras e picaretas na revolta do Sonderkommando de 7 de outubro de 1944.

Konrad Peters estava entre os cerca de cinco mil suspeitos

presos pelo atentado malogrado de 20 de julho de 1944; estava também entre os cerca de doze mil prisioneiros que morreram de tifo em Dachau nos quatro primeiros meses de 1945.

Tio Martin, Martin Bormann — bem, passaram-se vários anos até os fatos serem finalmente comprovados. Ele foi ferido por uma granada de artilharia russa (depois ingeriu cianureto) ao tentar fugir da Chancelaria em Berlim, nas primeiras horas de 1º de maio de 1945, depois do suicídio conjunto dos recém-casados e da posterior incineração do casal, que ele supervisionou (com Goebbels). Foi condenado à morte *in absentia* em 1º de outubro de 1946.

Ilse Grese foi enforcada na Prisão Hamelin, na Zona Britânica, em 13 de dezembro de 1945. Tinha vinte e dois anos. Durante toda a noite, cantou em voz alta "Horst Wessel Lied" e "Ich Hatt' einen Kameraden". Sua última palavra (pronunciada "languidamente", segundo seu carrasco, Pierrepoint, que também cuidou do lorde Haw-Haw), foi *schnell. Depressa*.

Paul Doll foi rebaixado em junho de 1943, passando a ocupar um cargo burocrático na Inspetoria de Campos de Concentração, em Berlim (que vinha sendo bombardeada todas as noites e, logo mais, todos os dias e todas as noites), e posteriormente renomeado Comandante em maio de 1944. Capturado em março de 1946, foi julgado em Nuremberg e entregue às autoridades polonesas. Como parte de sua declaração final, Doll escreveu: "Na solidão de minha cela, cheguei à amarga conclusão de que pequei gravemente contra a humanidade". Foi enforcado do lado de fora do Bunker 11, no Kat Zet I, em 16 de abril de 1947.

O professor Zulz e o professor Entress estavam entre os médicos nazistas julgados na União Soviética no começo de 1948 e sentenciados ao "quarto" — vinte e cinco anos nos campos de trabalho escravo do Gulag.

Treze executivos e gerentes da IG Farben (não incluindo

Frithuric Burckl) foram condenados em Nuremberg em julho de 1948. Suitbert Seedig foi condenado a oito anos de prisão por escravidão e assassinato em massa. Rupprecht Strunck, tirado de sua aposentadoria precoce (iniciada em setembro de 1943), recebeu uma sentença de sete anos de reclusão por pilhagem e destruição de provas, escravidão e assassinato em massa. A Buna-Werke jamais produziu um só quilograma de borracha sintética nem um único mililitro de combustível sintético.

Alisz Seisser contraiu tuberculose óssea e, em janeiro de 1944, foi transferida para o campo de Theresienstadt, perto de Praga (um campo que de vez em quando recebia melhoramentos na linha das "aldeias Potemkin"). É bem possível que ela tenha sobrevivido à guerra.

O destino de Esther Kubis, ao menos para mim, é desconhecido. *Ela não se deixará derrotar,* Boris costumava dizer. *Ela é audaciosa, e por fim seu espírito se recusará a se dobrar a eles.* Com frequência ele citava a primeira coisa que ela lhe disse. Que foi: *Eu não* gosto *daqui e* não *vou morrer aqui*...

Eu a vi pela última vez em 1º de maio de 1943. Estávamos num Bloco fechado, só nós dois. Eu esperava transporte para outro campo (que acabou sendo Oranienburg); Esther cumpria as últimas horas de um confinamento de três dias (sem comida nem água) por não ter arrumado a cama, ou não tê-la arrumado de acordo com as normas — Ilse Grese era muito exigente na arrumação das camas.

Conversamos por quase duas horas. Falei a Esther da promessa que Boris arrancara de mim (fazer tudo o que eu pudesse por ela), promessa que não havia mais como eu cumprir (não tinha nada a lhe dar, nem mesmo meu relógio de pulso). Ela escutou minhas recomendações com uma atenção genuína, achei — porque agora eu estava, evidentemente, do lado errado do Reich. Tampouco corrigi sua silenciosa inferência de que também Boris, talvez, não fosse tudo o que parecia ser.

"Esther. Este pesadelo louco vai acabar", concluí, "e a Alemanha vai perder. Mantenha-se viva para ver isso com seus próprios olhos."

Depois disso cochilei, pois tivera uma noite longa e repetitiva, mas não especialmente brutal, no Departamento Político. Durante as seis primeiras horas, tive a companhia de Fritz Mobius, que, apesar de uma profusão de gritos inacreditavelmente vociferantes (a fúria alemã milenária não era simulada, não era teatral), não usou de força. Na troca de turno, à meia-noite, Paul Doll passou por ali. Ele me pareceu claramente tenso e furtivo, mas deu um jeito de me estapear algumas vezes, como se levado por um espontâneo desgosto patriótico, e me socou o estômago (esmurrando-me um pouco acima do plexo solar). Dali até a madrugada, foi a vez de Michael Off, que fez um pouco mais da mesma coisa; parecia que alguém tinha dito a eles que não deveriam deixar marcas.

Isso foi curioso. O aspecto de Doll me lembrou um minerador de carvão deixando seu turno. Em sua túnica e nas perneiras, reluziam pintinhas brilhantes e, nas costas, havia um caquinho do tamanho de uma moeda. Um caquinho de espelho.

Mobius, Doll, Off — todos eles gritavam, berravam a mais não poder. De forma vaga e confusa, fiquei imaginando se a história do nacional-socialismo poderia ter se desdobrado em alguma outra língua...

Quando acordei, Esther estava de pé diante da janela, com os antebraços apoiados no peitoril. Era um dia de uma luminosidade excepcional, e me dei conta de que ela estava olhando para as montanhas da região dos Sudetos. Tinha nascido e fora criada, eu sabia, nos Altos Tatras, cujos picos eram perpetuamente cobertos de gelo refulgente. Visto de perfil, seu rosto exibia uma testa franzida e um meio sorriso; ela estava tão perdida em recordações que não ouviu a porta ranger e se abrir às suas costas.

Hedwig Butefisch entrou no Bloco. Deteve-se e dobrou os joelhos, quase se agachando. Moveu-se em silêncio para a frente, dando um beliscão numa das coxas de Esther — sem nenhuma maldade, longe disso, mas de brincadeira, com força suficiente apenas para assustá-la.

"Você estava sonhando!"

"E você me acordou!"

Por alguns segundos, elas se engalfinharam, fazendo cócegas uma na outra, dando gritinhos e risadas.

"*Aufseherin!*", gritou Ilse Grese da porta.

Imediatamente as duas jovens se recompuseram e se endireitaram, muito sérias, e Hedwig conduziu sua prisioneira para o ar livre.

2. Gerda: o fim do nacional-socialismo

"Tente beber um pouco disso, minha tia querida. Eu seguro. Assim."

"Obrigada, Neffe. Obrigada. Neffe, você está mais magro. Mas quem sou eu para dizer isso..."

"Ah, mas eu estou como o trovador, Tantchen. Faminto de amor."

"Me passe isso. O que você falou? Ah, Neffe... Boris! Eu *chorei* por você, Golo, quando soube."

"Não chore, Tante. Senão eu choro também."

"*Chorei* por você. Vocês eram mais que irmãos, você sempre disse."

"Não chore, Tante."

"Pelo menos eles fizeram um barulho e tanto na ocasião. Aliás, ele era tão fotogênico... Heinie está bem?"

"Heinie está ótimo. Todos estão muito bem."

"Hum... Menos Volker."

"Bem, é." Volker, um menino, era o nono filho dela (se Ehrengard fosse incluído). "Volker está meio indisposto."

"Porque este lugar é muito insalubre!"

O lugar era Bolzano, nos Alpes italianos (estávamos na primavera de 1946). Meus Bormanns remanescentes tinham tido um destino pouco promissor: estavam num campo de concentração alemão (chamado Bozen de 1944 a 45). Mas ali não havia trabalho escravo nem surras de açoites e cassetetes, não havia fome nem assassinatos. Cheio de refugiados políticos, prisioneiros de guerra e outros internos que aguardavam avaliação, o campo era agora italiano. A comida, embora nada abundante, era apetitosa, as condições sanitárias razoáveis, e havia muitas irmãs de caridade e padres entre os cuidadores. Gerda achava-se no hospital de campanha do campo; Kronzi, Helmut, Heinie, Eike, Irmgard, Eva, Hartmut e Volker estavam numa espécie de galpão militar próximo.

"Os americanos trataram a senhora mal, Tante?", perguntei.

"Trataram. Trataram-me mal, Golo, e como. Muito mal. O médico, o médico... Não eu, Neffe, mas o *médico*... disse a eles que eu precisava fazer uma operação em Munique. Toda semana um trem vai para lá. E um americano disse: *Esse trem não é para nazistas, é para as vítimas deles!*"

"Isso foi cruel *mesmo*, minha querida!"

"E eles acham que eu sei onde ele está!"

"Eles acham isso? Hum... Bem, se ele conseguiu fugir, pode estar em qualquer lugar. Na América do Sul, aposto. No Paraguai. No Paraguai, que não tem saída para o mar, deve ser. Ele vai mandar notícias."

"E você, Golo? Trataram você mal?"

"Os americanos? Não, me deram um emprego... Ah, os alemães. Não, não muito. Estavam morrendo de vontade de me tratar mal, Tante. Mas o poder do Reichsleiter foi importante até o fim. Da mesma forma que os pacotes lindos que você me mandava."

"Talvez isto não seja o fim."

"É verdade, minha querida tia. Mas é o fim de todo o poder dele."

"O Chefe, Neffe. Morto comandando tropas na defesa de Berlim. E agora ele se foi. O fim do nacional-socialismo. Isso é muito difícil de suportar. O fim do nacional-socialismo! Não percebe? É a isso que meu corpo está *reagindo*."

Na noite seguinte, ela perguntou com ar aflito: "Golo, você ainda é rico?".

"Não, minha querida. Perdi tudo. Tudo menos uns três por cento." O que, na verdade, estava longe de ser nada. "Pegaram o que eu tinha."

"Ah... Bem, você vê... Assim que os judeus sentem o cheiro de alguma coisa como... Por que o sorriso?"

"Não foram os judeus, querida. Foram os arianos."

Ela afirmou, tranquila: "Mas você ainda tem os seus quadros e *objets d'art*".

"Não. Eu tenho um Klee e um Kandinsky pequenininho mas muito bonito. Acredito que o resto foi parar nas mãos de Goring."

"Ah, aquele ignorantão gordo. Com seus três motoristas, o leopardo de estimação e a criação de bisões. Tudo falso. Além disso, que mania de mudar de roupa de dez em dez minutos. Golo! Por que você não está mais zangado?"

Dei de ombros levemente e respondi: "Eu não me queixo". Claro que eu não me queixava daquilo nem de qualquer outra coisa: eu não tinha o direito. "Ah, tive muita sorte, fui muito privilegiado, como sempre. E até na prisão eu tive muito tempo para pensar, Tantchen, e havia livros lá."

Ela ergueu um pouco o corpo na cama: "Nós nunca duvidamos da sua inocência, Neffe! Sabíamos que você era totalmente inocente!".

"Obrigado, Tante."

"Tenho *certeza* de que sua consciência está totalmente limpa."

Na verdade, eu sentia necessidade de conversar sobre a minha consciência com uma mulher, mas não com Gerda Bormann... O fato, Tantchen, é que em meu esforço de retardar o progresso alemão, eu infligi maiores sofrimentos a homens que já estavam sofrendo, sofrendo mais do que se possa imaginar. E morrendo, meu amor. No período 1941-45, trinta e cinco mil pessoas morreram na Buna-Werke. Eu disse:

"É claro que eu era inocente. Foi o testemunho de um único homem."

"Um único!"

"Testemunho arrancado sob tortura." E acrescentei, pensativo: "Isso tem jurisprudência medieval".

Ela voltou a se deitar e continuou falando, com a voz fraca: "Mas as coisas medievais... Elas são boas, não são? Afundar... efeminados estrangulados... em turfeiras. E os duelos, Neffe, os duelos".

A referência a duelos (ou às turfeiras) não era tresvario. O Reichsfuhrer-ss reintroduziu por algum tempo o duelo como meio de resolver questões de honra. No entanto, os alemães já tinham se habituado a viver sem honra — e sem justiça, sem liberdade, sem verdade, sem razão. Os duelos voltaram a ser ilegais depois que o primeiro figurão nazista (no caso um marido corneado) foi rapidamente abatido em duelo (pelo corneador)... De repente, Tante abriu os olhos até onde pôde e exclamou:

"O machado, Golo! O machado!" Sua cabeça afundou no travesseiro. Um minuto se passou. "Tudo isso são coisas boas. Não são?"

"Descanse, Tantchen. Descanse, minha querida."

Na noite seguinte, ela estava mais fraca, porém mais falante.

"Golo, ele está morto. Eu sinto isso. Uma esposa e uma mãe sente esse tipo de coisa."

"Espero que a senhora esteja errada, Tantchen."

"Sabe, o Papi nunca gostou do Papi. Quer dizer, o Vater nunca gostou do tio Martin. Mas eu me mantive firme, Neffe. Martin tinha um senso de humor maravilhoso! Ele me fazia rir. Eu nunca fui de rir, mesmo quando criança. Já muito pequena eu me perguntava: por que as pessoas fazem esses barulhos bobos? E depois que cresci, nunca consegui entender o que as pessoas achavam tão engraçado. Mas Papi me fazia rir. E *como* a gente ria... Ah, converse comigo, Golo. Enquanto eu descanso. É o som da sua voz."

Eu tinha comigo um frasco de grapa. Tomei um gole e disse:

"Ele fazia a senhora rir. E os dois sempre riam das mesmas coisas, Tante?"

"Sempre. Sempre."

"Bem, escute só uma história engraçada que tio Martin me contou... Havia um homem chamado Dieter Kruger. Não quero bancar o sabichão, tia, mas isso foi há muito tempo. A senhora se lembra do Incêndio do Reichstag?"

"Claro que me lembro. Papi ficou tão perturbado... Continue, Neffe."

"O Incêndio do Reichstag... Três semanas depois que assumimos o poder. Todo mundo achou que *nós* tínhamos feito aquilo. Porque aquele incêndio caiu do céu para nós." Tomei outro gole. "Seja como for, não fomos nós. Foi um anarquista holandês que fez aquilo. E ele foi guilhotinado em janeiro de 34. Mas havia outro homem, chamado Dieter Kruger. A senhora está acordada, Tante?"

"Claro que estou acordada!"

"E Dieter Kruger... Dieter Kruger esteve metido em um dos incêndios anteriores do holandês... Um escritório da Previdência em Neukolln. Por isso ele também foi executado. De quebra. Kruger era comunista e também..."

"E também judeu?"

"Não. Isso não é o importante, Tante. O importante é que ele era um filósofo político, com livros publicados, e um ardoroso comunista... De modo que na noite anterior à sua execução, tio Martin e alguns amigos dele foram à cela de Kruger. Com várias garrafas de champanhe."

"Para quê? O champanhe?"

"Para os brindes, Tante. Kruger já estava meio derreado, como era de esperar, mas mesmo assim eles o puseram de pé, arrancaram sua camisa e algemaram suas mãos nas costas. E numa cerimônia simulada lhe concederam várias medalhas. A Cruz de Ferro com Folhas de Carvalho. A Ordem da Águia Alemã. A Divisa de Honra da Velha Guarda. Etc. E prenderam todas no peito nu dele."

"E aí?"

"Tio Martin e seus companheiros fizeram discursos, Tantchen. Louvaram Kruger como o pai da autocracia fascista. E assim ele foi executado. Como um herói condecorado do nacional-socialismo. Tio Martin achava isso muito engraçado. A senhora acha isso muito engraçado?"

"O quê? Dar *medalhas* a ele? Não!"

"Hum... Bem..."

"Ele pôs fogo no Reichstag!"

Na última noite que passei ali, ela fez um esforço e se animou. Disse:

"Temos tanto de que nos orgulhar, Golo. Pense no que ele, seu tio Martin, realizou. Quero dizer, pessoalmente."

Houve um silêncio. Um silêncio compreensível. O quê? A intensificação dos castigos físicos nos campos de trabalho escravo. A cautelosa discordância sobre a questão do gelo cósmico. A dessemitização do alfabeto. A marginalização de Albert Speer. Tio Martin não tinha o menor interesse pelos ornamentos do poder, apenas pelo poder em si, que usou, até o fim, para fins invariavelmente triviais...

"A forma como ele tratou a questão dos Mischlinge", ela disse. "E a dos judeus casados com alemães."

"Foi. E no fim ele acabou não mexendo com essas pessoas. As dos casamentos mistos. Com a maior parte delas."

"Ah, mas ele acabou com os húngaros." Ela emitiu um leve gorgolejo de satisfação. "Com todos eles, até o último."

Não foi bem assim. Ainda em abril de 44, com a guerra perdida havia muito, as cidades arrasadas, com milhões de pessoas famintas, desabrigadas e vestindo farrapos chamuscados, o Reich continuava achando que fazia sentido desviar tropas para Budapeste; e as deportações começaram. Veja, Tante, foi como aquele homem de Linz que esfaqueou a mulher cento e trinta e sete vezes. A segunda facada foi para justificar a primeira. A terceira para justificar a segunda. E assim por diante, até o fim de suas forças. Duzentos mil judeus húngaros sobreviveram, Tantchen, enquanto quase meio milhão deles foi deportado e assassinado na "Aktion Doll" no Kat Zet II.

"Hum, ele sempre insistiu em que essa foi a sua maior contribuição no cenário mundial", ela disse. "Entenda, sua maior contribuição como estadista."

"Realmente, Tante."

"E agora, Neffe? O que você vai fazer, meu amor?"

"No fim, advogar de novo, imagino. Não tenho certeza. Talvez eu continue na área do direito, mas como tradutor. Meu inglês está ficando bem decente. Já melhorei bastante, *by hook or by crook*."

"O quê? É uma língua horrorosa, pelo que dizem. E, na verdade, você não deveria trabalhar para os americanos, Golo, você sabe."

"Eu sei, Tante, mas estou trabalhando." Para o OMGUS, o Escritório de Governo Militar dos Estados Unidos, e os cinco Ds: desnazificação, desmilitarização, desindustrialização, descartelização e democratização. Eu disse: "Tante, estou tentando achar uma pessoa. Mas o problema é: qual era o nome dela de solteira? Eu nunca perguntei".

"Golito... Por que você não procura uma boa moça solteira?"

"Porque eu já achei uma boa moça casada."

"Você está com um ar triste, querido."

"Eu estou triste. Acho que tenho o direito de estar triste com isso."

"Ah. Pobre Golito. Eu compreendo. Quem é o marido?"

"Eles estão separados, e ela não vai usar o nome de casada. Ele está sendo julgado pelo Tribunal Militar Internacional."

"Aqueles porcos. Justiça judaica. E ele era um bom nazista?"

"Um dos melhores... Mas não estou encontrando nada. Não resta mais onde procurar." O que eu queria dizer era que todos os arquivos, todas as pastas, todas as fichas, todo pedaço de papel relacionado ao Terceiro Reich ou tinham sido destruídos antes da capitulação ou foram apreendidos e confiscados depois dela. "Não resta mais onde procurar."

"Golito, ponha um anúncio nos jornais. É o que as pessoas estão fazendo."

"Já tentei isso. Mais de uma vez. E aqui eu tenho um pensamento desencorajador. Por que ela não me procurou? Não seria difícil me encontrar."

"Talvez ela esteja tentando, Neffe. Vou lhe dizer uma coisa: talvez ela esteja morta. São tantos mortos atualmente. E, de qualquer forma, é sempre assim, não é? Depois de uma guerra. Ninguém sabe onde alguém está."

Sentei-me junto à cama dela, com meu frasco no colo, pensando.

"Não seria difícil me encontrar." Levantei devagar. "Infelizmente, está na hora. Preciso me despedir, Tantchen. Tantchen?"

Mas Gerda havia adormecido. Compreensivelmente, de modo profundo.

"Melhoras, meu anjo", murmurei. Debrucei-me, encostei os lábios em sua testa cerácea e saí para me juntar aos outros no caminhão.

Gerda estava com câncer no útero e morreu dez dias depois, em 26 de abril de 1946. Tinha trinta e sete anos. O pobre Volker, que desde bebê fora uma criança doentia, também morreu em 1946. Ele tinha três anos.

Já fazia algum tempo que acontecia uma coisa comigo: eu não conseguia ver beleza onde eu não conseguisse ver inteligência.

Entretanto, eu via Gerda com olhos amorosos, e mesmo em seu leito de morte ela estava bonita. A beleza obtusa de Gerda Bormann.

3. Hannah: a Zona de Interesse

Em setembro de 1948, embarquei numa missão impossível.

Naquela altura, já não se podia classificar a Quarta Alemanha, com propriedade, como um asilo de pobres sobre um monte de escória. Durante a hiperinflação da minha adolescência, o dinheiro conservava seu valor só por algumas horas (no dia do pagamento, todo mundo fazia sua compra semanal ou mensal, e fazia isso *instanter*); em comparação, logo depois da Segunda Guerra Mundial, para começo de conversa, o dinheiro não tinha valor nenhum. Mais uma vez, a solução foi a mudança da moeda. A reforma monetária de 20 de junho pôs fim à Zigaretten Wirtschaft — o estado de coisas em que um Lucky Strike tinha se tornado valioso demais para ser fumado — e introduziu a Soziale Marktwirtschaft, ou o mercado livre (sem racionamento nem controle de preços). E deu certo.

Dentro do espírito quixotesco daquele verão, arranjei um carro, um Tornax velho e imundo (cuja manivela, enegrecida e sempre necessária, me lembrava a todo instante de uma suástica quebrada) e parti ousadamente rumo ao sudeste. Meu objetivo?

Meu objetivo era me aproximar do fim da esperança — esgotá-la e, assim, tentar me libertar dela. Eu estava mais sossegado, mais velho, mais grisalho (o cabelo e os olhos perdiam a cor), mas minha saúde física estava boa, eu gostava de traduzir para os americanos (e tinha passado a sentir um entusiasmo genuíno por um trabalho voluntário que eu fazia como atividade secundária), tinha amigos e até amigas, era visto normalmente no escritório, na loja PX, no restaurante, no cabaré, no cinema. No entanto, não conseguia construir uma vida interior normal.

Meus colegas do OMGUS costumavam dizer que o novo hino nacional se chamava "Ich Wusste Nichts Uber Es" (Eu nada sabia daquilo); contudo, esperava-se, na época, que todos os alemães, à medida que voltavam à consciência depois da Vernichtungskrieg e da Endlosung, tivessem se reconstruído como pessoas. E eu também tinha me reconstruído. Mas não conseguia construir uma vida interior autossuficiente; talvez esse fosse o grande fracasso nacional (que, ao menos, eu não procurava aliviar "aderindo" a alguma coisa). Se eu olhava para dentro de mim, tudo o que via era o leite aguado da solidão. No Kat Zet, como todo culpado, eu me sentia duplicado (esse sou eu, mas também não sou eu; há um outro eu); depois da guerra, eu me sentia reduzido à metade. E quando me entregava a lembranças de Hannah (o que ocorria com frequência), eu não tinha a sensação de uma narrativa dolorosamente inacabada. Eu tinha a sensação de uma narrativa quase nem iniciada.

Eu disse que uma pessoa não podia viver na Terceira Alemanha sem mais ou menos descobrir quem ela era (sempre uma revelação, e muitas vezes desconfortável); e sem também descobrir quem os outros eram. Agora, porém, parecia que eu mal tinha me aproximado de Hannah Doll. Eu lembrava e ainda saboreava o complexo prazer que extraía dela — de sua postura, do modo como segurava uma taça, da maneira como ela falava, como atravessava uma sala —, a cálida dramaticidade e a emoção que aquele prazer infundia em mim. E onde, precisamente, ocorriam essas interações? E o que era aquele fedor pegajoso (que paredes e tetos não tinham o poder de afastar)? E *aquele homem*, seria ele seu marido?... A Hannah que eu tinha conhecido existia numa fossa de tormentos e num lugar que até seus guardiães chamavam de *anus mundi*. Assim, como me livrar de pensamentos sobre uma Hannah renascida e redespertada? Quem seria ela — quem seria ela em paz e em liberdade, uma pessoa confiante e confiável? Quem?

No nacional-socialismo, você olhava no espelho e via a sua alma. Descobria a si mesmo. Isso valia, *par excellence* e *a fortiori* (e muitas vezes mais), tanto para as vítimas como para aqueles que viviam por mais de uma hora e tinham tempo para confrontar seus próprios reflexos. E valia ainda para os demais, criminosos, colaboradores, testemunhas, conspiradores, os mártires incontestáveis (a Orquestra Vermelha, a Rosa Branca, os homens e as mulheres do 20 de julho) e até para os pequenos obstrutores, como Hannah Doll e eu. Todos nós descobríamos, ou inevitavelmente revelávamos, quem éramos.

Quem uma pessoa realmente era. *Essa* era a zona de interesse.

E foi assim que eu retomei minha busca de um nome de solteira.

Hannah conheceu Paul Doll em Rosenheim, passaram algum tempo juntos em Rosenheim e parecia razoavelmente provável que tivessem se casado em Rosenheim. Por isso eu fui a Rosenheim. Apesar de muitas ronqueiras, batidas de pino, trepidações, falhas na suspensão e, por fim, afogamentos, o pavoroso Tornax completou os sessenta quilômetros, desde Munique.

Rosenheim possuía dezoito bairros, cada qual com seu Standesamt: nascimentos, casamentos, óbitos. Portanto, meu projeto consumiria, sem esforço, toda a minha licença de uma semana. Bem, as licenças concedidas a militares já vinham sendo chamadas, atrevidamente, de "férias". Além da repentina disponibilidade de bens e serviços, havia no ar algo de irreconhecível. Fosse o que fosse, não era a volta da normalidade. Não houvera normalidade alguma para a qual se voltar, não depois de 1914, não na Alemanha. A pessoa precisaria ter pelo menos cinquenta e cinco anos para ter uma lembrança adulta de normalidade. Mas havia algo no ar, e era uma coisa nova.

Cheguei no domingo e me instalei numa pensão na orla do Riedergarten. A primeira coisa que fiz na manhã seguinte, com uma solene consciência de sua inutilidade, foi girar a manivela do Tornax para fazer o motor funcionar e eu começar a descrever os círculos concêntricos das minhas pesquisas.

Às cinco da tarde do sábado seguinte, previsivelmente, eu estava tomando um copo de chá num quiosque da praça principal, com a garganta inflamada e os olhos lacrimejando um pouco nos cantos. Depois do dispêndio de muita labuta, sagacidade, adulação e dinheiro (aqueles novos e valentes Deutschmarks), eu tinha conseguido examinar um total de três livros de registro; e sem absolutamente nenhum proveito. Em outras palavras, a viagem, o esforço tinham sido um completo fracasso.

Portanto, ali estava eu, contemplando, apático, a paz e a liberdade da cidade. Isso era inegável: havia paz e liberdade (a capital estava sob bloqueio, e havia pouca paz e nenhuma liberdade no mandato russo no nordeste do país, com boatos de sepulturas comuns de um hectare de largura). E o que mais? Muitos anos depois, eu leria o primeiro despacho enviado de Berlim por um jornalista americano composto por quatro palavras: *Nada razoável a informar.* O ano era 1918.

Em janeiro de 1933, quando o NSDAP recebeu as chaves da Chancelaria, uma pequena minoria de alemães sentiu não somente horror, mas a perplexidade onírica da irrealidade; quando saía ao ar livre, a pessoa se lembrava do que lhe era familiar, porém apenas da mesma forma que uma fotografia ou um cinejornal lhe lembrava o que era familiar; o mundo parecia abstrato, ersatz, de faz de conta. E foi disso, talvez, que fui testemunha naquele dia em Rosenheim. O começo do comprometimento alemão com a sanidade. O gênero era o realismo social. Não contos de fada, não contos góticos, não sagas de espadachins e feiticeiros, não revistinhas baratas de aventuras. Por outro lado, nem romance (um resultado que eu começava a aceitar). Realismo, nada mais que isso.

Disso decorreriam certas perguntas, de forma inevitável e persistente.

De cima para baixo?, perguntou no Tiergarten Konrad Peters, o meticuloso Peters, que morreu em Dachau coberto de excrementos e piolhos. *De cima, a Realpolitik bismarckiana degradada ao enésimo grau, combinada com antissemitismo alucinatório e um pendor transnacional para o ódio. Ah, mas de baixo para cima — esse o grande mistério. É uma calúnia comum contra os judeus, porém não é uma calúnia contra uma imensa parcela dos alemães. Eles marcharam como carneiros para o abatedouro. E lá chegando vestiram os aventais de borracha e puseram mãos à obra.*

Sim, eu pensava, como foi que "um país pachorrento de poetas e sonhadores", a nação mais educada que o mundo já vira, aceitou aquela degradação tão desatinada, tão fantástica? O que levou seu povo, homens e mulheres, a consentir que suas almas fossem estupradas — e estupradas por um eunuco (Grofaz: o Príapo virgem, o Dionísio abstêmio, o Tyrannosaurus Rex vegetariano)? De onde veio a necessidade de uma exploração tão literal do bestial? Eu, naturalmente, não sabia, como também não sabia Konrad Peters nem nenhuma das pessoas que eu via — famílias, veteranos de guerra claudicantes, casais de namorados, grupos de soldados americanos muito jovens e muito bêbedos (resultado de toda aquela Lowenbrau forte, barata e deliciosa), ativistas arrecadando donativos para suas causas, viúvas vestidas de preto, uma fila indiana e sinuosa de escoteiros, e verdureiros, vendedores de frutas...

Foi então que eu as vi. Avistei-as a uma distância enorme e repleta de gente — e elas estavam se afastando de mim, caminhando para longe de onde eu me encontrava, em direção ao fim da praça. Eu só via a configuração, e nada mais. Uma mãe e duas filhas, as três de chapéu de palha, bolsas de palha e vestidos brancos pregueados.

Corri na direção delas, atravessando a multidão do sábado.

"Vocês já estão muito crescidas e muito altas para sorvete", eu disse, tremendo (e com uma efervescência de angústia nos seios da face).

"Não estamos, não", retrucou Sybil. "Nunca vamos estar crescidas demais para sorvete."

"Nem altas demais", completou Paulette. "Ah, vamos, mami... Mami! Ah, *por favor*. Vamos."

Pedi banana splits para as meninas no saguão do Grand. A mãe delas por fim aceitou um suco de laranja (e eu pedi um schnapps grande). Quando toquei seu ombro, no pé da ladeira estreita, e a chamei pelo nome, Hannah se virou. Sua fisionomia assumiu a expressão de reconhecimento; mas tudo o que ela fez foi abrir bem os olhos e levar uma das mãos, de luva branca, à boca.

Com voz grave, eu estava dizendo: "A palavra difícil, minhas jovens, é lustro. Cinco anos. E não existe lustro que mude tanto uma pessoa como aquele entre os treze e os dezoito. Peço licença para dizer, Paulette, que você, particularmente, mudou bastante. Sua beleza desabrochou".

E isso, incidental e providencialmente, era verdade. Ela crescera uns doze ou quinze centímetros, e agora se podia olhar para ela sem ver o longo lábio superior e as narinas inexpressivas e fixas do Comandante.

"E entre dezoito e vinte e três?", disse Sybil.

"Ou entre zero e cinco?", disse Paulette. "Isso. E entre zero e cinco?"

Ao lado do átrio envidraçado do hotel, havia uma atraente galeria comercial, e eu esperava que as gêmeas, por fim, não conseguissem resistir à pressão dos anúncios luminosos, das roupas caras e dos perfumes e buquês da floricultura.

"Podemos ir lá, mami?"

"Agora não... Ah, está certo. Cinco minutos. Não mais que isso."

As meninas saíram correndo.

Debrucei-me para a frente, com as mãos nas coxas. "Desculpe-me", eu disse. "Eu não sabia que você tinha se casado de novo."

Ela endireitou o corpo. "*Casar* de novo? É, eu sou mesmo boa nisso, não sou? Meu estado civil", ela disse devagar, "é *viúva*."

"Preciso estar de volta a Munique amanhã à noite", eu disse (antes minha intenção era partir naquela noite, e minha maleta já estava no porta-malas enferrujado do Tornax). "Podemos nos encontrar rapidamente antes de eu viajar? Vamos dizer, no café da manhã?"

Ela tinha um ar inquieto, como se a temperatura do salão estivesse alta demais, e seu joelho esquerdo subia e descia. Pior ainda, ela fechava os olhos repetidamente, deixando a pálpebra superior onde estava, enquanto a inferior deslizava para o alto. E quando um homem vê uma mulher fazer isso, tudo que lhe resta é murmurar alguma coisa gentil e caminhar para a porta. Ela disse:

"Não. Não, não acho que faça algum sentido. Me desculpe."

Pensei por um instante e perguntei: "Posso lhe mostrar uma coisa?". Peguei a carteira e tirei dela um recorte de jornal. Era um anúncio que eu havia publicado nas colunas pessoais do *Munich Post*. "Você me concederia a honra de ler isto?"

Ela pegou o papel dos meus dedos e leu: "*Advogado e tradutor, 35 anos, procura a) aulas profissionais de esperanto e b) orientação profissional em teosofia. Favor responder para...*".

"Para o caso de seus pais verem isso. Agora eu tenho trinta e oito." Reprimi o impulso de despertar a curiosidade dela mediante a promessa de um relato das últimas horas de Dieter Kruger. Eu disse apenas: "Você é generosa demais para me negar um pouco do seu tempo. Por favor".

Nesse momento, ela se decidiu e me disse, sem emoção, onde e quando. A pedido meu, deu-me até seu endereço.

"Parte do problema", eu disse, "foi que eu não sabia seu nome de solteira."

"Não teria sido de muita ajuda para você. Schmidt. Onde será que estão essas meninas?"

O intervalo entre o poente e o amanhecer foi como um delírio, e um delírio de força viral — pesadelos rasos, semiconscientes, pesadelos de impotência. Eu me esforçava para levantar ou mover uma série de objetos incômodos que, pesadíssimos, quase não podiam ser empurrados; depois, em vão, tentei abrir caminho por portas espessas, feitas de ouro e chumbo; essa debilidade vergonhosa me fazia fugir ou me encolher diante de inimigos que escarneciam de mim; nu e murcho, eu era expulso e ridicularizado, com risotas, de quartos de dormir, de salas de diretoria e de salões de baile. Por fim, meus dentes começaram a valsar dentro da boca, mudando de lugar, um se escondendo atrás de outro, até eu cuspir todos eles como nozes estragadas, e pensei: Está acabado. Não posso comer, conversar, sorrir ou beijar.

Lá fora, o tempo estava neutro, só que excepcionalmente parado.

Hannah dissera que eu poderia encontrá-la no coreto atrás da Freizeitgelande — a área de recreação. *Todo mundo sabe onde é.* Também dissera que dispunha de uma hora. Isso foi simplesmente declarado. Decidi, claro, ser pontual; e seria pontual também na hora da partida.

Desci e pedi um café da manhã que não consegui tomar. Por isso, subi de novo, tomei banho e me barbeei. Às dez e meia, tirei da pia o buquê de flores que eu comprara na noite anterior, no Grand, e saí.

Pedi informações três vezes e por três vezes fui orientado com a mesma solicitude grave (como se aqueles transeuntes estivessem dispostos a me acompanhar — ou mesmo me carregar — até o local do encontro). Contornei a estação ferroviária, que evidentemente estava funcionando (muito embora eu visse a meia distância linhas destroçadas num trecho em aclive), e passei por duas crateras de bombas, cada uma do tamanho de um quarteirão, já sem os escombros, mas ainda cheirando a gasolina. Tudo isso, de acordo com um dos meus guias, era resultado dos ataques de meados de abril de 45, o último deles no dia 21, quando os russos já estavam em Berlim, atacando a Chancelaria com artilharia. Os bombardeiros eram britânicos — os menos odiosos e menos odiados (e os menos antissemitas) entre todos os combatentes. Bem, pensei depois, as guerras envelhecem; ficam grisalhas, malcheirosas, podres e loucas; e quanto maiores são, mais depressa envelhecem...

Em seguida, o campo de esportes (três adolescentes, cada um com uma bola de futebol, faziam embaixadinhas) e o laguinho circular — um bando de patos, um cisne solitário. O sino grande da igreja de São Gaspar dava as onze horas, com intervalos portentosos de três segundos, quando me instalei num banco à plena vista do coreto circular em que músicos idosos, com uniformes surrados de sarja azul e botões dourados, guardavam trompetes e trombones velhos em seus estojos. Contra um céu incolor e neutro como papel vegetal, vestindo discretamente uma blusa e uma saia longa, tudo de algodão azul-escuro, ela surgiu — reduzida (todos nós estávamos reduzidos), mas ainda alta, encorpada e ainda ágil. Levantei-me.

"Estas flores, é claro, são suas. Para você se sentir uma estrela de cinema."

"Amarílis", ela disse, num tom sóbrio, apenas identificando as flores. "De hastes grossas como alhos-porros. Um momentinho só. Vou pô-las na água."

Ela precisou se ajoelhar para fazer isso. Quando voltou a ficar de pé e afastou uma folhinha de grama da manga, senti de novo aquele prazer complexo, com seus estranhos componentes de compaixão e deleite. Fazendo isso ou aquilo dessa e não de outra maneira. Seus hábitos, suas escolhas, suas decisões. Tomado de um intenso desejo, mas também de uma ponta de medo, eu sabia que o poder dela sobre os meus sentidos estava intato e inteiro; aquele poder era plangente, mas também engraçado — me dava vontade de rir, me dava vontade de chorar.

“Esteja certa, por favor, de que as minhas expectativas são muito modestas.” Eu tinha as mãos coladas uma na outra, como se orasse, mas elas se moviam em movimentos ritmados de anuência à medida que eu dizia: “Troca de cartas. Talvez algum tipo de amizade”.

Isso foi aceito sem contestação. Eu disse:

“Porque é bem possível que nada possa ser recuperado. E acho que isso não nos surpreenderia.”

“Não, não surpreenderia.” Ela olhou em torno. “Nada permaneceu, nada, daquele tempo. Nem mesmo um prédio ou uma estátua.”

Tirei do bolso um maço de Lucky Strike. Cada um de nós pegou um cigarro, e a chama do meu isqueiro estava firme e forte (não havia vento, fazia um tempo bom). “Desconfio que eu sei por que você ficou infeliz quando eu... quando eu reapareci.”

“Olhe, eu não quero ser rude, mas o que o faz pensar que eu deixei de me sentir infeliz? Eu continuei infeliz. Estou infeliz agora.”

Isso, por sua vez, foi aceito sem contestação. Ela disse:

“Não pense que é só você. Vivo com medo de ver alguém, qualquer pessoa, daquela época. Acho que eu não aguentaria ver nem a pequena Humilia. Que, aliás, está bem.”

Seu tom nada tinha de teatral — era sereno e direto, como também seu olhar. O denso cabelo castanho-escuro era o mesmo, a boca larga era a mesma, o jeito quadrado e masculino do queixo era o mesmo. Duas rugas verticais ladeavam agora seu nariz — era a única mudança.

"De qualquer forma, preciso estar na cidade às três horas. Ao meio-dia eu vou embora."

"Se isto é neurose minha ou apenas fraqueza, então sou fraca mesmo. Era demais para mim. Eu não aguentava aquilo."

Minhas sobrancelhas continuavam a se mover solidariamente, mas eu via que todo o meu ser, e não apenas meu coração, resistia àquilo, rejeitava aquilo; e com uma firmeza que eu ainda não conseguia compreender. Eu não disse nada.

"Não paro de imaginar que vou ver Doll. Para você ver como estou doida. Eu morreria se o visse." Ela estremeceu, contorceu-se e disse: "Com certeza eu morreria se ele me tocasse".

"Ele não pode tocar em você."

Houve um longo silêncio. Tinha havido longos silêncios. E agora a igreja de São Gaspar bateu o quarto de hora.

"Podemos conversar por algum tempo sobre coisas mais agradáveis? Fale sobre o seu trabalho. Com isso eu vou me acalmar."

"Bem, não chega a ser uma mudança de assunto", eu disse. Eu também sentia necessidade de falar de coisas mais agradáveis. Por isso, falei do meu emprego. Os oito milhões de questionários completados e os cinco graus de classificação, desde Não Incriminado até Grande Criminoso.

"O quinto grau. Era esse que caberia para o meu falecido marido."

"Sinto muito. Isso mesmo." Hesitei. "Mas quero... quero ser sincero e lhe falar sobre um aspecto disso que realmente me interessa."

Meu trabalho voluntário pouco tinha a ver com a justiça dos vencedores (como se, depois de uma guerra, houvesse qualquer outro tipo de justiça). Ele tinha a ver com a Bundesentschadigungsgesetz, ou as diretrizes referentes a reparações: justiça das vítimas. Nesse caso, indenizações por parentes assassinados, pelos anos perdidos para a escravidão ou o terror e por persistente debilidade física e mental (e pelo roubo de todos os bens e pertences). Meu amigo David Merlin, advogado judeu e capitão do Exército dos Estados Unidos (e um dos nossos mais brilhantes e vilipendiados desnazificadores) me recrutara um ano antes; no começo a coisa toda pareceu profundamente pertinente e também profundamente fantasiosa — quem, naquela altura dos acontecimentos, podia imaginar uma Alemanha não só soberana e solvente como também arrependida? Mas depois, não. A nova realidade — o surgimento de Israel em maio daquele ano — foi como uma injeção ou uma fecundação; e Merlin já planejava uma missão exploratória a Tel Aviv. Hannah disse:

"Essa é a melhor coisa que você poderia estar fazendo. E oxalá você tenha todo o poder."

"Obrigado. Obrigado. Portanto, de qualquer forma meus dias estão preenchidos. Pelo menos estou ocupado."

"Já eu não estou."

Ela disse que estava tendo de se ocupar bastante com seus pais agora — o quadril da mãe, o coração do pai.

"E dou aulas de conversação em francês cinco horas por semana. Não posso fazer nada que envolva escrita, por causa da minha ortografia. Você sabe, a dislexia. Desse modo, o que eu faço, realmente, é criar as meninas."

E elas surgiram, vindas do outro lado do laguinho, no momento em que o campanário da igreja deu as onze e meia. Elas pararam, e ficou evidente que tinham sido instruídas a ir ver como estava a mãe. Hannah acenou, e elas acenaram também antes de sumir de novo.

"As gêmeas gostam de você."

Engoli com esforço e disse: "Fico feliz com isso, porque eu gosto delas e sempre gostei. E não é bom que Paulette agora tenha a mesma altura de Sybil? É isso, serei um amigo da família. De vez em quando venho de trem para cá e levo vocês para almoçar".

"Desculpe, mas não consigo tirar os olhos daquele cisne. Eu odeio aquele cisne. Está vendo? O pescoço dele é limpo, mas veja as penas. São cinzentas, fuliginosas."

"Como a neve na Polônia." Primeiro branca, depois cinzenta, por fim parda. "Quando foi que você saiu de lá?"

"Provavelmente no mesmo dia que você", ela disse. "Quando despacharam você. Em 1º de maio."

"Por que tão cedo?"

"Por causa da noite anterior. Walpurgisnacht." Por um breve instante, o rosto dela se iluminou. "Além do óbvio, o que você sabe sobre a Walpurgisnacht?"

"Continue."

"As meninas estavam muito agitadas. Não só por causa dos fogos de artifício e das batatas assadas. Estavam muito interessadas num livro sobre coisas aterrorizantes. A Walpurgisnacht é tida como uma data em que se pode cruzar a fronteira entre o mundo que se vê e o que não se vê. Entre o mundo da luz e o mundo das trevas. Elas adoravam essas coisas. Posso pegar outro cigarro?"

"É claro... Um amigo meu, um falecido amigo meu, disse que o Terceiro Reich era uma longa Walpurgisnacht. E ele falava sobre a fronteira, mas a fronteira entre a vida e a morte, e de como ela parecia ter desaparecido. Trinta de abril. Não foi nessa noite que a curiosa criatura da Wilhelmstrasse retirou-se da sua miséria?"

"Foi? Bem, 30 de abril também é o meu aniversário. Pois é." Num tom decidido, ela disse: "Eu faço questão de lhe perguntar uma coisa, porque não estou segura de ter visto direito. Veja só como aquele cisne é malvado".

O cisne — o furiosamente afrontoso ponto de interrogação de seu pescoço e de seu bico, o modo como ele fitava o mundo com seus olhos negros.

Com certo desconforto, eu disse: "Ah, sim. Há alguma coisa sobre a Walpurgisnacht em... pode ser o *Fausto*? *As feiticeiras fornicam, o bode defeca...*".

"Isso é muito *bom*." Hannah franziu a testa e continuou. "Ele me chamou para ir ao jardim. Ver os fogos. Disse que Szmul... disse que Szmul queria me dar um presente de aniversário. Agora, tente se imaginar lá."

Os três ao cair da noite cada vez mais escura. Lá embaixo, a fogueira da Walpurgisnacht e, talvez, a ascensão sibilante e rápida de um rojão. O pôr do sol, as primeiras estrelas. O Sonderkommandofuhrer Szmul estava do outro lado da cerca do jardim. Com seu uniforme listrado. A atmosfera, ela disse, não lembrava nada que ela já tivesse vivido, lido a respeito ou ouvido falar. Parecendo ter os olhos vidrados, o prisioneiro tirou da manga uma ferramenta ou uma arma longa, uma espécie de furador com um guarda-mão estreito. E tudo era incerto, tudo era simulação.

Doll abriu o portão e disse: *Venha então...*

Szmul permaneceu onde estava. Abriu a camisa e encostou a ponta do furador no peito. (Ao dizer isso, ela estendeu os braços, com as mãos juntas.) E Szmul olhou para dentro dos olhos dela e lhe disse:

Eigentlich wolte er dass ich Ihnen das antun.

E Doll disse: *Ah, então você serve para quê?*

E deu-lhe um tiro no rosto. Estava com a pistola na mão e atirou no rosto dele. Depois se abaixou e deu-lhe um tiro na nuca.

Quando Szmul parou de estremecer, Doll virou o corpo lentamente e a encarou.

Eigentlich wolte er dass ich Ihnen das antun. *Na verdade, ele queria que eu fizesse isso com a senhora.*

"Enquanto dizia isso, Szmul me olhava nos olhos. Eu costumava vê-lo quase todos os dias, e ele nunca fazia isso. Ele me olhou nos olhos." Por um instante ela pareceu surpresa com o cigarro que tinha na mão, deu uma tragada e o deixou cair no chão. "Doll estava coberto de sangue. Meu Deus, o que uma bala faz... E ainda tentava sorrir. De repente, entendi quem ele sempre tinha sido. Ali estava ele, um menininho assustador. Apanhado fazendo uma coisa evidentemente asquerosa. E ainda tentava sorrir."

"E aí você..."

"Ah. Peguei imediatamente as meninas e fui para a casa de Romhilde Seedig. E fomos embora assim que pudemos." Hannah pôs a mão espalmada um pouco abaixo da garganta. "E fiquei sabendo quem ele era. Agora, Herr Thomsen, o Referendar, o que você acha de tudo isso?"

Abri as mãos. "Você teve cinco anos para pensar. Deve ter chegado a alguma conclusão."

"Ahn... Bem, por fim o pior de tudo, mesmo, foi que ele impediu Szmul de tirar sua vida com as próprias mãos. Em vez disso, destruiu o rosto dele. Sabe, eu costumava dar bom-dia a Szmul na trilha. E, fosse ele o que fosse, não era um homem violento… Mas estou certa, não estou? Doll tinha, eu não sei ao certo, convencido Szmul a me ferir ou até me matar."

"O que eu sempre temi. Ele convenceu Szmul, fez pressão sobre ele. Só fico imaginando como."

"É o que eu também fico imaginando."

"Quanto ao resto, acho que você entendeu direito."

O sino da igreja de São Gaspar nos lembrou, sonoramente, que eram onze e quarenta e cinco. Era domingo, mas não se escutava nenhum outro sino de igreja naquela cidade de cem pináculos.

"Quer saber o que aconteceu com Dieter?", perguntei. "O que Doll contou que aconteceu com ele?"

"Bem, ele disse que Dieter estava morto. O que é verdade, não é? Ah, Doll dizia todo tipo de coisas. E não parava de se esquecer do que tinha dito e de se contradizer. Disse que cortaram todos os nervos da virilha dele. Que o trancaram nu numa espécie de geladeira de gelo seco. Que depois…"

"Não, não, nada disso é verdade."

"Eu percebia que nem *tudo* podia ser verdade."

"Ele foi martirizado", eu disse, firme. "Ele morreu pela causa que defendia, mas foi rápido. E logo no começo. Em janeiro de 34. Eu soube disso pelo Reichsleiter."

"Você esteve numa prisão, não foi? Não num campo."

"Primeiro em campos e depois na prisão, graças a Deus. Comparada aos campos, a prisão é um paraíso. Stadelheim, dezoito meses na ala política… Falo sobre isso em outra ocasião. Se houver outra ocasião."

Eram onze e cinquenta e quatro, e eu precisava falar.

"Hannah, eu não imaginei coisas, imaginei? Você sentia alguma coisa por mim naquela época?"

Ela levantou o rosto e disse: “Não, você não imaginou coisas. E parecia, não sei, tive a sensação de que estava tudo bem quando você me abraçou no pavilhão naquele dia. E eu saía no jardim, como você pediu, e gostava de fazer isso. Eu pensava muito em você. Muito. E gostaria de não ter precisado destruir a sua carta. Acabei localizando o poema que você citou. ‘Os exilados’”.

Luz de gás em lojas,
O destino de navios.
E o vento de maré
Toca a velha ferida...

Ela assentiu, tristonha, e continuou: “Mas aconteceu uma coisa. Naquele tempo, você era para mim o símbolo do saudável. Do decente, do normal e do civilizado. E agora tudo isso virou de cabeça para baixo. Eu... É triste. Você não é mais normal, não para mim. Quando vejo você, eu me transporto de novo para lá. Quando vejo você, sinto o cheiro. E eu não quero sentir esse cheiro”.

Por fim eu disse que lamentava admitir que isso fazia certo sentido.

“Você pode acreditar nisso? Me casei com um dos mais prolíficos assassinos da história. Eu. E ele era tão grosseiro, tão... presunçoso, tão feio, tão covarde, tão burro. Dieter também era um caso perdido à sua maneira. Uma cabeça cheia de ideias alheias. Ideias de Stálin. Está vendo? Eu não sou boa nisso. Simplesmente não sirvo para isso. Doll. Doll. A ideia de estar com um homem é estranha para mim agora. Não quero mais saber deles. Não quero saber de nada.”

Pensei por um momento — ou por um momento parei de pensar. “Você não tem o direito de dizer isso.”

“Não tenho o *direito*?”

"Não, não tem, não acho que tenha. Só as vítimas têm o direito de dizer que não há como voltar de alguma coisa. E elas raramente, dificilmente dizem isso. Estão desesperadas de vontade de recomeçar a viver. As que estão de fato destruídas são as de quem nunca ouvimos nada. Elas não falam... não falam com ninguém. Você, você sempre foi vítima de seu marido, mas você nunca foi uma *vítima*."

Ela balançou a cabeça quadrada na minha direção. "Depende da pessoa, não é? O sofrimento não é relativo. Não é o que dizem?"

"Ah, o sofrimento é relativo, sim. Você perdeu o cabelo e metade do seu peso? Você ri em enterros por causa de todo o estardalhaço que fazem porque só uma pessoa morreu? Por acaso sua vida dependia do estado de seu sapato? Seus pais foram assassinados? Ou suas filhas? Você temia uniforme, multidões, chamas e o cheiro de lixo molhado? Sentia um pânico de dormir? Aquilo machuca, machuca e *machuca*? Há uma tatuagem em sua alma?"

Ela se empertigou de novo e ficou quieta por um momento, mas depois disse com firmeza: "Não. É claro que não. É exatamente isso que quero dizer. O fato é que nós não merecemos sair daquilo. Depois daquilo".

"Então eles venceram, não venceram?", eu disse. "No caso de Hannah Schmidt? É verdade? *Até seus nervos ficarem insensíveis E seu agora se tornar Tarde demais para o amor. Dizendo ai! menos e menos.*"

"Exatamente. *Habituar-se, enfim, A ter perdido*. E não me refiro à guerra."

"Não. *Não*. Você é uma guerreira. Como naquela vez em que deixou Doll de olhos roxos. Com um soco... Meu Deus, você é como *Boris*. É uma guerreira... É isso o que você realmente é."

"Não, nada disso. Nunca fui menos eu mesma do que naquela época."

"E é *isto* que você realmente é? Encolhida em Rosenheim? Acabada?"

Ela cruzou os braços e olhou para o lado.

"O que eu sou não interessa", disse. "É mais simples do que isso. Você e eu. Escute. Imagine que horrível seria se alguma coisa de bom saísse daquele lugar. É isso."

A primeira badalada soou: trinta e seis segundos.

"Agora vou me levantar e vou embora."

E me levantei. No alto, acima do céu cinzento, só mais cinzento e nem sombra de azul. Mais uma vez engoli com força e disse a meia voz:

"Posso escrever? Posso visitar? Permitido? Proibido?"

Braços novamente cruzados, o segundo olhar para o lado.

"Bem, eu não estou proibindo, estou? Isso seria... Mas você está perdendo seu tempo. E o meu. Sinto muito. Sinto mesmo."

Titubeei diante dela. "Você sabe que eu vim a Rosenheim com a esperança de encontrá-la. E agora que você está perto, e não está perdida, não posso desistir."

Ela me fitou. "Não estou pedindo que fique longe. Estou pedindo... que desista."

Meus joelhos rangeram quando fiz uma ligeira mesura e disse com certa veemência: "Vou avisar quando eu vier. Por favor, prepare as meninas para um chá no Grand. Com o tio Angelus".

O campanário bateu pela nona vez, pela décima vez.

"Olhe, espero que não se esqueça de suas flores." Senti as pernas mais fracas ainda e apertei o nó dos dedos da mão esquerda contra a fronte. "Você me faz um favor? Diga até-logo baixinho quando nos despedirmos nesta tarde de domingo."

"Ah, não vou esquecer. Está certo. Com certeza." Ela disse, quase num sussurro: "Até logo".

Nesse momento as gêmeas apareceram atrás da ave branca e alta no laguinho redondo.

"Até logo", respondi. Virei-me e saí andando.

Agradecimentos e posfácio: "Aquilo que aconteceu"

É claro que devo muitíssimo às obras clássicas da área — os trabalhos de Yehuda Bauer, Raul Hilberg, Norman Cohn, Alan Bullock, H. R. Trevor-Roper, Hannah Arendt, Lucy S. Dawidowicz, Martin Gilbert, Ian Kershaw, Joachim C. Fest, Saul Friedländer, Richard J. Evans, Richard Overy, Gitta Sereny, Christopher R. Browning, Michael Burleigh, Mark Mazower e Timothy Snyder, entre muitos outros. Esses autores fixaram o macrocosmo. Pretendo agora desonerar-me de dívidas no nível do *meso* e do *micro*.

Com relação aos humores e às texturas do dia a dia no Terceiro Reich: as obras magistrais *I Shall Bear Witness* e *To the Bitter End*, de Victor Klemperer; o amargo e inteligente *Diary of a Man in Despair*, de Friedrich Reck; *Berlin Diaries, 1940-1945*, cativante e politicamente incisivo, de Marie Vassiltchikov; e *Letters to Freya*, de Helmut James von Moltke, um monumento de solidez moral (e de dedicação conjugal), tanto mais convincente na medida que confessa seu equívoco depois da derrota da França em junho de 1940.

No tocante à IG Farben, à Buna-Werke e a Auschwitz III: o bem construído livro *Hell's Cartel*, de Diarmuid Jeffreys; *The Nazi Doctors*, de Robert Jay Lifton; *I Escaped from Auschwitz*, de Rudolf Vrba; *Auschwitz*, de Laurence Rees; *The Auschwitz Volunteer: Beyond Bravery*, de Witold Pilecki; e *If This Is a Man*, *Moments of Reprieve* e *The Drowned and the Saved*, de Primo Levi. Para o caráter e a estrutura da SS, *The Order of the Death's Head* (com seus excelentes apêndices), de Heinz Höhne, e *The SS: A New History*, de Adrian Weale.

Para antecedentes, detalhes e observações diversas: *The History of Germany Since 1789*, de Golo Mann; *Reflections on a Ravaged Century*, de Robert Conquest; *The German Genius* e *A Terrible Beauty*, de Peter Watson; *A History of the Jews* e *A History of the Modern World*, de Paul Johnson; *Stalingrad*, *Berlin: The Downfall* e *The Second World War*, de Antony Beevor; *The Pity of War* e *The War of the World*, de Niall Ferguson; *Nazism: A History in Documents and Eyewitness Accounts*, em três volumes, organizado por J. Noakes e G. Pridham; *Bomber Command*, *Armageddon* e *All Hell Let Loose*, de Max Hastings; *Eva Braun*, de Heike B. Görtemaker; *The Secretary* (sobre Bormann), de Jochen von Lang; *Nazi Terror: The Gestapo, Jews, and Ordinary Germans*, de Eric A. Johnson; *Gestapo* e, principalmente, o excelente *Bismarck*, de Edward Crankshaw; e as memórias, escritas na cela em que esperava a execução, *Commandant of Auschwitz*, do perturbado genocida Rudolf Höss (um trecho da introdução de Primo Levi: "Em que pesem seus esforços para se defender, o autor revela o que é: um patife rude, obtuso, arrogante e verborrágico").

Para os cacoetes e ritmos da dicção alemã, fui orientado sobretudo por *Frauen: German Women Recall the Third Reich*, de Alison Owings. Usando técnicas de pesquisa, adulação, bom humor e astúcia, ela invade a intimidade de donas de casa, heroínas, gente turrona, dissidentes, ex-prisioneiros e ex-guardas. Seus entrevistados são pessoas desconhecidas do público, com exceção de uma; e a peça central desse livro divertido, assustador e sempre elucidativo é uma entrevista, no estado americano de Vermont, com Freya von Moltke, quase meio século depois da execução de seu marido. Alison Owings escreve:

> Eu tinha imaginado, enquanto subia em aviões cada vez menores para chegar à casa dela, que encontraria uma mulher corajosa e de muita dignidade, o que aconteceu. Mas não estava preparada para encontrar uma mulher apaixonada.
>
> [...] Houve mulheres que, tendo perdido o marido na guerra horrenda, viveram experiências piores do que as minhas, e até aqui, neste país. Para elas, foi horrível ver o marido partir para a guerra e nunca mais voltar. Muitos maridos perdidos que odiavam [*o regime*] e, mesmo assim, foram mortos. Isso é *doloroso*. Para mim, porém, tudo valeu a pena. Eu pensava: ele viveu a vida como queria. E isso foi verdade. Sem dúvida.
>
> "Se você conversa comigo muito tempo", disse ela, "compreende que se vive uma vida inteira com base nessa experiência. Quando ele foi morto, eu tinha dois filhos maravilhosos, dois filhos queridos. Isso basta para toda uma vida."

No que diz respeito aos sobreviventes e seus testemunhos, desejo destacar no arquivo gigantesco e intimidante um volume que merece atenção permanente: *The Journey Back from Hell*, de Anton Gill. Trata-se de um tesouro extraordinariamente enriquecedor de vozes, uma obra que o autor planejou e executou com cuidado e decoro. Com efeito, essas reminiscências, esses monólogos dramáticos, reformulam nossa resposta hesitante àquela pergunta inevitável: O que era preciso para sobreviver?

Em geral, o que era preciso é tabulado assim: sorte; capacidade de se adaptar de forma imediata e radical; talento para não chamar a atenção; solidariedade a outra pessoa ou a um grupo; preservação da decência ("pessoas que não obedeciam a nenhum princípio — de qualquer natureza — em geral sucumbiam", por maiores que fossem seus esforços); a convicção constantemente alimentada de sua inocência (um dado essencial, repetidamente ressaltado por Soljenítsin em *O arquipélago Gulag*); imunidade ao desespero; e, mais uma vez, sorte.

Depois de conviver com essas pessoas no livro de Gill, com suas qualidades — estoicismo, eloquência, sabedoria aforística, humor, poesia e nível de percepção uniformemente elevado —, pode-se sugerir uma qualidade adicional. Num desmentido final às ideias nazistas, verifica-se que esses "subumanos" eram a nata da humanidade. E que uma sensibilidade rica, delicada e receptiva — até que ponto vemos isso como surpreendente? — não era um óbice e sim uma vantagem. Junto com uma rejeição quase unânime de vingança (e uma rejeição totalmente unânime de perdão), os depoimentos reunidos nesse livro têm outra coisa em comum — há neles um fio compartilhado de culpa, o sentimento de que, embora eles próprios tenham sido salvos, alguém mais merecedor, alguém "melhor", foi tragicamente suprimido. Isso deve corresponder a uma ilusão magnânima; com o devido respeito a todos, não havia quem fosse melhor.

O nome dele não foi mencionado neste livro, mas agora sinto-me na obrigação de digitar as palavras "Adolf Hitler". E de algum modo parece mais fácil lidar com ele quando o nome vem escoltado por aspas. Entre os historiadores, nenhum afirma entendê-lo; muitos fazem questão de dizer que não o entendem; e alguns, como Alan Bullock, vão além e admitem uma crescente perplexidade ("Não sei explicar Hitler. Não creio que alguém consiga [...]. Quanto mais informações reúno sobre Hitler, mais difícil se torna explicá-lo"). Sabemos muito sobre o "como" — sobre como ele fez o que fez; mas ao que parece nada sabemos sobre o porquê.

Recém-chegado de trem a Auschwitz em fevereiro de 1944 e, pouco depois, desnudado, lavado, tosado, tatuado e vestido com farrapos juntados ao acaso (e suportando uma sede de quatro dias), Primo Levi e seus companheiros italianos foram metidos num galpão vazio e instruídos a esperar. A passagem famosa prossegue assim:

> Vi um pingente fino de gelo fora da janela, ao alcance da mão. Quebrei-o depois de abrir a janela, mas logo um guarda corpulento que fazia a ronda do lado de fora arrancou-o de mim. "*Warum?*", perguntei em meu alemão precário; "*Hier ist kein warum*" (aqui não existe porquê), ele respondeu, empurrando-me para dentro com um golpe.

Não existia porquês em Auschwitz. Existia um porquê na mente do *Reichskanzler*-President-Generalissimo? E, se existia, por que não conseguimos achá-lo?

Uma saída do dilema envolve uma rejeição epistemológica: não buscarás resposta. E esse mandamento pode assumir diversas formas (o que nos leva a uma esfera conhecida como a teologia do Holocausto). Em *Explaining Hitler* — obra dotada de uma faculdade de percepção e de uma força quase extrassensoriais —, Ron Rosenbaum mostra-se solidário à náusea espiritual de Emil Fackenheim (autor de, por exemplo, *The Human Condition After Auschwitz*). No entanto, ele escarnece do cineasta francês Claude Lanzmann (autor do documentário *Shoah*), que considera "obscenas" todas as tentativas de explicação. Rosenbaum inclina-se para a posição de Louis Micheels (autor de um doloroso livro de memórias, *Doctor 117641*: "*Da soll ein warum sein*: Tem de haver um porquê". Como Yehuda Bauer diz a Rosenbaum, em Jerusalém, "Sim, eu gostaria de encontrar isso [*o porquê*], mas não encontrei": "Hitler é explicável, em princípio, o que não quer dizer que ele *tenha* sido explicado".

Entretanto, não devemos esquecer que o mistério, o porquê, é divisível: primeiro, o *artiste manqué* austríaco transformado em ardoroso pregador político; segundo, os instrumentos alemães — e austríacos — que ele levava consigo. Sebastian Haffner foi um historiador popular que estudou os dois lados do fenômeno, de baixo para cima em *Defying Hitler* (um relato da vida em Berlim no período 1914-33), escrito em 1939, pouco depois que ele emigrou para a Inglaterra); e de cima para baixo em *The Meaning of Hitler*, uma profunda exegese que saiu em 1978, quando Haffner tinha 71 anos (em 1914 ele tinha sete). O primeiro livro permaneceu inédito durante sua vida, e não houve nenhuma tentativa de unir as duas perspectivas. Mas podemos tentar fazer isso; e as conexões não podem ser ignoradas.

Em humores e mentalidades, ao que parece, o *Volk* e o Führer provinham do mesmo perturbado caldo de cultura danubiano. De um lado, as pessoas, com sua peculiar "desesperança da política" (na formulação de Trevor-Roper), seu impetuoso fatalismo, o fato de chafurdarem na petulância e na perversidade, o que Haffner chama de "obscuridade ressentida" delas e "ardorosa disposição de odiar", sua recusa à moderação e, na adversidade, a todo consolo, seu éthos de soma zero (de tudo ou nada, de *Sein oder Nichtsein*) e sua adoção da irracionalidade e da histeria. De outro lado, o líder, que levou essas tendências para o palco da política global. O arcano interior desse líder, segundo Haffner, manifestou-se intensamente no momento crítico da guerra: as duas semanas entre 27 de novembro e 11 de dezembro de 1941.

Quando a *Blitzkrieg* na frente oriental começou a fracassar, Hitler declarou (em 27 de novembro), em palavras que ficaram famosas:

> Também com relação a esse ponto, sou uma pedra de gelo. Se um dia a nação alemã deixar de ser bastante forte ou não estiver suficientemente disposta a arriscar o sangue para continuar a existir, que pereça e seja aniquilada por outra potência mais forte [...]. Não derramarei uma lágrima pela nação alemã.

Em 6 de dezembro, como registra o Diário de Guerra do Estado-Maior das Operações da Wehrmacht, Hitler tinha reconhecido que "nenhuma vitória pode mais ser conquistada". E no dia 11, quatro dias depois de Pearl Harbor, ele, num gesto cego, gratuito e suicida, declarou guerra aos Estados Unidos. Onde, aqui, está o motivo do Führer? De acordo com Haffner, ele estava "agora cobiçando a derrota"; e queria que a derrota fosse "a mais completa e desastrosa possível". A partir de então, sua agressividade ganhou um novo alvo: os alemães.

Essa interpretação proporciona um quadro de referência para o período entre dezembro de 1941 e abril de 1945, e ajuda a dar algum sentido à ofensiva das Ardenas no fim de 1944 (que efetivamente abriu a porta do lado oriental aos russos) e às duas "ordens do Führer", desobedecidas, em março de 1945 (a que determinava a evacuação de civis do lado oeste e a "Ordem Nero", preconizando uma política de terra arrasada). Perguntamos agora: quando teve início o impulso autodestrutivo subconsciente e, mais tarde, seu corolário traidor, o impulso consciente para a "morte nacional"? E a resposta parece ser que tanto aquele impulso quanto seu corolário remontavam ao começo de tudo.

A ideia básica de Hitler, a de "espaço vital", anunciada com tranquila pompa em *Mein Kampf* (1925), era desde o início de um anacronismo ridículo (o raciocínio é "pré-industrial"); e logo a demografia e a geografia tornaram impossível sua condição sine qua non: a vitória rápida sobre a Rússia. Quando o dissidente Friedrich Reck, que vinha de uma antiga família de militares, tomou conhecimento do ataque à Rússia (junho de 1941), reagiu com "júbilo extraordinário" e escreveu em seu diário: "Os seguidores de Satã foram longe demais, agora caíram na rede e nunca mais se livrarão dela". Assim, nas palavras de Haffner, o "programador", como Hitler gostava se referir a si mesmo, "programou seu fracasso".

Os dois livros de Haffner nos proporcionam a rara emoção da clarividência iminente (ainda que, talvez, fugidia); e lidos juntos parecem nos aproximar um pouco mais da coerência. No entanto, continuamos a contornar uma questão atroz — a questão da sanidade. Afinal de contas, a outra ideia básica de Hitler, a de uma conspiração mundial judaica, parece saída de um manual de doenças mentais: é o primeiro e mais infame pensamento de todo esquizofrênico. Em seguida, nas ruas, surgem a judeofobia de sarjeta (ou, na melhor das hipóteses, a "indiferença" artificial citada por Ian Kershaw), um nacionalismo fulminante e uma docilidade de rebanho, pontuada por "intoxicações de massa"; e, na Chancelaria, o lento suicídio de uma mente que ia apodrecendo com o poder. E a loucura, se a considerarmos uma causa (e como não fazê-lo?) está fadada a frustrar nossa investigação, pois é claro que de loucos não obteremos coerência alguma, nem explicações sensatas.

Qual é a extraordinária dificuldade de admitirmos "aquilo que aconteceu" (para usarmos o eufemismo frio de Paul Celan)? Qualquer tentativa de resposta será necessariamente pessoal, e pela seguinte razão: "o genocídio nazista", como escreveu Michael

André Bernstein, "de alguma forma desempenha um papel fundamental em nossa autocompreensão". Nem todo mundo sentirá isso sobre os acontecimentos na Europa oriental em 1941-45 (e recordo aqui o comentário seco de W. G. Sebald de que nenhuma pessoa séria pensa em outra coisa). Contudo, concordo com a formulação de Bernstein; ela é, com certeza, um dos elementos definidores da singularidade.

Minha própria narrativa interior é uma narrativa de estase crônica, acompanhada de uma espécie de benevolência. Dou uma ilustração disso. Li pela primeira vez o clássico de Martin Gilbert, *The Holocaust: The Jewish Tragedy*, em 1987, e o li com incredulidade; voltei a lê-lo em 2001, e minha incredulidade continuava intacta e íntegra — não havia diminuído em nada. Entre essas duas datas, tinham passado por minhas mãos dezenas e dezenas de livros sobre o assunto, e, embora eu pudesse ter adquirido mais conhecimentos, não dera um passo sequer no caminho da compreensão. Os fatos, expostos em dezenas de milhares de volumes, não são de modo algum contestados, porém permanecem, em algum sentido, inacreditáveis ou inconcebíveis e não podem ser assimilados. Com muito cuidado, eu diria que parte da excepcionalidade do Terceiro Reich reside em sua inacessibilidade, na intransigência elétrica com que ele repele nosso contato e nosso toque.

Logo depois desse heureca negativo (não achei, não consigo entender), meus olhos foram atraídos para uma nova edição de *A trégua*, de Primo Levi (um livro que constitui um contraponto cômico e positivo à melancolia de *Se isso é um homem*. E nesse livro dei com um apêndice que eu não conhecia: "As respostas do autor a perguntas de seus leitores", que se estendem por dezoito páginas em corpo miúdo.

A pergunta número sete é: "Como explicar o ódio fanático dos nazistas aos judeus?". Em sua resposta, Levi relaciona as causas básicas mais citadas, mas que ele julga "incomparáveis com os fatos que exigem explicação e desproporcionais a eles". E acrescenta:

> Talvez não se possa (e, ademais, não se deva) compreender o que aconteceu, porque compreender é quase justificar. Explico: "compreender" uma proposta ou uma conduta humana significa "atenuá-la", atenuar seu autor, pôr-se em seu lugar, identificar-se com ele. Ora, nenhum ser humano normal será um dia capaz de identificar-se com Hitler, Himmler, Goebbels, Eichmann e inúmeros outros. Isso nos desalenta, mas ao mesmo tempo nos passa uma sensação de alívio, pois talvez convenha não podermos compreender suas palavras (e também, infelizmente, seus atos). São palavras e atos não humanos, na verdade são anti-humanos [...]. Não existe racionalidade no ódio nazista; é um ódio que não está em nós; que está fora do homem [...].

Os historiadores hão de considerar isso mais uma evasiva do que um argumento. No entanto, no caso de autores não discursivos (e cabe lembrar que Levi era também romancista e poeta), pode-se ver essa finta ou floreio como um estímulo. Levi está aqui muito longe de içar o cartaz de "Entrada proibida" exigido pelos enigmistas, aqueles que se opõem a explicações. Ao contrário, ele reduz a pressão dos porquês, e com isso aponta para um caminho de entrada.

Quero deixar uma palavra de agradecimento a Richard J. Evans, por verificar os originais deste livro, chamar minha atenção para certos fatos históricos implausíveis e corrigir vários erros graves nos trechos em alemão aqui e ali; e também a Clive James, meu amigo de quase meio século, por suas sugestões e reflexões.

Como eu disse ao professor Evans logo de saída, a única liberdade que tomei com os dados factuais foi adiantar a deserção de Friedrich Paulus (o comandante derrotado em Stalingrado) em cerca de dezessete meses. Afora isso, me atenho ao que aconteceu, com todo o seu horror, sua desolação e escuridão sanguinária.

ESTA OBRA FOI COMPOSTA EM ELECTRA PELO ESTÚDIO O.L.M./ FLAVIO PERALTA
E IMPRESSA EM OFSETE PELA PROL EDITORA GRÁFICA SOBRE PAPEL PÓLEN SOFT
DA SUZANO PAPEL E CELULOSE PARA A EDITORA SCHWARCZ EM MAIO DE 2015